Jenny Exler

ES BRAUCHT ZWEI,

um mich zu erinnern

(Band 2)

JENNY EXLER

ES BRAUCHT ZWEI

um mich zu erinnern

ROMAN

VAJONA

Dieser Artikel ist auch als E-Book und Hörbuch erschienen.

ES BRAUCHT ZWEI, um mich zu erinnern

info@vajona.de

KAdruk S.C.
Rapackiego 2
71-467, Szczecin

Gemeinsam mit unseren Partnern und Lieferanten setzt sich der VAJONA Verlag für eine klimaneutrale Buchproduktion ein.

Lektorat: Larissa Wolf
Korrektorat: Madeleine Seifert
Umschlaggestaltung: Julia Gröchel unter Verwendung von Motiven von Rawpixel
Satz: VAJONA Verlag, Oelsnitz

ISBN: 978-3-987180-00-2

VAJONA Verlag

ES BRAUCHT ZWEI

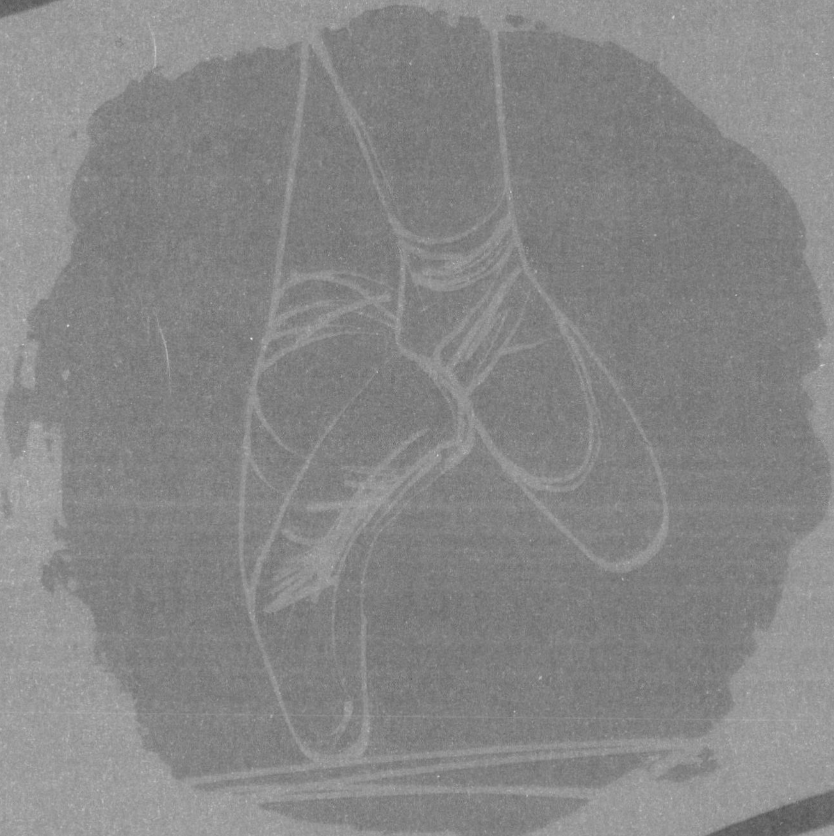

VAJONA
VERLAG

*Für Alex, weil du mich und andere inspi-
rierst und wie eine große Schwester und so
viel mehr bist!*

*Für Marit, weil du die Powerfrau bist,
wie ich sie mir für Liz wünsche.*

*Und für Julia, weil du nie aufgegeben
hast. Du hast mir bewiesen, dass es sich
lohnt, für seine Träume zu kämpfen.*

Diese Geschichte *ist für euch.*

Playlist

Dance With You – Laura Marano, Grey
Iris Acoustic – Adam Christopher
Irgendwie auch nicht – Wincent Weiss
Under – Justin Jesso
She's So Gone – Naomi Scott
Last Name – Noah Schnacky
26 – Landon Austin
Because of You/ Let me love you – PLVTIUM, QASTMRKS
Brown Eyes, Brown Hair – Caleb Hearn
Miss You a Little – Bryce Vine, lovelytheband
It'll Be Okay – Shawn Mendess
Warrior – Demi Lovato

Was bisher geschah …

Nachdem Elizabeth für ihr Ballettstudium an der Juilliard School in New York angenommen wird, ist ihr eines klarer denn je. Sie will in die Fußstapfen ihrer Mutter treten und wie sie eine berühmte Tänzerin werden. Sie und ihr Freund Nik trennen sich, da er nicht möchte, dass seine Welt stillsteht und ihre sich weiterdreht.

Als sie in New York ankommt, hat sie Schwierigkeiten, sich der Stadt anzupassen, und wird prompt fast überfahren, wäre da nicht Grace, die danach zu einer ihrer besten Freundinnen wird.

Sie nimmt Liz mit in ihre Clique auf, wo sie auf Logan Godrick, Graces Freund, trifft, der es ihr nicht einfach macht. Er zieht sie sofort in ihren Bann und als Grace die Möglichkeit hat, eine Soloprüfung zu absolvieren, bittet Logan Elizabeth darum, seine Prüfung mit ihm zu machen. Sie willigt ein und die beiden kommen sich näher. Grace sucht Rat bei Liz wegen ihrer Beziehung zu Logan und beendet diese.

Derweil findet Liz heraus, dass ihre Dozentin, Amelia Taylor, ihre Patentante ist und ihr Vater ihr all die Jahre vorenthalten hat, dass sie, abseits von ihm, noch so etwas wie Familie hat. Als Liz und Logan sich näher kommen, bröckelt die Freundschaft zwischen ihr und Grace, da diese sich verraten fühlt. Becca und Noah versuchen zwischen ihnen zu vermitteln. Doch nachdem Grace Liz im Badezimmer eingesperrt hat, weil sie die Soloprüfung nicht mehr machen und wieder Logans Partnerin sein will, wird sie von der Uni suspendiert. Liz versucht Verständnis zu haben und möchte Grace eine zweite Chance geben. Sie kämpft für sie und tut alles, was in ihrer Macht steht, damit sie zurückkommen darf. Weil Liz bei einem Casting schwer stürzt, da sie glaubt, ihre tote Mutter zu sehen, nimmt ihr Vater sie wieder mit nach Perth. Ohne sich zu verabschieden, geht sie, verlässt ihre Freunde und die Stadt. Logan und sie versuchen die Beziehung über die Entfernung aufrecht zu erhalten. Doch als ihr Vater merkt, dass sie nicht glücklich ist, fasst er sich ein Herz und kehrt mit ihr wieder nach New York zurück. Die Stadt, die derweil ihr Zuhause geworden ist.

Prolog

Lily Wilson

Dienstag, 22. Juli – 22:50 Uhr.

Seit ein paar Tagen kam ich immer wieder an das Krankenbett meiner Tochter. Natürlich nur abends. Wenn sie schlief und ich mir sicher war, dass kein anderer mehr da sein würde. Am ersten Abend klaute ich mir einen Kittel, tat so, als wäre ich eine Pflegerin. Und alles nur, um nicht erkannt zu werden. Wenn Marcus wüsste, dass ich hier war, dann würde er es niemals zulassen. Nicht, nachdem ich sie verlassen hatte.

Ich wusste, es war falsch. Und ich wusste, welchem Risiko ich mich selbst aussetzte, aber ich wollte sie endlich kennenlernen. Wollte wieder gutmachen, was ich vor Jahren kaputt gemacht hatte.

Wenn die Zeit reif war, würde ich mich zeigen. Ganz sicher. Aber fürs Erste durfte niemand wissen, dass ich hier war. Nicht einmal meine frühere beste Freundin Amelia.

Nach einer Stunde an Liz' Krankenbett beschloss ich, mich zum Hotel zu begeben, und bevor ich ihr Zimmer verließ, drehte ich mich ein letztes Mal um. Beobachtete jeden ihrer Atemzüge, wie sich ihre Brust hob und senkte. Ich lächelte und betrat dann vorsichtig den Flur.

Bis auf das Personal war keine Menschenseele zu sehen. Ich

zog mir die Kapuze über den Kopf und war bedacht darauf, immer zu Boden zu schauen, sodass mich bloß niemand erkannte. Draußen an der frischen Luft holte ich ein gefaltetes Blatt aus meiner Hosentasche und starrte auf den handgeschriebenen Namen meiner Tochter.

Wenn die Zeit reif ist, werde ich dir den Brief geben.

Mit gesenktem Kopf machte ich mich auf den Weg zu meinem Hotel und griff nach meiner Halskette. Ein silbernes Medaillon mit den Initialen L.W., mit denselben Bildern, die sich in der Kette meiner Tochter befanden. Ich hatte sie bei meinem überstürzten Abgang verloren und sie mir nochmal neu anfertigen lassen. Die Kette fest umschlossen, betrat ich das Hotel, ging auf mein Zimmer. Ich brauchte Wein, weshalb ich an die Minibar ging, die Flasche herausholte und sie, ohne nachzudenken ansetzte. Mit dem Getränk in der Hand ging ich zum Bett und ließ mich rücklings fallen. Ich gab die Hoffnung nicht auf, dass mich der Wein all die schlechten Entscheidungen für einen Moment vergessen ließ.

Kapitel 1

Elizabeth

»Dad, komm schon. Ich muss zum Unterricht!«, rief ich, während ich die Treppen runter rannte. Ich hielt mich am Geländer fest, um nicht auf die Nase zu fallen.

Mein Vater stand in der Küche, schlürfte seinen Kaffee und legte den Kopf schief, als er mich über den Rand der Tasse ansah.

»Meinst du wirklich, du bist schon so weit, den Unterricht aufnehmen zu können? Willst du dir nicht lieber noch ein paar Tage«, er stellte seinen Kaffee ab, »oder auch Wochen Zeit lassen?«

Vorwurfsvoll sah ich ihn an, verschränkte die Arme vor der Brust. »Aber das hatten wir anders besprochen! Es geht mir gut. Ich bin vollkommen genesen und werde natürlich nicht direkt wieder voll einsteigen, Dad. Du hast es mir versprochen.«

Mit beiden Händen auf die Arbeitsfläche gestützt, starrte er auf seine Finger und atmete laut aus. »Schatz, ich weiß, aber ich glaube, dass du dir noch ein bisschen Ruhe gönnen solltest.«

»Ich will aber keine Ruhe. Ich will in die Schule. Meine Freunde sehen. Logan. Tanzen.« Ich verschränkte meine Finger miteinander und hielt sie zu ihm hoch. »Bitte, bitte. Bitteeeeee.«

Ich dehnte das Wort so lange aus, bis mir die Luft wegblieb und er mich mit hochgezogener Augenbraue ansah.

»Na gut. Na gut«, sagte er. »Aber nur, wenn du mir etwas versprichst.«

»Alles.«

»Du meldest dich zwischendurch bei mir, okay?«

War das sein Ernst?

Ich verdrehte die Augen. »Aber –«

Ich konnte meinen Satz nicht beenden, denn er hob seinen Finger und zog seine Stirn kraus. »Kein Aber, Lizi. Kein Aber.«

Kopfschüttelnd senkte ich den Blick zu Boden. Er behandelte mich wie ein kleines Kind. Es machte mich rasend, weshalb ich mich von um weg drehte. Geschickt zog ich das Handy aus meiner Hosentasche, wählte Logans Nummer. Dann begab ich mich auf den Weg in mein Zimmer, um meine Tasche zu holen. Es klingelte. Einmal. Zweimal. Dreimal. Doch dann war die Leitung besetzt.

Hat er mich gerade weggedrückt?

Seit ich wieder hier war, benahm er sich seltsam, aber wenn ich fragte, was war, blockte er immer ab. Ich hätte mir denken müssen, dass mein wortloser Abgang ihm und auch allen anderen schwer zugesetzt hatte, aber mehr als mich zu entschuldigen, konnte ich nicht tun. Oft genug hatte ich mir die Frage gestellt, was ich noch unternehmen konnte, doch es war mir ein Rätsel. Mit meinem Verschwinden hatte ich alle verletzt, doch dass es meiner Beziehung so zusetzte, hätte ich einfach nicht gedacht. Die Hoffnung, dass wir stark genug dafür waren, hatte ich nie aufgegeben, auch wenn Logan mir auf viele meiner Fragen keine Antworten gab. Zumindest vorerst noch nicht. Ich musste lernen, mich in Geduld zu üben. Es waren gerade mal drei Monate, die ich wieder hier war und diese Zeit verbrachte ich damit, Bücher zu wälzen, damit ich die Prüfungen, die ich verpasst hatte, nachholen konnte. Ich wollte nicht wieder bei null anfangen und nur so konnte ich im nächsten Semester wieder einsteigen.

Während ich die Treppen hochrannte, nahm ich immer zwei Stufen auf einmal. So schnell wie möglich wollte ich in die Uni.

Ich hatte keine Zeit für Streitereien mit Logan und vor allem nicht mit Dad, denn ich wollte auf gar keinen Fall wieder zurück nach Perth. Auf keinen Fall von vorn anfangen.

Nachdem ich die letzte Treppenstufe erklommen hatte, lief ich in mein Zimmer. Noch immer fühlte es sich nicht richtig nach Zuhause an, obwohl wir nun schon eine Zeit hier wohnten. Ein kleiner Teil von mir vermisste das Wohnheim der Uni, auch wenn ich froh sein konnte, meinen eigenen Rückzugsort zu haben. Mich umsehend, kroch mir eine Gänsehaut den Körper hoch. Es war dringend Zeit aufzuräumen. Zum Glück besuchten mich meine Freunde nie unangemeldet, das wäre peinlich geworden, aber dem müsste ich mich später widmen. Denn jetzt wollte ich hier nur weg. Ich griff nach meinen Trainingssachen, stopfte sie in die Tasche, die auf meinem Schreibtisch stand.

Als meine Augen die an die Wand gemalten Ballettschuhe wahrnahmen, lächelte ich.

Becca und Grace hatten mir geholfen, das Zimmer einzurichten und da wir alle die Wände als zu steril empfanden, kam Grace der Gedanke, etwas, das mir viel bedeutet, an die Wand zu bringen. Noah zeichnete die Schuhe vor und gemeinsam verfeinerten wir sie, damit Grace diese Zeichnung an die Wand über meinen Schreibtisch anbringen konnte.

Das Bild war einfach unfassbar schön. Die Samtbänder der Schuhe zierten die gesamte Wand und waren in einem leichten Rosa getränkt. Jedes Mal, wenn mein Blick daran hängen blieb, war ich wieder einmal mehr dankbar für die Menschen, die ich hier kennengelernt hatte.

Das letzte halbe Jahr von allen abgeschnitten zu sein, war wirklich schwer gewesen. Als wir wieder herkamen, hatte Dad eine Heidenangst gehabt, dass mir etwas passieren könnte oder ich bleibende Schäden davontrug, wenn ich wieder zu früh mit dem Training begann oder auch nur rausging, um etwas mit Freunden zu unternehmen. Und diese Befürchtung hatte er bis heute. Er behandelte mich, als wäre ich ein kleines Kind, welches einen Aufpasser benötigte. Deshalb durfte ich Besuch nur zu bestimmten Zeiten und nach Absprache empfangen. Und dass ich ihm davon erzählte, dass ich glaubte, Mom an dem Tag meines Unfalles gesehen zu haben, machte es definitiv nicht besser. Ganz im Gegenteil. Er fing an, sich komisch zu verhalten. Von Tag zu Tag wurde er strenger und mied jedes Thema, was auch nur im Geringsten mit ihr zutun hatte. Sein Verhalten gab mir das Gefühl, dass er etwas verbarg, aber ich war mich sicher, ich würde es früher oder später rausfinden.

Ich setzte mich auf mein Bett und rief Noah an.

»Hey, Kleine.«

»Hey, Großer. Bist du gleich in der Uni?«

»Ich habe eigentlich erst heute Nachmittag Unterricht.«

»Schade. Ich wollte eigentlich fragen, ob wir zusammen hingehen. Aber …«

»Quatsch«, unterbrach er mich. »Ich hol dich ab, ich kann dann noch ein bisschen was vorbereiten. Gar kein Thema.«

Ich lächelte in mich hinein. »Sicher? Ich will dir deinen freien Vormittag nicht kap-«

»Nein, alles gut. Ich mache mich auf den Weg. Bis gleich.«

Ich legte auf, warf das Handy achtlos in meine Tasche und machte mich auf den Weg nach unten.

Diesmal lief ich die Treppen langsamer hinunter und ließ den Blick über die Bilder schweifen, die im Treppenhaus hingen. Es war keines mehr von Mom dabei. Nicht eines. Als ob Dad versuchte, sie aus meinem Leben zu radieren. Als hätte es sie *nie* gegeben.

Ich wollte nicht so denken, aber ich tat es. Denn ich vermisste sie immer noch genau so, wie zuvor, nur mit dem Unterschied, dass ich versuchte, nicht mehr etwas zu ergreifen, was ich nicht haben konnte. Mit gesenktem Blick beschloss ich, den Gedanken an Mom beiseitezuschieben und mich auf die Stunde zu freuen.

»Dad?«

Aus dem Büro hörte ich ein Fluchen, sodass ich näher heranschlich.

»Dad?« Ich blieb vor der Tür stehen und lugte durch den kleinen Spalt. Als ich ihn sah, erstarrte ich. Mit den Ellenbogen auf dem Schreibtisch abgestützt, hatte er seinen Kopf in die Hände gelegt. Behutsam schob ich die Tür ein Stück weiter auf. »Dad, ist alles gut bei dir?«

Er schreckte hoch und sah mich mit großen Augen an. »Was tust du hier?«

»Ich wollte dir nur Bescheid sagen, dass ich gleich weg bin. Noah holt mich ab, dann gehen wir zusammen. Das ist in Ordnung oder?«

Er brummte.

»Ist das ein Problem?« Meine Hände in die Hüften gestemmt, wartete ich darauf, dass er etwas erwiderte. Doch als er vor mir stand, fühlte ich mich klein. Nicht mit ihm auf Augenhöhe, wie ich es vor dem Sturz gewesen war. Bevor er das erste Mal nach New York gekommen war und mich wieder zurück nach Perth geschleppt hatte. Seit meinem Sturz hatte sich so einiges verändert. Wir sprachen nicht drüber, aber ich spürte es. Tief in mir wusste ich, dass alles damit zusammenhing.

»Eigentlich hatte ich vor, dich zu bringen.«

Flehend sah ich ihn an.

»Aber, du kannst auch mit Noah hin. Melde dich nur, wie ich darum gebeten habe, zwischendurch.«

Meine Mundwinkel zuckten und ich fiel ihm in die Arme. »Danke, Dad.«

»Mach, dass du wegkommst, bevor ich es mir anders überlege.«

Schnell schlang ich meine Arme um ihn. »Danke«, flüsterte ich bevor ich meine Tasche schulterte und in Richtung Tür lief.

Es klingelte. Wie aufs Stichwort. Perfekt. Euphorisch riss ich sie auf und blickte in Logans Augen.

Er stand an die Wand gelehnt da und sah mich mit einem breiten Grinsen, das ich nicht erwidern konnte, an.

»Was tust du denn hier?«, fragte ich schroff.

»Wieso?« Verwirrt sah er mich an und etwas Dunkles blitzte in seinen Augen auf.

»Ich dachte, du hast zutun, schließlich hast du mich weggedrückt und mir nicht geschrieben. Wie sonst auch. Also habe ich Noah angerufen.«

»Es tut mir leid, ich war beschäftigt. Ich wollte dich überraschen.«

Meine Augen weiteten sich und ich zog die Schultern hoch. »Willst du mir auch noch sagen, mit was du beschäftigt warst? Ich meine. Also. Du hättest dich ja auch melden können, als du auf dem Weg hierher warst. Hast du nicht. Wieso?«

»Ich möchte nicht darüber reden. Können wir es nicht einfach dabei belassen und uns nicht wieder streiten«, erwiderte er mit zusammengebissenen Zähnen.

»Ich gehe jetzt aber mit Noah. Vielleicht können wir ja wann anders reden«, sagte ich, als Noah hinter ihm auftauchte.

Ich wusste, dass es eine absolute Arschloch-Nummer von mir war, aber ich war verletzt. Verletzt darüber, dass er nicht mit mir sprach. Über nichts. Und ich konnte meine Enttäuschung nicht verbergen, wusste aber auch, dass es falsch war, ihm keine Chance zur Erklärung zu geben.

Logan lehnte noch immer an der Wand, als ich an ihm vorbei zu meinem besten Freund ging, damit ich ihn in den Arm nehmen konnte. Aus dem Augenwinkel beobachte ich Logan vage. Er stemmte sich von der Wand, veränderte seine Haltung. Seine Schultern wirkten steif. Sein Kinn schob er vor, während sich seine Kiefermuskeln anspannten und er mit funkelndem Blick zwischen uns beiden hin und her sah.

»Was tust du hier?« Er wandte sich zu Noah.

»Ich habe dir doch gesagt, dass ich ihn gefragt habe, ob wir zusammen gehen. Logan bitte. Lass uns nicht streiten. Lass und doch nachher sprechen. Ich habe angerufen, um zu fragen, ob wie zusammen gehen. Du bist nicht ran gegangen, also gehe ich jetzt mit Noah hin. Du hast doch eh noch keine Stunde, oder?«

Er öffnete seinen Mund, bereit etwas zu sagen, aber es kam nichts. Er sah uns beide nur an. Noah blickte entschuldigend drein. Es war ihm unangenehm zwischen den Fronten zu stehen. Am liebsten hätte ich die Augen verdreht, denn ich fühlte mich schrecklich. Es war eine absolut blöde Situation, die ich herbeigeführt hatte, weil ich mich vernachlässigt fühlte.

Die Anspannung zwischen den beiden war deutlich zu spüren. Noch nie zuvor hatte ich es auf diese Weise bemerkt. Als würden sie miteinander konkurrieren. Die Luft zwischen ihnen fühlte sich an, als würde jede Sekunde ein Kernkraftwerk in die Luft fliegen. Unheimlich.

»Bro, tut mir leid«, murmelte Noah neben mir, bevor ich ihn am Arm zog, wir Logan vor meiner Haustür stehen ließen und uns auf den Weg zur *Juilliard* machten.

»Meinst du nicht, du warst etwas zu hart zu ihm?«, fragte mich mein bester Freund und ich spürte seinen Blick auf mir.

Ich zuckte mit den Schultern. »Weißt du, er hat sich wochenlang kaum gemeldet. Ich habe keine Ahnung, was überhaupt los ist, weil er nicht mit mir spricht und dann soll ich mich verhalten, als sei alles okay?«

»Na ja, es ist gerade einfach viel bei ihm.«

Ich blieb stehen, hielt seinen Arm fest und musterte ihn.

»Du weißt etwas.«

Er sah weg. Wollte weitergehen, doch ich zog wieder an seiner Jacke. »Noah, sag es mir. Bitte.« Ich umklammerte seinen Unterarm so fest, wie ich konnte, und mein Herz schlug bis an meine Rippen.

Er seufzte auf. »Nach seiner Prüfung, noch bevor du wieder richtig hergezogen bist –«, er pausierte und es machte mich verrückt. »Jetzt sag schon«, presste ich hervor und stieß ihn mit der Schulter an.

»Da stand eine Frau vor seiner Tür und hat behauptet, seine Schwester zu sein.«

Meine Finger lösten sich aus der Umklammerung und ein Kloß bildete sich in meinem Hals. Ich wollte etwas sagen, aber es hatte mir die Sprache verschlagen. Ungläubig schüttelte ich den Kopf.

»Wa-was.« Meine Stimme zitterte, ich war nicht fähig, einen geraden Satz herauszubringen.

»Ich habe schon zu viel gesagt. Und wenn du es ausplauderst, dann bringe ich dich eigenhändig um, verstanden?«

Mehr als ein Nicken brachte ich nicht hervor. Wir setzten uns wieder in Bewegung. Meine Welt war verschwommen, ich erkannte nur noch Umrisse und dann war da dieser Schmerz.

Er hätte es mir doch sagen können.

Mein Gewissen lachte innerlich laut auf.

Ja, genau. Er hätte sicher was gesagt, wenn du ihm vielleicht einfach etwas entgegengekommen wärst und dich nicht wie ein Miststück aufgeführt hättest. Und das in jeder auch nur erdenklichen Situation.

Mein Hirn wollte es nicht verstehen und erst, als wir an der Uni ankamen, fand ich meine Sprache wieder und bat Noah, stehen zu bleiben und mich anzusehen.

»Ist das wahr?«, flüsterte ich und merkte, wie die Anspannung von mir abfiel.

»Ja«, hauchte er.

»Ich werde nichts sagen. Aber wieso spricht er nicht mit mir darüber?«

»Vielleicht hast du dich nicht gerade so verhalten, als würde er das Gefühl haben, dass er mit dir darüber sprechen könnte. Gib ihm ein bisschen Zeit. Lass ihn erst mal selbst damit zurechtkommen. Abgesehen davon, weiß er nicht mal, ob es die Wahrheit ist.«

Blut strömte heiß durch meine Adern und ein Zittern durchzuckte meine Gliedmaßen.

»Okay«, sagte ich und ging ein Stück vorwärts. »Danke, dass du es mir gesagt hat. Ich muss darüber nachdenken. Ich muss. Ich. Brauche kurz Zeit für mich.«

»Lizi. Ich kann doch auch nichts …«

Ich hob den Finger. »Nein, bitte nicht jetzt. Bis später«, sagte ich und ging mit schnellen Schritten zum Eingang.

Als ich den Saal betrat, fühlte ich mich frei. Jegliche Gedanken drangen in den Hintergrund. Meinen Körper durchfuhr eine wohltuende Wärme. Es war, als ob Elektrizität durch meinen Körper hindurch lief, nur darauf wartend, frei gelassen zu werden.

Ich drehte mich um meine eigene Achse und blieb dann stehen, als ich Amelia in der Tür sah. Sie lächelte breit.

Ich ging zu ihr und sie nahm mich in den Arm. Gefühlt hatten wir uns Ewigkeiten nicht gesehen, was nicht ganz stimmte, aber dennoch hatten wir nicht viel persönlichen Kontakt Vis-a-Vis gehabt.

Wir hatten telefoniert, aber durch den Unterricht war sie immer eingespannt.

»Wie geht's dir?« Sie nahm mein Gesicht in ihre Hände und ich versuchte vergeblich, zu lächeln. Sie drückte meine Wangen so zusammen, dass es mir unmöglich war, dabei auch nur ansatzweise ein fröhliches Gesicht machen zu können.

Wie eine Granny kniff sie mir in die Wangen und lachte auf. Als sie mich losließ, schüttelte ich mich kurz und schob meinen Kiefer von links nach rechts.

»Stell dich nicht immer so an.«

»Ich hab dich vermisst«, sagte ich.

»Und ich dich erst«, erwiderte sie und drückte mich nochmal an sich.

»Wieder fit genug, um zu tanzen?« Sie löste sich von mir und sah mich mit gehobener Braue an. Ihre Augen funkelten aufgeregt.

»So fit wie ein Turnschuh«, scherzte ich, doch die Ernsthaftigkeit in ihrem Gesicht blieb nicht lange verborgen.

»Du weißt, dass das, was du gedacht hast, beim Casting gesehen zu haben, nicht sein kann, oder?«

Ich zog meine Wasserflasche aus der Tasche und trank einen großen Schluck, ehe ich antwortete. Festklammern. Ich musste mich irgendwo festklammern.

Scharf sog ich die Luft ein. »Ich weiß«, sagte ich schließlich. Ich wollte nicht wieder, dass wir darüber redeten, denn alle aus meinem Familienumfeld hielten mich schon für verrückt.

»Wirklich. Denn sonst –«

Ich schnitt ihr den Satz ab. »Ich weiß es, Amelia. Können wir jetzt bitte nicht wieder davon anfangen? Ich habe schon zu Hause genug damit zu tun. Und außerdem habe ich keine Lust mehr darauf, dass ihr mich alle behandelt, als wäre ich *verrückt.«*

Ich bin nicht verrückt.

»Keiner sagt, dass du verrückt bist. Aber vielleicht war es nur der Wunsch, sie zu sehen. Schließlich war es ihr Stück.«

Autsch.

Ihre Worte trafen scharf wie ein Messer ins Herz und sorgten dafür, dass ich kaum noch atmen konnte.

»I-ich. Ich will wirklich nicht mehr darüber reden, Amelia.« Meine Hand fuhr zu meiner Brust, umklammerte die Kette, die ich seit dem Casting wieder trug, so fest, dass meine Knöchel anfingen, zu schmerzen.

»Okay«, sagte sie und entfernte sich ein Stück von mir.

Sie musste gehört haben, dass sich meine Kommilitonen näherten, denn wie ein Schwarm Bienen strömten sie in den Saal. Ich zwang mich, die Finger von der Kette zu lösen, was mir leichter fiel, als gedacht. Aber es war der Augenblick. Denn jetzt, wo sich alle versammelt hatten, musste ich mich nicht weiter erklären und auch nicht mehr darüber reden. Das wollte ich auch nicht mehr.

Ich wechselte die Schuhe, setzte mich dafür auf den Boden und als ich die Seidenbänder akkurat um meine Gelenke gebunden hatte, streckte ich den Oberkörper über die Beine lang nach vorn. Meine Hände berührten die Zehen. Ich dehnte mich.

Der Arzt hatte mir nahegelegt, mit dem Aufwärmen gründlich zu sein, um einen erneuten Bänderriss zu umgehen.

Ich spürte, dass die Bänder links deutlich kürzer und strapazierter waren, weshalb ich in wippenden Bewegungen die Dehnung wiederholte und das so oft, bis es sich gut und nicht mehr schmerzhaft anfühlte.

Während ich noch auf dem Boden saß, trat Amelia zu den anderen vor, klatschte in die Hände und hatte damit die volle Aufmerksamkeit.

»Zuallererst möchte ich jedem von Ihnen gratulieren. Sie haben Ihr erstes Jahr erfolgreich bestanden. Jetzt geht es darum, am Ende des Jahres die Zwischenprüfung zu bestehen. Aber da mache ich mir bei keinem von Ihnen Sorgen.«

Ein Raunen ging durch den Saal, gefolgt von einem ohrenbetäubenden Tuscheln. Es war nicht zu überhören, dass sie über mich sprachen, auch wenn es nur leise war. Ich wusste, dass es so sein musste. *Oder?*

Ich spürte Blicke auf mir ruhen und ein Kribbeln überzog meinen Nacken.

»Sie durfte doch nur wieder einsteigen, weil Mrs. Taylor ihre Patentante ist. Jeder andere wäre durchgefallen.«

Ruckartig drehte ich meinen Kopf in die Richtung, aus der der Satz gefallen war. Ich funkelte das Mädchen an. »Und das weißt du woher?«

Als ihr Blick meinen traf, wandte sie sich schnell ab. »Die Wände reden. Wir bekommen mehr mit, als du denkst«, sagte sie. Mied jedoch weiterhin meinen Blick.

Amelia bemerkte offenbar die Spannung zwischen uns. Sie sah zu mir, doch ich wollte keine weiteren Angriffsmöglichkeiten bieten, weshalb ich sie ignorierte und mich mit einreihte.

»Wir werden die Stunde heute nutzen, um besser miteinander auszukommen. Wir werden versuchen, eine Einheit zu bilden. Nicht gegeneinander. Sie sind alle mit einem Ziel hier. Ihren Abschluss zu machen und Tänzer zu werden. Wenn Sie in einem Stück agieren, machen Sie dies nicht allein. Sie arbeiten mit einem Team. Eines, das nur dann funktioniert, wenn Sie lernen, miteinander zu agieren.«

»Aber eine Hauptrolle bekommt man nur, wenn man sich bewährt und nicht, weil man Connections hat«, sagte das Mädchen neben mir und sah mich erneut aus dem Augenwinkel an.

»Tut mir leid, aber da muss ich Ihnen leider widersprechen, Miss Wallez. So läuft das heute nicht mehr unbedingt. Haben Sie die Connection zu einem Choreografen, ist das für Sie als Tänzerin schon die halbe Miete. Vitamin B ist das Nützlichste, was es in diesem Job gibt.«

Ich senkte den Kopf und starrte auf meine Schuhe. Die Rolle der Cinderella hatte ich nach meinem Unfall nicht bekommen. Wie auch, aber ich wusste, worauf Hannah Wallez anspielte.

Entschlossen sah ich sie an. Starrte ihr entgegen, wollte auf keinen Fall schwach wirken, indem ich den Blick zuerst abwandte.

»Weißt du eigentlich, Hannah, dass ich für dich die kleinste Konkurrentin bin? Ich habe mich so entschieden, dass ich wieder einsteige und nicht wiederhole. Dafür muss ich mir, im Gegensatz zu euch, den Arsch aufreißen und die fehlenden Stunden in Praxis und Theorie nachholen. Genauso wie alle Prüfungen. Also bitte, wenn du noch was zu sagen hast, dann sag es jetzt. Aber hör auf hinter meinem Rücken irgendeinen Blödsinn zu behaupten.«

Mit herunter geklappter Kinnlade starrte sie mich perplex an.

1:0 für Wilson.

»Wenn Sie zwei nun fertig sind, würde ich gern mit dem Unterricht fortfahren.«

Ich nickte und auch Hannah stimmte zu. Das war besser gelaufen, als erwartet, und ich klopfte mir in Gedanken auf die Schulter.

»Also, jeder von Ihnen wird einen Partner bekommen, mit dem er die ganze Woche in unseren gemeinsamen Stunden zusammen ist. Einer von Ihnen wird mit verbundenen Augen von dem anderen geführt werden. Sie werden einander vertrauen müssen. Sie müssen sich führen lassen. Miss Wallez. Miss Wilson. Angesichts Ihrer …«, sie musterte uns, »Ihrer Meinungsverschiedenheit, werden Sie beide ein Team bilden.«

Meine Augen wurden groß und ich blickte nach links. Hannah schüttelte den Kopf.

»Tut mir leid, Ma'am, aber das werde ich nicht machen. Ich vertraue ihr keine zehn Pferde an und außerdem habe ich kein Interesse daran, Freunde zu finden.«

»Scheinbar haben Sie es nicht verstanden. Es geht nicht um neue Freundschaften. Es geht darum, im Team zu arbeiten. Sollten Sie die Aufgabe ablehnen, fallen Sie durch meinen Kurs.«

»Ach, so ist das. Ich falle durch und sie«, sie zeigte mit ihrem

Finger auf mich, »ist über ein halbes Jahr lang nicht da und darf einfach wieder einsteigen. Ah, ich verstehe. Familienbonus, nicht?«

Die Zornesfalte auf Amelias Stirn trat hervor. Vereinzelt hörte man, wie Studenten die Luft scharf einzogen und auch ich hielt den Atem an. Es war mir unangenehm, dass Amelia all das abbekam, wobei sie einfach rein gar nichts mit meiner Entscheidung zu tun hatte. Ich hatte das Gespräch zu der Direktorin gesucht. Ich hatte versichert, dass ich das schaffen würde und genau deshalb war ich jetzt hier.

»Verlassen Sie auf der Stelle meinen Saal und begeben Sie sich zu Mrs. Jones.«

»Das dürfen Sie ni-«, setzte Hannah an und Amelia zog eine ihrer Brauen hoch.

»Wenn Sie einen Machtkampf wollen, Miss, dann verlieren Sie. Machen Sie, dass Sie rauskommen. Ich würde gern weiter unterrichten.«

Beleidigt stapfte sie davon. Erst, als sie bei ihrer Tasche war, drehte sie sich nochmals zu mir um. Ihre Augen waren glasig und trotz allem sah sie aus, als würde sie jede Minute auf mich losgehen. Bevor sie den Saal verließ, setzte sie an, um etwas zu sagen, aber als Amelia sie anschaute, schwieg sie.

»Ich möchte etwas ein für alle Mal klarstellen. Hier geht es nicht darum, wer weiterkommt, wer der oder die Beste ist. Sondern darum, kreativ zu sein und seine Entfaltung zu finden. Jeder hat eine Chance verdient. Eine zweite Chance für einen frischen Start sowie um eine noch bessere Version von sich selbst zu sein und zu werden. Ich möchte, dass Sie lernen, mit Ihrem Partner zu kommunizieren, und vor allem will ich, dass Sie Hass und Missgunst füreinander vergessen. Elizabeth, Sie werden die Aufgabe weiterhin mit Miss Wallez machen. Sobald Sie sich beruhigt hat, werden wir noch einmal mit ihr reden.«

Es war still. Keiner sagte etwas, oder eher: Keiner traute sich, etwas zu sagen, denn niemand wollte das Gleiche erleben wie Hannah.

Amelia sah jeden Einzelnen von uns an.

Wir blieben wie angewurzelt stehen und erst, als sie in die Hände klatschte und auf dem Fußballen kehrt machte, um sich im Saal zu bewegen, hörte ich alle ausatmen.

»Lassen Sie uns beginnen.«

Amelia stellte sich in die Mitte des Saals, zeigte uns Positionen und Varianten. Bat uns, diese nachzutanzen, was wir immer und immer wieder machten, bis alles nahezu perfekt war. Ich schwitzte. Meine Füße schmerzten in den Schuhen und der Holzklotz, der unter meinen Zehen war, drückte mehr als sonst. Bei der letzten Drehung, die wir ihr nachtanzten, gaben meine Bänder und mein Gleichgewicht nach. Gerade noch so konnte ich mich auffangen. Nicht zu Boden fallen. Und trotz des leichten Schmerzes, den ich verspürte, versuchte ich es nochmal. Mein Ehrgeiz wurde belohnt, denn diesmal schaffte ich es, auch wenn das ziehende Stechen in meiner Wade mich beinahe umbrachte.

Amelia drehte sich zufrieden zu uns um. »Das war wirklich sehr gut. Bei dem ein oder anderen noch ein kleinwenig ausbaufähig, aber im Großen und Ganzen gut. Wir werden diese Stunde aufgrund Ihres Fleißes früher beenden.« Durch die Reihen gehend, betrachtete Sie jeden von uns. »In den nächsten Stunden werden Sie genug Zeit mit für Ihre Aufgabe haben. Ich bitte Sie nur noch um eins, bevor sie den Saal verlassen.« Sie begab sich nach vorn. »Ich möchte nicht, dass so etwas wie vorhin noch einmal in einer meiner Stunden passiert. Das hat hier keinen Platz. Es obliegt Ihnen, aber ich würde mir wünschen, dass Sie alle«, ihr Blick blieb an mir hängen. »Akzeptanz füreinander haben.«

Langsam schlenderte ich zu meiner Tasche. Beobachtete, wie die anderen an mir vorbeizogen, mich abwertend ansahen oder sogar mit dem Finger auf mich zeigten. Ich versuchte mir einzureden, dass ich es mir nur einbildete. Alles nur in meinem

Kopf stattfand, aber es war einfach nicht zu übersehen.

Als alle den Saal verlassen hatten, kam Amelia auf mich zu. Jetzt, wo scheinbar die meisten wussten, dass sie meine Patentante war, mussten wir uns auch nicht weiter verstecken.

»Du darfst dir das nicht zu Herzen nehmen. Jeder von Ihnen sieht den anderen als Konkurrenz. Aber dass es nicht darum geht, sehen sie nicht. Haben sie nicht begriffen.«

»Sie schauen mich so an, weil sie denken, du bevorzugst mich. Sie wissen, dass wir Familie sind. Hast du eine Ahnung woher?«

Sie schüttelte den Kopf. »Nein. Ich werde mich aber umhören und es herausfinden. Vielleicht hat sie es aufgeschnappt, als einer der anderen darüber gesprochen hat. Oder vielleicht auch nicht. Ich weiß es nicht.« Sie seufzte auf.

»Vielleicht ist es besser, wenn ich den Kurs wechsle, Amelia.«

»Wenn du das machst, zeigst du ihnen, dass sie recht haben und genau das bekommen, was sie wollen. Du bist hier für deine Berufung. Deinen Traum zu leben. Lass dich davon nicht unterkriegen. Du hast Hannah Wallez Paroli geboten. Das war sehr stark von dir. Du kannst stolz auf dich sein.«

Sie hatte recht, aber ich fühlte mich, als säße ich in einem brüchigen Schneckenhaus. Es gab keine Möglichkeit, mich zu verkriechen, auch wenn ich das wollte, denn es war kurz davor auseinander zu fallen, je mehr ich mich zurückzog.

»Danke«, nuschelte ich und zwang mir ein Grinsen auf die Lippen. Ich streckte meine Arme nach ihr aus. Jetzt wo es die ganze Klasse wusste, war es mir egal. Sie kam zu mir, erwiderte meine Geste und nahm *mich* in den Arm. Flüchtig gab sie mir einen Kuss auf den Haaransatz.

Als ich auf die Smartwatch an meinem Handgelenk blickte, stockte mir der Atem. Drei verpasste Anrufe von Dad.

War etwas passiert? Er wusste doch, dass ich in der Uni und im Kurs war.

»Scheiße«, fluchte ich und rannte zu meiner Tasche. Ich zog mein Handy hervor, wählte die Nummer meines Vaters und wartete darauf, dass er endlich abnahm.

Wieso rief er an?

Nach dem vierten Klingeln hob er ab und bevor er etwas sagen konnte, ergriff ich das Wort.

»Was ist los? Ist was passiert?«

»Vielleicht war ich etwas zu überfürsorglich. Ich mache mir einfach Sorgen und möchte nicht, dass du dich nochmal verletzt. Pass einfach auf dich auf, okay?«

Ich kniff die Augen zusammen. Hatte ich richtig gehört und er hatte sich indirekt entschuldigt?

»Ich kann dich ja verstehen«, sagte ich mit krächzender Stimme.

»Sehen wir uns beim Essen?«, fragte er und meine Laune hellte sich schlagartig auf.

»Ich habe jetzt gleich eine Freistunde. Bist du noch zu Hause?«

»Ja, bin ich. Wollte aber gleich einkaufen. Hast du noch Wünsche?«

»Ich würde gleich kurz nach Hause kommen. Ich glaube, ich habe auch einen Ordner vergessen, dann können wir ja zusammen überlegen, was wir noch brauchen.«

»Das klingt nach einem guten Plan. Dann sehen wir uns gleich.«

»Bis gleich«, sagte ich und legte auf.

Amelia hatte den Saal bereits während des Telefonats verlassen, was ich aber nur am Rande mitbekommen hatte. Sicher hatte sie schon wieder die nächste Stunde, aber das machte nichts. Ich ließ mich auf dem Boden nieder, bevor ich mir die Schuhe von den Füßen stülpte.

Meine Zehen sahen schrecklich aus. Ich hatte sie nicht getaped, was mir zum Verhängnis wurde. Sie waren übersäht von blauen Flecken, leichten Blutergüssen und offenen Blasen. Mit den Fingern fuhr ich in kreisenden Bewegungen unter meinem Fußbett her, um die Verhärtungen zu lösen. Nachdem sich die Muskulatur endlich entspannte, zog ich meine Socken über, schlüpfte in die Sneaker und machte mich auf den Weg nach Hause.

Kapitel 2

Elizabeth

Auf dem Weg nach Hause träumte ich vor mich hin. Dachte über die Schmerzen nach, die ich zum Ende des Trainings hatte.

Hatte Dad vielleicht doch recht und es war zu früh wieder einzusteigen?

Nein. Irgendwann musste ich wieder anfangen und außerdem wollte ich es, also schaffte ich es auch. Ganz sicher.

Während meines Tagtraumes achtete ich nicht mehr darauf, wo ich hinlief. Mit gesenktem Kopf und Händen in den Hosentaschen mussten die Menschen mir ausweichen. Ich schreckte hoch, als mich jemand an der Schulter anrempelte.

»Oh. Entschuldi–« Ich blickte der Frau ins Gesicht.

Braune Augen, so wie meine. Haare bis zur Schulter und als ich ihre Gesichtszüge genauer musterte, glaubte ich, mich selbst im Spiegel zu sehen. Sie bemerkte, wie ich sie anstarrte, drehte sich weg und verschwand.

Zwischen den Menschen um mich herum drehte ich mich in der Hoffnung, sie nochmal zu sehen. Aber sie war genauso schnell weg, wie sie vor mir stand.

Kurzzeitig schloss ich meine Augen, redete mir ein, es sei nur ein Allerweltsgesicht gewesen. Dass es Millionen von Menschen auf der Welt gab und man mit vielen irgendeine Ähnlichkeit hatte.

Ich zwang mich, weiter zu laufen. Jedoch trugen mich meine Füße nicht nach Hause. Ich versuchte dagegen anzukämpfen, aber wie von allein lief ich einfach weiter. Ich hatte keine Kontrolle mehr.

Ich zog mein Handy hervor, ließ die Finger flink über den Nummernblock gleiten und wählte Beccas Nummer. Ich wartete darauf, dass sie abnahm, doch als nicht die gehoffte Reaktion kam, legte ich wieder auf. Im zweiten Versuch klingelte ich bei Noah durch.

»Wieso rufe ich nicht einfach meinen Freund an?«, fragte ich mich selbst, bevor er den Anruf annahm.

»Hey, Kleine.«

Ich lächelte, als ich seine Stimme hörte. »Hey, Großer.«

»Alles gut bei dir?«

Meine Gedanken kreisten, schrien laut in meinem Kopf und abrupt blieb ich stehen. »Ich weiß es nicht. Ich weiß nichts mehr, Noah. Ich bin leer. Ich hatte eine schreckliche Unterrichtsstunde, weiß nicht, ob ich noch eine Beziehung habe, und ich glaube, ich habe sie schon wieder gesehen. Ich werde verrückt!« Ich klemmte das Handy zwischen Schulter und Ohr. Umarmte mich danach selbst. »Was, wenn das alles zum Scheitern verurteilt ist? Wenn ich nicht hätte wiederkommen sollen. Es zerfällt gerade alles und ich verstehe überhaupt nicht, wieso.«

»Wo bist du gerade?« Mehr fragte er nicht, aber in seiner Stimme erkannte ich, dass er sich Sorgen machte.

Ich schaute mich um.

»Ich bin gleich auf der *5th*. Ich weiß nicht, wieso ich überhaupt hier bin. Eigentlich wollte ich nach Hause, Noah. Ich fühle mich mehr als verloren.«

Er atmete schwer aus. »Liz, manchmal heißt verloren sein nicht, allein zu sein. Im Leben läuft nicht immer alles nach Plan und einen Schritt zurückzumachen von da, wo du gekommen bist, heißt nicht, schwach zu sein. Warte auf mich. Ich bin unterwegs. Rühr dich nicht von der Stelle.«

Er legte auf und ich griff nach dem Handy. Mit einer Hand fuhr ich mir über den Nacken. Ich war mir nicht sicher, wie viele Minuten vergingen, bis ich eine Hand auf meiner Schulter spürte und zusammenzuckte.

»Tut mir leid, ich wollte dich nicht erschrecken«, sagte er und als ich mich zu ihm umdrehte, fiel ich ihm in die Arme.

Stille.

Wir schwiegen, er hielt mich einfach nur fest, sagte nichts und tätschelte meinen Kopf. Es tat gut, ihn an meiner Seite zu haben. Manchmal wünschte ich mir, dass Logan und ich das waren, was ich mit Noah war.

Manchmal wünschte ich mir, dass wir auch beste Freunde waren und nicht nur zwei Menschen in einer Beziehung. Ich wünschte mir, dass mein Partner auch mein bester Freund sein konnte. Jemandem, mit dem ich über alles reden konnte und jemand, der mir ebenso vertraute.

»Komm, lass uns ein paar Schritte gehen.« Behutsam schob er mich von sich, sodass sein Blick meinen fesselte.

Kurz verlor ich mich in seinen bernsteinfarbenen Augen. Sie hatten etwas Beruhigendes. Genau das, was ich gerade brauchte. Für viele, auch für Grace und Becca, war diese Beziehung, die Noah und ich führten, nicht begreifbar. Wir waren so vertraut miteinander. Sprachen über alles und mussten uns keine Sorgen machen, dass der andere bei einer Meinungsverschiedenheit direkt sauer wurde. Wenn wir etwas zusammen unternahmen, dachten viele, wir wären ein Paar. Was ich nicht verstehen konnte, denn schließlich war er nicht mehr und nicht weniger als einfach nur mein bester Freund.

Logan gab es bei mir nicht gern zu, aber es störte ihn. Das sagte Noah zumindest. Und deswegen wurde es komisch zwischen uns, auch wenn sich das keiner von uns eingestehen wollte. Aber dass Logan mit Noah darüber gesprochen hatte, beeinflusste unsere Freundschaft ungemein.

Je mehr ich darüber nachdachte, desto mehr machte es mich sauer. Ein kalter Schauer fuhr mir durch den Körper. Er brachte mich dazu, zurück ins Hier zu gelangen. Noah stand noch immer vor mir. Unsere Hände ineinander verschränkt.

Meine Lippen formten ein leichtes Lächeln, während ich die Augen schloss und dankbar war, dass wir, *wir* waren. Lizi und Noah. Beste Freunde. Nicht mehr und nicht weniger.

»Ich …« Ich öffnete wieder meine Augen. Kurz geriet ich aus dem Gleichgewicht, aber er hielt mich fest.

»Wollen wir ein Stück gehen?«, fragte er, bevor er meine Arme losließ.

»Ja, lass uns gehen«, erwiderte ich und musste schlucken.

Wortlos schlenderten wir über die *5th Avenue*. Ich spürte seinen Blick auf mir ruhen. Hakte mich in seinem Arm ein. Lächelte und stupste ihn leicht von der Seite an. »Was hast du vor dem Anruf gemacht?«

Jetzt veränderte sich seine Miene. Sein besorgter Blick wurde zu einem breiten Lächeln. »Ich war bei *Jenny's*. Ich wollte mir einen Kaffee holen und danach zurück zur Uni, aber dann hast du angerufen und jetzt bin ich hier. Aber ich war schon eingeschnappt, dass du mich heute Morgen einfach stehen gelassen hast.«

Meine Lippen zogen sich zu einer schmalen Line. »Tut mir leid, dass ich dich vorhin so stehen gelassen habe. Ich–«

»Das war ein Scherz, Lizi. Alles gut. Ich verstehe es. Manchmal braucht man eben eine Auszeit und das ist vollkommen okay.« Er nahm meine Hand, drückte sie fest und lächelte. Die Grübchen auf seinen Wangen traten deutlich hervor. »Ich wollte für dich da sein.«

»Danke.« Mehr als das brachte ich nicht heraus. Denn in meiner Hosentasche vibrierte mein Handy. Als ich aufs Display sah, erschien Logans Bild.

»Hey du«, sagte ich freudig.

»Wo bist du, Liz?« Seine Stimme bebte.

Ich spürte, wie die Falte zwischen meinen Augen hervortrat, weshalb Noah mich skeptisch anschaute.

»Ich bin gerade noch mit Noah auf der *5th Ave*. Wollte aber gleich nach Hause.« Im Hintergrund hörte ich ein Räuspern und meine Muskeln spannten sich unwillkürlich an. »Bist du bei meinem Vater?«

»Komm nach Hause. Wir sehen uns gleich.«

Ich schielte auf das Display, doch bevor ich etwas sagen konnte, war das Gespräch beendet.

»Was wollte er?« Jetzt kniff auch Noah seine Augen zusammen. Musterte mich besorgt.

»Keine Ahnung. Aber er ist bei meinem Dad. Ich – Ich sollte besser los. Danke dir, Noah. Wirklich.«

Ohne ein weiteres Wort machte ich auf dem Absatz kehrt und fing an, zu rennen.

Als ich zu Hause ankam, blieb ich vor der Tür stehen. Kramte in Zeitlupe meinen Schlüssel heraus und umklammerte dabei die Hauswand. Meine Kehle zog sich zu und ich spürte, wie sich Schweiß auf meiner Oberlippe bildete.

Ich spürte unsichtbare Blicke auf mir ruhen und war mir sicher, dass die beiden hinter dem Spion auf mich warteten.

Bevor ich den Schlüssel einstecken konnte, öffnete sich die Tür. Ohne ein Wort trat mein Vater zur Seite und Logan funkelte mich verärgert an, gab mir dennoch einen flüchtigen Kuss auf die Stirn.

»Ich habe mir Sorgen gemacht«, sagte er und folgte meinem Vater.

Augenverdrehend schlenderte ich hinter den beiden her,

während Logan auf die Kücheninsel zulief und ich mich davor auf dem Barhocker niederließ.

»Wo warst du?« Mein Dad sah mich an.

Hätte ich es nicht besser gewusst, hätte ich gedacht, er sei einfach nur überfürsorglich, aber er war richtig sauer. Sicher lag es daran, dass ich vorab sagte, ich komme direkt nach Hause. Was dann eben nicht so war, weshalb ich seine Wut und Enttäuschung irgendwie verstehen konnte. Heilfroh war ich, dass er mich nicht anschrie. Sicher wäre es anders gewesen, wenn Logan nicht da gewesen wäre.

»Ich war auf dem Weg, habe mich dann aber noch kurz mit Noah getroffen. Wir haben uns noch ein bisschen unterhalten. Ist das jetzt etwa schlimm?«

»Du wolltest direkt heimkommen!«, presste mein Dad zwischen den Zähnen hervor.

Logan schüttelte den Kopf. Schmerz lag in seinen Augen und ich konnte nur ahnen, was er dachte. »Wieso sprichst du nicht mit mir? Ich höre immer nur Noah.«

Ich atmete laut aus und schloss die Augen. »Ich hatte nicht das Gefühl, dass du mit mir reden willst. Schließlich haben wir seit meiner Rückkehr fast aneinander vorbei gelebt. Ich habe einfach nicht auf die Uhr geachtet. Es tut mir leid. Und es tut mir leid, dass ich mich nicht bei dir gemeldet habe.«

»Und worüber habt ihr geredet?«, fragte er.

Ich fixierte die grünen Augen meines Freundes, als er mich anstarrte. Seine Kiefermuskeln spannten sich an und ich wusste, dass ich jetzt nicht lügen konnte. »Wir haben über die Stunde bei mir heute gesprochen. Es gab ein paar … ein paar Unstimmigkeiten mit einer Kommilitonin und ich musste mir Luft machen.« Als ich hochsah, hatte sich etwas in den Augen meines Vaters verändert. »Worum ging es genau?«

Schwer ausatmend wandte ich meinen Blick von Logan. »Es ging darum, dass ich wieder einsteigen durfte. Nicht wiederholen musste. Sie sagen, dass es nur daran liegt, dass Amelia meine Patentante ist.«

Die Wut in Dads Augen verflog und augenblicklich kam er zu mir herum. Nahm mich in den Arm, während Logan meine Hand ergriff und sie drückte.

»Alles gut. Es war ja meine Entscheidung. Ich wollte nicht wieder von vorne starten. Nur nervt es mich, dass nicht gesehen wird, dass ich so viel härter arbeiten musste und immer noch muss als alle anderen. Ich bin ja schon mal froh, dass ich fast endlich alle Prüfungen hinter mir habe.«

»Ist es dir zu viel?«, fragte Logan mich mit einem traurigen Lächeln auf den Lippen.

»Vielleicht war es eine übereilte Entscheidung und damit nicht gerade die richtige. Aber wir alle lernen ja aus ihnen und treffen sie bewusst.« Und auf einmal war da dieser Gedanke. Ich bekam ihn nicht mehr aus dem Kopf, so wie ich es gerade sagte, machten andere Dinge Sinn. Ich sah zu Logan.

»Wieso schaust du mich dabei an?«

»Ich weiß nicht. Ich glaube, dass ich nicht ganz fair war zu dir. Trotzdem möchte ich wissen …«, ich holte tief Luft. »Gibt es vielleicht etwas, was du mir sagen möchtest?« Meinen Vater nahm ich nur noch verschwommen war. Logan war das Einzige, worauf ich mich gerade vollkommen konzentrieren wollte. Er sollte wissen, dass ich es verstand, aber trotzdem auch enttäuscht war.

Seine Schultern spannten sich an, sein Kiefer schob sich vor und in seinen Augen blitzte etwas Dunkles auf.

»Du weißt doch schon etwas. Wieso fragst du mich dann nicht einfach direkt und redest so um den heißen Brei?« Seine Stimme war schroff.

»Weil ich gehofft hatte, dass du damit zu mir kommst. Ich weiß, dass es viel verlangt ist und vielleicht auch zu viel. Aber der Wunsch danach war einfach da und ich versuche so sehr, es zu verstehen. *Dich* zu verstehen. Aber ich habe nicht mehr das Gefühl, dass das hier noch eine Beziehung ist.«

Mein Vater entfernte sich von uns. Er machte uns Platz, damit wir ungestört unsere Kämpfe ausfechten konnten, wofür ich dankbar war.

»Und das sagst gerade du? Du hast wolltest doch lieber mit Noah darüber sprechen.«

Ich konnte nichts erwidern. Ein Stein lag auf meinem Herzen. Er hatte Recht. Ich ging mit zweierlei Maß an die Sache ran. Wenn er nicht mit mir sprach, war es absolut unverständlich für mich. Aber wenn ich mit jemand anderem über meine Problemchen redete, war es in Ordnung.

Auf meiner Lippe kauend, sah ich ihn an. Meine Hände zitterten und ich wollte die Tränen, die in mir aufstiegen unterdrücken. Ich war so wütend auf mich selbst. Meine Hände ballte ich zu Fäusten, bevor ich mich selbst zwang, sie zu lösen. Die Welt um mich herum verschwamm zu Umrissen.

Ich spürte Logans Blick auf mir ruhen. Es brachte mich dazu, ihn wieder anzusehen und seinem Blick standhalten zu wollen. Er sagte kein Wort. Sah mich weiterhin abwartend an, als dachte er, ich wollte noch etwas sagen. Und das hätte ich unter anderen Umständen sicher, aber jetzt gerade drohte jede Emotion in mir überzuschwappen.

»Es tut mir leid. So war das nicht gemeint. Ich wollte nicht, dass -«, hauchte er.

»Du hättest es mir sagen können. Ich wäre doch da gewesen.«

»Ich weiß.«

»Du weißt?« Es war nur ein Knurren, was mir zwischen den Zähnen hervorkam und dann der Knall. Das Kartenhaus über mir, welches ich mir so mühsam errichtet hatte, brach zusammen. Ich wusste, dass ich diesem Streit hätte aus dem Weg gehen können. Aber mein Ego war so groß, dass ich mich in diesem Moment nicht entschuldigen konnte. Auch, wenn es angebracht gewesen wäre.

Er hat Recht. Du machst aus einer Mücke einen Elefanten.

Du bist selbst schuld.

»Lizi, ich kann nicht mehr tun, als mich zu entschuldigen. Du hast recht. Ich hätte dich bei all dem nicht ausschließen dürfen. Aber auch du darfst mich nicht ausschließen.«

Ich stand auf. Ich wollte mir das nicht anhören, denn ich wusste, dass er recht hatte. Und bevor ich etwas sagte, was ich bereute, drehte ich mich um und ging weg.

»Geh doch jetzt nicht wieder einfach, Lizi.«

»Wieso sagst du das so, als ob ich ständig gehen würde?« Meine Stimme schnellte in die Höhe.

»Verdammt!«, fluchte er und schlug mit der flachen Hand auf die Arbeitsfläche. Erschrocken von seiner Reaktion, wich ich ein Stück zurück. »Du meinst das ernst, oder?«, fragte ich leise.

Er sah mich an. Nahm beschwichtigend seine Hände in die Luft. »Ich verstehe dein Problem nicht, Elizabeth. Du benimmst dich wie ein Kleinkind.«

Der Mund blieb mir offenstehen, weshalb ich ging. Kopfschüttelnd sah ich ihn ein letztes Mal an und verschwand aus der Küche.

Einfach gehen. Das ist das Beste, was ich machen kann.

Dass es nicht richtig war, wusste ich. Ich wusste es und dennoch wollte ich gerade einfach nur allein sein.

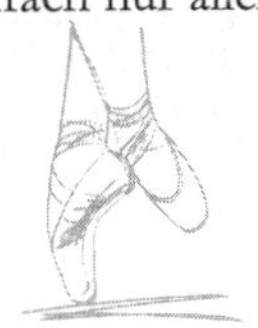

Als ich am Treppenabsatz ankam, ging ich umgehend in mein Zimmer. Hinter mir schloss ich die Tür und ließ mich rückwärts aufs Bett fallen. Meine Hände legte ich auf meine Augen, um zu unterdrücken, was in mir hochstieg.

Es fühlte sich an, als würde ein Sack Zement auf mir liegen und dafür sorgen, dass jegliche Luft aus meinen Lungen gedrückt wurde.

Hör auf, zu heulen.

Ich ermahnte mich selbst und wischte die Tränen mit dem Handrücken von meinen Wangen, aber immer wieder kullerten neue hinunter.

»Scheiße«, brüllte ich und warf ein Kissen quer durch den Raum. Ich war selbst schuld. An allem.

Ich wünschte, mir wäre jemand hinterhergekommen, hätte mich in den Arm genommen und gesagt, dass alles gut werden würde. Aber niemand kam. Ich war allein.

Kapitel 3

Logan

»Ich glaube, du warst ein bisschen hart zu ihr.« Als Marcus neben mir stand, drehte ich meinen Kopf zu ihm.

»Meinst du?«

»Ja, denn dass sie einfach gegangen ist, war nicht ihre, sondern meine Schuld. Ich habe ihr keine Wahl gelassen.« Mit den Händen fuhr ich mir durch die Haare. Bereute, was ich gesagt hatte, denn er hatte recht.

»Trotzdem hätte sie auch darüber mit mir reden können. Das wollte sie nicht. Und auf einmal tut sie so, als wäre ich der Bösewicht in unserer Geschichte. «

Marcus neben mir schüttelte mit dem Kopf. »Ich denke nicht, dass sie es so meint, wie du es verstehst. Sie ist enttäuscht und das hat nicht nur was mit dir zu tun. Auch ich habe mich nicht verhalten wie ein guter Vater. Habe sie kontrolliert und bevormundet. Ich denke es kommt viel bei ihr zusammen, was das Fass gerade zum Überlaufen gebracht hat.«

»Glaubst du wirklich?«, fragte ich und baute meinen Körper wieder etwas auf. Er gab mir Hoffnung. Ermutigte mich.

»Sicher lief vielleicht nicht alles gut bei euch die letzten Monate, aber sie hat immer von dir geredet. Du kannst dich immer auf sie verlassen. Egal, bei was.«

Mit hochgezogener Augenbraue sah ich ihn an. »Ich werde mit ihr reden.«

»Das klingt nach einem guten Plan. Und egal was es ist – gemeinsam werdet ihr sicher eine Lösung finden.«

Der Frust, der sich zuvor angestaut hatte, verließ langsam schleichend meinen Körper und ich entspannte mich.

»Danke, Marcus. Ich glaube, dass war das, was ich gebraucht habe.«

»Du musst dich nicht bedanken. Ich glaube du und die anderen seid hier ihr Zuhause. Und ich glaube, dass ich viel kaputt gemacht habe, indem ich sie wieder mit nach Perth genommen habe, denn –«

Er brauchte seinen Satz nicht beenden. Ich wusste, was er sagen wollte. »Auf einmal fühlt es sich so an, als wären wir alle hunderttausend Meilen voneinander entfernt.«

»Vielleicht fühlt es sich für sie so an. Aber das findest du nur heraus, wenn ihr miteinander sprecht.«

»Ich wollte nie, dass sie sich ausgeschlossen fühlt. Ich musste es aber erstmal selbst irgendwie verstehen. Also bitte, wer ahnt denn sowas? Da steht ganz zufällig eine Frau vor dir, die behauptet mit dir verwandt zu sein.«

Er legte mir eine Hand auf die Schulter und drückte fest zu. »Du weißt, was du zu tun hast. Sprich mit ihr und schütte ihr dein Herz aus. Vielleicht hat sie einen Ratschlag. Etwas, was dir helfen könnte.«

»Ich werde sehen, ob sie mich reinlässt.«

Vor ihrer Zimmertür blieb ich stehen und atmete tief durch. Ein. Und wieder aus. Ein paar Mal intensiv hintereinander, bis ich den Mut fand, anzuklopfen.

Als ich keine Reaktion bekam, öffnete ich die Tür trotzdem und trat hinein. Als ihr Blick meinen traf, drehte sie sich ohne ein Wort weg.

Autsch. Das tut weh, aber ich kann es verstehen. Ich habe sie verletzt und das nicht nur einmal. Wir waren in den letzten

Monaten nicht gerade die besten Partner füreinander gewesen.

Seufzend ließ ich mich auf die Bettkante fallen und legte eine Hand auf ihren Oberschenkel.

»Lizi …« Meine Stimme brach. »Bitte schau mich an.«

Keine Reaktion. Ich schloss die Augen und versuchte, meine Fassung zu wahren. Sauer werden brachte in diesem Moment nichts. Das Gefühl, welches ich ihr vorhin gegeben hatte, wollte ich auf keinen Fall wieder auflodern lassen. Sie war nicht schuld.

»Elizabeth Wilson«, sagte ich und ihr Kopf schnellte zu mir herum.

»Wieso nennst du mich so?«. Sie zog die Brauen zusammen und sah mich wütend an.

Ein leichtes Lächeln umspielte meine Lippen. Ich musste mich zwingen, nicht laut loszuprusten.

»Wieso ich dich so nenne? Sonst ignorierst du mich ja. Also habe ich jetzt deine Aufmerksamkeit?«

Sie setzte sich auf und zog die Knie an sich ran, legte ihr Kinn darauf ab. Ich nahm wahr, wie ihre Unterlippe zu zittern begann.

»Lizi, es tut mir leid. Du hattest recht mit dem, was du gesagt hast. Ich hätte mit dir reden müssen und es dir erklären können. Aber ich war so enttäuscht, dass du ohne ein Wort gegangen warst, dass ich gar nicht mehr wusste, wo wir zwei überhaupt stehen. Ich konnte nicht darüber mit dir reden, weil ich so sauer auf dich war. Du hast mich einfach verlassen, ohne ein Wort und ich habe versucht alles runterzuschlucken und einfach weiter zu machen. Aber das holt mich jetzt ein.«

»Wieso haben wir vorher nie darüber gesprochen?«, fragte sie.

»Ich glaube wir haben beide gehofft, dort weiter machen zu können, wo wir aufgehört haben.«

»Das war dämlich von uns.«

»Ja, das war dämlich«, erwiderte ich.

»Es tut mir leid«, hauchte sie, ergriff meine Hand und drückte fest zu. »Es wird nicht nochmal passieren. Versprochen. Ich werde nicht wieder gehen.«

»Das hoffe ich.«

Ihre Mundwinkel zuckten. Sie machte neben sich Platz und bat mich stumm zu sich. »Willst du es erzählen?«

»Kurz nach deinem Casting stand Freya vor meiner Tür. Sie hatte einen ganzen Batzen an Unterlagen dabei und behauptete, ich sei ihr Bruder. Es war ein Schlag ins Gesicht. Ich wollte ihr nicht glauben. Wollte nicht wahrhaben, dass meine Eltern mir nie etwas gesagt hatten, weshalb ich sie stehen ließ.«

»Freya ist ihr Name?«, fragte sie, während sie mir über den Arm strich.

»Ja.«

»Ein wirklich schöner Name.«

»Ja«, sagte ich erneut und sah zu ihr hoch.

»Und weißt du schon mehr? Sagt sie die Wahrheit?«

Ich zuckte mit den Schultern und ließ meine Hände in den Schoß fallen. »Die Unterlagen, hatte sie mir in den Briefkasten geworfen. Ich habe sie mir noch nicht angeschaut.«

»Wieso?« Sie legte ihre Stirn in Falten.

»Ich konnte es nicht. Was, wenn es wahr ist und wir all die Zeit verloren haben, weil meine Familie nie was gesagt hat?«

»Hast du mal überlegt, dass es nicht darum geht, etwas verloren zu haben, sondern darum, dass man jetzt zusammenfinden könnte? Vielleicht nichts nachholen, aber neue Erinnerungen schaffen kann?«

Ich hatte das Gefühl, ich müsste ihr widersprechen, konnte es aber nicht. Seufzend ergriff ich ihre Hand. Genau das hatte ich gebraucht. Die weisen Worte, die sie für jeden immer auf der Zunge liegen hatte. Ich rutschte hinunter, so, dass ich mit dem Kopf auf dem Kissen lag und sie ihren Kopf auf meiner Brust niederlassen konnte.

»Tut mir leid, dass ich dich so angefahren habe. Ich hatte

nicht das Recht dazu.« Sie starrte auf unsere miteinander verschränkten Finger und rang sich zu einem leichten, traurigen Lächeln durch.

Ich schüttelte den Kopf. »Es muss dir nicht leidtun. Ich hätte damit viel eher zu dir kommen müssen. Ich hatte nur Angst, dass es vielleicht wahr ist und –« Meine Stimme brach und ich schluckte schwer. Ein Kloß bildete sich in meinem Hals. Doch als sie zu mir hochschielte, gab sie mir unbewusst die Kraft, die ich brauchte. »Wenn es wahr ist, dann ist das Bild, was ich von meiner Familie habe zerstört. Dann besteht mein Leben aus einer Lüge.«

»Ich verstehe das, aber wir sollten trotzdem herausfinden, was der Wahrheit entspricht und was nicht. Findest du nicht?« Liz beugte sich zu mir und gab mir einen flüchtigen Kuss auf den Mund. Sie war mein Anker, weshalb es mir auf einmal so unglaublich leichtfiel, über all das zu reden.

»Du hast recht, aber erst dann, wenn ich dafür bereit bin. Und das bin ich noch nicht. Wenn ich so weit bin, dann bist du die Erste, die es erfährt. Versprochen«, sagte ich und stupste mit meinem Zeigefinger ihre Nase an.

»Okay«, sagte sie und stieß laut Luft aus.

»Okay«, wiederholte ich ihre Worte, legte zwei Finger unter ihr Kinn und küsste sie endlich. Richtig. Nicht flüchtig, sondern mit Leidenschaft und allem, was ich hatte.

Alles in meinem Körper zog sich zusammen.

Sie legte ihre Hand an meine Wange, zog mein Gesicht noch näher zu ihrem und öffnete leicht die Lippen, um meiner Zunge Zutritt zu gewähren. Als ich auf ihre Zunge traf, entfuhr mir ein leises Stöhnen und ich zog sie auf mich. Ich ließ mich auf den Rücken sinken und vergrub meine Hände in ihren Haaren.

»Logan«, murmelte sie an meinem Mund und beendete den Kuss. »Mein Vater ist unten. Das geht hier nicht.«

Schmollend zog ich mich zurück und lehnte den Kopf

gegen die Wand.

»Du bist bald volljährig. Dann ziehen wir einfach aus.«

Sie lachte laut auf. »Das geht doch aber auch viel eher.«

»Aber dann muss ich mich darauf einstellen, dass dein Vater und ich uns verkrachen. Das wollen wir beide nicht.« Aus dem Augenwinkel sah ich, wie sie schmunzelte. Ich hatte recht. Das wusste sie, doch zugeben würde Liz es nie.

Um uns herum legte sich eine Stille. Fast so, als würde die Welt eingefroren sein, weshalb ich ihr einen kurzen Schubser gab und sie von mir rollte. Ich setzte mich im Schneidersitz vor sie. Wollte jeden Zentimeter von ihr sehen.

»Ich weiß schon, dass ich recht habe. Du musst es nicht aussprechen.«

»Niemals«, erwiderte sie, bevor sie mir ihre Zunge rausstreckte. Ich streckte meine Hände nach ihr aus und meine Finger fanden ihre Achseln. Sie lachte los und es erwärmte meine Seele.

»Logan, hör … hör …« Sie rang nach Luft und quietschte laut dabei.

»Mhm? Was soll ich?« Es amüsierte mich, sie so zu sehen.

»Aufhören. Bitte hör … Ahhhhh, Schluss jetzt!«, schrie sie und als sie begann, mit den Zähnen nach mir zu schnappen, ließ ich augenblicklich von ihr ab. »Mach das nie wieder«, sagte sie zerknirscht.

Meine Hände machten eine Vorwärtsbewegung. Sie wich zurück und landete mit einem lauten Knall auf dem Boden.

Ich legte mich auf den Bauch, schaute zu ihr runter und bekam vor Lachen Bauchschmerzen.

»Geht es dir gut?«, brachte ich heraus und als sie mich ansah, lachte sie mit Tränen in den Augen.

»Alles gut. Tat kaum weh.« Sie drückte sich vom Boden hoch.

»Hast du dir wirklich nicht weh getan?« Marcus‘ Stimme ließ mich erschaudern.

Unsere Köpfe schnellten herum. Er stand mit in den Hüften gestemmten Händen in der Tür.

Sie winkte ab. »Nein, ehrlich nicht. Nur der Schock und meine eigene Dummheit. Alles gut, Dad. Wirklich.«

Ich sah zu Marcus auf und zuckte mit den Schultern. »Kommst du später mit zur Ansprache für die Freshmen?«, fragte ich sie unter Beobachtung ihres Vaters.

»Das habe ich ganz vergessen. Aber ich denke nicht. Ich habe gleich noch Tanzgeschichte.«

»Okay. Ich habe einen neuen Schützling. Sicher werde ich dort sein.«

Liz nickte, aber als sie einen Schritt vor machte, verzog sich schmerzvoll ihr Gesicht.

Entschuldigend sah sie mich an. »Schau nicht so. Es ist alles gut. Ist mir nur einmal durchs Steißbein gezogen. Geht schon wieder.«

Ich senkte den Kopf. »Wenn du es sagst.«

»Aber um wieder auf das eigentliche Thema zurückzukommen – wir können ja trotzdem zusammen zur Uni laufen.«

»Das machen wir«, sagte ich und drückte ihr einen Kuss auf die Stirn. Gemeinsam machten wir uns auf den Weg zur Juilliard.

Kapitel 4

Elizabeth

Hand in Hand gingen Logan und ich zur Uni und es fühlte sich unbeschwert an. Einerseits ärgerte ich mich, dass ich Noah indirekt verpfiffen hatte, aber andererseits war ich unendlich glücklich, dass das Thema endlich vom Tisch und ausgesprochen war.

Logans Handy klingelte. Er drückte den Anruf weg, während ich ihn von der Seite anschielte.

»Wieso gehst du nicht dran?«

»Wenn's wichtig ist, dann …« Es klingelte wieder und er verdrehte die Augen.

»Dann wird nochmal angerufen«, beendete ich seinen Satz und musste schmunzeln.

»Godrick?«, sagte er, als er abnahm. »Ja, kein Problem. Geben Sie ihr meine Nummer, dann sammeln wir sie auf dem Weg ein. Super. Vielen Dank, Mrs. Roberts.«

Mit hochgezogener Augenbraue sah ich ihn an. »Was war das denn?«

»Wir müssen Abigail einsammeln.«

»Abigail?« Fragend zog ich eine Augenbraue hoch.

»Mein Schützling. Sie wohnt ganz in der Nähe der Uni.«

»Wieso nicht im Wohnheim?«

Er sah mich an. »Wieso wohnst du da nicht mehr?«

Ich verdrehte die Augen. »Ja, schon gut. Wo müssen wir hin?«

»West Side YMCA.«

»Wieso wohnt …« Ich verstummte, als er mich mit zusammengekniffenen Augen ansah. Er wusste es genau so wenig wie ich. Schon verstanden. »Na gut, dann mal los«, sagte ich, als wir gerade am Central Park ankamen.

Der Park strahlte in seinem ganzen Stolz. Alles war grün und Menschen tummelten sich auf den Wiesen, spielten Volleyball oder lagen einfach nur in der Sonne, lasen ein Buch oder hörten Musik.

Ich kam immer gern her, gerade, wenn ich abschalten wollte, aber in den letzten Monaten war es eindeutig zu selten gewesen. Das würde ich jetzt wieder ändern.

Als wir am Central-Park-Karussell vorbeigingen, weckte es Erinnerungen in mir. Ein Kribbeln durchfuhr meinen Körper und ich grinste bis über beide Ohren.

»Warum bist du so fröhlich?«

»Ach, ich habe gerade nur an mein erstes Mal am Karussell gedacht.« Ich kicherte und Logan atmete laut aus.

»Okay, komm lass uns weitergehen. Sie wartet sicher schon.«

»Ist ja gut. Komme schon.«

Als wir am West Side YMCA Hotel ankamen, wartete bereits eine zierliche Person vor der Tür. Ihr Gesicht wurde von Sommersprossen bedeckt und sie hatte kurze rot-blonde Haare.

Sie sah sich immer wieder um. Reflexartig griff ich nach Logans Hand. Ich hatte das Gefühl, mein Revier verteidigen zu müssen.

Du spinnst, Wilson.

»Abigail?«, fragte Logan, als wir näher an sie herantraten.

»Und du bist?« Sie musterte uns von oben bis unten, zog die Augenbrauen zusammen und lachte dann auf. »Kleiner Scherz.

Natürlich weiß ich, dass du Logan bist, aber …« Ihr Blick fixierte mich. »Wer bist du?«

»Ich bin Liz.«

Entschlossen hielt ich ihr meine Hand hin, aber sie griff nicht zu, sondern zog mich direkt in ihre Arme.

»Noch eine aus dem ersten Jahr! Wie toll!« Sie ließ von mir ab und hüpfte wie ein Kleinkind auf und ab.

Ich sah zu Logan. »Nicht direkt. Ich bin im zweiten Jahr und seine Freundin.«

»Ach … schade.« Ihre Augen funkelten.

Was für eine Farbe ist das nur? Grau?

»Aber du hast mit Logan einen Super-Mentor«, fügte ich hinzu und schob ihn vor.

»Wir zwei gehen jetzt zur Versammlung. Dann zeige ich dir, wie du von hier zur Juilliard kommst. Es ist wirklich nicht schwer und außerdem hast du ja auch ein Navi im Handy. Falls du dich mal verlaufen solltest.«

»Wieso wohnst du eigentlich nicht im Wohnheim?« Es platzte einfach aus mir heraus. Wie Kotze. Wortkotze.

Sie räusperte sich und legte den Kopf schief. »Sag mal, kennen wir uns von irgendwoher?«

Mit dem Finger deutete ich auf meine Brust. »Wir uns? Nicht, dass ich wüsste.«

»Doch … Du kommst mir bekannt vor. Ist auch egal. Meinem Vater gehört das Hotel und außerdem habe ich schon an einer anderen Uni angefangen, Tanz zu studieren. Aber da hat es mir nicht gefallen, deshalb wohne ich im Hotel.« Sie zuckte mit den Schultern.

»Ach so.« Ich rang mich zu einem Lächeln durch und kramte in jeder Ecke meines Gehirns danach, woher wir uns kennen könnten.

»Wollen wir los, oder wollt ihr hier noch weiter rumstehen und euch verwirrt und mit hochgezogenen Augenbrauen anstarren?«, fragte Abigail und ließ mich perplex dastehen, während Logan zu lachen begann.

»Ich habe gleich Unterricht, ich gehe einfach schon vor.«

»Okay«, sagte Logan, während er den Arm um meine Schultern legte und mich zu sich zog. Er küsste mich und an seinen Lippen lächelte ich. »Bis später.«

»Viel Spaß an deinem ersten Tag, Abigail.«

»Abi.«

»Wie bitte?«, fragte ich.

»Nenn mich ruhig Abi«, sagte sie mit einem Lächeln auf den Lippen.

»Okay, Abi. Bis später.«

Ich drehte ihnen den Rücken zu und machte mich auf den Weg zur Uni. Immer wieder versuchte ich mich daran zu erinnern, woher ich sie kennen könnte, und als ich an den Treppenstufen des Eingangs ankam, entfuhr mir ein Freudenschrei.

»Sie ist das Mädchen, das mit Grace und mir damals im Battery Park getanzt hat«, flüsterte ich zu mir selbst.

Als ich den Raum betrat, saßen meine Kommilitonen bereits auf den Plätzen. Ich setzte mich neben Hannah und schielte zu ihr rüber.

»Was willst du, Wilson?«, ätzte sie.

»Mit dir über unsere Aufgabe reden.«

»Ich sagte es schon einmal: Lieber falle ich durch, als das mit dir zu machen.«

Ich kniff die Augen zusammen. »Aber wieso denn? Ich verstehe dein Problem mit mir nicht. Es war meine Entscheidung.«

»Ja, und genau da ist doch schon das Problem. Du hast freie Wahl gehabt und *durftest* entscheiden. Jeder andere hätte keine gehabt, aber *du* hattest sie.«

Der Groschen fiel. Darum ging es ihr also.

»Dann tut es mir leid, wenn du das als Problem siehst und denkst, dass es nur daran liegt, dass …«

Ich verstummte, als ich ein Klopfen hörte und den Kopf nach vorn drehte. Mr. Brown stand da und schaute uns an.

»Jetzt, wo ich Ihre Aufmerksamkeit habe«, er ging durch die Reihen, »werden wir uns mit den vier klassischen Sparten des Theaters beschäftigen.«

Ein Raunen ging durch die Reihen und vereinzelnd hörte man Wörter wie *langweilig*, *ätzend* und *nichts bringend*, jedoch ließ sich unser Dozent davon nicht abbringen, seinem Plan zu folgen.

»Wer kann mir die vier verschiedenen Sparten nennen?« Er blieb neben meinem Tisch stehen. »Miss Wilson. Sie vielleicht?«

Ich bäumte mich auf, drückte die Schultern nach hinten und setzte zur Antwort an. Ich hatte mich vorbereitet. Hatte vorgearbeitet und während meiner Zeit zu Hause gelesen, auswendiggelernt und mich informiert. Das kam mir jetzt zugute.

»Natürlich doch, Mister Brown. Die vier Sparten sind die klassischen Theatersparten. Das Sprechtheater, das Musiktheater, Tanztheater und Ballett und als Letztes das Figurentheater.«

Zufrieden nickte er in meine Richtung und lächelte.

»Und seit wann wird im Theater zwischen den vier Sparten unterschieden, Miss …«, er machte eine Pause und drehte sich nach rechts um, »Wallez?«

Ihr Gesicht lief rot an. Damit hatte sie scheinbar nicht gerechnet, denn ihre Hand umfasste den Stift so fest, dass ihre Knöchel hervortraten.

Schweiß bildete sich auf ihrer Stirn und hilfesuchend wandten sich ihre Augen auf ihre Notizen.

»Ich weiß es nicht, Sir.« Sie starrte weiterhin auf ihr Buch.

Mr. Brown wandte sich ab und ging zu seinem Pult. »Seit

etwa 1830.« Er schrieb alle vier Sparten auf und drehte sich wieder zu uns um. »Ich möchte, dass sie sich mit einer dieser vier Sparte auseinandersetzten. Jeder sucht sich eine aus und schreibt eine Hausarbeit darüber. Was hat die Sparte ausgemacht, seit wann gibt es sie und wie hat sie sich im Laufe der Jahre weiterentwickelt? Fünfzehn Seiten sollten zu schaffen sein. Denken Sie an die Quellen und reichen Sie sie über das Uni-Portal ein.«

Wie von Fäden geführt, nickten wir.

Meine Konzentration war gleich Null. Ich wollte die Auseinandersetzung mit Hannah aus der Welt schaffen. Wollte, dass wir uns zumindest für den Moment wie ein Team verhielten. Ich musste mir etwas einfallen lassen. Dringend, denn viel Zeit war nicht mehr.

Nach der Stunde machte ich mich auf den Weg zu *Jenny's*. Endlich konnte ich wieder Zeit mit Becca und Grace verbringen. Unsere gemeinsamen Abende kamen zu kurz in den letzten Monaten und ich vermisste sie. Ich freute mich auf unbeschwertes Quatschen, Zeit zu dritt und einfach mal abschalten zu können.

Wie immer bestellte ich mir bei Jenny ein Wasser, aber dieses Mal mit einem Chocolate-Chip-Keks dazu.

A cookie a day keeps the stress away.

Immer wenn ich mir einen Keks bestellte, musste ich an Beccas Worte denken. Es zauberte mir ein Lachen ins Gesicht. Ich ließ mich neben Grace auf dem Sofa nieder und schaute in die Runde. Der Ausdruck der beiden war so, als wäre gerade sieben Tage Regenwetter gemeldet worden.

»Was ist denn mit euch los?« Kauend sah ich von der einen zur anderen und wartete darauf, dass sie endlich mit der Sprache rausrückten.

Becca räusperte sich. »Ganz eventuell kommt Nik gleich noch dazu, wenn seine Vorlesung zu Ende ist. Das ist kein Problem, oder?«

»Wieso sollte das ein Problem sein? Wir sind Freunde.« Ich konnte selbst hören, wie meine Stimme in die Höhe ging.

Grace sah mich von der Seite an und gab Becca nicht die Möglichkeit, zu antworten. »Und wart ihr bei der Versammlung? Ich habe dieses Jahr einen Schützling bekommen und ich muss echt sagen, ich weiß, wieso ich mich dafür nie gemeldet habe. Es ist ja so anstrengend.« Sie lachte auf, fuhr sich durch die Haare und schüttelte ihre Spitzen aus.

»Ich hatte Unterricht«, presste ich trocken hervor und beobachtete Becca wieder.

Sie mied mich und starrte regungslos auf den Tisch. Als Jenny zu uns kam und die Getränke brachte, verlor sie mit dem Tablett die Balance und es kippte samt Wasser um.

Der Versuch, auszuweichen, scheiterte kläglich. Fluchend sprang ich auf. Jennys Augen weiteten sich. Hektisch zuckte ihr Blick zwischen uns hin und her.

Sie schnappte sich die Servietten, die auf dem Tablett lagen, und begann, das Wasser zwischen meinen Füßen aufzuwischen.

»Es tut mir so leid, Liz. Ich weiß nicht. Ich –«,stammelte sie.

»Alles gut. Macht nichts«, sagte ich. Gerade, als Jenny meine Hose abtupfen wollte, entzog ich mich ihrer Berührung. »Schon gut, Jenny. Ich mach das.«

»Das Wasser geht natürlich aufs Haus. Ich hole dir schnell ein neues.«

Völlig aufgelöst und mit errötetem Gesicht verschwand sie mit den klitschnassen Servietten und ihrem Tablett.

»Ich werde mich mal eben föhnen gehen«, sagte ich und stand auf, doch keiner der beiden regte sich. Hitze kroch meinen Hals hinauf. Auf dem Weg zur Toilette drehte ich mich verstohlen zu meinen Freundinnen um. Sie redeten miteinander. Worüber nur? Wieso fühlte ich mich so ausgeschlossen? Ich stieß die Tür auf, ging zum Waschbecken und stemmte meine Hände auf dem Holz ab. Ich betrachtete mich im Spiegel. Ich versuchte, die Zornesfalte, die sich auf meiner Stirn gebildet hatte, zu glätten. Es gelang mir nicht. Ich warf den Kopf in den Nacken und gab ein ersticktes Stöhnen von mir.

Wieso? Wieso passiert so etwas immer mir?

Fest umgriff ich das Waschbecken mit meinen Fingern. Zu fest. Meine Knöchel färbten sich bereits weiß, als ich mitbekam, wie sich die Tür neben mir öffnete. Becca trat herein, musterte mich und kam an meine Seite. Den Griff schnell lösend, berührte ich mit den Ellenbogen den Knopf zum Handtrockner. Ich musste mich auf Zehenspitzen stellen, damit er die Stelle trocknen konnte, die klitschnass war.

Becca lehnte sich neben mir an die Wand. Sie war in den letzten Monaten zur stillen Beobachterin geworden. Hielt sich meist zurück und überlegte mehr als einmal, was sie sagte.

»Was zum Teufel ist denn los?«, rief ich über die Lautstärke hinweg.

Ihre Augen waren untermalt von bläulichen Ringen. Generell sah ihr Äußeres nicht so gepflegt aus wie sonst. Ihre Haut wirkte trocken und sie sah dünner aus. Wieso fiel mir das jetzt erst auf?

Als es still um uns wurde, berührte ich behutsam ihren Arm. Sie zuckte zusammen und ich entfernte mich wieder ein Stück.

»Ist alles gut bei dir, Becks? Du siehst ehrlich gesagt nicht danach aus.«

Sie schaute zu Boden und als sie mich wieder ansah, glänzten ihre Augen.

»Manchmal glaube ich –«, ihre Stimme brach. Sie atmete durch und versuchte es nochmal. »Manchmal glaube ich, dass ich nicht hierhergehöre. Ich komme nicht mehr zur Ruhe. Bin nur am Komponieren. Ich will einfach nichts machen. Will nur schlafen.«

Es war fast ein Flehen, das sie von sich gab. Eindringlich versuchte ich, ihren Blick einzufangen. Doch sobald es mir gelang, entzog sie sich mir wieder.

»Lass uns hochgehen. Einen Film anmachen und uns ein bisschen ausruhen – was hältst du davon?«

»Wirklich?«, fragte sie vorsichtig und sah mich mit einem zarten Lächeln an. Ich nahm sie bei der Hand. Wir brauchten keine Worte mehr, weshalb wir schweigend zurückgingen. Grace unterhielt sich bereits mit Nik. Und je näher wir kamen, desto mehr verstummten sie. Nik sah lächelnd zu uns hoch, während Grace sich die Hände in den Schoß legte. *Verheimlicht sie etwas?*

»Hey«, sagte Nik, stand auf, um mich in den Arm zu nehmen.

Aus dem Augenwinkel beobachtete ich Becca. Sie sah beschämt zu Boden, während Grace über ihre Schulter tätschelte.

»Habe ich was verpasst?«, fragte ich und löste mich von ihm.

Hektisch schüttelte er den Kopf.

»Okay«, sagte ich langezogen. Danach wandte ich mich an Grace. »Wir wollen hoch in die Wohnung, willst du mitkommen?«

Verstohlen sah sie zu Becca, nickte aber dann doch. Da war es wieder. Was war passiert? Sie verabschiedete sich von Nik und entschuldigte sich für die kurze Gesellschaft.

»Kein Thema. Logan und Noah kommen gleich noch vorbei mit ihren Schützlingen. Außerdem muss ich mich noch für die Managementprüfung vorbereiten. Tut euch keinen Zwang an. Wir sehen uns sicher die Tage nochmal.«

»Tun wir«, sagte Becca knapp, bevor sie sich umdrehte und mit schnellen Schritten aus der Tür verschwand.

Wir folgten ihr. Doch bevor ich durch die Tür huschte, warf ich einen letzten Blick über meine Schulter zu Nik. Aufgeregt tippte er auf seinem Handy rum. Ich versuchte es zu verstehen. Ich zwang mich zum Gehen, wandte mich ab und als ich an die frische Luft trat konnte ich eins und eins zusammenzählen.

Mein Mund wurde trocken, mein Atem langsamer und

meine Muskeln verspannten sich. Das konnte nicht sein. Nein, ich bildete mir das sicher nur ein. Sie hätten was gesagt. Ganz sicher.

Oder?

Kapitel 5

Elizabeth

Als wir in die Wohnung kamen, verzog sich Becca direkt in ihr Zimmer und ließ mich mit Grace im Flur stehen.

Besorgt sah ich ihr hinterher. »Weißt du, was mit ihr los ist?«

Grace schüttelte, meiner Meinung nach, viel zu schnell den Kopf. Sie wusste etwas. Ganz sicher.

Kurz fixierte ich sie. Sie log. Sie log sowas von und es störte mich. Ohne ein weiteres Wort ging ich an ihr vorbei in die Küche. Doch als ich inmitten des Raums stand, drehte ich mich um.

»Du weißt doch was. Bitte sag es mir.«

Sie kam mit einem Seufzen auf mich zu. »Na gut. Ja, es ist was. Aber kannst du mich zumindest eine gute Freundin sein lassen und sie selbst fragen? Ich will hier nichts ausplaudern, was sie dir vielleicht nicht selbst erzählen will. Also bitte hör auf, sauer auf mich zu sein. Danke.« Sie stemmte ihre Hände an ihre Taille und riss die Augen entschuldigend auf.

»Geht doch. Danke, dann frage ich sie selbst«, sagte ich und stolzierte umgehend zu Becca. Vor ihrer Tür machte ich halt.

Ist es richtig, sie direkt zu konfrontieren? Sollte ich sie nicht lieber selbst entscheiden lassen, wann sie mir was sagt und wann nicht? Ich habe es doch gerade erst selbst mit Logan gehabt.

Ich schüttelte die Gedanken von mir ab. Ich wusste, was zu tun war. Auch wenn es bei Logan funktioniert hatte, würde ich es diesmal anders machen. Besser. Ich wollte eine gute Freundin sein. Eine, auf die man sich immer verlassen konnte und mit der man, wann immer es nötig war, reden konnte.

Ich klopfte an ihrer Zimmertür. Wartete darauf, dass sie mich hereinbat. Ihre zierliche Stimme erklang, woraufhin ich die Tür einen Spalt öffnete.

Sie hob den Blick von ihrem Handy. Ihr Blick sprach Bände. Ich hatte das Gefühl, nicht erwünscht zu sein. Ein Schatten huschte über ihr Gesicht. Es war unmöglich, sie zu lesen.

Sie legte ihr Handy zur Seite, schwang die Beine vom Bett und sah mich erwartungsvoll an.

»Was ist denn, Lizi?«

Sie klang genervt. Als wäre ich jemand Fremdes, der zum hundertsten Mal versuchte, ihr Kekse zu verkaufen, während sie schon neunundneunzig Mal Nein gesagt hatte.

»Ich wollte dich nur wissen lassen, dass, wenn du jemanden zum Reden brauchst, ich für dich da bin.«

Als sie mich noch immer so ansah, als wollte ich ihr etwas Böses, machte sich Unsicherheit in mir breit. »Ich mache mir Sorgen um dich. Wenn du also reden möchtest«, ich pausierte. Meine Hände vergrub ich in den Hosentaschen, atmete laut aus. »Dann werde ich für dich da sein. Egal wann. Egal wo, okay?«

»Es ist alles gut. Ich habe nichts.« Sie drehte mir den Rücken zu.

Ich verschränkte die Arme vor der Brust. Wut kochte in mir hoch. Mich selbst ermahnend, versuchte ich, ruhig zu bleiben. *Ich habe daraus gelernt. Ich habe aus der Situation mit Logan gelernt. Bleib ruhig.*

Auch wenn sie log und es mich rasend machte, versuchte ich, ihr mit jeglichem Verständnis, das ich hatte, entgegen zu treten.

»Okay. Sollte dennoch etwas sein, melde dich bei mir.«

Sie drehte sich zu mir um, verschränkte die Arme vor der Brust. Eindringlich sah sie mich an. »Wieso auf einmal?«

»Wie meinst du das?«, stotterte ich. Ich veränderte meine Haltung. Nahm die Hände aus den Taschen und verschränkte sie ineinander.

»Tu nicht so«, fauchte sie.

»Ich verstehe es nicht. Scheinbar hast du ein Problem mit mir. Können wir nicht wie zwei Erwachsene darüber reden?«

Sie erwiderte nichts.

»Kannst du mich jetzt bitte nicht ignorieren?« Verzweiflung lag in meiner Stimme. Ich warf die Arme in die Höhe und ließ sie ruckartig wieder sinken.

»Du willst wissen, was mein beschissenes Problem ist?«, platzte es aus ihr heraus und ließ mich zurückweichen.

Ihr Gesicht wurde feuerrot, sie boxte auf ihre Decke und ihre Augen verdunkelten sich.

»Ich würde es gern wissen. Ja«, hauchte ich, während ich den Blick zu Boden sinken ließ.

»Mein Problem ist, dass ich immer für dich da war. Immer! Und dann hätte ich dich einmal gebraucht und du –« Sie ging um mich herum und blieb am Schreibtisch stehen. »Seitdem du wieder hier bist, geht es nur um *dich*. Es geht nur darum, wieso Logan anders ist, und darum, dass du genervt bist von allem. Es geht nur um dich, verdammt nochmal. Nicht einmal hast du gefragt, wie es mir in den letzten Wochen ging. Nicht einmal war es dir wichtig, zu wissen, was in mir vorgeht!«

»Aber ich habe doch –« Ich verstummte, als sie ihre Hand hob.

»Gefragt? Ja, das stimmt. Aber immer nur dann, wenn du was brauchtest. Du hast nie aus reinem Interesse an unserer Freundschaft gefragt. *Nie.*«

Mir fiel die Kinnlade hinunter. Mein Körper bebte. Das stumme Schluchzen das meinen Körper drohte, zu überlaufen, schob ich beiseite.

»Lass mich bitte in Ruhe«, nuschelte sie. Ich nickte. Denn ich verstand sie. Ich war eine grauenhafte Freundin und es traf mich wie eine Lawine. Der Kloß in meinem Hals wurde größer und ich tat das einzig richtig Erscheinende.

Rückwärts ging ich aus dem Zimmer, blieb jedoch im Türrahmen kurz stehen. Ihre Augen waren müde. Sie kam auf mich zu. Es gab mir Hoffnung, doch sie griff die Tür und schlug sie mir vor der Nase zu.

Grace streckte ihren Kopf aus der Küche hinaus. »Das scheint ja nicht so gut gelaufen zu sein.«

Ich schüttelte verständnislos den Kopf. »Ernsthaft, Grace? Das hättest du dir auch sparen können.«

Ohne, dass sie weiteres sagen konnte, zog ich die Haustür auf und verschwand in Windeseile. Ich musste hier weg. Nein, ich *wollte* dringend weg. Dumpf nahm ich hinter mir Grace' Stimme wahr, aber ich machte keine Anstalten, mich noch einmal umzudrehen.

Im Eiltempo sprintete ich die Treppen hinunter und als sich meine Lungen mit frischer Frühlingsluft füllten, entspannten sich meine Muskeln. An der Hausmauer angelehnt atmete ich ein paarmal tief durch. Ich dachte über Beccas Worte nach und sie trafen mich wie ein Messer ins Herz. Es schlug schmerzhaft gegen meine Rippen.

Sie hat recht. Sie hat recht. Du bist eine schlechte Freundin, Elizabeth!

Die Worte brüllten mich förmlich an und ich drückte mir meine Hände an die Schläfen, wollte meine Gedanken zum Schweigen bringen. Ich setzte mich in Bewegung. Das würde sicherlich helfen. Ich wusste nicht, wohin ich wollte, aber einer Sache war ich mir sicher. Ich würde es wiedergutmachen.

Meine Füße trugen mich zur *High Line*. Immer wieder rief ich mir die letzten Wochen und Monate ins Gedächtnis. Ich versuchte zu eruieren, wann mir alles aus den Händen geglitten war.

Ich lief. Ich lief, ohne großartig zu gucken. Ich wollte nur ans Ziel kommen und die negativen Gedanken von mir abschütteln. Wollte nur eines, und zwar in Grund und Boden versinken.

Als ich die Treppen zum Park hochging, nahm ich immer zwei Stufen auf einmal und achtete darauf, nicht zu stolpern. Oben angekommen, ließ ich mich auf der ersten Bank nieder, die zu sehen war, und holte mein Handy raus.

Ich musste ihr schreiben. Also öffnete ich ihren Chat und tippte drauf los.

Ich: Becks, es tut mir leid. Du hattest recht. Mit allem. Ich habe dich vernachlässigt und ich weiß nicht, wie ich das wiedergutmachen kann. Ich weiß, dass ich eine schlechte Freundin war. Und es tut mir leid. Es tut mir so leid, dass ich mich am liebsten selbst verprügeln würde. Ich war so mit meinem eigenen Film beschäftigt, habe so nah ran gezoomt, dass ich einfach nichts mehr um mich herum wahrgenommen habe. Stattdessen hätte ich versuchen sollen, aus dem Loch rauszukommen und alles aus einer anderen Perspektive zu sehen. Ich habe jetzt, nach unserem Gespräch, erst gemerkt, dass es manchmal gut ist, die Dinge mit Abstand zu betrachten, und dass sie dann ganz anders aussehen. Nicht nur schwarz. Sondern auch weiß.

Ich seufzte, las das Geschriebene durch und setzte wieder an.

Ich: Was ich damit sagen will: Es tut mir leid. Ich habe dich sehr lieb und hoffe, dass du mir verzeihen kannst. – L

Bevor ich auf Senden drückte, beobachtete ich die Menschen. Sie waren nicht in Eile. Genossen die Sonne auf der Haut und brachten mich irgendwie zum Nachdenken. Ohne die Nachricht abzuschicken, schloss ich den Chat. Ich lehnte mich zurück. Die Ruhe, die von den Besuchern ausging, nahm mich vollends ein. Als ich mich zurück ins Jetzt zwang, beugte ich mich nach vorn, starrte in die Ferne, wobei mir eine Frau ins Auge fiel. Zwar stand sie mit dem Rücken zu mir, aber ihre Statur löste etwas in mir aus. Ich kannte sie irgendwoher. An das Geländer gelehnt, sah auch sie über den Park hinweg.

Ich drückte mich von der Bank hoch, holte tief Luft und war fest entschlossen, mich neben sie zu stellen.

Wo habe ich sie schon mal gesehen?

Mit sicheren Schritten ging ich auf sie zu, doch eine Traube Menschen kreuzte meinen Weg. Als ich mich an ihnen vorbei gedrängt hatte, war sie verschwunden.

Genie.

Ich drehte mich um meine eigene Achse, suchte mein Umfeld nach ihr ab, aber vergebens.

Das Blut strömte heiß durch meine Adern. Ich spürte, wie mein Gesicht rot anlief und ich ging zu dem Platz, an dem sie gerade noch gestanden hatte. »Das kann doch nicht wahr sein«, flüsterte ich und berührte das kühle Metall.

Ich schüttelte den Kopf, holte mein Handy raus und dachte kurz über das Senden der Nachricht nach. Die Atmosphäre um mich herum veränderte sich. Sie spannte sich an und die Luft war zum Schneiden. Ich wollte Becca schreiben. Die Gedanken über sie, die in meinem Kopf herumschwirrten, versuchte ich, auszublenden. War es egoistisch, dass ich gerade mit ihr reden wollte? Dass es wieder etwas war, wo es um mich ging? Also genau das, was sie mir vorgeworfen hatte?

Bevor ich weiter darüber nachdenken konnte, wählte ich Grace' Nummer und wartete darauf, dass sie endlich abnahm.

»Hallo?«

»Grace«, sagte ich erleichtert. »Hast du gerade Zeit?«

»Ich … Also eigentlich«, sie stammelte vor sich hin. Ich schloss die Augen. »Bitte.«

Sie seufzte. »Wo bist du?«

Erleichtert atmete ich auf. »High Line.«

»Ich bin unterwegs. Bis gleich.«

Ich setzte mich wieder auf die Bank. Den Blick starr aufs Handy gerichtet, wartete ich drauf, dass sie ankam. Die Minuten vergingen wie in Zeitlupe. Jedes Mal, wenn ich wieder einen Blick aufs Display warf, war gerade mal eine Minute vergangen. Wenn überhaupt.

Ich stützte die Ellenbogen auf die Oberschenkel und legte mein Kinn in die Hände, fixierte meine Füße. Frust und Unsicherheit nahmen meinen Körper in die Mangel und ich wusste nicht, wie mir geschah. Ich wollte mich irgendwo festklammern, aber es gab nichts. Mit einer Hand fuhr ich durch meine Haare, schüttelte die Spitzen aus und als ich hochblickte, stand Grace vor mir. Ein Zentner Last, der gerade noch auf mir gelegen hatte, fiel von mir ab. Mein Körper beruhigte sich. Ich war dankbar, dass sie so schnell hergekommen war, wie es nur ging. Freude jagte durch alle Poren meines Körpers. Ich sprang auf und zog sie in die Arme. »Danke.«

»Dafür sind Freunde da«, murmelte sie und löste sich von mir.

»Ich habe den Wink mit dem Zaunpfahl verstanden, Grace.« Ich ließ mich wieder auf die Bank fallen, sah zu ihr hoch.

»Ich will mich da nicht einmischen. Wenn es darum geht, dann bitte halte mich da raus. Wirklich, ich hab euch beide lieb, aber ich will nicht zwischen die Fronten geraten. Das habe ich Becca auch schon gesagt.«

Durch meinen Wimpernkranz sah ich sie an. »Das verstehe ich.«

»Klärt das.« Sie ließ sich neben mich sinken.

»Ich werde es versuchen wieder gutzumachen.« Verständnisvoll nickte ich in ihre Richtung.

»Also, was ist los?« Sie legte mir eine Hand auf die Schulter.

Um sicher zu gehen, dass wir nicht beobachtet oder belauscht wurden, sah ich mich um. Ganz bewusst atmete ich die frische Luft ein, bevor ich meine Augen schloss und zu reden begann.

»Ich sehe sie. Immer und immer wieder.«

Mit hochgezogener Augenbraue sah sie mich an. »Ich verstehe nicht genau. Kannst du etwas präziser sein?«

»Ich sehe meine Mutter.« Es war nur noch ein Flüstern, welches über meine Lippen kam und ein Schamgefühl machte sich in meiner Brust breit. Alles in mir zog sich zusammen und kurzzeitig blieb mir die Luft weg.

»Wie meinst du das?« Grace legte ihren Kopf schief.

Ich hob die Hände. »Was ist daran nicht zu verstehen?«

Mein Brustkorb zog sich weiter zusammen und ich spürte, wie ich die Kontrolle über meinen Körper verlor und schließlich in einem Meer von Tränen badete.

Verliere ich den Verstand? Definitiv!

Grace legte mir eine Hand auf die Schulter, drückte sie fest. Sie bat mich, ruhiger zu werden.

Einatmen. Ausatmen. Einatmen. Ausatmen.

Meine Gedanken brachten nichts, ich konnte mich nicht beruhigen. Alles, was ich versuchte, scheiterte.

Einatmen. Ausatmen.

Doch je mehr sich meine Gedanken darum drehten, desto hektischer wurde ich.

»*Elizabeth Wilson.*«

Dumpf hörte ich meinen Namen. Grace' Mund bewegte sich, doch ich konnte nicht reagieren.

Ich schloss die Augen. Meinen Kopf legte ich zwischen meine Knie und nahm einen tiefen Atemzug durch die Nase. Immer und immer wieder wiederholte ich es.

Ich schreckte hoch, als ich eine Hand unter meinem Kinn spürte und sah meine Freundin durch den Schleier meiner Tränen an. Aus dem Augenwinkel nahm ich wahr, wie sie ihr Handy zückte und etwas suchte. Dumpf hörte ich eine Melodie, die mir vertraut vorkam.

Es war *Under* von Justin Jesso.

Wieder schloss ich die Augen. Nahm wahr, wie jede einzelne Träne über meine Wangen floss.

Mein Kopf war zum ersten Mal an diesem Tag leer, meine Gedanken eingeschlossen. Meine Seele genoss den Frieden, während ich mit der Zunge über die Oberlippe streifte und den salzigen Geschmack aufleckte. Und dann geschah etwas, was mich selbst überraschte. Ohne nachzudenken, stand ich auf. Meine Füße trugen mich davon und erst, als die Menschen um mich herum ausweichen mussten, umarmte ich mich selbst.

Grace nickte mir ermutigend zu. Sie gab mir ein Gefühl von Sicherheit. Ich musste keine Angst haben.

Ich bewegte meinen Oberkörper in sanften Bewegungen, schwingend von links nach rechts. Löste meine Arme und streckte meinen rechten nach vorn aus und meinen linken nach hinten. Mein Bein schwang hoch, in Richtung meines Kopfes, und ich schloss meine Augen. Jede Faser meines Körpers wurde von der Musik getrieben und erst, als ich die Menschen um mich herum wieder wahrnahm, realisierte ich, dass Tanzen der Anker für mich war.

Der Anker, der mich vorm Versinken rettete. Jedoch konnte es auch der Anker sein, der mich in den Abgrund riss, wenn ich nicht aufpasste und mich offenbarte.

Ich setzte zur Pirouette an, drehte mich dreimal um die eigene Achse und landete mit einem Ausfallschritt nach vorn auf dem Knie. Ich deutete an, nach der Frau vor mir greifen zu wollen. Sie erschrak und wich etwas zurück. Ohne dass es mich aus dem Konzept brachte, zog ich mich zurück. Einen Arm warf ich in die Luft, während ich den Rücken rund machte, um erneut Anlauf zu nehmen.

Ich setzte zum Spagatsprung an, wollte abbrechen, als ich die Frau wieder wahrnahm. Aber es war zu spät. Wie ein nasser Sack Kartoffeln landete ich auf beiden Füßen.

Zu meinem Glück ertönte genau dann auch die letzte Note des Songs. *Zeige deinem Publikum nie, dass es nicht so sein sollte.*

Die Frau fokussierte mich. Sah mir tief in die Augen und als die ersten klatschten, hob sie langsam die Hände, lächelte und stimmte, wie in Zeitlupe, ins Klatschen ein.

Ich ließ sie nicht aus dem Auge. Ich spürte eine Hand an meinem Arm. *Grace.* Sie hielt mich. Fixierte die Frau neben mir ebenso wie ich es tat. Meine Augen blieben an ihrer Kette hängen und scharf sog ich die Luft ein. Wie von allein schnellte meine Hand zu meinem Hals und umgriff meine eigene.

Ich spürte die Umrisse der Kette. Die gleiche Kette, die diese Frau um den Hals trug. Zumindest schien es so.

So viel Zufall kann es nicht geben.

»Lizi, das kann doch nicht sein«, flüsterte sie und mein Kopf drehte sich langsam zu ihr.

»Habe ich es dir nicht gesagt? So viel Zufall kann es nicht geben, oder?«

Als ich meinen Kopf wieder zurückdrehte, war die Fremde weg. Ich sah mich um.

»Wir werden herausfinden, wer diese Frau ist.« Ihre sanfte Stimme beruhigte mich und baute mich gleichzeitig auf.

»Danke.«

»Versprochen.« Sie schwang einen Arm über meine Schulter.

Wir gingen zusammen die Treppen hinunter und kehrten der *High Line* den Rücken zu.

Kapitel 6

Logan

Ich saß auf meinem Bett, starrte die Unterlagen von Freya an und konnte mich nicht überwinden, sie mir genauer anzuschauen.

Vielleicht wollte ich das auch gar nicht, aber irgendwann musste ich. Oder?

Ich schüttelte den Kopf und stand auf, stopfte alles in meine Tasche und räumte das Zimmer von oben bis unten auf.

Von meinem Freundeskreis wohnte nur noch ich im Wohnheim der Juilliard. Ich suchte mir eine Ablenkung nach der anderen und als kein Weg mehr daran vorbeiging, schnappte ich mir das Foto von meinem Vater, das oben auf dem Stapel der Unterlagen lag, und sah es mir genauer an.

Darunter lag der Unfallbericht meiner Eltern und die Sterbeurkunde von Daya Morrison. Freyas Mutter.

Gerade, als ich mich auf den Weg machen wollte, um mich endlich mit den Unterlagen von Freya zu beschäftigen, vibrierte das Handy in meiner Hosentasche.

Noah.

»Ja?« Ich klemmte das Handy zwischen meinem Ohr und meiner Schulter fest, packte meine restlichen Sachen in die Tasche.

»Hey Logan«, sagte er und atmete so laut aus, dass es mir nicht möglich war, es zu überhören. Ich ließ mich aufs Bett nieder, den Stapel noch immer in den Händen, und starrte drauf.

»Noah, was gibt's?«

»Ach nicht so viel. Grace ist mit Liz unterwegs und ich versuche, aus meiner Schwester schlau zu werden.«

Kurz vergaß ich die Unterlagen und lachte auf. Hielt mir die freie Hand vor den Mund und nahm dann das Handy vom Ohr und stellte Noah auf Lautsprecher.

»Wieso aus ihr schlau werden?«

»Sie ist in letzter Zeit nicht gut drauf. Möchte aber auch nicht drüber reden. Und außerdem gehen Grace und ich uns zur Zeit irgendwie aus dem Weg.«

Laut lachte ich auf.

»Was ist daran so lustig?« In Noahs Stimme lag ein Unterton. Er klang genervt, als würde meine Reaktion ihn verärgern.

»Wieso aus dem Weg gehen?« Ich runzelte meine Stirn.

»Sie will ständig etwas mit mir unternehmen. Allein. Ich glaube sie verwechselt da etwas.«

»Und das wäre?« Mir blieb nichts anderes übrig, als wieder zu lachen. Als ich mich wieder im Griff hatte, war Noah merklich angepisst.

»Weißt du was, vergiss es einfach«, sagte er und legte ohne ein weiteres Wort auf.

Verdutzt sah ich auf meinen Speerbildschirm. Ich öffnete die Anrufliste, drückte auf Noahs Namen und wartete darauf, dass er das Telefonat annahm. Keine Reaktion. Kurze Zeit später versuchte ich es direkt erneut.

»Was?«, fauchte er.

»Sorry, Mann. Aber das ist auch einfach urkomisch. Schnallst du es nicht oder willst du es verdrängen, dass sie voll auf dich steht?«

Jetzt war er derjenige, der laut losprustete. »Hahahahaha.

Sehr, sehr lustig.«

Ich reagierte nicht und hörte ihn laut ausatmen.

»Bist du noch da?«, fragte er.

»Eigentlich war das ernst gemeint«, entgegnete ich ihm und ich konnte hören, wie er schlucken musste.

»Meinst du wirklich?«

»Ja, wirklich. Sie fährt voll auf dich ab. Das ist mir letztens bei *Jenny's* schon aufgefallen. Hast du es nicht gesehen?«

Er räusperte sich. »Nein, habe ich nicht, wie du gerade gemerkt hast.«

»Dann weißt du es jetzt«, sagte ich und hoffte damit, dass das Thema nun durch war.

Falsch gedacht, Gordrick.

»Aber was soll ich denn jetzt machen?«

»Noah, du bist erwachsen.«

Ich legte Daumen und Zeigefinger an den Nasenrücken und runzelte die Stirn. »Magst du sie auch?«, fragte ich schließlich.

»Nein.«

»Dann hat sich das Ganze doch geklärt.«

»Also ja doch. Schon, irgendwie. Aber doch nicht so. Also.«

Ich war genervt von seinem Hin und Her, weshalb ich ihm ins Wort fiel. »Hör auf damit. Triff dich mit ihr, wenn du sie magst, oder lass es bleiben, wenn nicht. Aber mit so einen Kindergarten wie *Nein, ich mag sie nicht* oder *Doch, ich mag sie* ist niemandem geholfen.« Ich machte eine Pause und überlegte, wie ich es schonend sagen konnte. »Da habe ich gerade keine Zeit für, Bro. Tut mir leid. Du kennst Grace. Mach, wozu du dich bereit fühlst.«

»Alles klar. Wir hören uns«, sagte er und legte erneut auf. Ungläubig über das, was gerade geschehen war, ließ ich mein Handy in meine Hosentasche sinken und sah noch einmal zu den Unterlagen.

Bevor ich das Zimmer verließ, nahm ich die Dokumente mit und stopfte sie in die Tasche. Die Tür hinter mir ließ ich mit einem lauten Knall ins Schloss fallen. Ich wusste, wo ich die Unterlagen in Ruhe sichten konnte und ich wusste auch, dass es der Ort war, wo ich der Wahrheit am nächsten war.

Als ich das Wohnheim verließ und die Drehtür passierte, klingelte erneut mein Handy. Ich nahm den Anruf an, ohne zu checken, wer es war.

»Was ist jetzt schon wieder??« Meine Stimme vibrierte.

Als Liz' engelszarte Stimme ertönte, zog sich jeder Muskel in mir zusammen.

Idiot.

»Ähm«, sagte sie und holte tief Luft, bevor sie behutsam weitersprach. »Habe ich dir was getan?«

»Nein, alles gut. Tut mir leid, ich dachte, es sei jemand anders.«

»Was dachtest du denn, wer dich mit meinem Namen anruft?«, Ihr entfuhr ein nervöses Lachen.

»Noah«, sagte ich etwas zu schroff.

»Ach so.« Sie machte eine kurze Pause, bevor sie sich räusperte und weitersprach.

»Was machst du gerade?«

Ich zögerte, nahm das Handy vom Ohr und warf einen Blick aufs Display, um die Uhrzeit abzuchecken. Seufzend schloss ich meine Augen.

»Ich muss mich mit Abigail treffen. Sie hat Fragen und ich muss sie als meinen Schützling abgeben. Ich schaffe es nicht noch während des Abschlussjahres. Aber wenn ich das erledigt habe, können wir uns vielleicht bei *Jenny's* treffen und gemeinsam was Essen?«

Ich konnte ihr Lächeln durchs Telefon hören. »Das klingt nach einem guten Plan. Holst du mich ab oder treffen wir uns dort?«

»Ich würde mich melden, wenn wir durch sind, und dann würde ich sagen, dass wir uns dort treffen?«

»Klingt nach einem guten Plan. Ich freue mich«, sagte sie

und legte auf.

Ich seufzte auf. Ich würde mich so schnell es geht mit meinem Schützling treffen, um dann danach ein bisschen Zeit für mich zu haben und nachzudenken. Das musste sein. Und außerdem brauchten Liz und ich Zeit. Zeit miteinander.

Auf dem Weg zum Bryant Park schlenderte ich durch die Straßen. Sicher wäre es mit der U-Bahn viel schneller gewesen, aber ich wollte frische Luft. Brauchte frische Luft, als der Gedanke wieder zu den Unterlagen in meiner Tasche wanderte. Ich zwang mich, an etwas anderes zu denken.

Was mache ich nach dem Abschluss?

Okay, der Gedanke machte es nicht besser. Ich hatte noch keine Perspektive und es waren gerade mal noch ein paar Monate.

Es machte mich verrückt, dass alle bereits wussten, was sie danach machen wollten. Normalerweise sollte ich mich bereits beworben haben, oder sogar schon einen Job in der Tasche haben. Das Ganze war gerade so weit weg. Ich wollte nicht darüber nachdenken. New York war mein Zuhause. Definitiv wollte ich nicht weg. *Oder doch?* Ich war so in meine Gedanken vertieft, dass ich nicht bemerkte, dass ich bereits am Park war und an Abigail vorbeilief.

»Logan?«, sagte sie und riss mich damit aus meinem Gedankenkarussell. Dankbar darüber, kam ich zum Stehen. Ich drehte mich zu ihr um, sah sie entschuldigend an. »Sorry, war nicht ganz bei der Sache.«

»Wieso treffen wir uns hier und nicht in der Uni?«

Das ist eine gute Frage.

»Ich brauche kurz etwas Abstand von der Uni. Und ich habe auch nicht viel Zeit. Leider muss ich dir sagen, dass ich dich abgeben muss.«

Ihre Mine verdüsterte sich.

Mensch Logan. Das klingt so, als wäre sie eine Trophäe oder Ähnliches.

Ich seufzte. »Tut mir leid, ich meinte das nicht so.«

Skeptisch musterte sie mich, sagte jedoch nichts.

»Ich habe leider nicht die Zeit, dir viel zu zeigen oder zu helfen. Ich komme so schon kaum klar mit meinen Zeiten und muss auch noch zusehen, dass ich meine Freundschaften pflege. Muss mir Gedanken machen, was ich nach dem Abschluss eigentlich will und –« Ich holte tief Luft.

»Wa-Was ich sagen möchte, ist … Du bekommst einen neuen Mentor zugeteilt. Einen, der dir mehr zeigen und besser helfen kann.«

»Aber ich muss doch jetzt nicht wirklich wie ein Schoßhund betreut werden? Ich habe doch kaum Fragen, versuche alles selbst zu lösen.«

»Darum geht es nicht. Ich bin dir sehr dankbar darum, aber wenn irgendwas sein sollte, dann kannst du dich an jemanden wenden und ich bin nicht der Richtige dafür. Ich mache sowas nicht.«

Mit leicht zugekniffenen Augen und einem Kopfschütteln sah sie mich an. »Tut mir leid, das verstehe ich nicht.«

Ich fuhr mir durch die Haare. »Ich habe keine Zeit dafür, jemandem alles zu zeigen. Das bin ich nicht, habe ich nie gemacht. Ich wollte das nicht mal. Also tu mir bitte den Gefallen und akzeptiere einfach, dass du jemand neues an die Seite bekommst.«

Was. Bist. Du. Für. Ein. Arschloch, Godrick.

»Das werden wir noch sehen«, nuschelte sie, während sie mir den Rücken zudrehte.

Meine Alarmglocken läuteten und ich konnte nur ahnen, was sie vorhatte, weshalb ich sie am Arm festhielt und wieder zu mir drehte. »Abigail, ich bitte dich. Es tut mir leid, dass ich gerade so ein Arsch war.«

»Dann sag mir doch, wieso.«

Ich verdrehte die Augen.

»Ja, verdreh ruhig weiter die Augen, vielleicht findest du dann irgendwo dein Gehirn. Was bist du denn für ein arroganter Mensch?«

Ich riss meine Augen weit auf. *Was hatte sie da gerade gesagt?*

»Wir müssen jetzt nicht unverschämt werden. Wo ist das Problem mit einem neuen Mentor?«

»Du wurdest mir doch sicher nicht umsonst zugewiesen.«

»Das kann gut sein, aber ich habe da gerade keinen Kopf für und ich bitte dich, das zu akzeptieren. Ich brauche keine neue Freundin in unserer Clique. Es ist so schon oft genug kompliziert mit uns.«

Sie presste die Lippen aufeinander und prustete mit einem Mal laut los, legte sich die Hand auf den Bauch und beugte sich nach vorn. Hörte nicht mehr auf zu lachen.

»Du denkst, darum geht es? Dass ich Teil eurer ach so coolen Elitegruppe sein will?« Sie schüttelte den Kopf. »Auf gar keinen Fall.«

»Worum denn dann? Ich muss mir Gedanken über die Zukunft machen, da kann ich doch nicht auch noch wem anderes helfen, wenn ich erstmal mir selbst helfen muss!«

»Hast du mal überlegt, dass du genau deshalb ein Mentor geworden bist? Um dir klar zu werden, was du willst, beziehungsweise anderen zu helfen, sich besser entscheiden zu können? Menschen kennenlernen, die vielleicht ebenfalls unentschlossen sind?«

Mit dem Mittelfinger und dem Daumen rieb ich mir über die Schläfen, schloss die Augen und ging in mich. Versuchte mich daran zu erinnern, wieso ich überhaupt ins Mentoren Programm gekommen war. Nach einigen Minuten wurde mir klar, dass ich einfach wen bekommen hatte. Ich hatte mich nicht dafür gemeldet. Als ich die Augen wieder öffnete, sah sie mich mit festem Blick an.

»Das kann gut sein, aber ich bekomme es gerade nicht unter und ich werde genau das klären, ob du willst oder nicht. Es tut mir leid. Ich sorge dafür, dass du jemand gutes bekommst.«

Ohne mich auf weitere Diskussionen einzulassen, drehte ich mich um und ließ sie stehen. Kein feiner Zug, aber ich brauchte einen klaren Kopf.

»Logan!« Sie rief mir hinterher, aber ich verhielt mich wieder so, wie ich gewesen war, bevor ich Liz kennengelernt hatte.

Eben wie ein Arschloch.

Meine Füße setzten sich in Bewegung. Gerade fühlte sich hier alles falsch an. Ich beobachtete die Menschen. Eigentlich liebte ich es, aber gerade wollte ich einfach nur kotzen. Ich hatte es geliebt, mich einfach herzusetzen. Den Fremden dabei zuzusehen, wie sie ihren Tag hier ausklingen ließen oder ihn erst begonnen. Doch jetzt gerade kotzte mich alles an. New York. Der Central Park. Die Menschen um mich herum und vor allem ich mich selbst.

Mit Freyas Unterlagen in der Tasche machte ich mich auf den Weg zum Friedhof. Ich wollte bei ihnen sein, wenn ich sie mir genauer ansah. Wenn ich herausfand, was die Wahrheit war und was Lüge. Erst als ich vor dem Eisentor mit der Aufschrift *City Marble Cemetery* stand, beruhigte sich das Feuer, dass in mir loderte und eine seltsame Kälte durchfuhr mich. Es war, als würde Eiswasser durch meine Adern fließen und ließ mich erschauern, als ich das Tor aufstieß und zum Teil ging, wo meine Eltern begraben waren.

Lange war es her, dass ich tatsächlich hier war, und ich schämte mich irgendwie. Jedes Mal, wenn ich mir vornahm, öfter herzukommen, kam wieder eine selbsterstellte Ausrede dazwischen. Damit war nun, genau jetzt, Schluss.

Ich konnte meinen Augen nicht glauben. Als ich das zweite schwarze Metalltor aufstieß, sah ich Evelyn am Grab meiner

Eltern stehen. Sie war gerade dabei, zwei Rosen niederzulegen, doch dann traf ihr Blick meinen. Wut stieg in mir hoch und brachte das Fass zum Überlaufen.

Was tut sie hier? Wie oft kommt sie her? Und wieso zum Teufel?

Mit schnellen Schritten ging ich ihr entgegen und sie senkte den Blick.

»Was machst du hier?«, presste ich trocken hervor.

»Blumen ablegen?«

Immer noch sah sie mich nicht an. Unsichtbare Hände umschlossen meine Kehle. Sie schnürten mir die Luft ab.

»Sie waren meine Freunde. Ich denke, dass ich genauso ein Anrecht darauf habe, herzukommen, wie du.« Entschlossen sah sie erst mich an, schielte dann zu Dads Grabstein. Auf seinem Grab lagen zwei weiße Rose, während bei Moms keine einzige lag.

»Sie oder er?«, fragte ich und presste die Lippen zu einer schmalen Linie zusammen. »Hat sie ihn betrogen oder er sie?«

Ich konnte sehen, wie schwer sie schlucken musste. In ihrem Gesicht kroch langsam die Röte empor.

»Wusstest du von ihr?« Mit einem schnellen, gekonnten Griff zog ich das Bild von Freya aus meiner Tasche. Ich hielt es ihr hin. Wieso, wusste ich nicht. Aber etwas in mir sagte, dass sie Bescheid wusste. Die Farbe, die sich zuvor auf ihre Wangen legte, entwich augenblicklich.

Das kann doch nicht ... Das kann nicht sein ...

»Du kennst sie?«, schrie ich, während sich jegliche Muskeln in meinem Körper anspannten. Sie griff nach dem Bild, doch ich zog es weg. Funkelnd sah ich sie an und steckte das Foto wieder in die Tasche.

»Du wusstest es? Die ganze Zeit wusstest du es? Ist es wahr? Ist sie meine Halbschwester?«

Bevor sie antwortete, sah sie wieder zum Grab meines Vaters. Danach sah sie mich mit festem Blick an und sagte: »Sie ist meine Tochter.«

Augenblicklich wurde mir bei diesen Worten schlecht.

Was hat sie gerade gesagt?

Ich bebte vor Zorn. Die Ader auf meiner Stirn schwoll spürbar an und ich war kurz davor, die Fassung zu verlieren.

Ihre Worte hallten in meinem Kopf wider und es war mir unmöglich, sie irgendwie zusammen zusetzten.

»Logan, ich –« Sie kam auf mich zu, doch ich taumelte zurück und hob meine Hand. Wollte dringend den Abstand zwischen uns bewahren.

»Als Elliot wegen eines Stücks nach Manchester musste, ist es einfach passiert. Es war niemals geplant und –«

Ich explodierte. »Es war nicht geplant?!«, unterbrach ich sie. Schrie am Grab meiner Eltern herum und fuchtelte wild mit den Händen.

Sie schüttelte den Kopf. »Nein, es war nicht geplant und der einzige Weg, dass niemals jemand davon erfuhr, war, sie zur Adoption freizugeben. Ich habe immer ein Auge auf sie gehabt. Wusste immer, wo sie ist.« Sie machte eine Pause und kam wieder einen Schritt auf mich zu.

»Sieh zu, dass du hier *sofort* verschwindest, Evelyn«, presste ich mit zusammengebissenen Zähnen hervor.

»Nein.«

Mein Kopf fuhr zu ihr herum und Tränen bahnten sich ihren Weg nach oben. Meine Stimme überschlug sich und ich wurde noch lauter. »Du hast mir 22 Jahre verschwiegen, dass ich eine ältere Schwester habe, die deine verdammte uneheliche Tochter ist? Bist du nie auf den Gedanken gekommen, dass genau das passieren könnte? Meinst du nicht, ich hätte deinen Namen nicht irgendwo in diesen …« Ich holte die Unterlagen hinaus und wedelte damit herum. »Irgendwo hier drin gefunden?«

Wieder schüttelte sie den Kopf. »Nein hättest du nicht. Wir haben meinen Namen komplett rausgehalten … Wegen …

Wegen …« Sie holte tief Luft. »Wegen meines Rufs und meiner Karriere.«

»Geh. Sofort. Geh jetzt. Ich habe Angst, dass ich sonst was tue oder sage, das wir beide bereuen werden.«

Wieder kam sie einen Schritt auf mich, doch diesmal blieb ich stehen, starrte sie an und versuchte mich im Zaum zu halten.

»Evelyn«, sagte ich trocken und sie abrupt blieb sie stehen. Ich verschluckte mich fast an ihrem Namen, verschränkte meine Arme vor der Brust und baute mich vor ihr auf. Stark. Mutig, wenn auch gebrochen von den Lügen. Evelyn war immer schon eine recht angsteinflößende Person, der man nie etwas recht machen konnte. Grace bekam es öfter ab, als ich, aber dennoch wollte ich ihr zeigen, dass sie mich nicht einschüchtern konnte. Nicht so, wie sie es oft genug bei Grace geschafft hatte.

»Hör auf, dich so vor mir aufzubauen. Ich habe dich großgezogen und habe dir ein Leben geschenkt, was du immer genossen hast. Also hab etwas Respekt vor mir.«

Lachend zog ich eine Augenbraue hoch. »Respekt vor dir? Du hast mit meinem Vater gevögelt und mir eine Schwester vorenthalten. Wie soll ich bitte vor so einer Frau wie dir noch Respekt haben?«

Einatmen. Ausatmen. Es war die Wut, die aus mir sprach, das wusste ich, aber es war mir egal.

Ich sah ihre Hand auf mich zufliegen, bückte mich jedoch reflexartig, bevor ich sie fassungslos anstarrte.

»Ich will nichts mehr mit dir zu tun haben. Kommst du noch einmal hier her, werde ich es jedem erzählen. Dann werde ich als allererstes Grace davon erzählen, dass sie eine Halbschwester hat, so wie ich auch und dann wollen wir sehen, wer am längeren Hebel sitzt.«

»Du willst mich erpressen?« Ihre Stimme war stark, jedoch entging mir das Zittern, das darin lag, nicht. Mich übermannte der Schwindel und ich hatte Angst, dass ich vor Wut ohnmächtig wurde. Ich wartete mit gesenktem Kopf darauf, dass sich meine Adoptivmutter endlich verzog.

»Es tut mir leid«, war das Letzte, was sie sagte, bevor sie an mir vorbei ging. Ich blieb stark, wollte mich umdrehen, um ihr nachzusehen. Schließlich hatte sie recht. Großgezogen und versorgt hatte sie mich. Und es schmerzte, dass ich gerade sie nun aus meinem Leben verbannte. Erst als ich hörte, wie das Tor in seine Verankerung fiel, atmete ich erleichtert auf.

Die Rosen auf dem Grabstein von Dad entfernte ich achtlos. Ich ließ mich in das hohe Gras sinken, stütze die Ellenbogen auf die Knie. Ein grauer Schleier legte sich vor meine Augen. Ich hatte das Gefühl, ich würde den Weltschmerz auf meinen Schultern tragen und dann ließ ich die Gefühle zu. Ließ die Tränen aufsteigen und leise über meine Wangen kullern.

Ein dumpfer Schmerz breitete sich in meiner Brust aus, der mein Herz aufpumpte und zerspringen ließ.

»Wie konntest du ihr das antun?«, flüsterte ich und fixierte Dads Grabstein. »Wie konntest du nur, Dad?«

Dann sah ich zu Mom. »Wusstest du es? Wusstest du es, Mom?« Meine Stimme ging in die Höhe. Ich wusste, dass ich keine Antwort bekommen konnte, aber dennoch wollte ich es. Ich wünschte mir es, weshalb ich meinen Kopf in den Nacken legte und schrie: »Wie konntest du nur, Dad?«

Ich spürte, wie ein einzelner Regentropfen auf meine Stirn tropfte. Der Himmel über mir verschwamm vor meinen Augen. Leise, wimmernd, bat ich um ein Zeichen. Um irgendetwas, was mir gerade in diesem Moment Halt geben konnte …

Kapitel 7

Elizabeth

Nach dem ganzen Drama mit Grace bei der *High Line*, beschloss ich, eine Runde joggen zu gehen. Den Kopf frei zu bekommen.

Meine Kondition zu verbessern, aber da in New York gefühlt jede zweite Straße gesperrt war, verfluchte ich die Idee gerade bis aufs Blut.

Als ich zum dritten Mal die Straßenseite zwischen den hohen Häusern wechseln musste, hatte ich die Schnauze voll. Ich bog auf die 2nd Street, im Stadtteil *East Village* ab. Meine Schritte wurden langsamer, bis ich schließlich entspannt spazieren ging.

Vor mir sah ich einen Wegweiser mit der Aufschrift *City Marble Cemetery.*

Ist das nicht der Friedhof, von dem Logan schon mal erzählt hat?

Meine Füße trugen mich über den Asphalt, bis zu dem großen, vergoldeten Metalltor. Ich legte meinen Kopf schief und streckte eine Hand nach dem Griff aus. Kurz zögerte ich, trat einen Schritt zurück.

Woher soll ich bitte wissen, wo ich das Grab finde?

Noch bevor ich weiterdenken konnte, stieß ich das Tor auf

und schlüpfte durch den Spalt. Ich war noch nie auf einem Friedhof gewesen. Dad hatte mir immer nur gesagt, dass Mom fort ist.

Ich schüttelte meine Hände aus, um den Gedanken von mir abzuwenden. Doch bevor ich umdrehen konnte, hörte ich laute Musik spielen. Perplex drehte ich mich nach rechts, zog eine Augenbraue hoch und folgte ihr. Als ich der Melodie, die ich kannte, näherkam, hörte ich Menschen lachen, reden und laut applaudieren.

Auf einem Friedhof?

Fassungslos trugen mich meine Füße weiter zu dem Geschehen. Ich kam zum Stehen, als ich auf dem Friedhof eine große Rasenfläche mit Menschen wahrnahm. Nicht nur irgendwelche Menschen. Menschen in Anzügen, eine Frau in einem pompösen weißen Kleid und einen wunderschönen Rosenbogen.

Ist auf diesem Friedhof gerade wirklich eine Hochzeit?

Breath easy von *Blue* neigte sich seinem Höhepunkt zu und das Brautpaar schwang einen Walzer aufs Paket. Sie schaute über seine rechte Schulter. Die ganze Zeit. Es sah so aus, als ob über ihnen jemand saß, der sie hochzog. Wie Marionetten, damit sie gerade blieben. Nicht an Haltung verloren.

Vor seit ran, Rück seit ran.

Den Schritt kannte ich nur zu gut, auch ich musste damals mit vierzehn diesen Tanzkurs machen. Und was soll ich sagen? Ich hasste es. Das aber auch nur, weil ich anderes Tanzen liebte. Standard und Latein waren für mich nicht das Tanzen, was ich immer wollte. Es war das Klischee. Auf dem Prom mit jemandem zu tanzen. Es war gezwungen. Aber bei diesen beiden sah es wahnsinnig schön, liebevoll und elegant aus.

Sie flog nur so in die Schritte hinein und er hielt sie fest. Es sah so aus, als würde er sie nie wieder loslassen. Das vermittelte ihr Tanz. Liebe. Zuneigung. Vertrauen.

Am Ende des Liedes legte sie sich über sein Knie. Bog ihren

Rücken durch und ihre Gesichter trafen aufeinander. Die Gäste klatschten und ich lächelte leicht, auch wenn mir die Vorstellung, auf einem Friedhof zu heiraten, eine Gänsehaut bereitete.

Zerstreut von dem Gedanken, drehte ich mich um, entschlossen nach Hause zu gehen. Wäre da nicht ein Fluchen gewesen, was mir bekannt vorkam.

Diese Stimme. Ich kenne sie.

Ich ging ein paar Schritte. Während ich nach links schaute, sah ich ein weiteres schwarzes Tor.

Godrick

Erschrocken riss ich meine Augen auf und meine Hand fuhr in Sekundenschnelle zu meinem Mund. Langsam ging ich auf den Eingang zu und lugte durch die Metallstäbe.

Logan.

Ich sah ihn in Embryostellung auf dem Boden, vor den Gräbern seiner Eltern kauern. Instinktiv stieß ich das Tor auf und lief mit schnellen Schritten zu ihm. Als ich jedoch hinter ihm stand, wusste ich nicht, was ich machen sollte. Panik stieg in mir auf und ich schloss meine Augen.

Mit einem kräftigen Aufschlagen der Lider war ich im Hier und Jetzt angekommen. Ich beugte mich behutsam zu ihm runter, legte ihm meine Hand auf die Schulter und setzte mich einfach zu ihm ins nasse Gras. Er hob seinen Kopf, sagte kein Wort und setzte sich auf. Wir redeten nicht, starrten beide auf die wunderschönen Marmorgräber. Unsere Hände verschränkten sich, ehe er den Kopf auf meiner Schulter ablegte.

»Ich habe um ein Zeichen gebeten«, sagte er. Ich blickte auf ihn hinab. Riskierte dennoch kein Wort. Ich wollte nicht, dass er sich direkt verschloss, weshalb ich fest seine Hand drückte und die andere auf seinen kräftigen Oberschenkel legte. Seine Kiefermuskeln spannten sich an und sein Kopf schnellte von meiner Schulter empor. Seine grünen Augen durchbohrten mich und meine Seele. Ich erkannte den Schmerz darin. Ich wusste, wie er empfand.

»Ich glaube, sie haben mir dich geschickt. Du bewahrst mich vorm Ertrinken. Du bist mein Schutzengel.« Seine Worte waren nur ein ersticktes Flüstern.

Ich bemerkte, wie mir eine Träne aus dem Augenwinkel kullerte. Schnell wischte ich sie mir weg, damit er sie nicht sah. Sein Kopf reckte sich in die Höhe und er sah mich an.

Angestrengt sah ich nach oben, um die Tränen wegzublinzeln. Ich wollte nicht, dass er sie sah.

»Hey«, sagte er und führte seine Hand langsam zu meiner Wange. Schnell schloss ich meine Augen und versuchte, mich zu einem Lächeln durchzuringen.

»Was ist los?«, fragte ich fürsorglich.

Ich hörte, wie er ausatmete und öffnete meine Augen.

»Freya ist Evelyns Tochter. Sie war am Grab und dann haben wir uns gestritten und sie hat mir gesagt, dass sie eine Affäre mit Dad hatte, sie das Kind zur Adoption freigegeben haben.«

Ich muss etwas erwidern. Das sollte ich. Dringend. Aber alles, was ich sagen wollte, blieb mir im Hals stecken. Ich erschrak, als er sich hochdrückte und anfing, gegen den Stein seines Vaters zu treten.

»Er hat sie betrogen!«

»Hör auf Logan. Lass das!« Ich versuchte, die Ruhe zu bewahren. Doch er hörte nicht auf. Immer und immer wieder holte er aus. Setzte noch einen Tritt nach.

»Logan!« Von hinten umarmte ich ihn, versuchte, ihn zurückzuziehen.

»Lass mich los!«, schrie er, doch bevor ich aufhören konnte, spürte ich einen kräftigen Ruck. Ich geriet ins Taumeln. Landete mit einem Satz auf dem Po, während ich nur dabei zu sehen konnte, wie er weitermachte.

»Logan Godrick!« Ich ballte meine Fäuste, spürte die Kerben meiner Fingernägel in meinen Handinnenflächen. Da war er wieder. Schmerz. Stresssituationen taten mir noch immer nicht gut. Ich hatte es unter Kontrolle. Bis jetzt. Es war zu viel.

Ich zog die Schultern beim Einatmen hoch und ließ sie ruckartig wieder sinken. Ging mit selbstsicheren Schritten wieder auf ihn zu und stellte mich so neben ihn, dass ich ihn im Porträt begutachten konnte. Ich fasste all meinen Mut zusammen und fing an, gegen seine Schulter zu boxen. Einmal. Zweimal. Dreimal.

Meine Faust schmerzte bereits, aber noch reagierte er nicht. Nochmal. Ich traf die gleiche Stelle immer wieder und da war er endlich.

Böse funkelte er mich an. »Was soll der Scheiß?«

Skeptisch sah ich ihn an, verschränkte meine Arme vor der Brust und begann mit dem Fuß auf den Boden zu tippen. Ich antwortete nicht und das machte ihn wütend. Seine Augen funkelten und tanzten gleichzeitig mit dem Sonnenlicht. Urplötzlich kam mir eine Idee. Ich machte einen Schritt auf ihn zu, abwartend wie er reagierte.

Keine Reaktion.

Meine linke Hand legte ich an seine Wange und trat vor ihn. Zögernd hob ich seinen rechten Arm, legte ihn auf mein Schulterblatt und ergriff danach seine linke Hand. Legte meine Hand in seine.

»Was tust du?«, hauchte er und legte seine Wange an mein Ohr.

»Tanzen.« Mehr brachte ich nicht über die Lippen. Meine Gedanken kreisten umher und ich verlor die Konzentration über das, was ich vorhatte. Mit gesenktem Kopf versuchte ich krampfhaft, auf unsere Füße zu schauen, welche sich endlich bewegten. Wir brachten einander dazu, uns fallen zu lassen. Alles Negative loszulassen.

Nicht mehr unnötig darüber nachzudenken, ob das hier richtig war oder nicht. Ich wollte ihm helfen und nun half er mir. Er war mein Schutzengel, nicht ich seiner.

Wir sprachen nicht mehr, überließen unseren Füßen die Kontrolle, auch ohne Musik. Er bewegte seinen linken Fuß mit einer geschmeidigen Bewegung rückwärts über das hohe Gras.

Meinen rechten Fuß schob ich nach vorn und verfolgte seinen zurückweichenden Fuß mit dem meinen, wie ein Fuchs auf der Jagd. Er beugte sich vor. Schaute mir in die Augen, während er seine Hand fest auf meinen Rücken legte.

Sein linker Fuß kam wieder nach vorn, überraschte meinen Fuß und trieb ihn zurück. Wir hielten einander fest, und er zog meine Hüfte dicht an seine. All die Wut, die er gerade noch verspürt hatte, war verflogen. Er ließ sich auf den Tanz ein und wir wurden eins.

Er drohte, seine Lippen auf meine zu pressen, indem er mir unfassbar nahekam. Er schaute erst nach links, dann nach rechts. Ich tat es ihm gleich und drehte meinen Kopf in die entgegengesetzte Richtung. Erst nach rechts, dann nach links. Abrupt stieß er mich von sich, als wäre ich zu schrecklich und doch zu schön, um in seiner Nähe zu sein, doch er hielt meine linke Hand mit der rechten fest, fing mich auf, als meine Arme sich anspannten, und schleuderte sie hinaus und weg. Die ganze Zeit über ließ ich ihm die Kontrolle dieses Tanzes. Ich wollte, dass er sich Luft machte, seine Gedanken zur Rast kommen ließ.

Mit einem Mal zog er mich wieder an sich. In einer schnellen Bewegung, die mir signalisierte, er war unfähig, mich aufzugeben. Brauchte mich, wie die Luft zum Atmen. Ich fiel in ihn hinein, seine starken Arme umschlossen mich fest und schützten mich, bevor er sie erneut hinauswarf.

Logan

Ihre Arme flogen in die Luft und ich schaute ihr dabei zu, wie sie an ihrem Körper hinaus glitten, als ich mich ein Stück von ihr entfernte. Ihre Augen waren feuertrunken und ihre Lippen küssten die Schwelle der Freiheit, während sie endlich losließ und nicht mehr darüber nachdachte, ob es richtig war, am Grab meiner Eltern zu tanzen.

Ihre Finger schnellten nach rechts und klickten nach links. Ihre Ellbogen rissen anmutig durch die Luft, im perfekten Rhythmus mit ihren Füßen. Sie zogen eine Kurve über das Gras und die Angst in ihren Augen war verflogen.

In diesem Moment tanzte sie für sich und ich war ihr Publikum. Ihre Füße flogen geschmeidig über den Untergrund, ein lauter Schrei nach allem, wonach sie sich sehnte. Was sie vermisste und was noch vor ihr lag. Immer, wenn sie einen Arm ausstreckte, zuckte ihre Taille schwungvoll nach außen. Sie vergaß, dass ich da war, und es schien so, als würde sie all die stillschweigenden Urteile zurückweisen, die ihr die ganze Zeit über von der Welt angeboten wurden. Der andere Arm folgte mit einem weiteren Ruck an ihrer schlanken Taille. Es gab nichts, was ihren stürmischen Wind beruhigen konnte.

Falsch. Es gibt dich, Logan.

Ich trat wieder auf sie zu, packte sie an der Hüfte und zog sie zu mir. Unsere Lippen trafen sich und ich hörte ihr Herz pulsieren, wobei es auch meins sein konnte. Unsere Füße erkundeten zusammen das hohe Gras, während wir mit Leichtigkeit darüber glitten. Als wir wieder an dem Mamorgrabstein ankamen, blieben wir stehen. Sie sah mich an, lächelnd. Voller Energie und Ehrfurcht.

»Das war …«

»Energiegeladen? Wundervoll?«, ergänzte sie meinen Satz und ich schüttelte meinen Kopf. »Nein, magisch.«

Jetzt lächelte sie endlich und legte dabei ihren Kopf schief. Meine Mundwinkel hoben sich und ein breites Lächeln zeichnete sich ab.

Meine Hände streckte ich nach ihr aus und sie verstand direkt, kam auf mich zu und lehnte sich in meine Arme. Ich spannte die Arme an, drückte sie fest an mich und legte meinen Kopf auf ihrem ab. Sog ihren Duft ein und schloss die Augen. Ich war mir nicht sicher, wie lange wir so verweilten, aber es tat gut zu wissen, dass ich so eine Frau an meiner Seite hatte.

Auf dem Weg nach Hause ließ ich Liz nicht los. Ich bemerkte, dass auch mit ihr etwas nicht stimmte, traute mich aber nicht zu fragen. Nicht nach dem, was vorhin gewesen war, und diese Stille, die zwischen uns herrschte, war unerträglich.

»Wollen wir heute noch was unternehmen?«, fragte ich schlussendlich, bekam aber keine Antwort. »Liz?«

Abrupt blieb ich stehen, was sie nicht mitbekam und mich mit einem Ruck aus dem Gleichgewicht riss.

Mit verengten Augen und einer hochgezogenen Augenbraue sah sie mich erwartungsvoll an. »Mhm?«

Ein kurzes Lächeln huschte über mein Gesicht, bis ich ihre Unsicherheit sah.

»Was ist los? Bitte rede doch mit mir«, sagte ich fast flehend und beendete schnell meinen Gedanken.

»Ich mache mir Sorgen um dich. Du hast mir vorhin geholfen. Jetzt lass mich dir helfen.« Aus Ihrer Kehle entfuhr ihr ein tiefer Seufzer.

»Logan, ich –« Sie holte tief Luft und setzte erneut zum Reden an. »Ich bin noch nicht bereit, darüber zu reden. Bitte, gib mir etwas Zeit. Wenn ich selbst weiß, ob ich richtig oder falsch liege, erfährst du es als Erster. Versprochen.«

Skepsis machte sich in mir breit. *Das war es doch, was sie bei mir bemägelt hat, oder? Ich werde es anders machen. Ihr Zeit geben. Ihr zeigen, dass es okay ist.*

Sie kam einen Schritt auf mich zu, hob ihre Hand und legte einen Finger auf meine Falte zwischen den Augenbrauen. Versuchte, sie glatt zu streichen.

»Mach dir nicht so viele Gedanken. Ich muss erst für mich selbst rausfinden, was das alles zu bedeuten hat und dafür muss ich ein paar Schritte zurückgehen.«

»Aber was bedeutet das für uns?«, fragte ich unsicher. Jetzt umspielte ein Lächeln ihre Lippen.

»Logan, mit uns hat all das nichts zu tun. Ich muss gerade erst herausfinden, wer ich bin und wohin ich gehöre, bevor ich darüber sprechen kann. Die Richtung ist gerade wichtig und nicht das Tempo. Ich finde nur heraus, was passiert ist, wenn ich zurück an den Anfang gehe und das Tanzen heute mit dir, das hat mir schon enorm weitergeholfen. Du hast mir geholfen, ohne es überhaupt zu merken, und dafür danke ich dir, auch wenn ich noch nicht darüber sprechen kann.«

»Jetzt verstehe ich wirklich nur noch Bahnhof, Liz. Kannst du mir nicht einfach sagen, worum es geht?«

Kopfschüttelnd zog sie an meiner Hand, damit ich meine Füße wieder in Bewegung brachte. Alles in mir sträubte sich, weiterzugehen, bevor ich wusste, was los war. Dennoch wollte ich sie nicht unter Druck setzen und ihr auch nicht das Gefühl geben. Deshalb folgte ich ihrer Bitte widerwillig und ließ unsere Hände wieder ineinander verschmelzen. Den restlichen Weg schwiegen wir.

Wie aus der Pistole geschossen, entwich mir eine Frage, die ich mir zu einem anderen Zeitpunkt ausgemalt hatte.

»Ziehst du mit mir zusammen?«

Ihre Hand fuhr ruckartig zu ihrer Brust, sie hustete und sah mich mit glasigen Augen an. »Wie bitte?«

Die rechte Hand zu einer Faust geballt, hielt sie sich vor den Mund und hustete ein weiteres Mal. Ich lachte.

»Du tust so, als hätte ich dir gerade einen Heiratsantrag gemacht, Liz«, ich prustete los.

»Ähm. Wie. Also.« Sie legte ihren Kopf schief. »Was hast du gefragt?«

»Ob wir zusammenziehen wollen.«

»Natürlich will ich das. Aber wollen wir nicht erst beide – oder zumindest einer von uns – unseren Abschluss in der Tasche haben. Arbeiten? Damit wir uns eine Wohnung überhaupt leisten können?«

Das ist ein guter Punkt.

Sie lachte auf. »Ich glaube, ich kann deine Gedanken gerade lesen.«

»Ach ja?« Fragend sah ich sie an.

»Jap. Ich glaube, du denkst, dass ich einen guten Punkt angebracht habe.«

»Vielleicht.« Ich umschloss mit meinen Fingern ihre Hand. »Eigentlich wollte ich dich das erst an deinem Geburtstag fragen. Aber das habe ich mir jetzt selbst verbockt.«

»Ich liebe dich«, hauchte sie. Eine Gänsehaut überfuhr meine Arme und ein Grinsen von Ohr zu Ohr legte sich auf mein Gesicht. »Ich liebe dich«, wiederholte ich ihre Worte.

»Wollen wir zu dir?«, fragte sie.

»Lass uns lieber zu dir, oder ist dein Vater zu Hause?«

Sie sah auf die Uhr. »Er müsste unterwegs sein«, sagte sie, bevor ihr Gesicht über beide Ohren zu strahlen begann.

Kapitel 8

Elizabeth

Gemeinsam machten wir uns auf den Weg zu mir nach Hause. Endlich war es zwischen uns unbeschwert. Ich war dankbar dafür, dass er verstand, dass ich aktuell nicht darüber reden wollte, was in mir vorging. Dass ich meine totgeglaubte Mutter immer wieder sah, musste ich schließlich erst einml selbst verdauen.

Ich hätte verstehen können, wenn er darauf bestand, wissen zu wollen, was los war. Denn ich war kein Stück besser. Ich hatte ihm nicht die Chance gegeben, es mir selbst zu sagen, wann immer er es wollte. Doch er drängte mich nicht.

Diese Frau, ich würde rausfinden, wer sie war. Und das würde ich bald in Angriff nehmen, aber zuallererst wollte ich noch die Wogen mit Becca glätten.

»Worüber denkst du nach?«, fragte er.

Ich sah zu ihm. »Darüber, wie ich den Streit mit Becca aus der Welt schaffen kann.«

»Streit?« Stirnrunzelnd blieb er stehen. »Davon hast du gar nichts erzählt.«

Ich zuckte mit den Schultern. »Wir haben uns gestritten, weil sich in den letzten Monaten zu viel um mich gedreht hat. Das versuche ich gerade irgendwie zu ändern. Oder eher versuche ich, jetzt erst Dinge mit mir selbst auszumachen. Das habe ich mir zuminest geschworen. Und dass ich wieder mehr für andere da sein werde.«

Er nickte. »Das werdet ihr sicher schnell wieder klären. Ich meine, ihr seid wie Bonny und Clyde. Nur beide in weiblich.«

Gegen seine Schulter boxend, lachte ich auf. »Du bist ein Idiot.«

»Ein liebenswerter«, sagte er und zog mich zu sich heran, um mich zu küssen. Ein Raunen entfuhr meiner Kehle und als hätte er meine Gedanken lesen können, führte er mich in die nächste kleine Gasse. Sich zu mir ziehend, stieß meine Hüfte gegen seine. Sein Blick ruhte hungrig auf mir und mein Plus spürte ich in jeder Faser meines Körpers. Die Spannung zwischen uns war tastbar und erst, als unsere Lippen aufeinandertrafen, brach das Feuerwerk über uns aus. Verlangen pulsierte durch meine Adern und wurde von Sekunde zur Sekunde stärker. Das unerträgliche Pochen zwischen meinen Beinen schmerzte, und als er von meinen Lippen abließ, rang ich nach Luft.

»Wir gehen jetzt zu mir. Das ist näher«, raunte er an meinem Hals, verhakte unsere Hände ineinander und zog mich hinter sich her. Mit schnellen Schritten marschierten wir in Richtung *Juilliard*, wo die Securitymänner mich netterweise durchließen. Das war nicht immer der Fall. Aber wenn Josh und Gail unten saßen, hatte ich manchmal Glück. Sie kannten mich noch und wussten, dass ich Studentin war und ebenfalls hier gewohnt hatte.

Die Tür hinter uns fiel ins Schloss und Logan machte keine Anstalten, auch nur eine weitere Sekunde zu warten. Seine Hände wanderten von meinen Schultern abwärts zu meinem Po, er griff zu und hob mich mit einem Ruck hoch. Meine Beine schlugen sich wie von selbst um seine Hüften, ich spürte seine Erektion pochend durch den Stoff unserer Kleidung und als ich mein Becken zu ihm nach vorn kippte, keuchte er schwer atmend an meinem Mund auf.

»Du machst mich verrückt«, hauchte er an meinen Lippen und ließ mich dann sanft aufs Bett nieder. Er stütze sich mit seinen Ellbogen ab, damit ich nicht sein ganzes Gewicht auf mir trug. Mit einer Hand strich er mir meine Haare zur Seite und dann trafen sich unsere Lippen wieder. Meine Hände verfingen sich in seinem Haar und ein starkes Ziehen durchfuhr meinen Unterleib.

Ich wollte keinen Zentimeter Platz mehr zwischen uns haben. Zu viel Stoff war zwischen uns, weshalb ich ihm seine Jacke von den Schultern streifte und meine Hände den Saum seines Shirts fest umklammerten. Er löste seine gierigen Lippen von meinen, grinste mich unverschämt frech an und in der nächsten Sekunde lag er unter mir.

»Hey, was soll das«, hauchte ich ihm zu, während mein Gesicht seinem unfassbar nahekam. Seine Hände wanderten abwärts zu meinen Hüften, doch als ich seine kalten Finger auf meiner Haut spürte, erschauderte ich. Mit geschlossenen Augen und schwer atmend tat ich das, wofür er sich zu lange Zeit ließ und mich damit um den Verstand brachte. Mit einer schnellen Bewegung zog ich mir mein Oberteil über den Kopf hinweg und beobachtete, wie Logan meinen Körper mit seinen Augen liebkoste. Funkelnd sah er mich an, als ich mich aufsetzte, und ihm versuchte, sein Shirt über den Kopf zu ziehen.

»Kannst du mir bitte helfen? Es ist zu viel Stoff an dir dran«, sagte ich beinahe flehend. Er lachte.

Wieso lacht er?

Schlagartig veränderte sich etwas in mir. Ich vernahm, wie mir die Gesichtszüge aus dem Ruder liefen, wie meine Augen anfingen zu brennen. Ich hob mein Bein über Logan hinweg und setzte mich mit herangezogenen Knien, das Kinn darauf abgelegt, neben ihn.

Die Matratze bewegte sich und als ich seine Hand auf meiner nackten Schulter spürte, überkam es mich. Wie ein

Wasserfall liefen die Tränen über meine Wangen, mein Gesicht brannte und Scham überkam mich. Ich löste meine verkrampfte Haltung und griff über meine Knie hinweg zu meinem Oberteil.

Logan drehte sich zu mir, legte mir seine Hand an meine Wange und drehte meinen Kopf so, dass ich ihn anschauen musste. Er legte mir seinen Daumen an mein Kinn und musterte mich. »Was ist los?«

Kopfschüttelnd löste ich mich. Ich zog mir rasch das Oberteil über den Kopf, legte mich auf den Rücken und drehte mich von ihm weg.

Ja, Liz. Was, ist verdammt nochmal los mit dir?

Eine Frage, die ich mir selbst eigentlich nur beantworten konnte, und ich kannte die Antwort, wollte sie teilen, nur gerade nicht mit Logan. Das Klingeln meines Handys riss mich aus meiner Starre und mit einer schnellen Bewegung griff ich über Logans Kopf hinweg zum Nachttisch und nahm den Anruf an.

»Wilson, hallo?«

»Ruf ich unterdrückt an, oder wieso meldest du dich mit Nachnamen, Kind?« Mein Vater klang belustigt und blitzartig sprang ich auf.

»Ich habe nicht geschaut, wer anruft. Ist was passiert?«

Durch das Mikrofon ertönte ein Schnauben und ich wusste, dass er den Kopf schüttelte und zu Boden sah. Das tat er immer.

»Nein, nein. Alles gut. Ich wollte nur hören, wo du bist und ob du zum Essen nach Hause kommst.«

»Ähm«, sagte ich und schaute über meine Schulter zu Logan, welcher sich seinem Handy widmete. »Ja, mache ich. Wie spät denn?«

»So in zwei Stunden? Was hältst du davon? Hast du einen Wunsch?«, fragte er mich. Kurz spürte ich die Denkerfalte zwischen meinen Brauen.

»Ich bring uns was Leckeres mit. Lass du dich überraschen«, sagte ich und lächelte.

»Machen wir so, dann bis später!«

»Bis dann, Dad!«

Ich legte auf, atmete durch und drehte mich zu Logan um. Er musterte mich und ich spürte einen stechenden Schmerz in meiner Brust.

»Ich muss leider los«, sagte ich mit erstickter Stimme und stand langsam von der Bettkante auf. »Es tut mir leid«, hauchte ich ihm zu, als ich mich ein letztes Mal zu ihm umdrehte. Er regte sich nicht. Als ich aufstand, um zu gehen, hielt er meine Hand fest. »Wenn du so weit bist, bin ich für dich da.«

»Ich danke dir«, hauchte ich, bevor ich mich auf den Weg nach Hause machte. Hinter mir ließ ich die Tür ins Schloss fallen und lehnte mich an die Wand an, vergrub mein Gesicht in meinen Händen und warf den Kopf in den Nacken.

Auf dem Weg nach Hause überlegte ich, was ich zu Essen mitbringen könnte, und verwarf eine Idee nach der anderen, bis ich vor *Five Guys* hängen blieb.

Vielleicht wäre ein Burger mit Pommes mal wieder angebracht.

Ich schlenderte hinein und fühlte mich, wie immer, völlig fehl am Platz. Ich aß nicht oft Fast Food und das sah man mir an, aber dennoch hatte ich manchmal Lust darauf. Ich bestellte zwei Burger und zwei Pommes mit Mayo, legte dem Kassierer mehr Geld als nötig auf den Tresen.

»Stimmt so, danke.«

Als meine Bestellung fertig war, schaute ich in die Tüte, um zu checken, ob alles da war.

Juhu, eine extra Pommes!

Ich lächelte in mich hinein. Als ich gerade die Tür aufstoßen wollte, traten Becca und Nik hinein. Hand in Hand.

Als Becca mich erkannte, lies sie ruckartig Niks Hand los und sah mich verstohlen an.

»Hey«, flüsterte sie verlegen. Es kostete sie große Mühe, mir in die Augen zu schauen. Nik räusperte sich neben ihr und nahm mich in den Arm, ohne eine Umarmung von mir erwidert zu bekommen.

»Was machst du denn hier?«, fragte Nik, als er mich ansah und wirkte verunsichert.

»Ich hole Essen für mich und Dad«.«

Was soll ich sonst bei Five Guys machen? Was eine blöde Frage.

»Ach so, cool. Dann euch einen guten Appetit und liebe Grüße an Marcus!« Er ergriff wieder Beccas Hand und das mit so einer Selbstverständlichkeit, dass mir übel wurde.

Als ich mich nochmal umdrehte, um sicherzugehen, dass es kein Traum war, traf mich Beccas entschuldigender Blick.

Wollte sie mir das nicht sagen? Welch eine Ironie des Schicksals. Vielleicht hatte ich Glück – denn jetzt müssten wir früher oder später darüber reden.

Kalte Luft peitschte mir ins Gesicht und es nieselte. Die Tüte zwischen meine Beine gepresst, zog ich die Kapuze über meinen Kopf und machte mich im Eiltempo auf den Weg zu unserem Haus. *Wenn ich so darüber nachdachte, konnte ich sie ein bisschen mehr verstehen.*

Ich schloss die Tür auf, schüttelte den Regen von mir ab, während ich die durchnässte Tüte auf der Kommode abstellte. Meinen Mantel schälte ich wie eine Zwiebel ab. Er war schwer, denn er war klitschnass.

Nach großer Mühe hing ich ihn auf, bevor ich mit dem Essen in die Küche ging.

»Dad? Ich bin zu Hause! Ich hab Burger und Pommes mitgebracht!«

Als ich keine Antwort bekam, lauschte ich. Dann ging ich ins Wohnzimmer und rief erneut. »Dad?«

Keine Reaktion.

Ich hörte seine Stimme aus dem Arbeitszimmer. Das Zimmer, was für mich schon immer ein absolutes Tabu war. Wieso auch immer. Ich straffte meine Schultern und setzte meine Beine in Bewegung, machte mich auf den Weg zu seinem Arbeitszimmer und versuchte, so leise wie möglich zu sein.

»Nein. Nein, kommt überhaupt nicht in Frage«, hörte ich ihn sagen, während ich leise versuchte, näher ranzukommen.

»Was ist daran nicht zu verstehen? Halt dich da raus. Ich habe es all die letzten Jahre auch ohne dich geschafft. Du wolltest nichts mit ihr zu tun haben, erinnerst du dich? Du hast mich mit all dem allein gelassen.«

Ob er wohl mit Piet spricht?

Piet war der Geschäftspartner meines Vaters. Na ja, zumindest auf dem Papier. Eigentlich hat Dad immer alles allein gemacht.

»Nein. Vergiss es, du wirst nicht herkommen, ich schaffe das allein und brauche dich hier nicht als einen Klotz am Bein. Halt dich fern.«

Als ich einen weiteren Schritt auf die Tür zu ging, stolperte ich und meine einzige Chance, nicht zu fallen, war die Tür selbst. Mit dem Kopf voran schob ich diese auf und polterte mitten in den Raum, landete auf allen vieren und traute mich nicht, hochzusehen.

Klasse.

»Elizabeth«, sagte er mit knallrotem Gesicht. »Was zum Teufel tust du …«

Ich hob beschwichtigend die Hände und unterbrach ihn.

»I-ich habe dich gerufen, aber du hast nicht reagiert und …« Jetzt hob er den Finger, schnitt mir das Wort ab und zeigte auf die Tür. »Warte bitte in der Küche auf mich. Ich komme sofort.«

Schnell sprang ich auf und verschwand. Wie von ihm gewünscht, wartete ich in der Küche auf ihn. Als ich zu mir runter sah, vernahm ich einen stechenden Schmerz an den Knien und rieb sie.

Ich ließ mich auf einem Stuhl am Esstisch sinken, holte das Essen aus der Tüte und verteilte es. Genussvoll biss ich in meinen Bacon-Cheeseburger hinein, bevor ich ein Räuspern hörte. Ich drehte mich zur Tür. »Es tut mir leid«, sagte ich umgehend.

Er hob eine Hand, das tat er immer, wenn er genug gehört hatte. »Elizabeth Wilson, wir haben noch nie viele Regeln gehabt, aber eine, von der ich dachte, du bist nun alt genug, um sie endlich zu verstehen. Das Arbeitszimmer ist tabu.«

Augenrollend und schmerzerfüllt sah ich ihn an »Ja, ich weiß do-«

»Ich will nichts mehr hören. Geh auf dein Zimmer.«

Wütend zeigte er in Richtung Treppe, schickte mich wie ein Kleinkind hoch. Widerwillig stand ich auf. Ein stechender Schmerz durchfuhr meine Beine, was mich kurz aufstöhnen ließ.

Langsam machte ich mich auf den Weg zur Treppe.

»Welche Laus ist dir denn über die Leber gelaufen?«, flüsterte ich leise. Ich hoffte, dass es für ihn nicht hörbar war. Meine Gedanken kreisten um das Gespräch von meinem Vater und der Person am Telefon und weil ich wollte, dass sie still waren, stülpte ich mir Kopfhörer in die Ohren, ließ mich auf mein Kopfkissen sinken, schloss meine Augen und trommelte mit den Fingern auf meinem Bauch herum.

Die Musik wurde vom Klingeln meines Handys unterbrochen. Mit einem Auge lugte ich auf das Display und sah Amelias Namen. Lächelnd nahm ich ab und setzte mich auf.

»Hey Amelia!«

»Hey, Lizi. Wie geht es dir?«

»Ganz gut und dir?«

Aus ihrer Kehle ertönte ein ersticktes Lachen und direkt im Anschluss ein langer Seufzer.

»So weit, so gut. Es ist gerade mal Anfang des Semesters und irgendwie ist die Luft jetzt schon raus. Die Studenten in den neuen Klassen sind«, sie machte eine kurze Pause. »Sie sind nicht so ganz einfach. Ja, so beschreibt es sich, denke ich, ganz gut.«

»Hast du heute noch Unterricht?«, platze es aus mir heraus.

»Nein, habe ich nicht mehr, du noch?«

»Nein, auch nicht. Morgen dafür den ganzen Tag. Was hältst du davon, wenn wir uns treffen und zusammen tanzen?«

Eigentlich wollte ich die Frage etwas anders stellen, vorsichtiger irgendwie, aber das war wohl ein Satz mit X.

»Das klingt sehr erfrischend. Sehr gern«, sagte sie und ich lächelte breit. Ich erinnerte mich nicht daran, dass wir irgendwann schon einmal zum Tanzen verabredet waren.

Ich gab ein Quietschen von mir und freute mich über ihre Antwort, weshalb sie laut auflachte.

»Dann bin ich in spätestens einer Stunde bei dir? Oder soll ich zur *Juilliard* kommen?«

»Komm am besten zur Uni, ich kümmere mich um einen Saal. Ich freue mich.«

»Und ich mich! Bis später«, sagte ich und legte auf.

Wie von einer Hummel gestochen sprang ich auf, streifte mir die Jeans vom Po und machte an meinen Knien halt.

Aufgeschürft. Verdammt.

Vorsichtig zog ich die Jeans über die Knie hinweg und suchte mir eine Leggings und einen Sport-BH aus dem Schrank. Ich tapste in mein Badezimmer und tupfte behutsam mit einem Waschlappen über die geröteten Stellen. Ich zog mich um, warf mir noch einen Pullover über, bevor ich meine Zimmertür öffnete und horchte.

Es war still im Haus, als ich mit meiner Sporttasche die

Treppe runterschlich. Dad musste nicht mitbekommen, wie ich das Apartment verließ. Auch wenn ich ihm gern meine Meinung geigen würde, war ich mir sicher, dass er all das aus einem bestimmten Grund tat.

Ich spitzte die Ohren. Er war ausgeflogen, ohne was zu sagen. Das war nicht typisch für ihn, aber so sauer, wie er vorhin war, gab es für ihn sicher keinen Grund, Bescheid zu sagen.

Bevor ich zum Fahrstuhl ging, hielt ich an der Tür zum Arbeitszimmer.

Liz, lass es.

Meine Gedanken schrien mich an, wollten mich davon abhalten, etwas zu tun, was nicht richtig war, aber eine Hand lang bereits an der Klinke. Verbotenerweise stand ich mit einem mal in seinem Arbeitszimmer. Und dann schalteten meine Gedanken ab. Ich dachte nicht mehr nach, ging zu seinem Schreibtisch und fing an, in den Unterlagen zu wühlen.

»*Was suche ich?*«, fragte ich mich immer und immer wieder, bis ich etwas fand, was tief vergraben unter all den Firmenunterlagen lag. Ein Brief. Auf dem Umschlag war eine Frauenhandschrift zu erkennen. Es stand nicht mehr darauf als der Name meines Vaters und unsere Adresse. Er war bereits geöffnet und meine Finger handelten wie von selbst, zogen das Blatt Papier heraus und öffneten es behutsam.

Marcus, ich bitte dich. Lass mich Teil eures Lebens sein. Ich will alles von euch miterleben, Teil der Familie sein. Ein Teil von dir und Elizabeth sein. Ich dachte, wir wären über den Punkt hinweg, wo wir uns hassen. Wir sind doch zwei erwachsene Menschen. Wovor hast du denn so Angst? Du weißt, wo ich wohne, bitte melde dich bei mir oder ruf mich an. Aber schließ mich nicht mehr aus …

Ich hörte, wie sich die Haustür öffnete, und ich wurde panisch, stopfte den Brief ungefaltet zurück in den Umschlag, warf ihn in die Schublade und alles andere wieder darauf.

»Liz?«, hörte ich meinen Dad nach mir rufen und blieb wie erstarrt stehen, als ich ihn näherkommen hörte. Ich drückte meinen Handrücken gegen meinen Mund, um bloß keinen Ton von mir zu geben.

Ich bin am Arsch. Shit.

Leicht öffnete sich die Tür und ich erstarrte, kniff die Augen so fest zu, wie ich konnte und betete, dass er mich nicht sah, wenn er reinkam, doch dann klingelte mein Handy.

Shit. Shit. Shit.

Erst als ich begriff, dass es im Wohnzimmer klingelte, atmete ich auf und als ich sah, wie sich die Tür schloss, spürte ich eine Träne über meine Wange kullern.

Erleichterung machte sich in mir breit und als ich hörte, wie mein Vater die Treppe hochstapfte, öffnete ich die Tür einen Spalt und schlüpfte hindurch, rannte ins Wohnzimmer machte Musik an und stöpselte mir die Kopfhörer rein und sprintete zurück in die Küche. Langsam und leise öffnete ich die Spülmaschine und begann das saubere Geschirr auszuräumen, bis ich eine Hand auf meiner Schulter spürte und so tat, als ob ich zusammenfuhr.

Ich zog am Kabel meiner Kopfhörer und sah meinen Dad an. »Dad. Hast du mich erschreckt«, log ich und sah ihm dabei fest in die Augen.

»Tut mir leid, das wollte ich nicht«, sagte er und ließ sich auf dem Barhocker nieder.

Ich winkte ab. »Schon gut. Wo warst du?«

Musternd sah ich ihn an. Er wich meinem Blick aus und seine Kiefermuskeln spannten sich an.

»Wo willst du hin?« Er stellte mir eine Gegenfrage, um von sich abzulenken. Clever.

Ich stemmte mich auf der Kücheninsel ab, schaute meinem

Vater tief in die Augen, kniff meine dabei zusammen und dann war sie da. Wortkotze, die ich nicht aufhalten konnte.

»Ich habe den Brief gefunden. Von einer Frau. Bist du wieder … Ich dachte du und Amelia …«

Als ich sah, wie meinem Dad alle Gesichtszüge entglitten, biss ich mir auf die Unterlippe. Seine Brust hob und senkte sich schwerfällig.

»Was hast du gesagt?«, hallte seine Stimme in meinem Kopf nach und intuitiv ging ich einen Schritt zurück. Seine Wut war im Raum spürbar und schnitt die Luft wie ein neues Messer ein.

»Ich. Es …«, ich versuchte einen Satz auf die Kette zu bekommen, aber es gelang mir nicht. Schell schnappte ich meine Tasche, verließ fluchtartig die Küche.

»Wo willst du hin?«, rief er mir hinterher, doch ich wollte nicht stehen bleiben, weshalb ich die Haustür hinter mit ins Schloss fallen ließ und einfach weiter lief.

Während ich zur Uni rannte, versuchte ich das Geschehene auszublenden, aber meine Gedanken schweiften immer wieder zu dem Brief, zu dem Telefonat und zu den Worten, die ich gelesen und gehört hatte.

Ich zückte mein Handy aus der Jackentasche und schrieb Amelia eine SMS, dass ich es heute nicht mehr schaffen würde, aber wir das nachholten und als ich auf Senden drückte, rief ich Logan an.

»Hey«, sagte er und ich lächelte.

»Hey du«, erwiderte ich und schloss die Augen. »Was machst du gerade?«

Ein Räuspern entfuhr meiner Kehle und ich musste husten.

»Nicht viel, sitze im Zimmer und du?«

»Wollen wir uns treffen? High Line? So in 20 Minuten?«

»Sehr gern.«

»Dann bis gleich«, sagte ich und legte auf, machte mich auf den Weg zum Treffpunkt und freute mich, ihn zu sehen, um mein Vorhaben in die Tat umzusetzen. Ich würde herausfinden, was all das zu bedeuten hatte.

Kapitel 9

Logan

Ich zog mich um, packte ein paar Sachen ein und schloss danach sorgfältig hinter mir die Tür. Ich machte mich auf den Weg zum Treffpunkt mit meiner Freundin. Ihr abrupter Abgang machte mir sorgen, vielleicht würde sie mir endlich etwas erklären.

Ich entschied mich, ein Uber zu nehmen, damit ich schneller da war – auf Laufen hatte ich gerade nicht so ganz viel Lust. Und dann hatte ich plötzlich eine Eingebung.

Ich holte mein Handy raus, wählte Liz‘ Nummer und wartete gespannt darauf, dass sie abnahm.

»Ja?«

»Lass uns am Brooklyn Bridge Park treffen, am Karussell, okay?«, fragte ich und sie willigte ein. Dem Uberfahrer teilte ich meine Planänderung mit. Nur widerwillig ließ er sich davon überzeugen, brachte mich dennoch zum Brooklyn Bridge Park.

Ich sah Liz dort auf der Bank sitzen, wo ich ihr zum allerersten Mal das Herz gebrochen hatte. Mit schnellen Schritten ging ich auf sie zu. Der süße Duft ihres Parfums kletterte meine Nasenwand hinauf und ließ mich Lächeln.

Sie lachte und ich erstickte es mit einem Kuss, der Sehnsucht, Leidenschaft und viel mehr als nur Liebe ausdrückte. Sie erwiderte ihn mit allem, was sie hatte. Hungrig trafen unsere Zungen aufeinander und ich spürte, wie Liz' Körper sich unter meinen Händen anspannte, als ich sie ein kleines Stück weiter nach unten wandern ließ.

Behutsam ließ sie von mir ab, strich mir über die Wange und sah mir in die Augen.

»Es tut mir leid, was da heute Mittag passiert ist. Ich weiß auch nicht, was los war.« Ihre Stimme zitterte. So sehr wollte ich wissen, was in dem Moment passiert war, aber jetzt gerade wollte ich sie nicht verunsichern. Und auch, wenn es mich wurmte, wollte ich ihr die Zeit geben. Sie war bei mir und das allein reichte mir vollkommen.

Ich strich an ihrem Arm entlang zu ihrer Hand, zog sie hoch und drehte sie elegant um ihre eigene Achse. Dann ließ ich sie kurz allein stehen, holte meine Musikbox heraus und suchte ein Lied aus, drückte auf Play und drehte sie nochmal. Diesmal war ihr Körper im Einklang mit der langsamen Musik.

Aber es gab eine Art Härte in ihren Augen zu sehen, als wäre sie jemand, den man nicht unterschätzen sollte. Ich wollte das Eis in ihr brechen, sie sollte sich fallen lassen und an nichts anderes denken, außer an das hier.

Die Wärme zwischen uns wurde von Sekunde zu Sekunde stärker und mein Herzschlag wuchs stetig zusammen mit ihr. Unser Tanz war perfekt. Alles von unserem Atem bis hin zu den Bewegungen unserer Füße blieb synchron.

Ich stieß sie von mir weg, zog sie eine Sekunde später wieder zu mir heran und legte meinen Kopf an ihr Ohr, raunte hinein und griff in ihren Nacken. Hielt sie fest und als sie ihren Rücken ins Hohlkreuz brachte, drehte ich ihren Oberkörper in einer Halbkreisbewegung vor mir her. Oh Gott, wie sehr konnte man jemanden lieben, ohne dass es weh tat? Als sie wieder vor mir stand, lehnte sie ihre Stirn an meine und hungrig suchten meine Augen ihre Lippen. Ich löste mich von ihrer Stirn, legte den Kopf schief, um sie zu küssen. Doch als ob es zur Choreographie gehörte, ließ sie es nicht zu. Sie stieß sich mit einem kräftigen Ruck von meiner Brust ab und streckte ihre Arme zu den Seiten aus. Sie stand nur noch auf einem Fuß, nahm Anschwung und drehte eine Pirouette.

Mit geschlossenen Augen ließ sie endlich los und begann zu fühlen, was sie tat. Ich liebte es, ihr dabei zuzuschauen, und ich drehte die Musik ein bisschen lauter, was die Menschen anlockte und sie dazu brachte, stehen zu bleiben, um das Wunder des Tanzens zu begutachten.

Als Liz wieder mit beiden Füßen auf dem Boden stand, sah sie die Menschen um uns herum. Röte stieg ihr ins Gesicht. Sie war immer so bescheiden, aber das brauchte sie nicht sein. Um uns herum begannen die Zuschauer zu applaudieren. Doch an einer Frau blieben meine Augen besonders hängen.

Ich legte den Kopf schief und meine Augen wanderten von ihr zu meiner Freundin. Die Ähnlichkeit war kaum zu übersehen und dann sah ich es, auch Liz musterte die Frau und Tränen traten ihr in die Augen.

Moment mal.

Ich traute mich nicht, den Gedanken zu Ende zu denken, sondern ging zu Liz, ergriff ihre Hand und versuchte, sie abzulenken. Drehte sie zu mir und zwang sie damit, mich anzusehen.

»War es das, was du mir sagen wolltest? Was du erst klären wolltest?«, fragte ich leise, worauf sie nur nickte.

»Lass uns ein Stück gehen.« Ich ergriff ihre Hand und stopfte schnell alles in meine Tasche. Lief mit ihr an der *Waterfront* entlang, bis wir zum Pier 2 kamen.

Eine große Menschenmenge sammelte sich hier, um Sport zu machen, ein Teil des Piers war überdacht, sodass man auch bei schlechtem Wetter Sport treiben konnte, aber diese Menschen waren mir gerade egal. Ich suchte eine freie Rasenstelle und zog sie zu mir nach unten in den Schneidersitz. Ich spürte, wie ihre Hände zitterten und wenn ich es nicht besser wüsste, hätte ich gesagt, ich höre ihr Herz gegen ihren Brustkorb hämmern, aber das war unmöglich.

Ihr Kopf war gesenkt. Sie schaute mich nicht an, sprach kein Wort mit mir und ich wollte ihr den Freiraum gerade ein paar Minuten lassen. Eine einzelne Träne kullerte ihre Wange hinab und ich fing sie auf und dann, endlich, hob sie ihren Blick, sah mich entschuldigend an und schloss kopfschüttelnd ihre Augen.

»Was war das gerade?«, flüsterte ich und hob mit meinem Zeigefinger ihr Kinn an.

»Ich weiß es auch nicht.«

»Kennst du diese Frau?«

Wieder drehte sie, etwas heftiger als zuvor, ihren Kopf schnell von links nach rechts.

»Nein, ich weiß nicht, wer sie ist. Ich sehe sie immer öfter. Es ist beinahe so, als verfolge sie mich.« Sie hörte auf zu reden, griff zu ihrer Kette und öffnete sie, hielt sie mir hin und fuhr mit dem Finger über das Bild. Ich nahm ihr die Worte ab.

»Sie sieht deiner Mom ganz schön ähnlich, aber das kann doch nicht –«, ich beendete meinen Satz nicht.

Das musste ich nicht, denn ich selbst hatte erlebt, dass nicht alles wahr war, was man sah. Nicht alles wahr war, was man erzählt bekam.

»Ich habe solche Angst, Logan«, flüsterte sie und umschloss das Medaillon der Kette fest.

»Hör auf damit.« Meine Stimme war weich und ich versuchte, ihre Hand behutsam von der Kette zu lösen.

»Wir werden herausfinden, wer sie ist, okay? Wir werden zusammen herausfinden, was es mit dieser Frau auf sich hat. Ich werde dir helfen, versprochen.«

Jetzt leuchteten ihre Augen, und ihr Körper entspannte sich unter meinen Händen. Es hatte so viel Last auf Liz gelegen. Trotzdem stellte sich mir die Frage, wieso sie sich mir nicht anvertraut hatte, sondern es allein schaffen wollte.

»Danke, Logan«, flüsterte sie an meinem Handrücken und bei ihrer zerbrechlichen Stimme, bekam ich eine Gänsehaut.

»Können wir noch ein Weilchen hier sitzen bleiben?«

Ich nickte. »Natürlich können wir das.«

Ich legte einen Arm um sie und bot ihr meine Schulter an, die sie dankend annahm und sich anlehnte.

Als mein Handy klingelte, wurden wir aus unseren Gedanken gerissen, wir redeten nicht, aber genossen jeden Moment und verstanden uns auch ohne weitere Worte. Ich erhaschte einen Blick aufs Display und sah den Namen meiner Ziehmutter aufblitzen. Darauf hatte ich keine Lust. Nicht jetzt, deshalb drückte ich sie weg und Liz' Miene wurde hart.

»Findest du nicht, dass du mit ihr reden solltest?«

»Nein. Ich weiß, was sie will, und ich möchte gerade nicht darüber reden.«

»Aber …«, setzte sie an und drehte sich zu mir um.

Ich unterbrach sie, nahm ihr Gesicht in meine Hände und hauchte ihr entgegen. »Nichts aber. Ich möchte es gerade nicht. Ich möchte diesen Moment mit dir genießen. Mehr nicht.«

»Okay«, sagte sie und schloss die Augen. Das war der Moment, in dem sie anfing, zu erzählen von allen Begegnungen mit der Frau und ich fiel aus allen Wolken, als sie sagte, dass sie bereits letztes Jahr Bekanntschaft mit ihr gemacht hatte.

Wild gestikulierte sie mit den Händen, warf sie immer wieder in die Luft und nach vorn, wie eine Geschichte, die sie mit einem Tanz in Zusammenhang brachte.

»Und dann habe ich heute diesen Brief bei meinem Vater gefunden, nachdem ich ein Telefonat mitbekommen hatte, und irgendwie habe ich das Gefühl, dass es nichts mit dem Unternehmen zu tun hat, sondern mit genau dieser Frau, aber er erzählt nichts. Das verunsichert mich so, dass ich denke, ich bilde mir das alles nur ein. Und irgendwie habe ich auch ein bisschen Angst, Logan.«

»Wieso denn Angst? War das nicht eigentlich immer genau das, was du dir gewünscht hast?«, fragte ich vorsichtig und strich ihr übers Haar.

Sie zuckte mit den Schultern und seufzte auf. »Na ja, dann wäre mein ganzes Leben eine Lüge gewesen und ich möchte mich nicht in Frage stellen.«

Ich verstand, wie und was sie damit meinte, aber ich hatte nicht die passende Erwiderung parat. Auch ich musste mit der neuen Situation erst umgehen, deshalb sortierte ich meine Worte im Kopf.

»Lizi, unsere Angst, sie definiert uns nicht. Natürlich ist es gut, ein bisschen davon zu haben. Sie lässt uns vorsichtig werden. Ich habe sie ausgeblendet. Von Anfang an war mir klar, dass Freya nicht einfach so vor mir stehen würde, wenn es nicht einen Funken Wahrheit hinter ihrer Geschichte gab. Ich wollte sie nicht als Lügnerin bezichtigen, weshalb ich sie einfach ignoriert habe. Und das war dumm von mir. Ich möchte damit sagen, dass uns unsere Angst stärker macht, sie gibt uns etwas …«

Liz' Augen wurden groß. »Und was ist das?«

»Mut.«

»Aber –«, begann sie und seufzte auf.

Ich schüttelte den Kopf. »Nichts aber. Wir müssen aufhören ständig Ausreden zu suchen für unser *Nicht*handeln.«

Ich holte tief Luft. »Wieso konfrontierst du deinen Vater nicht einfach? Ihr könnt doch sonst über alles reden.«

»Weil ich dann all die Jahre belogen wurde. Und was sagt das dann über mein Leben aus?«, flüsterte sie so leise, dass ich es kaum hören konnte.

»Aber was ist denn, wenn die Angst nicht berechtigt ist? Wenn du dann genau die Antworten erhältst, die du dein

Leben lang schon suchst?«

Jetzt lachte sie laut auf. Sie drehte ihren Körper zu mir, sodass wir uns direkt ansehen konnten. Ihre braunen Augen durchbohrten den Grund meiner Seele. Sie trafen mich mitten ins Herz. Ohne weiter darüber nachzudenken, zog ich sie auf mich. »Okay, weißt du was? Ich verstehe das, aber wir zwei müssen anfangen, an uns zu arbeiten. Gemeinsam unseren tiefsten Gedanken Widerstand leisten, damit wir glücklich sein können.«

Ihr Duft benebelte mich. Sie war mir so nahe. Verlangen pulsierte durch meine Adern und wuchs mit jeder Sekunde. Es war falsch, in so einem Moment darüber nachzudenken, wie ich Liz die Kleidung vom Leib streifte, ihren Körper mit Küssen liebkoste und meine Hände unter ihr T-Shirt wandern ließ.

Halt. Stop. Logan, hör auf zu denken.

Scheinbar wusste sie genau, was ich dachte. Ein schlemisches Lächeln zuckte auf ihren Lippen. Sie wirbelte auf, ergriff meine Hand und versuchte mich hochzuziehen.

Kapitel 10

Elizabeth

Ich geriet ins Taumeln, als ich kräftig an seiner Hand zog. Aber Logan ließ nicht zu, dass ich fiel.

Mit einem mal war da diese Spannung zwischen uns. Eine chemische Reaktion, die beinahe alles zum Explodieren brachte. Sein Blick hielt meinen gefangen, so intensiv, dass mein Herz stolpernd aus dem Takt geriet. Stumm erwiderte ich Logans Blick. Das Glühen in seinen Augen ließ meine Haut kribbeln und dann war alles so glasklar. Er nahm mich an die Hand, ging mit mir los und jede seiner Berührungen schmerzte, prickelte vor Spannung. Nichts sehnlicher, als dass wir in seinem Zimmer wären, wünschte ich mir gerade.

Das Ziehen in meinem Unterleib wurde stärker, als Logan ein Taxi heranwinkte und seine Hand auf meinem Oberschenkel hoch und runter fahren ließ.

Reiß dich zusammen, Liz. Reiß dich zusammen!

Der Druck in mir wurde von Minute zu Minute stärker, weshalb ich nur vage mitbekam, dass wir vor der Uni zum Halten kamen.

Drängender. Schmerzender. Logan ergriff meine Hand und zog mich aus der offenen Autotür. Er war etwas forsch, aber wir wussten beide, dass wir uns wollten. Mehr denn je.

Ich war ihm zu langsam. Geschickt hob er mich hoch, legte mich über seine Schulter, während ich zu quietschen begann.

»Logan, lass mich runter.«

Ich musste lachen und verschluckte mich an meinem eigenen Speichel. Hustete und bekam kaum noch Luft, denn immer wieder lachte ich zwischen Husten und Verschlucken laut auf.

»Wir sind sofort da«, raunte er und ließ mich vor der Zimmertür sanft sinken.

Gekonnt stibitzte ich ihm den Schlüssel aus der Hand und versuchte, die Zimmertür aufzuschließen. Das Schlüsselloch verfehlte ich wie ein Betrunkener, weshalb Logan mir den Schlüssel Sekunden später abnahm und wir in seinem Zimmer standen.

Er senkte seinen Kopf zu meinen und als unsere Lippen sich streiften, wuchs mein Verlangen, ihn zu spüren, immer mehr. Er öffnete seinen Mund und unsere Zungen berührten sich. Es ließ meinen Körper beben. Als würde ein Stromschlag durch mich hindurch fahren.

»Gott, ich liebe dich, Elizabeth Wilson«, hauchte er zwischen unseren Küssen.

Meine Muskeln spannten sich an. »Was hast du gerade gesagt?«

Ich drückte ihn sanft von mir, blinzelte ihn an. Er rieb sich den Nacken, schaute beschämt weg. Gern hätte ich es nochmal gehört, aber ich wollte ihn nicht bedrängen.

Sein Gesicht zog ich wieder zu mir, küsste ihn und lächelte dabei leicht.

Er liebt mich.

Während meine Hände seinen Oberkörper entlangfuhren, griff er unter meinen Po, um mich hochzuheben. Mit mir zusammen tapste er zum Bett, legte mich sanft ab. Er strich über meinen Arm, hoch zu meiner Schulter und ließ seine Hand in meinen Nacken ruhen.

»Sicher?«, fragte er.

»Der perfekte Augenblick«, nuschelte ich außer Atem und dann zog ich Logan in den Kuss. Um mich herum blieb die Welt stehen. Es bewegte sich nichts mehr, außer unsere Körper im Einklang miteinander. Das Verlangen, das sich zwischen uns aufgestaut hatte, schlug Funken. Es loderte auf und machte keine Anstalten, zu erlischen.

Seine Hände wurden gieriger. Ich stöhnte auf und kam seinen Bewegungen entgegen, während er mich erkundete – mein Haar, meinen Oberkörper, meine Hüften.

Ich fand seine Erektion und rieb durch den Stoff seiner Hose daran. Leise stöhnte er auf. »Oh, Liz.«

Ich lächelte. Meine Beine schwang ich um seine Hüften, versuchte mich unter ihn zu drehen. Aber es gelang mir nicht. Er fing an zu lachen. Es war ein armseliger Versuch, weshalb ich ebenfalls kicherte, bis ich Bauchschmerzen bekam.

»Lass mich dir helfen.« Logan drehte sich unter mich. Hitze stieg mir ins Gesicht, aber diesmal wich ich nicht zurück.

Mein Verlangen nach ihm war so groß, dass die Scham nicht überwiegen konnte. Mit zittrigen Händen versuchte ich, Logans Hemd aufzuknöpfen. Seine nackte Brust ließ meinen Atem stocken. Seine Brustwarzen wurden bei der kalten Luft sofort hart und ich legte meinen Mund auf eine. Fuhr mit der Zunge um sie herum. Schwindel breitete sich in mir aus, als seine Finger unter mein T-Shirt glitten. Den Saum fest umgriffen, zog er es über meinen Kopf. Er ließ mich nicht aus den Augen. Musterte mich, meine Brüste und meinen BH.

»Du hast eindeutig noch zu viel an«, raunte er. Als er mit einem geschickten Griff meinen BH öffnete und mir die Träger von den Schultern streifte, erschauderte ich. Jetzt war ich ihm völlig ausgeliefert. Er drehte mich wieder unter sich und machte das Gleiche wie ich zuvor. Mit einem festen Griff umschloss er meinen Busen, beugte sich darüber und nahm meine Brustwarze in den Mund. Knabberte daran. Mir entfuhr ein Stöhnen und ich bog meinen Rücken durch, reckte sie ihm entgegen.

»O Gott, *ja* …«, meine Stimme erstarb und ich schob eine Hand zwischen den Bund seiner Hose und der Boxershorts, schloss meine Hand um seine Erektion und streichelte sie sanft.

»*Du* hast zu viel an«, flüsterte ich und drückte mich von ihm weg. Mit den Fingern zeigte ich auf seine Hose, und ohne ein Wort von ihm kam er meiner Bitte nach.

Er stand auf, stellte sich vor das Bett und öffnete seinen Gürtel, um sich die Hose vom Leib zu streifen. Wie ein Tiger kam er wieder auf mich zu, aber ich schüttelte den Kopf.

»Nein, nein – du bist immer noch nicht nackt genug.«

Als er sich seiner Boxershorts entblößte, sprang mir sein pralles Glied entgegen. Im gleichen Zug streifte ich mir meine Hose und meinen Slip von den Beinen und öffnete sie leicht. Meine Mitte pulsierte schmerzhaft und als er sich zu mir runter beugte, erschauderte ich.

Logan griff mir ins Haar und hielt meinen Kopf, während ich seinen Mund küsste.

»Ich will das hier. Dich. Jetzt«, japste ich und wollte ihn spüren. Ich spreizte meine Beine weiter auseinander und spürte seine Härte zwischen mir.

»Hast du …?«

Er griff zu seinem Nachtschrank, öffnete die Schublade und zog die Verpackung raus, riss sie auf und war bereit. Gerade, als ich was sagen wollte, glitt er in mich hinein und ich verstummte, bog den Rücken durch und kam ihm entgegen.

Kapitel 11

Logan

Ich hatte für diesen Augenblick keine Worte. Keinen Gedanken. Ich spürte nur ihre perfekte, warme, feuchte Enge, die ich ausfüllte und drückte, bis ich so tief in ihr war, wie es ging.

»Liz«, stöhnte ich. Ihre Fingernägel gruben sich in meinen Rücken, während sie mir ihr Becken entgegen schob.

Sie packte meinen Hintern und zog mich zu sich. Zischend stieß ich den Atem aus, als Liz ein Stöhnen von sich gab. Ich begann mich in ihr zu bewegen. Keuchend wisperte sie meinen Namen und ich spürte sie an meinen Lippen lächeln. Meine Stöße wurden schneller und Liz entfuhr mein Name. Ich hob ihr Becken an und wir wurden eins mit dem Rhythmus. Ihre Hände klammerten sich an meine Hüften und ein Beben durchfuhr meinen Körper. Wir vermischten uns. Wir passten so perfekt zueinander, als wären wir füreinander geschaffen worden. Und dann gab sie mir alles, was sie hatte und löste sich schließlich mit einem erstickten Schrei in Nichts auf. Ich stieß noch einmal zu und stöhnte laut auf. Ich spürte, wie sich jeder einzelne Muskel in mir zusammenzog.

Als ich wieder klar denken konnte, rollte ich mich von ihr runter. Einen Arm legte ich um sie, zog sie auf meine Brust.

Unsere Herzen schlugen im gleichen Takt und auch sie atmete schwer keuchend auf mir.

»Das war –«, sie nahm einen tiefen Atemzug. »Wahnsinn.«

Leise lachte ich, während meine Lippen ihren Haaransatz fanden und ich ihr einen leichten Kuss gab.

»Ich liebe dich auch, Logan«, nuschelte sie an meiner Schulter und mein Herz erwärmte sich. Ein leichtes Lächeln legte sich auf meine Lippen.

»Ich habe es dir bereits gesagt und werde es jetzt nicht nochmal sagen … Es soll etwas Besonderes bleiben.«

Sie hob ihren Kopf, sah mich an und drückte mir einen Kuss auf die Wange, bevor sie sich wieder auf meiner Brust niederließ und immer gleichmäßiger atmete und letztendlich friedlich einschlief.

Meine Mom trug mich zum Auto, setzte mich auf die Rückbank und schnallte mich an. Während ich quengelte, stritten meine Eltern, aber ich begriff nicht, um was es ging. Wie auch, ich war noch viel zu jung. Aber dass es das letzte Mal sein würde, dass ich meine Eltern sah, war mir zu diesem Zeitpunkt nicht bewusst. Wir fuhren los und ich fing an, zu weinen. Mein Vater war genervt und schrie mich an.

»Sei leise, Logan! Ich muss mich konzentrieren!«

Meine Mutter drehte sich zu mir um, drückte mir ihr iPad in die Hand, in der Hoffnung, ich würde endlich Ruhe geben. Ich bemerkte ihre blau unterlaufenen Augenringe und wusste, dass ich schuld war. Nacht für Nacht durchlief ich Albträume und kroch zu meinen Eltern ins Bett, weinte mich in den Schlaf.

»Mom?«, fragte ich sie und wieder trafen mich ihre grünen Augen.

»Was ist, mein Kind?«

»Ich hab dich lieb«, flüsterte ich und wie sich herausstellte, auch das letzte Mal.

Mein Dad drehte seinen Kopf und schaute mich über die Schulter an, von der Straße ließ er ab. »Und mich?«, fragte er und sah wieder nach vorn. Gerade, als ich ihm sagen wollte, dass ich ihn auch liebhatte, riss er das Lenkrad ruckartig rum und meine Mutter griff nach hinten zu mir und hielt mein Knie. Es wurde alles schwarz und dann holte mich ein Klingeln aus meinem ganz persönlichen Albtraum und ich schreckte hoch. Schweißgebadet und voller Selbsthass.

Liz' Handy klingelte. Penetrant. Nervtötend. Ich rüttelte an ihrer Schulter, damit sie endlich wach wurde und das Gespräch annahm.

»Liz«, flüsterte ich an ihrem Ohr. Ich nahm das Handy in die Hand.

Marcus. Klasse.

Ich konnte diesen *Shawn-Mendes*-Klingelton nicht weiter ertragen, deshalb nahm ich das Gespräch an.

»Elizabeth?«

»Nein, hier ist Logan«, sagte ich mit fester Stimme und rieb mir mit Daumen und Mittelfinger die Schläfen.

»Wieso hast du ihr Handy?«

»Liz ist eingeschlafen und hat das Klingeln nicht gehört. Ist was passiert?«

»Nein, aber bitte weck sie. Sie soll nach Hause kommen. Ich muss mit ihr reden. Dringend«, sagte er, bevor er ohne ein weiteres Wort das Gespräch beendete.

Ich legte das Handy wieder auf den Nachttisch. Ließ mich wieder ins Kissen sinken und bedeckte mein Gesicht mit meinen Händen. Ich versuchte, den Traum aus meinem Kopf zu bekommen. Wenn ich einschlief, befand ich mich in Endlosschleife in meinem eigenen Albtraum. Immer und immer wieder, seitdem Freya vor der Uni gestanden hatte. Mich mit all dem konfrontiert hatte.

Hätte ich mich benommen, einfach mit dem iPad gespielt und beiden direkt gesagt, dass ich sie liebte, hätte Dad sich niemals umgedreht. Dann wäre er nicht von der Fahrbahn abgekommen und unser Wagen hätte sich niemals überschlagen. Vielleicht wären sie dann noch am Leben.

Ich versuchte, den Gedanken von mir abzuschütteln. Setzte mich wieder auf und versuchte, Liz neben mir sanft zu wecken. Sie schlief wie ein Stein. Nicht mal ein Feuer könnte sie wachbekommen.

Elizabeth

Ich spürte warme, starke Hände an meinen Schultern, aber ich wollte meine Augen nicht aufschlagen. Das Gespräch hatte ich mitbekommen. Doch alles in mir schrie danach, dass ich bleiben wollte. Bei Logan. Ich war mir sicher, dass ich wusste, wieso er angerufen hatte. Doch dafür war ich definitiv nicht breit. Sicher würde ich *niemals* dafür bereit sein.

»Ich bin wach«, nuschelte ich in das Kissen, damit er endlich aufhörte, mich durchzuschütteln. »Ich möchte nicht nach Hause. Eventuell ist mir heute Mittag rausgerutscht, dass ich den Brief gefunden habe. Ich weiß jetzt schon, dass ich Hausarrest bekommen werde bis zu meinem Geburtstag in zwei Monaten.«

»Ich würde ja sagen, dass ich mitkomme. Aber ich denke, ich sollte mich da besser nicht einmischen. Dein Vater mag mich gerade, das will ich ungern aufs Spiel setzen«, sagte er leicht schmunzelnd. Er wollte mich zum Lachen bringen, aber danach war mir nicht zumute.

Ich setzte mich auf, sah an mir herunter und stellte fest, dass ich noch immer nackt war. Mir wurde heiß und es fühlte sich komisch an. Mit einer Hand auf dem Boden suchend, tastete ich nach meinem Slip und dem BH. Mit der anderen Hand war ich bedacht darauf, die Bettdecke nicht loszulassen und weiterhin fest an meine Brust zu pressen.

»Du brauchst dich nicht verstecken. Du bist wunderschön.« Er bedeckte meine Haut mit sanften Küssen. Überall prickelte es. Ich bekam meine Unterwäsche in die Finger und schlüpfte ungeschickt unter der Bettdecke hinein, stand auf und zog mir Leggings und Oberteil drüber.

Ich warf den Kopf in den Nacken und stöhnte laut auf: »Ich will nicht.«

Logan stand auf. Er bückte sich, um seine Boxershorts aufzuheben. Mein Blick blieb an seinem Glied hängen und das Wasser lief mir im Mund zusammen. Als er in seine Boxershorts schlüpfte, machte sich Enttäuschung in mir breit. Ich wollte um jeden Preis, dass er mich ablenkte. Mich nicht gehen ließ und wieder berührte.

»Du machst das schon«, sagte er, küsste meine Schulter, fuhr bis zu meinem Hals hoch und endete an meinem Ohr. »Ich bin bei dir, die ganze Zeit.«

»Wenn ich mich in zwei Stunden nicht bei dir gemeldet habe, habe ich kein Handy mehr und Hausarrest. Dann werden wir uns nur noch in der Uni sehen können.«

Okay, vielleicht war ich etwas zu dramatisch, aber ich malte lieber den Teufel an die Wand, als Hoffnungen in das Engelchen zu setzten und nachher einen Schlag mit dem Hammer zu bekommen.

»Findest du nicht, du übertreibst ein bisschen?«, fragte er lachend und zog sich eine Jogginghose über.

Wild schüttelte ich den Kopf. »Veilleicht ein bisschen. Aber wir werden es ja sehen. Ich mache mich jetzt besser auf den Weg. Ich liebe dich«, sagte ich und drückte ihm noch einen flüchtigen Kuss auf den Mund.

Als ich vor unserer Haustür stand, atmete tief ein. Ich straffte meine Schultern, stieg in den Fahrstuhl und fuhr in die oberste Etage. Die Tür öffnete sich. Mein Herz hämmerte wie bescheuert gegen meine Brust, als ich meinen Vater in der Küche auf und ab laufen sah.

Klasse.

Alles in mir krampfte sich zusammen. Mein Atem geriet ins Stocken. Seine Augen fixierten mich, als ich langsam aus dem Fahrstuhl hinauslief. Dads Blick war kalt und Wut loderte in seinen Augen auf. Er war richtig sauer, was mein Abgang heute Mittag sicher nicht besser gemacht hatte. Gerade, als ich meine Tasche neben dem Sofa abstellte und ich etwas sagen wollte, kam er mir zu vor. »Was war das?«

Mit einem verunsicherten Nicken ließ ich mich auf einem Stuhl sinken. Mein Puls raste. Er setzte sich mir gegenüber, darauf wartend, dass ich etwas erwiderte. Seine Hände legte er in seinen Schoß und ich spürte, wie mir jegliche Farbe aus dem Gesicht lief. Tausend Gedanken rasten durch meinen Kopf.

Jetzt oder nie, Liz. Einatmen. Ausatmen.

»Bevor ich deine Frage so beantworte, wie du es wahrscheinlich gern hättest, will ich dir sagen, was ich wirklich denke.«

»Bitte.«

Der Kloß, der sich in meinem Hals gebildet hatte, war schon eher ein Kürbis. Dad überschlug die Beine und wartete ab.

»Ähm. Also. Ich …«, begann ich zu stottern. Ich konnte keinen klaren Gedanken fassen. Eins wusste ich sicher. Wenn ich jetzt nichts sagte, dann würde er mir zuvorkommen, weshalb ich wieder ansetzte, um es zu versuchen. Doch es kam kein Wort aus meinem Mund.

»Das geht so nicht«, sagte er ruhig und meine Augen weiteten sich urplötzlich. Damit hatte ich nicht gerechnet.

Ich öffnete den Mund, doch er hielt einen Finger hoch, signalisierte mir, dass er noch nicht fertig war.

Er machte mir es unfassbar schwer, sauer auf ihn zu sein. Ich konnte den Schmerz sehen. Traurigkeit und Enttäuschung spiegelten sich in seinen Augen.

»Du hast mein Vertrauen missbraucht.«

Mein Herz machte einen Satz. Es fühlte sich an, als hätte er mir mit diesen kleinen fünf Worten ein tonnenschweres Gewicht auf die Schultern gelegt.

»Dad, ich weiß nicht, was ich sagen soll.« Ich rieb mir die Schläfe, als es hinter meiner Stirn zu pochen begann. Meine Augen brannten heiß und ich tat alles, um die Tränen zu unterdrücken. Ich wollte antworten, dass er auch *mein* Vertrauen missbraucht hatte, indem er nicht ehrlich mit mir war.

»Doch, ich weiß, was ich sagen sollte«, sagte ich schnell und stellte mich auf. Meine Hände verschränkte ich abwehrend vor der Brust. »Mit wem hast du heute telefoniert? War es Piet? Haben wir Probleme? Was hat es mit dem Brief auf sich, den du unter all deinen Unterlagen versteckt hast? Was zur Hölle ist hier los, Dad? Wann haben wir angefangen, uns anzulügen, uns Dinge zu verheimlichen? Das war in Perth nie so, verdammt!« Meine Stimme ging in die Höhe, und ich spürte wie mir die Tränen emporstiegen.

»Es gibt Sachen, die muss ich nicht mit meiner Tochter besprechen. Punkt.«

Die Kinnlade klappte auf und ich sah ihn vorwurfsvoll an.

»Seit wann sprechen wir so miteinander? Sag mir verdammt nochmal endlich, was los ist! Wieso sehe ich ständig eine Frau, die aussieht wie Mom?« Die Worte sprudelten wie ein Wasserfall aus mir hinaus und als ich seinen erschrockenen Blick wahrnahm, wusste ich, dass ich mit irgendetwas von meinem Gesagten ins Schwarze getroffen hatte.

»Dieses Gespräch ist jetzt beendet«, sagte er schroff und stand auf.

»Nein. Das ist es nicht. Dieses Gespräch ist nicht beendet, nur weil du es sagst, Dad.«

»Es reicht, Elizabeth. Hab mehr Respekt, hast du mich verstanden?«, presste er hervor.

Ich konnte nicht anderes, als ein ersticktes Lachen von mir zu geben. Er wollte Respekt von mir, doch den konnte ich ihm gerade nicht geben. Er belog mich und es reichte mir. Seine Augen verengten sich, während ich nicht aufhören konnte, zu lachen.

»Weißt du was? Ich dulde, dass du Tanz studierst, ich bin mit dir hergezogen, ich habe alles dafür gemacht, dass es *dir* gut geht. Dass du deinen Traum erfüllen kannst. Aber ich zweifle immer mehr daran, dass dir diese Stadt guttut, das habe ich bereits im letzten Jahr zu dir gesagt. Also wenn du nicht willst, dass ich dich auf ein normales College stecke, bist du jetzt gefälligst still, verstanden?«

Seine Worte hallten schwer in meinem Kopf. Ich hielt den Atem an und wusste, jedes weitere Wort würde es schlimmer machen, weshalb ich wutentbrannt aufsprang, mich an ihm vorbei presste und nach oben rannte.

»Du bist ein Lügner!«, schrie ich und schloss die Zimmertür hinter mir ab, damit er nicht reinkam. Benommen schmiss ich mich aufs Bett. Ich wusste nicht, wann wir beide uns jemals so gestritten, wann ich solche Worte zu ihm gesagt hatte und wann ich das letzte Mal so dermaßen enttäuscht von meinem Vater gewesen war. Wir waren beste Freunde. Schon immer.

Ich schrieb Logan schnell eine Nachricht, woraufhin er mir versprach, dass alles gut werden würde. Wir würden gemeinsam herausfinden, was all das zu bedeuten hatte. Diese Frau. Dads Verhalten und auch das plötzliche Auftauchen von Logans Schwester. Ich kramte meine Kopfhörer aus meinem Nachttisch, denn ich wollte meine umherkreisenden Gedanken übertönen und stöpselte sie in die Ohren.

Ich drückte auf Play und als die Musik in meine Ohren floss, schloss ich meine Augen und ließ mich fallen. Ganz sanfte, wunderschöne Musik, die mich ablenkte. Ich ließ meinem Gehirn keinen Raum, um das Gespräch zu analysieren, und ganz plötzlich war mein Kopf leer. Ich hörte nur noch die Musik. Hörte die Klänge, die immer schneller, dramatischer, verzweifelter wurden und auf einmal überkam mich der drängende Gedanke, tanzen zu wollen. Meine Seele, meine Gedanken und meinen Kopf frei machen zu müssen. Eine

Choreografie nahm vor meinen Augen Gestalt an. Ich musste sie mir merken. Sie erzählte eine Geschichte. Eine schön-traurige Geschichte, von einem Mädchen, das nicht wusste, wer es eigentlich war. Als der letzte Ton des Liedes verklang, übermannten mich meine Gefühle. Die Tränen flossen heiß über meine Wangen und die Angst, dass mir alles genommen werden könnte, war größer denn je. Still und heimlich würde ich herausfinden, was los war. Egal, zu welchem Preis.

Kapitel 12

Elizabeth

Das Klingeln meines Weckers riss mich aus dem Schlaf. Mit pochendem Herzen, verquollenen Augen und nach einer viel zu kurzen Nacht schreckte ich hoch. Als ich mich in meinem Zimmer umsah, kam mir im ersten Moment nichts vertraut vor, nach gestern fühlte sich dieses Apartment fremd an. Ich pellte mich aus der Bettdecke und sah zu mir runter. Nicht mal aus- und umgezogen hatte ich mich.

Ich quälte mich aus dem Bett, ging zum Spiegel und begutachtete mich. Meine Hände fuhren zu meinem Gesicht und zogen meine Haut in sämtliche Richtungen, was die Augenringe nicht besser machte und die geröteten Wangen nicht blasser. Ich stöhnte leicht auf, öffnete die Spiegeltür und kramte neue Kleidung heraus.

Ich hatte in weniger als zwei Stunden Unterricht und konnte auf gar keinen Fall noch eine Stunde verpassen. Ich zog mich um, wusch mir das Gesicht und kämmte mir meine Haare. Wie sehr ich mein eigenes Badezimmer liebte, wurde mir gerade erst bewusst. Meine Haare flocht ich zu einem Zopf, welchen ich in einem Dutt zusammendrehte. Streng, aber dennoch verspielt. Vier Stunden Ballett, da würden die Haare offen oder als Zopf nur unnötig stören.

Kurz überlegte ich, ob ich mich schminken sollte, kam aber zu dem Entschluss, dass auch das nichts mehr an meinem verquollenen Gesicht retten würde. Ich ging zur Tür, drehte den Schlüssel herum und drückte vorsichtig die Klinke hinunter, horchte, ob Dad noch da war. Erleichtert atmete ich auf, als kein Geräusch zu vernehmen war und ich entspannt die Treppe runter marschieren konnte.

Ich konnte nicht direkt wieder am frühen Morgen streiten. Das wollte ich nicht.

Auf dem Weg zur Küche wählte ich Logans Nummer und es dauerte keine Sekunde, da ging er ran.

»Guten Morgen, Sonnenschein«, sagte er fröhlich.

»Wohl eher Muffel des Tages. Treffen wir uns vor dem Unterricht gleich noch?«, fragte ich.

»Das schaffe ich leider nicht. Ich treffe mich noch mit Evelyn, damit wir das endlich aus der Welt schaffen können. Sie hat einige Male versucht, anzurufen und ich denke, es ist an der Zeit, sich meiner Angst zu stellen, oder was sagst du?«

Jetzt lachte ich, ließ mich auf den Stuhl sinken und schloss meine Lider.

»Weise Worte. Genau das meinte gestern ein sehr charmanter junger Mann zu mir, der auch noch verdammt gut aussieht und noch einige weitere gute Eigenschaften hat.«

»Ach, so ist das also. Muss ich mir Sorgen machen, dass es da jemanden gibt, der besser ist als ich?«

Es war erfrischend, ein Gespräch mit ihm zu führen, was locker und lustig war. Das hatte uns gefehlt. Wir waren Freunde, bevor wir uns verliebten. Oder eher würde ich sagen, er war der aufdringliche Schnösel, der mir das Leben zeigte. In seiner vollen Blüte, die es besaß. Erfolg und Fleiß konnten mir nicht das geben, was Logan mir gab, was er mir zeigte. Dieser am Anfang aufdringliche Schnösel zeigte mir, was das Leben für mich bereithielt und deshalb liebte ich ihn. Bedingungslos.

»Nein. Ich mein dich, du Dummkopf.«

»Ich weiß doch«, sagte er.

Ich legte mir eine Hand aufs Herz und sog den Moment in mir auf.

Ein Marmeladenglasmoment. Mein ganz persönlicher. Kurz vergaß ich die Streiterei mit meinem Dad und es fühlte sich einfach alles *normal* an.

»Sehen wir uns in der Mittagspause?«, fragte ich, stellte ihn auf Lautsprecher, bevor ich mir Müsli in die Schüssel kippte.

»Versprochen«, erwiderte er und die Schmetterlinge in meinem Bauch flatterten freudig herum.

Lächelnd drückte ich auf den roten Knopf und schlürfte schnell die Milch aus der Schüssel. Als ich einen Blick auf die Uhr warf, stellte ich erschrocken fest, dass ich mich dringen beeilen musste. Ohne mein Frühstück wegzuräumen, sprang ich auf und griff nach meiner Tasche.

Als ich an der Juilliard ankam, machte ich mich unverzüglich auf den Weg zum Saal. Ich war durch mein Rumtrödeln zu Hause ein kleines bisschen spät dran. Unangenehm war es mir, denn so etwas passierte mir selten.

Ich atmete erleichtert auf, als ich den Saal betrat und Amelia ihren Kopf noch in die Zeitung gesteckt hatte, während sich die anderen bereits aufwärmten. Ohne zu zögern, ließ ich meine Sporttasche mit einem lauten Knall fallen. Ich schlüpfte aus meiner Jogginghose und setzte mich zu meinen Kommilitonen.

Ich zog meine Schuhe aus der Tasche und wechselte sie, wickelte behutsam die Bänder um meine Füße und die Gelenke. Als ich an meinem Schienbein angekommen war, verknotete ich sie zu einer schönen Schleife. Das Gleiche machte ich mit dem anderen Schuh und stand dann mit einem geschmeidigen Sprung auf die Füße, begann, mich ebenfalls aufzuwärmen.

Ich beugte meinen Oberkörper nach unten zu den Füßen und umgriff meine Knöchel. Zog mich, so weit es ging, zu ihnen heran und begann behutsam in Richtung meiner Beine zu wippen. Meine Bänder waren nicht mehr das, was sie vor ein paar Jahren waren. Ich musste mich eigentlich immer aufwärmen. Früher nahm ich es nicht so ernst, denn ich hatte nie Probleme. Aber jetzt mit der Verletzung, war es ein Muss, das ich nicht umgehen konnte. Und abgesehen davon, wollte ich nicht noch mehr aus der Reihe tanzen.

Langsam rollte ich den Rücken wie eine Katze ihren Katzenbuckel, streckte dabei beide Arme in die Luft. Es machte den Anschein, als wollte ich nach den Sternen greifen, so groß versuchte ich, mich in die Höhe zu ziehen.

Mit einem schnellen Ruck ließ ich die Arme sinken und begann auf der Stelle schnelle Tippelschritte zu machen. Meine Knie zog ich, alle zwanzig Sekunden, näher an meinen Bauchnabel.

Ich beugte meinen Körper zur rechten Seite, nahm meinen linken Arm mit rüber und ging in die Dehnung, wippte einige Male, bevor ich die Seiten wechselte und noch ein paar Mal auf der Stelle hüpfte wie ein Flummi. Als ich zum Stehen kam, erhob Amelia sich und kam zu uns.

»Bitte positionieren Sie sich alle an der Stange.«

Wir nickten, gingen im Gleichschritt zur Stange und legten eine Hand daran, warteten auf weitere Anweisungen.

Amelia zeigte uns, was wir zu machen hatten, und ich konzentrierte mich auf die kleinen Bewegungen, die unsere Muskeln stärken sollten. Ich versuchte, meine Finger locker zu lassen, als Amelia durch die Reihen ging und uns genau unter die Lupe nimmt.

»Denken Sie daran – Qualität vor Quantität«, ertönte ihre Stimme neben mir. So wie sie mich musterte, schien sie zu wissen, dass ich mit den Gedanken nicht bei der Sache war.

Ob Amelia von Dad informiert worden ist? Weiß sie, wer die Frau aus dem Brief ist?

Ich schüttelte den Kopf, ermahnte meine Gedanken und versuchte, mich wieder zu konzentrieren.

»Okay, das reicht fürs Erste«, sagte Amelia. »Bitte stellen Sie sich hintereinander auf, um die Diagonale zu springen.«

Ich reihte mich ein und nacheinander sprangen wir die lange Diagonale. Amelia beobachtete jeden von uns haargenau und kniff immer wieder ihre Augen zusammen, machte sich Notizen und nickte nur zwischendurch, wenn es ihr zu langsam ging. Ich war an der Reihe und als ich gerade Anlauf nahm und zum Sprung ansetzen wollte, krampfte sich mein Unterleib schmerzhaft zusammen. Ich versuchte, den Schmerz zu ignorieren, sprang ab und landete wenige Sekunden später wie ein nasser Sack auf beiden Füßen, als der nächste Krampf sich bemerkbar machte.

Ich hörte, wie meinen Kommilitonen der Atem stockte, und als ich meinen Kopf hob, erhaschte ich einen enttäuschten Blick meiner Dozentin. Geknickt stellte ich mich zu den anderen, die den Sprung bereits hinter sich hatten, und legte eine Hand auf meinen unteren Bauch.

Wieso muss ich ausgerechnet jetzt meine Periode bekommen?

»Jetzt stellen Sie sich bitte wieder auf und tanzen Sie mir nach. Ich möchte schauen, wie schnell Ihre Auffassungsgabe ist. Wie Sie sich konzentrieren und wie hoch Ihr Lernfortschritt ist. Haben Sie sich verbessert? Oder gar verschlechtert?«

Wir verteilten uns im Saal.

Ihre Bewegungen waren zu Beginn weich, leicht und einfach. Ich konzentrierte mich, die einzelnen Schritte so perfekt, wie es ging, nachzutanzen.

Wenn ich nicht an den pochenden Schmerz dachte, der mich vorhin hatte erstarren lassen, funktionierte das Tanzen. Ich wollte meinen vermasselten Sprung wiedergutmachen. Irgendwie.

»Wilson, Wallez. Setzen Sie sich«, sagte Amelia und wir schienen uns einig zu sein, denn Hannah und ich zogen beide eine Braue hoch und schauten uns verwirrt an, bevor wir uns außer Atem setzten.

Den anderen zuzuschauen, war definitiv langweilig, aber ich wusste, Amelia hatte irgendetwas vor. Ich wusste nur noch nicht, was. Hannah sah zu mir rüber, berührte mich dann mit ihrer Schulter.

»Hey«, flüsterte sie.

»Mhm?«

»Weißt du, was das werden soll?«

Ich schüttelte den Kopf. »Nein, keine Ahnung«, sagte ich abwesend, während ich versuchte, die Schritte in meinem Kopf aufzusaugen und sie mir zu merken, ohne sie zu tanzen.

»Aber du weißt doch immer alles. Schließlich ist sie *deine Patentante.*«

Gehässigkeit lag in ihrer Stimme, aber ich wollte Stärke beweisen. Wollte ihr zeigen, dass sie im Unrecht lag. Ich wollte nicht mehr ihre Spielfigur sein.

Ich straffte die Schulter, drehte mich zu ihr und spürte, wie ein Feuer in mir entfachte.

»Nur weil sie das ist, heißt das nicht gleich, dass ich immer über alles Bescheid weiß. Was verstehst du daran nicht, Hannah? Was habe ich dir Schlimmes getan, dass du mich mit Füßen trittst? Wir sollten zusammenhalten und uns nicht gegenseitig aus dem Rennen schießen. Wir sind hier nicht bei *Fressen oder gefressen werden*, auch wenn jeder für sich allein kämpft. Es bringt nichts, wenn wir allein sind, weil du deine Mutterkomplexe nicht in den Griff bekommst!«

Ihr klappte die Kinnlade hinunter und mit gläsernen Augen sah sie mich an. *Scheiße*, das wollte ich nicht.

»Es …«, ich wollte gerade weiterreden, da machte Amelia

die Musik aus und kam zu uns.

»Miss Wilson. Ich dulde nicht, dass sie beleidigend oder ausfallend werden. Bitte verlassen Sie umgehend meinen Saal«, sagte sie streng und das Blut schoss mir in den Kopf.

Hannah neben mir grinste leicht und in ihren Augen, die gerade noch gläsern gewesen waren, konnte ich jetzt den Triumph erkennen. Ich stand auf, drehte mich zu ihr um und kniff die Augen zusammen.

»Genau das war dein Plan, oder? Hast du jetzt erreicht, was du wolltest?« Meine Stimme zitterte.

Amelia wartete darauf, mit der Stunde fortfahren zu können, weshalb ich meine Tasche ergriff und fluchtartig den Saal verließ.

Verärgert über das Geschehene zückte ich mein Handy und lugte auf die Uhr. Zum Glück wäre die Stunde sowieso in zehn Minuten zu Ende gewesen. Mein Unterleib meldete sich wieder und blitzartig rannte ich zur Toilette, um mich zu versorgen. Ich schloss mich in der Kabine ein, kramte nach einem Tampon und als ich diesen gerade verwenden wollte, krampfte sich erneut alles zusammen.

Ich hasse diese Woche im Monat.

Ich stöhnte vor Schmerzen auf.

»Liz?«

»Wer fragt?«

»Becca«, sagte sie zögerlich und verunsichert.

»Ach so.«

Nachdem ich mit allem fertig war, der Tampon gut saß, betätigte ich die Spülung und atmete tief durch, bevor ich die Tür öffnete und Becca entgegentrat. Sie stand bereits am Waschbecken und wusch sich die Hände. Sie sah über ihre Schulter zu mir rüber, musterte mich, als wollte sie herausfinden, wie ich drauf war. Ich stellte mich neben sie. Seit unserem Streit hatten wir nicht mehr miteinander geredet. Und seit der letzten Begegnung mit Nik hatten wir uns nicht einmal mehr gesehen. Ich fasste mir ans Herz. »Wie geht es dir?«

»Ich vermisse dich.« Durch ihren Wimpernkranz sah sie mich an. »Und es tut mir leid. Ich hätte nicht so hart zu dir sein dürfen.«

Kopfschüttelnd sah ich sie durch den Spiegel an. »Nein, das war richtig. Ich habe mich nicht wie eine gute Freundin verhalten. Mir tut es leid.«

»Aber ich hätte dich nicht so –«

Ich hob den Finger. Schnitt ihr das Wort ab. »Es war gut so, wie es war. Sonst hätte ich es wahrscheinlich nicht gemerkt.«

»Können wir uns wieder liebhaben?«, fragte sie leise.

»Ich bitte darum.« Kurz wartete ich ab. Doch dann zog ich sie in meine Arme, bevor ich sie fest an mich drückte. Aus ihrer Kehle entfuhr ein Schluchzen. Ich löste mich, nahm ihr Gesicht in die Hände und lächelte leicht. »Es tut mir leid. Wirklich.«

»Das mit Nik. Ich wollte es erzählen. Aber ich wusste nicht wie. Ich hatte Angst, dass du sauer sein würdest, und dann haben wir uns getroffen und …«, sie holte tief Luft. »Und da ist mir erst einmal bewusst geworden, wie gern ich mit dir darüber geredet hätte. Nur war ich einfach zu feige.«

Kopfschüttelnd zog ich sie wieder in meinen Arm. »Ich verstehe es. Aber du sollst wissen, dass du immer mit mir reden kannst. Auch wenn wir vielleicht gerade eine Meinungsverschiedenheit haben. Dafür sind Freunde doch da«, sagte ich lächelnd. »Möchtest du mir jetzt davon erzählen?«

Sich von mir lösend lächelte sie. Ihre Miene veränderte sich. Die Traurigkeit, die sich zuvor in ihren Augen gespiegelt hatte, verpuffte. Jetzt strahlte sie. »Ich bin wirklich verliebt.«

Bei ihren Worten spannten sich meine Muskeln an. »Das freut mich«, presste ich hervor.

Skeptisch sah sie mich an. »Wirklich? Das klingt sehr gezwungen.« Sie wandte den Blick ab.

»Becks, natürlich freue ich mich. Aber du musst auch verstehen, dass es irgendwie komisch ist. Und trotzdem ist es für mich okay. Keiner von uns kann planen, in wen man sich verliebt. Unser Leben wäre ein verdammter Liebesroman, wenn alles immer so laufen würde, wie wir es uns vorstellen. Aber das ist es nicht und das ist gut so«, sagte ich. Becca hob den Blick wieder. Ich griff nach ihren Händen, sah sie eindringlich an. »Wir müssen alle lernen, zu lieben. Und wir müssen auch lernen, verletzt zu werden«, ich machte eine Pause. »Jetzt muss ich lernen, dass meine beste Freundin mit meinem Ex-Freund zusammen ist.«

»Es war nicht geplant, Lizi«, hauchte sie.

»Becca, das Leben läuft nicht immer nach Plan. Auch wenn wir es uns wünschen.«

Jetzt war sie es, die mich fest an sich drückte. »Danke«, flüsterte sie an meinem Ohr. Stumm gab ich ihr zu verstehen, dass ich es gern tat. Dass ich für sie da sein würde. Egal, was war. Egal, was ist und egal, was irgendwann mal sein würde.

Sie löste sich von mir, wandte sich zum Spiegel und strich unter ihren Augen her. »O Gott. Ich sehe schlimm verheult aus, oder?«, fragte sie mich. Mit einem leichten Lächeln auf den Lippen schüttelte ich den Kopf.

»Du sollst keine Lügen erzählen.«

»Ich habe nur mit dem Kopf geschüttelt und nichts gesagt«, feixte ich und wir fingen an, zu lachen.

»Na los, lass uns gehen. Ich wollte noch ein bisschen trainieren, wenn ich einen Saal finde«, sagte ich und hakte sie bei mir im Arm ein.

»Warte«, sagte sie und hielt mich fest, sodass ich stehen bleiben musste.

»Mhm?«

»Danke, dass du mich nicht hasst.«

Ich schmunzelte. »Niemals, Becks.«

Ich hoffte, dass ich einen nicht besetzten Saal fand, um das Wirrwarr in meinem Kopf loszuwerden. Becca und ich hatten uns zwar wieder vertragen, doch trotzdem lag mir irgendwas schwer auf dem Herzen. Während des Gesprächs mit Becca hatte ich einige Anrufe von Amelia verpasst, aber ich musste aufhören, mich ständig mit mehreren Baustellen gleichzeitig zu beschäftigen.

Amelia wollte sicher über die Sache im Unterricht mit mir sprechen, aber ich hatte gerade nicht das Bedürfnis, darüber zu reden. Ich schaute auf den Saalplan und stellte fest, dass leider alles belegt war bis auf das Theater. Ich trug mich ein und marschierte los.

Als ich das Theater betrat, schlenderte ich an den roten Sitzen vorbei, berührte die äußersten Reihen und träumte mich davon. In einen Saal voller Menschen. In einen Saal, wo ich auf der Bühne stand, für ein Stück, zu dem die Menschen kamen, um mich tanzen zu sehen.

Langsam stieg ich die Treppen empor und nahm jede Stufe genau wahr. Es fühlte sich richtig an. Ich platzierte mich in der Mitte der Bühne und mit einem Mal begann mein Herz zu rasen. Das letzte Mal, als ich auf so einer Bühne stand, war ich gefallen und hatte danach im Krankenhaus gelegen.

Ich setzte mich auf den Boden, streckte meinen Körper über die Beine. Mein Herz hämmerte noch immer wie verrückt und ich machte während des Stretchings einige Atemübungen, um mich zu beruhigen.

Tief einatmen. Tief durch die Nase ausatmen.

Meine Hände kribbelten, als ich meine Fußgelenke umfasste, und ich hatte das Gefühl, gleich die Nerven zu verlieren. Ich musste weg. Mein Fluchtinstinkt war zu groß, weshalb ich aufsprang und mich erst mal sammeln musste.

Nein, wenn du es nicht versuchst, dann wirst du nie wieder in der Lage sein, auf einer Bühne zu stehen. Steh auf, wenn du fällst. Wenn du liegen bleibst, wirst du immer wieder Angst haben vor dem Aufstehen.

In meinem Kopf hallte die Stimme meines Dads wider. Mein Puls beschleunigte sich, weshalb ich meine Augen schloss. Katapultierte mich in meinem Traum von gerade und ging zu meiner Tasche, holte mein Handy raus, steckte mir meine Kopfhörer in die Ohren und verstaute das es in der Tasche meines Sport-BHs.

Ich hob meine Hände in einem Halbkreis vor meine Brust, ließ meine Gedanken fließen und dachte an Mom. An Dad, Amelia und an das Gespräch mit Becca.

Wie eine Welle überkamen mich die Gefühle und meine Augen brannten. Ich hob mein linkes Bein in Höhe meines Kopfes und beugte dabei den Oberkörper leicht zur Seite. Ich wollte mich gegen den Schmerz wehren, aber jedes Mal, wenn ich es versuchte, funktionierte die Figur nicht.

Also ließ ich den Schmerz zu. Ließ meinen Gefühlen freien Lauf. Ich schaltete über meine Kopfhörer von Lied zu Lied weiter, bis ich den perfekten Song fand.

Too good at Goodbyes von Sam Smith.

Ich ließ den Song von vorn spielen und dieses Mal schaffte ich es, loszulassen. Die ganze Wut, die ganze Traurigkeit. Ich schob sie dieses Mal nicht weg von mir, sondern ließ sie zu. Ließ sie wie die Flut über mich rollen und ohne darüber nachzudenken, bewegte ich mich. Die Musik strömte in mich hinein und ich wehrte mich nicht. Die Elemente, die ich im Kopf hatte, nahm ich mit, baute sie ein und machte meine ganz eigene Choreografie daraus.

Meine Füße brannten von den abgenutzten Spitzenschuhen. Sie waren wund und ich spürte die Bandagen zwischen meinen Zehen. Aber der mentale Schmerz war größer. All meine Emotionen legte ich in diesen Tanz. Meine Angst, meine Wut. Sehnsucht, die Liebe zu meiner Familie und zu Logan. Ich überließ mich der Musik, ließ mich vom Rhythmus führen und jede Faser meines Körpers bebte.

Es fühlte sich an, als hätte ich die Energie und Kraft von *Hulk* und plötzlich fühlte ich mich befreiter. All die unerbittlichen Gefühle, die ich in mir trug, wurden leichter mit jedem Schritt, den ich setzte. Weshalb ich mich weiter von der Musik treiben ließ. Das Chaos, das in meinem Kopf herrschte, wurde von Sekunde zu Sekunde klarer. Endlich konnte ich die Augen öffnen und erstarrte schwer atmend. Mein Blick traf dein einer Frau. Mein Atem ging schnell und ich war schweißüberströmt. Blitzschnell drückte ich meine Lider wieder fest aufeinander.

Nein. Nein. Nein. Du bist nur in meinem Kopf.

Die Hände vors Gesicht hebend, drückte ich mit Daumen und Zeigefinger fest auf meinen Nasenrücken, bevor ich vorsichtig blinzelte. Noch immer stand sie vor mir.

»Geh raus aus meinem Kopf! Geh verdammt nochmal weg!«, schrie ich.

Ich vernahm ein Rascheln und dann eine mir vertraute Stimme.

»Wohin soll ich gehen?«

Klasse. Jetzt höre ich auch noch Stimmen.

Ich drückte meine Handflächen an meine Ohren, damit ich um mich herum nichts mehr wahrnehmen konnte. Doch ein dumpfes »Hey« drang zu mir hindurch. Als ich eine Hand an meiner Schulter bemerkte, schreckte ich zusammen und fuhr herum.

Amelia.

Ich schlang die Arme um sie, drückte sie an mich und hielt sie so fest, ich konnte. Ihre Hand strich auf meinem Kopf auf und ab, sie versuchte, mich zu beruhigen, so wie es eine Mutter tun würde.

»Was ist los?«, flüsterte sie an meinem Ohr.

»Ich werde verrückt, Amelia. Ich drehe völlig durch!«

Ich löste mich von ihr, meine Augen füllten sich mit Feuchtigkeit und sie verschwamm vor meinem Gesicht. Als sie mich gerade in den Arm nahm, drehte sie ruckartig ihren Kopf zu dem Lichteinfall an den Eingangstüren. Eine Sekunde später fiel die offene Tür lautstark ins Schloss. Auch ich fuhr schreckhaft herum und Amelia verschränkte ihre Finger mit meinen.

»Ich glaube nicht, dass du verrückt wirst. Auch ich habe oft das Gefühl, sie ist hier.«

Mit weitaufgerissenen Augen sah ich sie an. »Was hast du gesagt?«

Sie schwieg. Dann legte sie ihren Arm um mich, drückte mich an ihre Schulter und gab mir einen Kuss auf den Kopf.

»Ich hatte schon vor, mit deinem Vater zu reden, bisher jedoch noch nicht die passende Gelegenheit dazu gehabt. Ich werde es aber machen.«

»Das habe ich versucht.«

»Was hast du?«, fragte sie erstaunt.

Also erzählte ich ihr alles. Vom Telefonat, von dem Brief, den ich gefunden hatte, und von der Standpauke mit dem normalen College. Einfach alles.

Wir setzten uns auf den Rand der Bühne und endlich konnte ich darüber mit jemandem sprechen, der Familie nahekam.

»Ich habe dich lieb«, sagte sie schließlich.

Ich lächelte, schloss die Augen und vergaß alles, was heute gewesen war.

Kapitel 13

Logan

Ich hasste das Training zur Vorbereitung auf unsere Prüfungen. Unsere Dozenten erwarteten alles von uns und wir gaben es ihnen. Einige waren so wenig belastbar, dass ihnen speiübel wurde und sie hektisch aus der Stunde rannten, um sich nicht inmitten des Saals übergeben zu müssen.

»Sie werden so lange trainieren, bis die Schritte sitzen. Bis ich das Gefühl habe, Sie sind bereit. Jetzt gerade sieht keiner von Ihnen danach aus, als könnten Sie Ende des Semesters die Prüfung bestehen. Wo ist die Leidenschaft hin? Wo ist Ihre Motivation?«

Mr. Lee war streng, aber liebevoll. Er versuchte, das Beste aus uns herauszuholen, leider nur auch dann, wenn wir bereits schwer keuchend am Boden lagen.

»Mister Godrick. Was ist ihr Plan nach dem Abschluss?«, fragte er und ich setzte mich auf.

Verdammt. Gute Frage.

»Nun ja.« In meinem benebelten Kopf versuchte ich, danach zu graben, was ich nach meinem Abschluss machen wollte. Irgendwo musste es verborgen liegen.

»Okay. Was ist mit Ihnen Mister Clark?«, fragte er und schaute über seine Schulter zu Noah.

Noah sah mich genauso an, wie ich gerade geschaut haben musste, und zuckte mit den Achseln.

»Ich denke, ich werde mich irgendwo für Choreografie bewerben. Ich möchte anderen was beibringen, nicht selbst auf einer Bühne stehen. Ich habe gemerkt, zu lehren macht mir mehr Spaß.«

Erschrocken schaute ich Noah an und flüsterte: »Davon hast du ja gar nichts erzählt.«

Mr. Lee lächelte bei seiner Antwort und das setzte mich komischerweise mehr unter Druck, als es mir lieb war.

»Überlegen Sie, *was* Sie wollen und vor allem, *wohin* Sie wollen. Kommen Sie gern auf mich zu, wenn Sie sich unsicher sind oder nicht wissen, welche Möglichkeiten Ihnen offenstehen.«

Damit beendete er die Stunde und entließ uns in den wohlverdienten Feierabend. Noah klopfte mir auf die Schulter, als er von seinem Stuhl aufstand und an mir vorbeiging.

»Mister Godrick«, sagte mein Dozent und ich machte halt.

»Ja, bitte?«

Er schaute mich eindringlich an. Setzte sich und kramte eine Broschüre heraus. *New York City Ballett.*

»Schauen Sie sich einfach mal um, vielleicht ist das hier«, er reichte mir den Flyer, »eine gute Alternative für Sie. Dort können Sie tanzen sowie unterrichten. Vielleicht sogar eine andere Richtung? Sollten Sie sich für eine Bewerbung entscheiden, geben Sie mir Bescheid. Ich schreibe Ihnen gern das Empfehlungsschreiben.«

»Okay«, sagte ich und nahm das Stück Papier entgegen. »Vielen Dank. Ich werde es mir anschauen.«

Mit den Worten verließ ich die Klasse und bog um die Ecke, wo Noah bereits auf mich wartete.

»Was wollte er noch von dir?«

»Er hat mir das hier gegeben«, erwiderte ich und zeigte ihm die Broschüre.

»*New York City Ballett?* Wow, Logan das ist eine Ehre, weißt du das?«

Ich zuckte mit den Schultern. »Kann gut sein.«

»Hör auf, so abgehoben zu sein. Fang mal an, dich mit deiner Zukunft zu beschäftigen. Es sind nur noch zehn Monate bis zu den Abschlussprüfungen.«

»Alter, Noah. Ich weiß das. Was wollt ihr alle auf einmal von mir? Ich werde schon nicht auf der Straße enden.«

»Ich will doch nur helfen.«

»Danke, aber ich brauche deine Hilfe nicht.«

Noah stellte sich vor mich, hielt mir seine Hand vor die Brust und brachte mich so zum Stehen. »Was ist dein Problem, Logan?«

Ich zog meine Brauen zusammen, ballte die Fäuste und schlug etwas zu fest seine Hand von meiner Brust. »Ich habe kein Problem, Noah. Und jetzt lass mich durch, ich bin verabredet.«

Ich schob ihn zur Seite, doch er drehte sich zu mir um.

»Weißt du, seitdem du von deiner Schwester erfahren hast, bist du wie ausgewechselt.«

»*Halbschwester*. Aber abgesehen davon, bin ich immer noch derselbe und nur, weil du das anders siehst, ist das doch nicht mein Problem.«

Beschwichtigend hob er die Hände. »Oh, tut mir leid. Dann eben Halbschwester. Was auch immer. Sieh zu, dass du deinen Kram in den Griff bekommst.«

»Wenn du meinst«, erwiderte ich provokant und ging, ohne ein weiteres Wort mit ihm zu wechseln, fort.

Im Central Park hatte ich mich mit Evelyn verabredet, genau genommen bei der *Bethesda Terrasse.* Ich wartete bei der berühmten Statue des Engels des Wassers. Die Anlaufstelle war ein populäres Ziel für New Yorker und Besucher. Die beiden Ebenen der Terrasse waren durch zwei große Treppen und eine kleinere verbunden, die unter dem Terrance Drive verlief. Es gab einen Durchgang nach Süden zur *Central Park Mall* und zur *Naumburg Bandshell* in der Mitte des Parks. Die obere Terrasse bot einen fabelhaften Blick auf den See und flankierte den *72nd Street Cross Drive.*

Der Brunnen mit dem Engel war das zentrale Merkmal auf der unteren Ebene der Terrasse, auf der ich jetzt auf meine Adoptivmutter wartete.

Ich spürte, wie sich Anspannung in mir breitmachte. Meine Muskeln zogen sich zusammen und immer wieder sah ich mich um, darauf wartend, dass sie endlich auftauchte. Um mich von meiner Nervosität abzulenken, warf ich einen Blick auf mein Handy. Nichts. Keine Nachricht. Kein Anruf.

Geht es Liz gut?

Ich setzte mich auf eine freie Bank und wartete. Fünf. Zehn. Fünfzehn Minuten. Und als nach über einer Viertelstunde noch immer keine Spur von Evelyn da war, schüttelte ich enttäuscht und doch nicht überrascht den Kopf. Es war so klar, dass sie nicht kommen würde.

Wie konnte ich daran glauben? Wie konnte ich mich wieder so täuschen lassen? *Idiot*.

Ich gab dem Feuer im Inneren nach, atmete tief ein und stieß die Luft schwer wieder aus.

Das hatte ich nun also davon, dass ich dachte, ich würde Antworten bekommen. Das hatte ich davon, dass ich Freyas Nummer weggeworfen hatte und nun nicht wusste, wie ich sie kontaktieren konnte.

Ich wünschte mir gerade nichts mehr, als die Zeit zurückzudrehen zu jenem Tag, wo sie vor mir gestanden und mir den Stapel Dokumente in die Hände gedrückt hatte. Mich angefleht hatte, ihr zu glauben. In meinem Kopf explodierte ein Blitz.

Blut strömte heiß durch meine Adern und ein Zucken jagte durch meine Gliedmaßen. Jegliche Luft wurde aus meinen Lungen gedrückt. Meine Schultern verkrampften sich und ich wünschte mir einen Boxsack herbei. Ich musste hier weg. Dringend. Als ich aufstand, begann sich alles zu drehen. Ich hatte das Gefühl, mich irgendwo festklammern zu müssen, aber es gab nichts. Meine Welt war verschwommen. Ich wusste nicht mehr, wer ich war und wo ich hingehörte.

Fuck. Noah hat so was von recht.

Kapitel 14

Elizabeth

Amelia und ich wollten uns am Abend mit meinem Vater treffen und mit ihm reden, aber jetzt hatte ich das erste Mal wieder Unterricht bei Mr. Lee. Er war heute unser Vertretungslehrer.

Vielleicht hatte ich Glück und durfte in seinen Kurs wechseln. Das würde mir einiges einfacher machen, auch wenn Amelia gemeint hatte, dass es nicht nötig sei und ich problemlos in ihrem Kurs bleiben könne.

Mr. Lee war strenger und, ich würde sogar sagen, noch anspruchsvoller als Amelia. Ich schwitze bereits nach wenigen Minuten und obwohl er das sah, machte er keine Anstalten, mich gehen zu lassen.

»Elizabeth, strecken Sie Ihre Arme aus. Sie wollen doch ein Schwan sein. Gerade sehen Sie eher aus wie eine Ente. Konzentrieren Sie sich.«

Mein Gesicht glühte, die verschwitzen Haare klebten in meiner Stirn und ich gab mir Mühe, die Anweisungen des Dozenten umzusetzen.

Ich probierte es erneut, schaltete den Kopf aus und Mr. Lee applaudierte.

»Schauen Sie an. Sie können es doch. Ich hatte schon Sorge, dass ich Ihnen sagen muss, dass der Kurs für Sie nicht in Frage kommt. Wir sind ein Stück weiter, als Sie es bei Mrs. Taylor sind. Aber wie ich sehe, wird das keine Probleme bereiten.«

»Da bin ich ja beruhigt«, hechelte ich, während ich zu Boden sank.

»Wir sehen uns morgen früh, Miss Wilson. Seien Sie pünktlich. Ich dulde Zuspätkommer nicht«, sagte er, bevor er sich mit einem Lächeln auf den Lippen wegdrehte und verschwand.

Zum Abschied hob ich meine Hand, auch wenn er es nicht mehr sah. Ich ließ mich auf den Rücken fallen, drückte den Rücken durch und füllte meine Lungen mit Luft. Er hatte es so gesagt, als würde Amelia Zuspätkommer dulden und ich nie pünktlich sein. Leicht verärgert rollte ich mich hoch, stellte meine Beine auf, legte meine Unterarme auf die Knie und den Kopf zwischen die Beine. Meine Kehle brannte, als wäre ich gerade einen Marathon gelaufen, und mein Gesicht glühte wie Feuer.

»Du bist also Elizabeth Wilson, was?«

Ich hob meinen Kopf nur so weit an, dass ich eine männliche Statur durch meinen Wimpernkranz sehen konnte und nickte.

»Ja, das bin ich. Und du?«

»Ich bin ein alter Bekannter von Godrick«, sagte er und bot mir seine Hand an, um mir aufzuhelfen. Ohne sie zu ergreifen, drückte ich mich aus den Knien hoch und klopfte mir die Hände an der Hose ab.

»Danke, ich bin schon groß und kann das allein«, erwiderte ich und ging zu meiner Tasche.

»Das sehe ich. Ich wollte nur höflich sein.«

»Wieso bist du hier im Kurs?«

Er zuckte die Schultern. »Ich muss ein paar Kurse wiederholen, bevor ich den erneuten Versuch, das Studium zu beenden, starten kann.«

Ich schulterte meine Tasche und nickte ihm verstehend zu.

»Ich sehe euch kaum noch zusammen, bist du wieder

single?«, fragte der Mann, dessen Name ich nicht kannte und es mich auch nicht interessierte, aber seine Frage machte mich rasend.

Das Blut in meinen Adern gefror und auf meiner Haut machte sich ein Schauer breit. »Was hast du gesagt?«

Er legte sich eine Hand in den Nacken und rieb ihn.

»Na ja«, begann er und kickte einen imaginären Stein weg, »ich bekomme nur das mit, was man so hört und das ist nicht positiv gewesen.«

»Ohne unverschämt zu werden«, sagte ich und ballte meine Hände zu Fäusten. Ich wollte ruhig bleiben und zwang mich, meine Stimme zu senken. »Findest du nicht, dass dich das am wenigsten angeht und du die Klappe halten solltest? Dich um deinen eigenen Scheiß kümmern solltest?«

Abwehrend hob er seine Hände. »Ist ja schon gut, Miss Unhöflich.«

Mit weit aufgerissenen Augen blieb ich vor ihm stehen, schüttelte ungläubig den Kopf. Ich wollte ihm eine verpassen. Wollte, dass er die Klappe hielt, denn er hatte ja keine Ahnung.

Er trat zur Seite und bevor er den Saal verließ, drehte er sich zu mir um. »Richte Logan meine allerliebsten Grüße aus.«

»Und von welchem Idioten darf ich das machen?«

»Dave«, sagte er, verschwand und ließ mich allein im Saal.

Ungläubig sah ich ihm nach.

Als ich mich in Bewegung setzte, zitterten meine Beine. Meine Muskeln fühlten sich an wie zerkochte Nudeln und ich spürte den Muskelkater jetzt schon in meine Waden, Oberschenkel und in den Po klettern. Schleichend, sodass morgen schon der Toilettengang weh tun würde. Auf den Schmerz konnte ich gut verzichten, wenn ich am Morgen wieder Unterricht hatte, und worauf ich noch viel mehr verzichten konnte, war vorprogrammierter Streit mit meinem Dad.

Auf dem Weg nach draußen zückte ich mein Handy und wählte Logans Nummer. Es dauerte nicht lang, bis seine Stimme in meinem Ohr hallte. Laute Musik lief im Hintergrund und ich brüllte ins Mikrofon. »Wo bist du?«

»Bei so einem – Hip Hop«, schrie er. Ich zog, das Handy vom Ohr.

»Wo bist du?«, wiederholte ich meine Frage. Seine Antwort verstand ich nur abgehakt. Die Verbindung riss ab, bevor ich eine Antwort erhalten konnte.

Klasse.

Erneut wählte ich seine Nummer. Jedoch ging diesmal direkt die Mailbox ran. Schnell tippte ich eine Nachricht, um ihm ein kurzes Update zugeben. Da ich mir direkt eine Antwort von ihm erhoffte, wurde ich enttäuscht. Es kam keine, weshalb ich das Handy zurück in meine Tasche stopfte. Um die Tür aufzustoßen, lehnte ich mich gegen den Griff und als die frische Luft in mein Gesicht peitschte, atmete ich erleichtert auf. Ich trug noch immer meine Leggings und meinen dünnen, langärmeligen Body, während ich meinen Pullover um meine Hüfte gebunden hatte. Ich stieg die Treppen hinab und ließ mich ein paar Meter weiter auf eine Bank fallen. Meine Tasche rutschte von meiner Schulter und landete mit einem lauten Knall auf dem Asphaltboden. Meine Wasserflasche war geplatzt. Das Wasser sickerte durch den Stoff und ein genervtes Seufzen entfuhr meiner Kehle.

»Mist!«

Aus dem Augenwinkel sah ich eine Frau auf mich zu kommen. Schnell und unüberlegt hob ich die triefnasse Tasche auf meinen Schoß und tat so, als würde ich etwas suchen.

Ich wusste nicht, ob mein plötzliches Zittern an der generellen New Yorker Kälte lag oder daran, dass ich der Frau nicht in die Augen sehen konnte. Ich wollte zu ihr hoch schielen, aber meine innere Stimme ermahnte mich, den Blick zu heben. Jeder Muskel in meinem Körper gab nach, während ich mich zwang, nicht aufzuschauen, bis sie sich neben mich setzte und mir keine andre Wahl ließ. Scharf zog ich die Luft ein. Und ich war mir sicher, dass ich kurz aufhörte zu atmen. Am liebsten wäre ich einfach aufgestanden und gegangen. Aber irgendwas in mir wehrte sich, bis ich endlich den Mut hatte, aufzuschauen.

Mir stockte der Atem, als sich unsere Blicke trafen. Tausend Gedanken jagten durch meinen Kopf. Aber ich war nicht fähig etwas zu sagen.

»Hallo, Elizabeth«, sagte sie schließlich, bevor sie breit lächelte.

Kapitel 15

Logan

Wie war ich hier nur gelandet?

Auf dem Rückweg zur Uni hatte ich einen Abstecher zum *Battery Park* gemacht, wo es eine Art Contest gab. Tänzer battelten miteinander, stachen sich gegenseitig aus und eine Menge Menschen klatschte. Ich blickte in erstaunte Gesichter. In mir breitete sich der Drang aus, meinen Frust loswerden zu wollen. Meine Finger kribbelten. Tanzen war das, was ich gerade brauchte. Ich brauchte es nicht nur, ich musste tanzen. Meine Seele befreien.

Als der Junge aus dem Kreis trat und Platz für jemand neues machte, ergriff ich die Chance, den Ballast von mir abzuwerfen.

Meine Füße ließen mich elegant in die Mitte des Kreises gleiten und ich fing an, mich selbstvergessend zum Beat der ohrenbetäubenden Musik zu bewegen. Ich spürte die Blicke der anderen Tänzer auf mir. Ich drang in ihr Territorium ein, aber es war mir egal. Ich nahm meine Arme zur Seite, konzentrierte mich auf jedes einzelne Körperteil und wie maschinell gesteuert, bewegte ich mich vorwärts. Ein wohliges Gefühl kroch von meinen Beinen bis hin zur Wirbelsäule hoch.

Ich kreiste den Kopf, versuchte Modern-Dance-Elemente mit Hip Hop zu verbinden, was mir nicht gut gelang. Die erfahrenen Tänzer musterten mich, als ich mich auf den Boden warf und mich mit einem imaginären Seil nach vorn zog. Mit einer Körperwelle bäumte ich mich wieder auf. Sie ging von Kopf bis Fuß und zum Schluss ließ ich sie noch über meine Arme bis hin zu den Händen wandern. Tanzen war nicht gleich Tanzen. Ich kam erst zum Stehen, als das Lied seinen letzten Ton anschlug.

Die Menschen applaudierten. Nur die Tänzer fixierten mich, weshalb ich mich schnell verbeugte und mich aus dem Staub machte. Ich wollte jeglicher Konfrontation aus dem Weg gehen. Auch wenn mir das Tanzen geholfen hatte, meinem Frust etwas Luft zu machen, war noch lange nicht alles weg, was sich aufgestaut hatte.

Leider. Mit aller Kraft, die ich noch besaß, stützte ich mich an einer Hauswand ab und ließ die warme Luft auf meinen verschwitzen Körper strömen. Meinen Kopf an die kühle steinwand gelehnt, versuchte ich, meinen Puls runterzufahren. Ruhiger zu atmen. Mein Herz pochte schmerzhaft gegen meine Rippen. Ich fuhr mir durch meine Haare und sah in den Himmel hinauf. Es war noch nicht mal Abend und der Mond deutete sich bereits im Himmel an. Leicht blass, aber dennoch deutlich genug. Ein Regentropfen platzierte sich auf meiner Stirn und bevor ich reagieren konnte, landete der nächste auf meiner glühenden Haut. Es fühlte sich an, als würden tausend Stecknadeln auf mich hinunterprasseln. Schmerzend, aber auf eine verdrehte Art und Weise beruhigend.

Das Klingeln meines Handys riss mich aus meinen Gedanken. Ich senkte den Kopf, griff in meine Tasche und zückte das Handy hervor, um den Anruf anzunehmen.

»Hallo?«

»Logan, wo bist du, verdammt! Die Verbindung war weg und …«, stammelte Liz.

»Tut mir leid. Ich war auf so einem Hip-Hop-Contest. Ich wollte mich melden, wenn ich durch bin. Und jetzt«, ich hörte auf zu reden, denn sie schluchzte. »Was ist passiert, Lizi?«

»Sie ist es. Sie ist meine …« Ihre Stimme brach und wie Schuppen fiel es mir von den Augen. Sie musste nicht weiterreden. Ich wusste, wie dieser Satz enden würde.

»Wo bist du?«, schoss ich hervor und machte auf dem Absatz kehrt. Fluchtartig verließ ich die Gasse, auch wenn ich noch nicht wusste, wo ich hin musste.

»Bei Amelia.«

Meine Schritte wurden schneller. Beinahe rennend machte ich mich auf den Weg zu Amelia Taylor. In der Hoffnung, dass alles so gut war, wie es nur sein konnte angesichts der Situation.

Ihre Patentante ist da. Es ist sicher alles gut.

Ich vergaß alle gerade noch selbst auferlegten Probleme. Das Tanzen und sogar den leichten Nieselregen blendete ich aus, obwohl meine Kleidung mittlerweile durchnässt war.

Ich verlangsamte meine Schritte erst, als ich in die Straße von Amelias Apartment einbog, und spürte mit jedem weiteren eine aufsteigende Unruhe in mir. Ein stechender Schmerz fuhr mir durch die Waden, als ich die Treppen zur Tür emporstieg und wie versteinert stehen blieb.

Was tust du? Klingle!

Los.

Klingle, Logan!

Wie ein Automatismus fuhr meine Hand zur Klingel, aber mein Körper rebellierte und ließ mich eine Treppenstufe rückwärts gehen.

Was ist mit dir?

Los.

Klingle! Wovor hast du Angst? Ist es der Wunsch nach meinen Eltern?

Meine Gedanken schrien mich an. In meinem Kopf ertönte ein lautes Piepen und als ich eine weitere Stufe hinabstieg, öffnete sich die Tür und Liz starrte mich an.

Ihre Augen waren verquollen, ihre Wangen in einen zarten Rosaton getränkt. Ihr Gesichtsausdruck leer. Sonst konnte man auf den Grund ihrer Seele blicken. Sie lesen wie ein offenes Buch. Manchmal zumindest, wenn sie es zu ließ.

Meine Füße setzten sich in Bewegung. Wie ein Roboter nahm ich sie in den Arm. Mein Körper funktionierte gerade nur. Die Signale, die er mir gab, konnte ich nicht verarbeiten. Konnte es nicht gut haben, sie so zu sehen. Ich drückte sie an mich, doch in meinen Armen sackte sie zusammen.

Kapitel 16

Elizabeth

Ich fiel. Ich fiel in ein dunkles, angsteinflößendes Loch, als er mich an sich drückte und alles schwarz wurde.

Sekunden vorher hatte ich mir geschworen, stark zu sein. Mit der Situation klarzukommen und nicht zusammenzubrechen, aber scheinbar wollte das Leben mir etwas anderes zeigen.

Ich spürte meine Finger kribbeln und meinen Herzschlag hörte ich in meinem Kopf pulsieren. Das laute Pochen brachte mich um den Verstand und ich versuchte krampfhaft, meine Augenlider zu öffnen. Meine Finger zu bewegen – vergebens. Panik stieg in mir auf. Es war die reinste Folter.

»*Hilfe*«, schrie meine innere Stimme angespannt. Ich steckte in einem verdammten Albtraum fest – in meinem ganz persönlichen Albtraum – und dann verlor ich die Kontrolle.

Mein Atem wurde hektischer, meine Muskeln schmerzten und mein Herz schlug so fest gegen meinen Brustkorb, dass es kaum noch auszuhalten war.

Erst als ich eine Berührung an meiner Schulter spürte, verschwand die Unruhe langsam. Mein Atem wurde regelmäßiger. Das Pochen in meinem Kopf leiser. Weniger drängend.

Meine Hand fuhr zu meiner Schulter. Sie legte sich auf eine

warme Haut und als ich einen leichten Druck verspürte, wusste ich unter welcher Berührung ich erschauderte.

Logan.

Sicher wollte er mir zeigen, dass ich keine Angst haben brauchte. Dass ich die Lider aufschlagen konnte, wenn ich es wollte. Wenn ich soweit war.

Er war da und er würde nicht gehen und dann war es nur ein Wimpernschlag. Er war über mich gebeugt. Sah mich nur an.

»Geht es dir gut?«, fragte er.

Erst nickte ich und dann schüttelte ich den Kopf. Mein Magen zog sich zusammen, Übelkeit übermannte mich. Ich sprang auf, hörte noch, wie Amelia meinen Namen rief und ließ die Badezimmertür mit einem lauten Knall hinter mir ins Schloss fallen.

Quälend beugte ich mich über die Toilettenschüssel und erbrach meinen Mageninhalt. Ich wusste nicht, wie lange ich hier verharrte. Erst als mich ein Klopfen zurückholte, stand ich auf. Hustend und mit Tränen in den Augen wischte ich mir den Mund ab, bevor ich die Spülung betätigte.

Noch immer war mir zum Kotzen, aber ich konnte mich hier nicht weiter verstecken. Ich wollte dieser Frau, die scheinbar meine Mutter war, zeigen, dass ich es geschafft hatte, zu jemandem zu werden, der liebenswert und voller Freude war. Vielleicht war es nicht immer der Fall. Ich war auch schwierig und nervtötend, aber jetzt gerade war dafür kein Platz.

Du bist nicht schwach, Lizi. Du bist stark. Also geh da jetzt raus und zeig es ihnen.

Ich wusch mir in Windeseile meine Hände, spülte mir den Mund mit warmen Wasser aus und blieb vor der verschlossenen Tür stehen. Nur für einen kurzen Moment, der es mir erlaubte, noch einmal tief durchzuatmen, bevor ich mich in die Höhle des Löwen begab.

Tief einatmen. Tief ausatmen, Elizabeth.

Mit selbstbewussten Schritten ging ich zurück ins Wohnzimmer, wo Logan und Amelia bereits auf mich warteten.

»Geht es dir gut?«, fragten sie gleichzeitig und ein Schmunzeln legte sich auf meine Lippen, während ich nickte.

Logan streckte seine Hand nach mir aus, welche ich dankend entgegennahm, als ich ihm näherkam. Er zog mich an sich und umarmte mich.

»Es wird alles gut«, flüsterte er leise.

Er lehnte sich zu mir vor, seine Stirn gegen meine. In diesem Moment spürte ich, wie meine Finger wieder kribbelten, denn alles, was ich für diesen Mann fühlte, lag in der Luft. Das Gefühl war überall, füllte jede noch so winzige Ecke und es verlieh mir die Kraft, die ich brauchte, um meiner Mom entgegenzutreten.

»Elizabeth«, ertönte ihre Stimme. Sie ließ mich erstarren.

Langsam löste ich mich aus Logans Griff und drehte mich langsam in die Richtung, aus der die Stimme kam. Ich blickte in große braune Augen. In ein gerötetes Gesicht und auf Stressflecken an ihrem Hals.

»Hallo«, presste ich hervor und sah zu Logan.

Er ergriff meinen Oberarm und atmete tief ein, sodass ich sah, wie sich seine Brust hob und senkte. Ich machte es ihm nach.

»Wer bist du?«, fragte ich flüsternd, aber dennoch klar genug, dass sie mich hören konnte.

»Das weißt du doch schon.« Sie kam ein Stück näher.

»Halt!«, sagte Logan entschlossen. Er streckte ihr seine flache Hand entgegen.

Eine lähmende Angst stieg in mir auf und ich fühlte mich mit einem Mal so instabil und durcheinander. Diese eine Sache, diese eine Person, die ich mir so sehnlichst herbeigewünscht hatte, war nun zum Greifen nah.

Ich sah in der Miene der Frau so viel Schmerz, dass es mir das Herz zerriss. Ihre Mimik verriet, dass sie diese Art von

Emotion nicht fühlen wollte.

Sie hatte kein Recht darauf, diese Gefühle zu haben, mich so niedergeschlagen und verletzt anzusehen. Schließlich hatte sie sich bewusst dafür entschieden, mich – nein, uns – zu verlassen.

Ich zog Logans Arm zurück, versuchte, ihm zu vermitteln, dass alles okay und ich dafür bereit war. Unsicher drehte ich den Kopf zu meiner Patentante.

»Könnt ihr uns bitte allein lassen?«, fragte ich vorsichtig und bestimmt zugleich, während ich die Frau fixierte.

»Sicher?«, flüsterte Logan voller Sorge. Ich begegnete ihm mit einem sicheren Nicken. Auch Amelia machte sich bereit und verließ das Wohnzimmer lächelnd und zufriedengestellt.

Als ich mit der mir noch fremden Frau, die meine Mom sein sollte, allein war, ließ ich mich vor dem Sofa auf dem Boden fallen und zog meine Knie zu mir heran. Ich musste nicht nochmal fragen, wer sie war. Ich wusste es und war mir bei einer Sache noch nie so sicher gewesen, wie jetzt gerade. Wie ein Wasserfall sprudelten die Worte aus mir heraus.

»Mit zehn habe ich mir den Arm gebrochen, als ich auf dem Spielplatz von der Reckstange gefallen bin, und Dad war Sekunden später hinter mir, hielt mich fest. Das Einzige, woran ich denken konnte, war, dass ich vielleicht nicht mehr tanzen könnte. Er hielt mich einfach nur fest und flüsterte dass alles gut wird. Dass mich der Doktor wieder zusammenflicken wird und dass ich mir keine Sorgen machen brauche.«

Ich legte den Kopf auf die Knie. Meine Augen versteckte ich damit, aber ich spürte, wie mir eine einzelne Träne über die Wange kullerte, welche ich mit aller Kraft versuchte, mit der Jeans aufzufangen.

»Mit dreizehn bekam ich in der Schule meine Periode. Ich dachte, ich hätte Durchfall, als ich die braun-rote Flüssigkeit in meiner Unterhose sah.« Ein verzweifeltes Lachen entfuhr mir, ich hob den Kopf und schüttelte ihn so heftig, dass mir schwindelig wurde. »Es war mir so peinlich, dass ich nach der Schule all meine Kleidung in die Waschmaschine schmiss und viel zu viel Waschmittel reintat, sodass ich eine Schaumparty machen konnte. Als Dad von der Arbeit nach Hause kam, mich auf dem Boden sitzen sah, brach ich in Tränen aus.«

Meine Hände stützte ich auf dem Boden auf und drückte mich hoch. Mein Steißbein schmerzte, weshalb ich mich bewegen musste. Das Adrenalin, was in meinem gesamten Körper verteilt war, loswerden musste. Um gelassener und weniger emotional zu werden.

»Lizi.« Ihre Stimme klang ängstlich, doch ihre Körperhaltung passte nicht dazu. Ihre Unterarme auf den Knien abgestützt und die Hände im Schoß gefaltet. Ihr Blick starr auf mich gerichtet. Es war irgendwie angsteinflößend.

»Nenn mich nicht so«, fauchte ich.

Sie hob den Kopf, sah mir in die Augen und griff sich an ihren Hals. Verwirrt sah ich zu, was sie tat. Das Medaillon auf ihrem Brustbein nahm ich nur langsam wahr. Erst als sie es fest umschloss, sah ich zu meinem hinunter. Sie räusperte ich, sodass ich den Blick wieder hob.

»Als du klein warst, war ich die Einzige, die dich so genannt hat und jetzt darf ich das nicht mehr?« Sie musterte mich. Lächelte leicht, als sie an meiner Kette hängen blieb.

Das hat sie gerade nicht wirklich gefragt, oder?

Als ich fassungslos einen Schritt nach vorn ging, stießen unsere Schuhe aneinander.

»Wir haben die gleiche Kette«, sagte sie und zeigte mit dem Finger zu meinem Hals.

Ich wich einen Schritt zurück.

»Liz … Ist es okay, wenn ich dich so nenne?« Ihre Stimme klang ruhig. Sanft und doch voller Trauer.

Nickend stimmte ich zu.

»Es gibt keine Entschuldigung. Von der Minute an, als du auf die Welt kamst, habe ich dich geliebt. Ich liebe dich. Du bist meine Tochter.«

Ein Schnauben entfuhr mir. »Du hast mich im Stich gelassen. Ich glaube dir nicht.«

»Dein Vater und ich haben uns ein Kind gewünscht. Das war auch immer so. Im Kreißsaal, als ich dich in meinen Armen hielt, sagte man mir, dass ich jegliche Träume vergessen werde, weil ich jetzt dich habe. Und so war es auch. Anfangs jedenfalls.«

»Was ist dann passiert?«, hakte ich nach.

»Ein Anruf ist passiert. Ein Anruf meines Agenten. Sie wollten mich für das Stück der Cinderella in New York casten. Du warst mittlerweile alt genug, mitzukommen, und so sagte ich zu.« Sie machte eine Pause und als ich sie ansah, bemerkte ich die Tränen in ihren Augen.

Ich versuchte, dem Blick standzuhalten, aber mir gefror das Blut in den Adern. Es schmerzte.

»Während der Proben wurde mir bewusst, wie sehr ich es vermisst habe, auf einer Bühne zu stehen. Wie sehr ich es vermisst habe, selbst zu tanzen und nicht nur zu unterrichten. Am Tag der Premiere wusste ich, dass ich mit meiner Karriere noch nicht am Ende war. Ich konnte weiterkommen, wenn ich mich voll und ganz darauf konzentrierte.«

»Aber das hättest du auch mit uns gekonnt«, presste ich hervor, doch im gleichen Moment schüttelte sie den Kopf.

»Nein, dein Vater wollte wieder zurück nach Perth. Er hatte sich etwas aufgebaut. Für ihn war klar, dass wir wieder zurückfliegen. Das Nächste, an das ich mich erinnere, war das Krankenhaus. Dein Vater an meinem Bett und die Worte aus meinem Mund.«

»Und der einfachste Weg für dich war, deinen Tod vorzutäuschen, anstatt über die Dinge zu reden und eine Lösung dafür zu finden. Wo bist du hin?«, fragte ich wütend.

»Ich habe nichts vorgetäuscht«, zischte sie mir entgegen.

»Tut es dir überhaupt leid?« Ich zog meine Augenbrauen

hoch, ließ meine Schultern sinken und öffnete mich für den Schmerz.

Sie stand auf, kam auf mich zu. »Natürlich tut es mir leid.«

»Ach, wirklich?«, fauchte ich und wich zurück.

»Ich frage, weil du es nicht einmal gesagt hast. Du hast heute viele Dinge gesagt. Aber nicht einmal hast hören du lassen, dass es dir ehrlich *leid tut*. Nicht einmal kam aus deinem Mund: *Es tut mir leid, dass ich nicht da war. Es tut mir leid, dass ich dich im Glauben gelassen habe, ich lebe nicht mehr.* Nicht ein einziges verdammtes Mal!«

Eine eiskalte Klaue schloss sich um mein wild pochendes Herz.

»Ich wusste es nicht!«

Jetzt lachte ich. *Wieso lachst du, Elizabeth?* »Du wusstest nicht, dass wenn du deinen Tod vortäuscht, ich nicht glauben würde, du wärst tot?« Meine Stimme zitterte, während ich versuchte, mich zusammenzureißen.

»Ich habe nie meinen Tod vorgetäuscht. Ich bin gegangen. Den Rest hat dein Vater gemacht«, sagte sie trocken.

Mir stockte der Atem. Scharf zog ich die Luft ein. Sie hatte recht. Ich konnte nie irgendwohin zum Trauern. Es hatte nie eine Beerdigung gegeben, an die ich mich erinnerte. Es gab nie wirklich Beweise dafür, dass sie tot war. Die Wahrheit lag wie ein Stein auf meinem Herzen, zerdrückte es und ließ es in Sekundenschnelle in tausend kleine Teile zerspringen.

Kapitel 17

Logan

»Liz, wo willst du denn hin?«, rief ich, griff nach meiner Jacke und rannte ihr hinterher.

Fluchtartig verließ sie das Apartment, zog die Tür hinter sich schwungvoll zu und als sie mit einem lauten Knall ins Schloss fiel, kam ich zum Stehen.

»Verdammt«, fluchte ich und trat fest gegen die Tür. Ich zückte mein Handy und wählte ihre Nummer, in der Hoffnung, dass sie rangehen würde. Vergebens.

Scheiße, Liz. Was hast du vor?

Schnell rannte ich in die Küche. »Amelia?«

»Im Wohnzimmer!«, rief sie zurück.

»Liz ist weg. Ich glaube, sie will zu Marcus. Sie geht nicht an ihr Handy und ich …«

»Ich kümmere mich darum.« Sie sprang auf.

»Ich komme mit«, sagte ich entschlossen, aber sie schüttelte ihren Kopf. Ungläubig sah ich sie an. »Du kannst mir doch nicht sagen, dass ich hierbleiben soll.«

»Ich schreibe es dir nicht vor, aber ich bitte dich, Logan. Lass mich hingehen und bleib du mit Lily hier. Lass mich das klären.«

Ich nickte geschlagen, obwohl ich Marcus gern geschüttelt

hätte. Ich sollte jetzt für sie da sein.

»Ich melde mich«, sagte sie und ließ mich mit der Frau allein, die uns das alles eingebrockt hatte. Sie sah mich an. Nein, sie beobachtete mich.

»Habe ich etwas im Gesicht oder wieso schauen Sie mich so an?«, fragte ich unfreundlicher als gewollt.

»Ich versuche, dich zu durchschauen«, stieß sie hervor und ich fing lauthals an, zu lachen. »Sie finden das wohl lustig, Mister Godrick, nicht wahr?«

Ich erstarrte, als sie mich bei meinem Nachnamen nannte, und presste die Zähne so fest aufeinander, dass mir der Kiefer anfing, zu schmerzen. Eiswasser floss durch meine Adern und als ich sah, wie sie leicht provokant anfing, zu lächeln, platzte mir der Kragen.

»Für wen halten Sie sich? Sie sind eine Fremde, die hier auf einmal auftaucht. Aus dem Nichts. Denken Sie wirklich, dass Sie mit Ihrem Auftauchen einfach da weitermachen können, wo Sie aufgehört haben? Sie sind in Liz' Geschichte nicht die Gute und das werden Sie auch nie sein. Egal, ob Sie jetzt wieder hier sind oder nicht.«

»Respekt scheinen Ihre Eltern Ihnen nicht mit auf den Weg gegeben zu haben, bevor sie starben? Wie geht es eigentlich Ihrer Schwester?«

Mein Körper versteifte sich und meine Atmung setzte aus. Mich überfuhr ein innerer Laster. Ich schluckte schwer, der Mund trocken wie die Sahara und meine Hände nass wie ein ganzer Ozean. Sie wusste mehr über mich und mein Leben, als ich es erahnt hatte. Wer war Lily Wilson wirklich?

»Woher wissen Sie …?«, hauchte ich und zog mich vom Angriff zurück.

»Weißt du Logan, ich bin viel rumgekommen. Habe viele Menschen getroffen und verloren. Auch deine Schwester kenne ich aus Los Angeles. Sie ist wirklich eine begnadete Tänzerin. Ich habe mit ihrer Mutter zusammen in einem Ensemble getanzt.«

»Mit ihrer Adoptivmutter Mrs. Morrison? Das heißt, Sie kennen Freya?«

Sie stand auf und zeigte aufs Sofa. Ich kam ihrer Bitte nach.

»Nenn mich Lily«, erwiderte sie und setzte sich mir gegenüber, faltete ihre Hände und legte den Kopf schief. »Als Daya an einem Tumor starb, fing ich Freya auf und habe mit ihr nach ihren leiblichen Eltern gesucht. Na ja, und das führte sie zu dir.«

Der Knoten in meinem Kopf platzte. Das erste Gespräch von Freya und mir verdichtete sich in meinen Gedanken. Wortfetzen erschienen vor meinem Inneren, jedoch keiner, wo Freya eine Lily Wilson erwähnt hatte. *Wieso sollte sie das machen, Logan?*

Noch immer hielt ich den Atem an. Zwang mich, wieder Luft zu holen und presste trocken hervor: »Wo ist sie?«

»Wieder zurück.«

Sie hat nicht gewartet.

Sie ist weg.

Ich habe sie vergrault. Ich allein.

Fuck.

»Wissen Sie, wohin?« Ich ging nicht darauf ein, dass sie mir das *Du* anbot. Ich wollte sie auch gar nicht beim Namen nennen. Für mich war sie nicht mehr als die Mutter, die ihre Familie im Stich gelassen hatte. Für mich war sie ein Monster, das seinen Tod vorgetäuscht hatte, um ihrer Karriere zu folgen.

Sie lachte. »Natürlich weiß ich das.«

Alles in mir spannte sich an. Mein Körper fühlte sich an, als wäre er mit Blei befüllt worden.

»Nennen Sie mich nicht so.«

»Lily. Bitte. Ich habe es gerade schon einmal gesagt.«

Ich schüttelte den Kopf. »Nein. Danke. Wo ist sie?«

»Los Angeles«, erwiderte sie trocken und zog eine Augenbraue hoch.

Am anderen Ende des Landes. Wenn ich mich nicht ganz täuschte, waren es rund 2500 Meilen.

Shit. Shit. Shit.

Lily stolzierte um das Sofa rum und ich drehte mich mit. Sie war angsteinflößend. Der Raum füllte sich mit einer Negativität, die mir Sorgen machte. Die Spannung, die zwischen uns herrschte, konnte ein Blatt Papier durchschneiden. Ihre blauen Augen funkelten aufgeregt.

»Na dann, Logan Godrick. Ich muss wieder los. War mir eine Freude, dich kennenzulernen.« Die Ironie darin war kaum zu überhören. Sie schnappte sich ihren Mantel, schulterte die Tasche und marschierte aus dem Wohnzimmer.

Bei der Art, wie sie meinen Namen aussprach, übermannte mich eine Gänsehaut am ganzen Körper, weshalb ich mich schütteln musste. Als ich hörte, wie die Tür ins Schloss fiel, ließ ich mich aufs Sofa fallen.

Los Angeles. Meine Schwester war in Los Angeles und ich hatte weder ihre Nummer noch ihren genauen Aufenthaltsort. Sie war Familie. Familie, die ich nie hatte.

Kapitel 18

Elizabeth

»Lass mich in Ruhe, Amelia!« Ich lief schneller, als ich hörte, wie sie näherkam.

»Liz, jetzt warte doch mal! Ich verstehe, dass du mit deinem Vater sprechen willst, aber was dann? Was willst du sagen?«

Abrupt blieb ich stehen, drehte mich um und fuhr sie an.

»Ich werde ihm sagen, dass er für mich gestorben ist. Er hat mich belogen! All die Jahre!«

Ihre Miene wurde weich. Sie streckte die Hand nach mir aus und legte sie auf meine Schulter.

»Ich verstehe deine Wut, aber überleg bitte kurz. Hat er dich wirklich angelogen oder dir einfach nur nie die Wahrheit gesagt?«

»Das ist das Gleiche«, knurrte ich.

»Hör in dich hinein. Glaubst du das wirklich? Du bist unfassbar sauer gerade. Verstanden. Du bist enttäuscht? Das habe ich auch verstanden. Ich bin es ebenfalls. Aber vielleicht hat er für alles eine Erklärung. Vielleicht ist nicht alles so, wie es scheint.«

»Wieso verteidigst du ihn, Amelia?« Ungläubig schüttelte ich den Kopf. Frust nahm meinen Körper in die Mangel.

»Das tue ich nicht, Lizi. Ich versuche, dich vor einer Katastrophe zu bewahren. Du und dein Vater seid immer schon die besten Freunde gewesen. Ich will nicht, dass du etwas tust, was du bereuen wirst. Gib ihm doch eine Chance.«

Ich ballte die Hände zu Fäusten, so fest, dass ich meine Fingernägel wieder in meiner Haut spürte.

»Hey, hör auf damit«, sagte Amelia mit Engelszungen und löste vorsichtig meine Finger von der Handinnenfläche.

Mein Magen verkrampfte sich und meine Muskeln zogen sich zusammen. Mein Körper wurde von einem Beben überschüttet. Hitze stieg in mir auf, wieder und wieder wirbelten die Worte meiner Mutter durch meinen Kopf und wurden von Mal zu Mal lauter, bis ich das Gefühl hatte, dass ich jeden Moment platzen würde. Meine Hände boxte ich nach unten und Amelia wich einen Schritt zurück.

Meine Welt war verschwommen, ich erkannte nur noch Umrisse und dann strömten die Tränen unaufhaltsam über meine Wangen, während ein Beben meinen Körper erschütterte. »Er hat mich belogen. Ich dachte, wir sind beste Freunde. Viel mehr als Vater und Tochter, aber jetzt ist er für mich nicht mehr als ein Vater, der mir meine Mutter vorenthalten hat. Er *wollte nicht*, dass ich sie kenne. Es ist mir egal. Ich werde nichts bereuen. Und selbst wenn, dann kann ich zumindest nicht mehr belogen werden.«

Amelias Gesicht glich augenblicklich nur noch einer ausdruckslosen Maske. »Ich wünschte, du würdest das nicht sagen.«

Sie trat einen Schritt zur Seite und machte mir den Weg frei, zu gehen. Ich zog an ihr vorbei, streifte ihre Schulter und drehte mich nicht mehr nach ihr um, lief weiter, bis ich zu Hause ankam.

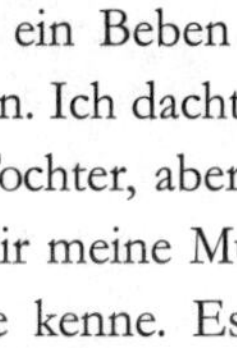

Anstatt aufzuschließen und hochzugehen, blieb ich unten auf

der Straße stehen, streckte den Kopf in den Nacken und starrte nach oben. Es war frisch geworden, aber mild.

Licht flutete das Wohnzimmer und ein seltsames Gefühl breitete sich in meiner Mitte aus und brachte mein Herz zum Rasen.

Mit zittrigen Fingern versuchte ich das Schlüsselloch zu treffen, drehte den Schlüssel und als das Klicken der Haustür erklang, erstarrte ich.

Wie in Beton gegossen, stand ich da, konnte mich keinen Zentimeter bewegen. Wegrennen, das war das, was ich wollte.

Amelias Worte hallten in meinem Kopf nach und der Gedanke ploppte auf, dass sie recht haben könnte.

»Lizi«, stammelte hinter mir jemand außer Atem und als ich mich umdrehte, stand Logan verschwitzt vor mir.

Erleichtert sah ich ihn an und fiel ihm in die Arme, bevor ich hinter mir die Tür ins Schloss fallen ließ.

»Danke, dass du da bist«, murmelte ich und vergrub meinen Kopf an seiner Schulter.

»Lass uns nach Hause«, sagte er und tätschelte meinen Kopf. Ich löste mich von ihm, ließ langsam meine Hände sinken und musterte ihn.

»Ich sollte da hochgehen.« Ich zeigte zum Wohnzimmer. »Das ist mein Zuhause. Aber ich kann nicht, Logan. Ich habe Angst, dass es wahr ist, was sie sagt, und dafür bin ich nicht bereit. Er ist doch mein bester Freund.«

Amelias Worte hatten etwas gebraucht, bis sie bei mir ankamen, aber jetzt waren sie laut und deutlich hörbar. Ich wollte nichts bereuen, wollte ihn nicht verlieren.

»Lass uns gehen. Wir reden mit Amelia, schlafen eine Nacht drüber und lassen alles sacken.«

Ein dunkler Schatten huschte über sein Gesicht und ich wurde das Gefühl nicht los, dass er nicht nur von meiner Situation sprach. Ich musste zusehen, dass ich zu klarem Verstand kam. Meinem Körper Zeit gab, das Erlebte zu verarbeiten.

Kapitel 19

Logan

»Meinst du, dass sie morgen objektiver auf das alles blicken wird?«, flüsterte ich Amelia zu, die in der Tür stand, während ich Liz die Decke überlegte.

»Ich weiß es nicht. Aber alles ist besser, als dass sie es heute noch versucht. Ich denke, ich sollte besser bei dem Gespräch dabei sein und das wäre heute nicht möglich gewesen. Wir werden schauen, dass wir eine Lösung finden.«

Ich stellte mich neben sie und blickte auf meine schlafende Freundin.

»Ich hoffe es«, hauchte ich und sah zu Amelia rüber. »Ich hoffe es wirklich.«

Ihr Blick war dunkel und der Schmerz, den Liz fühlen musste, war in Amelias Gesicht in jeder Falte eingeprägt.

»Ich hoffe es auch.« Ihre Stimme war brüchig und vorsichtig zog sie die Tür zu dem Zimmer zu.

Sie war blass, als sie sich auf eine Ecke des Sofas hockte, und ich überfordert. Lilys Worte hallten in meinem Kopf. Ich ließ mich aufs Sofa fallen und Hitze stieg in mir auf, während ich überlegte, ob ich ihr von Freya erzählen sollte. Mich jemandem anvertrauen sollte.

»Amelia, ich …«, begann ich und sie drehte ihren Kopf zu

mir.

»Mhm?«

»Da gibt es etwas, das …« Mir stockte der Atem und mein Herz setzte einen Schlag aus.

Ich muss sie suchen.

»Ach … Vergiss es, nicht so wichtig«, sagte ich und stand schwungvoll auf. »Ich mache mich jetzt mal auf den Weg ins Wohnheim, um neue Kleidung zu holen und die anderen zu informieren. Danach komme ich wieder. Kann ich dich allein lassen?«

»Alles gut. Mir geht es gut. Ich komme klar«, sagte sie, bevor ich mich auf den Weg machte.

Ein Gefühl von Machtlosigkeit breitete sich in mir aus, als mir der kühle Wind gegen den Kopf peitschte. Mir entwich ein frustrierter Schrei und ehe ich mich versah, schlug ich die Faust gegen die Wand des Hauses.

Fuck. Fuck. Fuck!

Ein mörderischer Schmerz jagte durch meine Hand. Ich spürte, wie die Haut an meinen Knöcheln platzte und setzte mich dann in Bewegung. An der nächsten Straßenlaterne blieb ich stehen, begutachtete den Schaden, den ich mir selbst zugefügt hatte, und murmelte Flüche. Ich zog mein Handy aus der Jackentasche und mein Körper spannte sich an, als ich Noahs Nummer wählte. Ich musste mit jemandem sprechen und er war der Einzige, den Lily niemals vermuten würde. Unbehaglich fuhr ich mir mit der selbst demolierten Hand durch die Haare und bereute es direkt.

»Hallo, hier spricht die Mailbox von …«

Ruhe bewahren.

Seufzend sah ich zu, dass ich auf schnellstmöglichem Weg

zum Wohnheim kam, um dann wieder bei Amelia sein zu können.

Als ich ins Zimmer trat, erstarrte ich. Noah, Becca und Grace saßen auf meinem Bett und sahen mich vorwurfsvoll an. Grace' Blick fiel auf meine Hand. »Was hast du gemacht?«

Besorgt kam sie auf mich zu und hob meinen Arm. Schmerzerfüllt kniff ich die Augen zusammen und umgehend tanzten kleine schwarze Punkte vor meinem Inneren.

Verdammt.

»Mann, Grace, bist du noch ganz dicht?«, fauchte ich sie an und entzog ihr meine Hand. »Das war schmerzhaft.«

»Was hast du gemacht?«, fragte Noah mit ruhiger Stimme und sah mich an.

Ich seufzte, zuckte mit den Schultern und setzte mich aufs gegenüberliegende Bett. »Ich habe gegen eine Hauswand geschlagen.«

»Wieso das?«, fragten Becca und Grace gleichzeitig.

Also begann ich, alles vom heutigen Tag zu erzählen. Von dem geplatzten Treffen mit Evelyn, von Freya bis hin zu Liz, ihrem Anruf und allem, was danach geschehen war. Sie sahen mich an, nickten und schlugen irgendwann die Hände über dem Kopf zusammen.

»Sorry, Leute, ich bekomme nicht mehr alles zusammen.« Meine Augen wurden mit einem Mal unfassbar schwer und dieser ganze Tag fühlte sich an wie eine Woche. Am liebsten hätte ich mich einfach nur schlafen gelegt, aber ich musste zurück und das wussten sie.

»Wir kommen mit dir«, sagte Becca und die anderen beiden stimmten nickend zu. »Aber erst mal … Erst einmal verarzten wir deine Hand.«

Noah stand auf, ging zum Verbandskasten im Flur und kam mit Mullbinden zurück. Es war wie mit einem Papierschnitt. Wenn man nicht daran dachte, tat es nicht weh, aber sobald es wieder ins Gedächtnis kroch, schmerzte es höllisch.

Meine Hand pochte, das Blut war mittlerweile schon getrocknet. Er trat einen Schritt auf mich zu, bat mich mit ihm zu kommen.

Mit lauwarmem Wasser wusch er meine Hand vorsichtig ab und verband sie danach ordentlich.

»Da kann ich doch mal zeigen, was man so beim Erste-Hilfe-Kurs lernt.« Er lachte und als ich aufstehen wollte, bohrte sich sein Zeigefinger in meine Brust. »Das nächste Mal meldest du dich gefälligst direkt, verstanden?«

Ich nickte und schluckte schwer. »Noah, da ist noch was … Etwas, was ich vor den Mädels nicht ansprechen wollte, weil Liz es nicht erfahren darf.«

Seine Augen wurden groß und in seinen Augen blitzte etwas Dunkles auf. Ein Teil von mir sperrte sich dagegen, dass ich es erzählte, aus Angst. Sperrte sich dagegen, eine Entscheidung zu treffen.

Noah drehte den Wasserhahn auf und verschränkte die Arme vor der Brust. »Okay, los. Was kann so schlimm sein, dass du es gerade nicht erzählen konntest?«

Ich atmete tief ein. Mit zusammengebissenen Zähnen zischte ich es. »Sie kennt Freya. Lily Wilson kennt meine Schwester und je mehr ich jetzt gerade darüber nachdenke, desto mehr werde ich das Gefühl nicht los, dass das alles nur wegen ihr passiert ist. Dass Freya nur hergekommen ist, weil Lily das so eingefädelt hat. Mir geht das Gespräch mit ihr einfach nicht aus dem Kopf. Das Lily ihr geholfen hat ist für mich ein Zeichen. Etwas, was doch nicht passiert wäre, wenn sie nicht vorgehabt hätte, wieder an dem Leben ihrer Tochter teilhaben zu wollen, oder?«

Noah wurde kreidebleich, er stützte sich auf der Armatur ab. »Du verarschst mich doch.«

Ich hielt seinem Blick stand. Kopfschüttelnd sah ich ihn an. Mein Mund öffnete sich, um etwas zu sagen. Aber mein Kopf war auf einmal völlig leer. Ich wusste, was ich sagen wollte, aber es kam mir selbst so absurd vor, dass es mir ein einfaches »Leider nicht« nicht über die Lippen kommen wollte.

»Hast du sonst wem davon erzählt?«

Ich fuhr mir durch die Haare, bevor ich mich mit einem Seufzen auf den Toilettendeckel setzte.

»Ich glaube, das ist nicht der richtige Augenblick.« Ich pausierte, starrte auf den Verband meiner Hand. »Und ganz ehrlich, Noah? Ich weiß doch nicht mal, was ich nach dem Studium machen will. Was ist … Was ist, wenn das meine Chance wäre, herauszufinden, was ich eigentlich will? Indem ich meine Schwester suche. Sie hat mich doch auch gefunden.«

Seine Augen weiteten sich, ein Feuer loderte in ihnen.

»Ja, sie hat dich gefunden, weil jemand wollte, dass sie dich findet. Meinst du nicht, das ist alles Ziel des Ganzen?«

Ich kniff die Augen zusammen. »Wie meinst du das?«

Er zuckte mit den Schultern. »Vergiss es. Ist wahrscheinlich nur herumgesponnen.«

»Nein, sag doch jetzt«, bat ich ihn und wartete.

»Na ja. Findest du es nicht komisch, dass vor ein paar Monaten diese Frau vor dir steht, und sagt, sie ist deine Schwester, was ja auch wahr ist … Aber dann ein paar Monate später die totgeglaubte Mutter deiner Freundin deine Schwester kennt? Ich finde das alles ziemlich komisch … Wenn du verstehst, was ich meine.«

»Ich verstehe, was du meinst … Ich weiß gerade nur selbst nicht, was ich machen soll und vor allem weiß ich nicht, was Wahrheit und was Lüge ist … Aber das finde ich nur heraus, wenn ich mich auf das Spiel einlasse.«

Er nickte. »Ungeachtet dessen, was du vielleicht verlieren könntest.«

»Oder auch gewinnen«, fügte ich hinzu und lehnte den Kopf an die Wand.

»Du machst das schon. Und egal, was ist, ich stehe hinter dir, okay?«

Er legte mir seine Hand auf die Schulter und drückte sie fest. Zufrieden nickte ich und dankte ihm stumm.

»Und jetzt lass uns zu unseren Freundinnen gehen«, sagte er und hielt mir seine Hand hin, half mir hoch, machte den Wasserhahn aus und ging mit mir zurück zu den anderen.

»Was habt ihr so lange gemacht?« Becca sah uns an.

»Ich hab ihm die Hand verbunden. War schwieriger als gedacht«, sagte Noah zwinkernd und ging zu Grace. Er legte ihr eine Hand an die Hüfte und ich lächelte.

»Na endlich.«

»Halt die Klappe«, sagten sie gleichzeitig.

»Ich halt hier nicht die Klappe«, sagte ich lachend und wartete darauf, dass jemand von ihnen etwas sagte. Grace' Wangen erröteten und sie schielte zu Noah. Er zuckte mit den Achseln. »Vielleicht hattest du recht.«

»Womit?«, stichelte ich.

»Logan, jetzt halt die Klappe«, sagte Becca und boxte mir auf die Schulter, bevor sie ihren Bruder und Grace vorschob, damit sie das Zimmer verließen.

Sie wollte da sein, bevor Liz aufwachte. Wir alle wollten sie auffangen und halten, damit sie nicht nochmal fiel.

Dafür würden wir jetzt da sein. Und ebenso für alles, was noch folgen würde.

Logan

Kaum hatte ich die Arme hinter meinem Kopf verschränkt, rollte Lizi sich zu mir herüber, legte ihren Kopf auf meine Brust und den Arm ließ sie auf meinem Bauch ruhen.

Sie schien friedlich zu schlafen, ihr Atem war flach und es war ihr nicht anzumerken, dass sie einen Scheißtag gehabt hatte.

Ich starrte an die Decke, wissend, dass all unsere Freunde unten im Wohnzimmer darauf warteten, dass Liz endlich wach wurde und wir zu ihnen kamen, aber ich wollte … Nein, ich konnte sie unter keinen Umständen wecken.

Mir rauchte der Kopf und meine Gedanken kreisten nur um ein Thema.

Du musst sie suchen.

Du musst sie suchen. Du musst mit ihr sprechen.

Du musst herausfinden, warum sie auf einmal vor dir stand.

Du musst, Logan. Du musst. Sind es die Umstände, oder der Wunsch nach einer Familie?

Die Gedanken wurden immer lauter. Als würden sie mich anschreien. Ich schloss die Augen. Wollte, dass meine Gedanken endlich die Klappe hielten, doch je länger ich die

Lider geschlossen hielt, desto lauter wurden sie. Vorsichtig hob ich Liz‘ Kopf von meiner Brust. Ich musste mich bewegen, musste den Krieg in mir irgendwie beenden.

Mit den Händen fuhr ich über mein Gesicht und raufte mir die Haare. Ich hielt es nicht aus, meine Gedanken gaben keine Ruhe, weshalb ich vorsichtig ein Bein aus dem Bett streckte, langsam aufstand und mir ein T-Shirt überzog, um zu den anderen zu gehen.

Es war bereits mitten in der Nacht, als ich ins Wohnzimmer trat und alle friedlich auf dem Sofa schliefen. Selbst Amelia lag in ihrem Sessel.

Ihre Wangen waren gerötet und dunkle Schatten lagen unter ihren Augen. Sie musste geweint haben, war erschöpft und ich konnte mir vorstellen, dass sie mit all dem genauso überfordert war wie der Rest von uns.

Seufzend ging ich auf Zehenspitzen an ihnen vorbei in die Küche. Hinter mir schloss ich die Tür und steuerte direkt auf den Kühlschrank zu.

Bier. Ich brauche Bier. Ganz viel davon.

Ich wusste, dass es nicht auf Dauer helfen würde, meine Gedanken mit Alkohol zu stillen, aber ich wollte gerade einfach Ruhe haben, weshalb ich direkt zwei Flaschen aus dem Kühlschrank nahm und sie öffnete. Das erste Bier war innerhalb von Sekunden runter und das zweite kippte ich direkt hinterher. Mit zwei neuen Flaschen setzte ich mich an den Esstisch, ließ das dritte Bier aufploppen, ballte meine kaputte Hand zur Faust und schlug auf den massiven Holztisch.

Schmerz durchströmte meinen Körper und ich schloss fest meine Augen. Das Pochen in der Hand verstrich, als ich das Bier ansetzte und einen großen Schluck davon nahm.

Frustriert zog ich mein Handy aus der Hosentasche und der Anblick meines Hintergrundbildes mit meiner Freundin schmerzte.

»Logan?«

Ich schreckte hoch. Liz stand in der Küche, nur knapp bekleidet. Ihre Augen glühten, die Röte breitete sich auf ihren Wangen aus.

»Was machst du hier?«

Verstohlen sah ich zu den Bierflaschen auf dem Tisch und schämte mich.

»Ich musste mir ein bisschen Luft machen«, sagte ich schließlich.

Langsam nickte sie, trat einen Schritt auf mich zu, stand Sekunden später so dicht vor mir, dass ich ihr Parfum noch riechen konnte. Es war süß und herb zugleich. Die perfekte Note. Ihr Blick hielt meinen gefangen, ich konnte mich nicht lösen.

Oh Gott, wie sehr ich sie gerade wollte. Alles vergessen und mich ihr hingeben. Ich löste meinen Blick von ihren Augen, wanderte zu ihren Lippen und dann trafen wir aufeinander und mein Kopf war völlig leer. Endlich.

Elizabeth

Hitze stieg in mir auf, meine Mitte pulsierte, schmerzte. Seine Lippen schmeckten nach Bier. Es mussten deutlich mehr gewesen sein, als die zwei, die auf dem Tisch standen. Sein Kuss war drängend. Fast flehend. Ich öffnete leicht meinen Mund, ließ ihn mit seiner Zungenspitze meine anstupsen und mir stockte der Atem. Ein leises Stöhnen entfuhr meiner Kehle, als er mit seinen Händen unter mein Oberteil und langsam zu meinen Brüsten fuhr.

»Logan, ich«, nuschelte ich zwischen seinen Küssen und versuchte, mich wegzustoßen. Erst, als mir das gelang, sah er mich mit Zweifeln auf dem Gesicht an.

»Was ist mit deiner Hand passiert?« Vorsichtig hob ich sie an.

»Nichts Wildes«, entgegnete er.

Augenblicklich zog ich eine Braue hoch. »Nichts Wildes, also?«

Ein Laut entfuhr seiner Kehle. »Ich habe gegen eine Hauswand geschlagen«, sagte er schließlich und versuchte, meinem Blick auszuweichen.

Meine Hand flog zu seinem Hinterkopf. Ich verpasste ihm einen Klaps.

»Wieso machst du sowas?«

»Halb so wild. Das ist morgen sicher wieder weg«, sagte er und zog die Schultern hoch.

Ein mulmiges Gefühl breitete sich in mir aus und ich war mir sicher, dass er mir was verschwieg. Er musste mir angesehen haben, dass ich darüber nachdachte, und küsste mich wieder. Diesmal war es anders. Sein Kuss war überschüttet von Traurigkeit. Er war nicht mehr wie zuvor flehend, sondern leidenschaftlich, ängstlich irgendwie.

Es fühlte sich an, als hätte ein letztes Puzzlestück seinen

Platz gefunden und es wäre unmöglich, dieses Stück jemals zu entfernen.

In meinem Zimmer bei Amelia angekommen, legten wir uns hin. Mein Kopf auf seiner Schulter gebettet, hielt er mich fest. Ich malte Kreise auf seine Brust und wir redeten nicht, genossen die Zeit, die wir gerade zusammen hatten, als wäre es der letzte Tag. Das mulmige Gefühl war noch immer präsent, aber ich wollte den Moment nicht kaputt machen. Schwer atmend schloss ich die Augen und fiel augenblicklich in den Schlaf. Träumte mich in eine Welt, in der alles gut war, wo es keine Probleme gab.

Als ich wach wurde, war es bereits elf Uhr und der Platz neben mir leer.

»Logan?« Ich blinzelte einige Male, rieb mir die Augen.

Ich setzte mich auf, streckte mich und jeder Muskel in meinem Körper schmerzte schrecklich.

Meine Haare knotete ich unordentlich auf dem Kopf zusammen, bevor ich Logans Jogginghose neben dem Bett entdeckte. Ich schlüpfte hinein und machte mich auf den Weg nach unten.

Auf der Treppe erstarrte ich. Ich hörte Stimmen, aber vor allem hörte ich seine. Dads.

Was tut er hier? Ich bin noch nicht so weit.

Gerade, als ich die Treppe wieder hoch sprinten wollte, stand er am Ende, sah mich mit glasigen Augen an und hauchte etwas, was ich nicht verstand.

Ich öffnete den Mund, wollte etwas sagen, aber bekam kein Wort raus. Der gestrige Tag war zu viel gewesen. Mein Herz konnte sich nicht entscheiden, ob ich bleiben oder wegrennen sollte.

»Marcus, nicht«, rief Amelia, während sie zu Dad lief. Doch als sie mich sah, blieb sie stehen. Entschuldigend sah sie mich an. »Es tut mir leid«, formte sie. Sie trat neben meinen Vater. »Marcus, ich glaube, es ist besser, wenn du gehst.« Sie versuchte, ihn vom Geländer wegzuziehen.

»Nein. Ich … Ich möchte mit dir reden, Lizi.«

Verzweifelt wandte er sich an mich. Seine Augen glänzten.

Mit jeder einzelnen Stufe, die ich hinunterlief, fühlte es sich an, als ob ich mich in mein Verderben stürzte.

»Nein, ich glaube, es ist an der Zeit«, sagte ich, als ich an Dad vorbeiging, seine Schulter streifte und erschauderte. Auf dem Sofa hinter ihm ließ ich mich fallen und wartete. Worauf, wusste ich selbst nicht, aber ich wartete.

Amelia kam zu mir, ließ sich neben mir nieder, bevor auch Dad Platz nahm. Sein Gesicht vergrub er in den Händen.

»Marcus, meinst du nicht, es ist langsam der Zeitpunkt gekommen, reinen Tisch mit uns zu machen und ehrlich zu sein?«

Dankend sah ich meine Patentante an. Sie war ruhig. Ruhiger, als ich es jemals hätte sein können. Er sagte nichts. Saß einfach nur da. Hatte seine Hände noch immer vor sein Gesicht gelegt.

»Lizi.« Endlich sah er mich an. Er hielt mir eine Hand hin, wollte, dass ich zugriff. Aber ich schüttelte den Kopf.

»Nein, Dad«, sagte ich, während mein Körper zitterte.

Mein wild pochendes Herz sprang mir fast aus der Brust. Ich hatte Angst. Meine Finger knetete ich abwechselnd, während ich das Unausgesprochene zwischen uns fragte. »Wieso hast du das getan?«

Bestärkend legte Amelia mir eine Hand auf den Oberschenkel. Es gab mir Mut. Mehr, als sie es erahnen konnte. Sie war da und noch wichtiger – sie stand auf meiner Seite.

»Ich wollte nicht. Ich …«

»Du wolltest *was* nicht?«, zischte ich.

»Was hat sie dir erzählt?«

Unsere Blicke trafen sich. Ich versuchte, ihm standzuhalten. Pure Traurigkeit lag in seinen Augen.

»Das findest du wichtig?« Ein Schauer fuhr mir über den Rücken. Wut kochte in meinen Adern. Brennend.

»Rede nicht so mit mir«, entgegnete er und dann sprang ich auf.

»Wie ich mit dir rede? Sagst du das gerade wirklich? Ich kann dir das genau erklären, *Dad*. Ich rede mit dir, wie man mit jemandem reden würde, der einen fünfzehn Jahre lang belogen hat! Verdammte Scheiße. Du hast mich belogen! Du hast mir meine Mutter vorenthalten. Was bist du für ein Vater?!«

Wut stieg von den Beinen hoch in meinem Kopf und ich ließ ihn nicht zu Wort kommen. Auch Amelia zog an meinem Arm, versuchte, mich zu beruhigen, aber keine Chance. Ich war sauer. Enttäuscht.

»Du bist kein Vater mehr für mich.«

Diese Worte trafen ihn sichtlich. Er zuckte zurück, drückte sich mehr in das Sofa und in seinen Augen konnte ich sehen, dass etwas zerbrach.

»Sag so etwas nicht«, presste er hervor und sah hilfesuchend zu Amelia.

»Nein. Hör auf damit. Hör auf damit, sie anzusehen. Ich bin hier. Ich stehe hier!«, presste ich mit zusammengebissenen Zähnen hervor. »Das ist eine Sache zwischen dir und mir. Du hast das verbockt. Nur du allein. Such jetzt nicht nach jemandem, der dir hilft. Verstanden?«

Mein Blut kochte, in meinen Ohren rauschte es und ich sah rot, als Dad aufstand und mir seinen Zeigefinger auf die Brust stellte.

»Du weißt nichts, Elizabeth.«

»Ist das dein Scheißernst, Dad? Wie soll ich denn auch etwas darüber wissen, wenn du mich belogen hast?« Ich versuchte, tief durchzuatmen, versuchte, mich zu beruhigen, damit dieser

Streit nicht noch weiter eskalierte. Es funktionierte nicht. Viel fehlte nicht mehr, dann explodierte ich endgültig.

»Sie wollte dich nicht. Sie hat uns verlassen, weil wir ihr nicht genug waren. Weil *du* ihr nicht genug warst. Sie wollte lieber ihren Traum leben – und zwar ohne uns. Und du glaubst, was sie dir aufgequatscht hat, weil du naiv bist.«

Empört schob Amelia mich zur Seite. »Marcus, es reicht jetzt.« Ihre Stimme zitterte, während in mir das Feuer auszubrechen drohte.

»Du bist ein Arschloch«, schrie ich meinen Vater an und als ich die Worte aussprach, schnellte meine Hand vor meinen Mund. Die Worte kamen wie Kotze aus mir heraus und dann passierte etwas, womit ich nie in meinem Leben gerechnet hätte.

Ich sah den Schlag kommen und konnte doch nicht schnell genug ausweichen. Seine flache Hand traf auf meine Wange. Reflexartig griff ich an die pochende Stelle.

Er hatte mich noch nie angerührt. Noch nie geschlagen und so, wie er mich anstarrte, hatte er genau so wenig damit gerechnet, dass es jemals dazu kommen würde, wie ich.

Entsetzen lag in Amelias Augen, als ich mich zu ihr drehte, gemischt mit Wut und Fassungslosigkeit.

Mein Gesicht brannte und heiße Tränen rollten meine Wangen hinab.

»Herzlichen Glückwunsch, Dad. Damit bist du der Vater des Jahres«, stieß ich hervor und ging in die Küche, wo Logan saß und mich mit weitaufgerissenen Augen ansah.

Dad hielt mich nicht auf.

Kapitel 21

Elizabeth

»Was ist da drinnen passiert, Lizi?«, fragte er und unter dem Schleier meiner Tränen sah ich ihn an.

»Bitte nenn mich nicht mehr so.« Flehend sah ich ihn an und als er abrupt stehen blieb, stolperte ich gegen ihn. »Können wir einfach gehen? Ich muss hier weg. Bitte?«

Er nickte. »Wo willst du hin?«

Wo will ich hin? Ich habe keine Ahnung. Hauptsache: weg.

»Elizabeth!« Dumpf hörte ich seine Stimme in meinen Ohren rauschen.

Die Welt um mich herum drehte sich und machte keine Anstalten zu stoppen. Sie splitterte in tausend kleine Teile. Unmöglich wieder zusammensetzbar.

»Ich muss weg«, hauchte ich, bevor ich auf dem Absatz kehrt machte. Ich ließ ihn mit den anderen allein in der Küche sitzen. Aus dem Augenwinkel sah ich wie Grace, Becca und Noah mich ansahen, doch ich konnte nicht. Ich wollte nicht reden. Ich wollte einfach nur fliehen.

Aus dem Haus rennend sah ich mich um. Als ich die nächste Bahnstation sah, marschierte ich zielstrebig auf diese zu.

Wütend. Ich war so wütend, dass ich nicht klar denken konnte. An einem Automaten zog ich mir ein Ticket und stieg in den nächsten Zug nach Philadelphia – ohne zu wissen, wieso.

Ich wusste nur eins. Nach Hause wollte ich nicht. Wenn ich es überhaupt noch so nennen konnte. Meine Wange pochte und ich erinnerte mich an jede Sekunde daran, dass Dad mich geschlagen hatte. Er hasste sich selbst dafür auch, das wusste ich. Ich kannte ihn.

Mein Körper stand lichterloh in Flammen und zwar nicht auf die gute Weise. Als ich eine Nachricht an Logan schreiben wollte, bemerkte ich, dass ich mein Handy vergessen hatte. Genervt, wütend und unendlich traurig legte ich den Kopf ans Fenster, starrte hinaus und ließ Gedanken zu, die sicher falsch waren. Vielleicht wäre es besser gewesen, sie wäre wirklich gestorben, dann wäre das alles nie passiert.

Schwachsinn!

Meine innere Stimme ermahnte mich, stellte mich bloß und ließ mich erstarren. Die Zugfahrt kam mir wie eine halbe Ewigkeit vor und gleichzeitig verging die Zeit viel zu schnell. Ich hatte keinen Plan, wusste nicht, was ich hier wollte, wusste nicht, wohin mit mir und dann blitzte ein Licht vor meinen Augen auf.

Du rennst weg. Wieso? Du bist doch gerade nicht besser als irgendwer deiner Familie. Dreh um, dreh um, dreh um.

Der Zug kam zum Halten und anstatt sitzen zu bleiben, stand ich auf, lief zur Tür und ließ die kühle Luft in meine Lunge strömen.

Was mache ich hier?

Meine Kehle schnürte sich zu, ich schloss die Augen und ging weiter vorwärts, obwohl ich wusste, dass es falsch war. Ich entfernte mich vom Zug und suchte den Ausgang der Station.

Nun stand ich hier, in einer fremden Stadt, in der ich niemanden kannte, und sah mich um. Sah die Menschen an mir vorbeiziehen und fühlte mich einsam. Allein gelassen. Im Stich gelassen. Ich schüttelte den Kopf, wissend, dass es eine dämliche Idee gewesen war, herzukommen. Doch als ich mich umdrehte, um wieder zurück zur Station zu laufen, ertönte hinter mir irgendwo Musik.

Es war nur eine Melodie ohne Gesang. Meine Füße wehrten sich gegen meinen Körper und ließen sich direkt zu ihr treiben. Fast schwerelos glitt ich über den Asphalt, bevor ich zum Stehen kam. Ich sah mich um, bevor ich mich wieder in Bewegung setzte und mich durch die Menschen vor mir schlängelte. Ich wollte sehen, wer so viel Publikum in seinen Bann ziehen konnte.

»Entschuldigung, dürfte ich mal bitte«, sagte ich und quetschte mich in die erste Reihe durch.

Es war nicht nur ein Künstler, sondern zwei. Ein Duo, welches gemeinsam tanzte. Schrecklich und schön zugleich. Sie wirkten nicht aufeinander abgestimmt. Es wirkte improvisiert und doch war klar ersichtlich, dass sie ein Team waren. Ein Duo, was sich wie ein Magnet magisch anzog. Sie nahm Anlauf, sprang ab und als er sie an ihrem Becken hochheben wollte, verloren sie zusammen das Gleichgewicht, taumelten nach hinten und sie fiel über ihn drüber. Die Zuschauer zogen scharf die Luft ein und hielten den Atem an. Sie schaffte es, sich abzurollen, ohne sich zu verletzen. Erleichtert hörte man die Menge den Atem ausstoßen. Sie klatschten und dann geschah etwas, was bewundernswert war. Sie sahen sich an, er nickte ihr vertrauensvoll zu und sie ging erneut auf Position. Nahm Anlauf und sprintete los.

Kurz vor ihm kam sie zum Stehen, schüttelte mit dem Kopf. Er flüsterte ihr etwas zu und wieder ging sie auf Position und schloss kurz die Augen. Als sie sie öffnete, loderte Feuer in ihnen. Entschlossenheit, keine Angst und dann nahm sie Anlauf, sprang ab und er hob sie in eine Fliegerposition. Freudig schlugen die Hände zusammen und in den Gesichtern der Menschen stand ein Lächeln. Als er sie sanft absetzte, glänzten ihre Augen und sie küssten sich. Ein flüchtiger Kuss. Denn

Sekunden später lösten sie sich voneinander. Sie drückte sich ab, tanzte eine Pirouette und ließ einen Arm ausgestreckt. Er bekam gerade noch ihr Handgelenk zu packen, zog sie zu sich zurück. Sie blieb mit dem Rücken zu ihm stehen und er legte eine Hand auf ihre Brust. Deutete pulsierende Bewegungen nach vorn an, wobei sie ihr Brustbein hob und senkte. Sie sah über seine rechte Schulter, lugte halb in sein Gesicht und dann traf ihr Blick mich und es brachte mich aus dem Konzept. Ich nahm nichts mehr wahr. Weder die beiden noch die Menschen um mich herum.

Ich taumelte einen Schritt zurück, versuchte, mich aus der Masse zu befreien. Ich rang nach Luft, unsichtbare Hände umschlossen meine Kehle, erschwerten mir das Atmen, und die Angst, die meinen Körper wie ein Tsunami flutete, ließ mich gleich noch mehr Schritte zurückweichen, bis ich endlich aus der Masse hervortrat. Sie hatte einen Fehler gemacht und doch hatten sie gemeinsam das Beste rausgeholt. Sie hatten sich nicht aus dem Konzept bringen lassen. Es sah so leicht aus. Und vielleicht war es das auch. Ich sammelte mich, bevor ich wie in Trance die Straße entlang schlenderte. Wieder hörte ich eine leise Melodie. Sie zog mich magisch an, denn ich kannte sie. Irgendwoher kannte ich sie und ich durchforstete jeden Winkel in meinem Gedächtnis.

Ich spitzte die Ohren, denn als ich mich umsah, stellte ich fest, dass noch alle Kneipen geschlossen hatten. Die Melodie wurde lauter, als ich die Straßenseite wechselte und ich blickte nach links. Ich sah nur eine Gerade, doch je näher ich heran ging, desto mehr verstand ich. Es handelte sich um einen Treppenversatz. Die Treppe wurde erst sichtbar, als ich direkt davor stand. Von weiter weg war nicht ersichtlich, dass es hier hinab ging. Als einziger Hinweis, war ein kleines Licht zu sehen, was bestätigte, dass dort etwas war. Ich nahm meinen Mut zusammen und ging Schritt für Schritt die Treppe hinunter. Direkt vor meinen Augen leuchtete ein rot-schwarzes Schild mit der Aufschrift *Dad'z*.

Kurz schwirrte mir der Gedanke im Kopf, ob es kaputt sei, denn es blinkte seltsam oft. Die Tür stand weit offen, was mir einen Augenblick Zeit gab, um den Raum zu betrachten. Überall standen Paletten, dekoriert mit dicken Sitzkissen. An den Wänden hingen schwarz-weiße Fotos. Keine dieser Personen kannte ich, aber es sah Oldschool aus, was ich irgendwie mochte.

Mich um meine eigene Achse drehend sah ich zum Tresen, an dem ein Kellner gerade das dunkle Mahagoniholz polierte und dann war da wieder die Melodie. Sie stimmte mich traurig und Bilder flackerten vor meinem inneren Auge auf. Es war die Melodie, die Dad mir so oft zum Einschlafen auf der Gitarre vorgespielt hatte.

Verlassen. Ich fühlte mich verlassen. Ein grauer Schleier fiel vor meine Augen und in mir fühlte ich eine große Leere. Ich wollte sie mit Alkohol betäuben. Nein, ich *musste* sie in Alkohol ertränken. Der Gedanke an das, was vor wenigen Stunden passiert war, trieb mir Tränen in die Augen und mein Herz blutete vor Schmerz.

Ich fühlte einen dumpfen Schmerz. Diese Lüge war so prägnant. Sie hatte sich in mich hineingebrannt und es fühlte sich an, als würde ich sie nie wieder von mir weisen können. Doch dann dachte ich an die Tänzerin. Sie hatte nicht aufgegeben, sondern direkt neu angesetzt. Einen Neuversuch gestartet.

Das solltest du auch tun, Lizi. Ihr seid so viel mehr als Familie.

Es war ein kleiner Herzenstrost, ein Hoffnungsschimmer, der mir Mut machte, und ich versuchte, die Dinge aus seiner Perspektive zu sehen und zu verstehen, und allein dieser Versuch war mein Licht am Ende des Tunnels.

Ich ging zu einem der Barhocker, zog ihn quietschend zurück und ließ mich nieder. Der Kellner sah mich mit hochgezogener Augenbraue an, als ich meine Unterarme auf das gerade frisch polierte Holz legte.

»Was darf es für Sie sein, junge Dame?«

»Einen Scotch bitte«, sagte ich, lächelte und hoffte, dass er nicht nach meinem Ausweis fragte.

Er nickte, verschwand und kam einige Minuten später mit einer Tasse und einem kleinen Teller zurück.

»Hier junge Dame, Ihr Scotch«, sagte er und ich grinste beschämt, als ich das Teeservice mit einer kleinen Sanduhr für die Ziehzeit und anstatt eines Keks ein Telefon sah. »Den Anruf«, sagte er und zeigte mit dem Finger aufs Telefon, »gibt's gratis dazu.«

Er zwinkerte mir zu und perplex kniff ich die Augen zusammen, schüttelte den Kopf und hielt kurz inne.

»Ähm …«, ich suchte nach den richtigen Worten. »Danke?«

Es war eher eine Frage als eine Antwort, aber er wusste, was ich meinte. Er lächelte. Es wirkte fast so, als würden nur solche Gäste, verzweifelt wie ich es war, in diese Bar kommen, und als wäre es sein täglich Brot, den Gästen ein Teegedeck und ein Telefon zu *servieren*.

Durch eine schmale Tür verschwand er und ließ mich allein zurück.

Ich schloss die Augen, atmete tief durch und wählte Dads Handynummer.

Schweißperlen bildeten sich auf meiner Stirn, mein Plus beschleunigte sich und ich fing an, auf dem Barhocker herum zu wippen.

»Wilson.« Die Stimme meines Vaters war angeschlagen. Sie klang traurig. Er räusperte sich und der Kloß in meinem Hals wurde immer größer.

»Wer ist da?«, fragte er.

Ich rang nach Luft und mein ganzer Körper stand unter

Strom, als es mir endlich möglich war, einen Ton von mir zu geben.

»Dad. Ich komme *nach Hause.*«

Kapitel 22

Elizabeth

Mein Magen rebellierte, als ich vor der Haustür stand und zur Apartment hochblickte. Tausend Gedanken rasten mir durch den Kopf.

Diesmal behältst du einen klareren Kopf. Verstanden?!

Meine Knie wurden butterweich. Ich zwang mich, in den Fahrstuhl zu steigen. Es war eine Qual. Die Tür schloss sich fast wie in Zeitlupe und Dads Aftershave füllte den Raum. Es gab mir ein kleines bisschen Kontrolle zurück, denn es war etwas Vertrautes. Sekunden später öffnete sich die Tür und ich sah meine Freunde mit dem Rücken zu mir sitzend.

Ich straffte die Schultern. Mein Nervenkostüm war so hauchdünn, dass ich nach Luft schnappte. Jetzt war ich hier und dieses Mal würde es anders werden.

Gerade als ich aus dem Fahrstuhl stieg und mich umsah, bemerkte Becca mich. »Liz. Da bist du ja endlich.«

Sie berührte Grace' Arm und gemeinsam liefen sie zu mir, nahmen mich in den Arm und drückten mich fest an sich. »Wir haben uns Sorgen gemacht. Und wir haben dich nicht erreicht. Geht es dir gut?«, fragte Grace, nachdem sie sich von mir gelöst hatte.

»Ja, mir geht's gut«, erwiderte ich recht abwesend und sah

mich gründlich im Wohn- und Essbereich um. Die Tür vom Gäste-WC öffnete sich und Logan trat hervor. Sein Blick heftete sich an mich. Schnell war er bei mir, drückte mich genau so, wie die anderen beiden zuvor.

»*Wo* warst du?«, fragte er und sah mich besorgt an. »Und *wieso* gehst du nicht an dein Handy?« In seiner Stimme lag Wut, doch seine Augen spiegelten Sorge wider.

»Tut mir leid. Ich habe mein Handy bei Amelia vergessen.«.

»Wo ist mein Dad?«, fragte ich, während meine Finger zu meinem Mund fuhren. Ich knabberte an meiner Nagelhaut. »Und wo ist Noah?«

Meine Freunde sahen mich an. »Der kommt später nach«, sagte Becca und schaute nach links. Ihrem Blick folgend trat Amelia in mein Sichtfeld. Ohne etwas zu sagen, ging sie zur Kücheninsel. Sie schenkte sich Wasser ein, bevor sie sich zu mir drehte und mit dem Kopf in Richtung Treppe nickte.

Ich verstand sie. Wusste, dass er oben war. Bevor ich mich auf den Weg machte, holte ich tief Luft. An meinen Freunden schob ich mich vorbei, drehte mich jedoch noch einmal zu ihnen, ehe ich die Treppenstufen emporstieg. Sie waren hier. Sie waren hier und das gab mir Mut. Kraft.

Am Absatz angekommen, hörte ich zwei Stimmen lauthals miteinander streiten. Auf leisen Sohlen bewegte ich mich vorwärts. Je näher ich Dads Büro kam, desto schwitziger wurden meine Hände. Und dann wurde es für einen Moment mucksmäuschenstill. Bis auf meinen Atem war kein Geräusch zu vernehmen. Ich baute mich auf, bereit, die Tür zu öffnen und hereinzuspazieren, doch dann hörte ich ein unverständliches Nuscheln. *Sie* war es. Meine Mom war hier. In *meinem* Zuhause.

Und bevor ich rational darüber nachdenken konnte, stürmte ich durch die Tür. Perplex sah ich die beiden an. Dads Haltung war angespannt. Schultern hochgezogen. Die Kiefermuskulatur deutlich zu sehen. Mom hingegen wirkte gelassener. Ihre

Schultern waren entspannt. Nur ihr Gesichtsausdruck ließ erkennen, dass sie sauer war.

»Elizabeth«, sagte Dad erleichtert. Seine Schultern senkten sich. Sicher konnte er gerade die ganze Welt umarmen. Ich war hier. Bei dem Gedanken an seine Hand, die meine Wange traf, pochte es wieder. Sicher hatte er nicht damit gerechnet, dass ich Heim kam, obwohl ich es ihm am Telefon gesagt hatte.

Mit ausgebreiteten Armen lief er auf mich zu. Lily beobachtete mich und sie ließ den Blick zu Dad schweifen. Ich wich zurück. Konnte die Geste nicht zulassen.

Sie lachte leise.

»Du tust ja so, als wollte dein Vater dich schlagen.«

Dad und ich sahen uns an. In seinen Augen erkannte ich, dass ihn Gewissensbisse plagten, und er senkte den Blick. Er blieb vor mir stehen. Er kannte mich gut genug, um mir Zeit zu geben. Mom stand stumm da und musterte uns. Unser Verhalten. Sie verschränkte die Arme vor der Brust und lehnte sich an die Schreibtischkante.

»Es tut mir leid.« Dad holte tief Luft und in seinen Augen lag unbeschreiblicher Schmerz.

»Wieso hast du es getan?«, hauchte ich und schaute danach zu meiner Mutter. Richtete meine Worte an sie. »Könntest du uns bitte für einen Moment allein lassen?«

Dad schüttelte den Kopf. »Nein, sie kann es ruhig hören.«

Verwirrt sah ich ihn an.

»Lizi, Schatz. Es tut mir so leid.« Er trat weiter auf mich zu, seine Augen verschwammen vor meinem Gesicht. »Es … Es tut mir so leid. Ich wollte nicht, dass so etwas jemals passiert. Es war … Es war … falsch. Du bist mein Fleisch, mein Blut. Ich liebe dich, das war alles zu viel und ich wollte dich nicht –« Er holte tief Luft. »Ich wollte dir keine Backpfeife geben.« Er streckte seine Hand nach mir aus.

Mom stellte sich zwischen uns, schlug seine Hand unsanft weg, bevor sie sich schützend vor mich stellte.

»Du hast sie geschlagen?«, fuhr sie ihn an.

Ich legte ihr die Hand auf die Schulter. »Mom.« Ich erschauderte und schluckte schwer. Sie so zu nennen, war seltsam. »Bitte lass es. Ich bin alt genug, ich brauche keine schützende Person vor mir. Dafür kommst du fünfzehn Jahre zu spät.« Ich schob mich an ihr vorbei, damit ich Dads Blick standhalten konnte.

»Danke«, sagte ich und nickte knapp. »Aber das, was passiert ist, ändert so viel zwischen uns.«

Gequält schloss er seine Augen. »Ich weiß. Ich wollte nicht, dass so etwas Dummes zwischen uns kommt.«

»Marcus, das wird Konsequenzen für dich haben.« Meine Mom stand drohend vor ihm. Sie ging an mir vorbei und bohrte ihm ihren Zeigefinger in die Brust.

Der Anblick machte mich unfassbar wütend. Hitze stieg mir in die Wangen, mir stockte der Atem und mein Herz setzte einen Schlag lang aus. Noch immer dachte ich über seine Worte nach und ein Teil von mir sperrte sich gegen seine Entschuldigung, sperrte sich gegen die Hoffnung und gegen dieses schreckliche Gefühl, das durch meinen Körper strömte.

»Lizi?«, stammelte er und hielt mir wieder seine Hand hin.

»Ich … Es …« Ich brachte keinen vernünftigen Satz zustande, weshalb Dad das Wort ergriff.

»Ich habe versagt. Als Vater. Es waren immer wir zwei gegen den Rest der Welt und das habe ich kaputt gemacht.«

Mom lachte und mit zusammengekniffenen Augen funkelte ich sie böse an.

»Kannst du dich bitte einfach mal verziehen?«, fauchte ich und sie wich zurück. »Weißt du, *Mom*. Vielleicht hat Dad mir nie die Wahrheit gesagt. Ja, ich hätte auch einfach all die Jahre mal vernünftig fragen können. Aber weißt du, was ich am schlimmsten finde? Dass du hier stehst als eine Mutter und lachst. Erklär mir das. Wie kannst du das? Wie rechtfertigst du das?«

Jetzt drehte ich mich wieder zu meinem Vater. Sprach jedoch weiter mit meiner Mom. »Es war nicht richtig von ihm. Aber tief in mir glaube ich, dass er mich nur schützen wollte. Es war der falsche Weg, aber daran hat nicht nur er schuld. Ja, er hat mich jahrelang belogen, aber nicht nur mich, sondern auch sich selbst! Vielleicht bist du das Problem, weil du einfach gegangen bist.«

Ruckartig sah ich zu ihr. Sie presste ihre Lippen zusammen, ihre Fingerknöchel wurden weiß, als sie ihre Hände fest zu Fäusten ballte.

Ich ging auf Dad zu, blieb eine Armlänge vor ihm stehen.

»Und ich glaube, Menschen machen Fehler. Ich glaube aber auch, dass wir uns nicht über diese Fehler definieren sollten, sondern eher darüber, wie wir mit ihnen umgehen.«

»So einen Schwachsinn habe ich ja noch nie gehört«, presste sie neben uns trocken hervor.

Das war der Moment, wo ich verstand, wieso. Ich verstand, wieso er wir nie das Deine-Mutter-lebt–Gespräch geführt hatten.

»Als gäbe es hinter allem einen geheimen Sinn, der sich einem irgendwann später offenbart«, nuschelte sie. Eine wohltuende Wärme machte sich in meiner Brust breit und brachte mich zum Lächeln.

»Vielleicht hast du einfach noch nie erlebt, was es heißt, jemanden bedingungslos zu lieben, *Mom*.«

Bevor sie etwas anderes sagen konnte. Sich mit irgendeiner Ausrede wieder rausredete, sprach ich schnell weiter: »Weißt du. Du kannst einem nur leidtun. Wieso bist du hergekommen? Um eine Beziehung kaputt zu machen, dich zwischen zwei Menschen zu stellen? Oder bist du ehrlich aufgetaucht, weil du mich kennenlernen wolltest?«

Ich wartete auf eine Antwort, während Dad sich neben mich stellte und mir seine Hand auf die Schulter legte. Dieses Mal zuckte ich nicht zurück. Ich ließ mich von seiner Stärke durchfluten.

»Ich bin hier, weil ich meine Familie wieder um mich haben wollte.«

Lügnerin, sagte die Stimme in meinem Kopf. *Lügnerin. Lügnerin. Lügnerin.*

»Bullshit«, zischte mein Vater neben mir.

»Wenn du deine Familie um dich herum wolltest, wieso bist du dann erst gegangen? Wieso tauchst du jetzt auf einmal wieder auf? Und vor allem – seit wann willst du ein Teil von unserer Familie sein?« Ich kniff die Augen zusammen und versuchte, sie zu durchschauen. Bevor ich sie zu Wort kommen ließ, öffnete ich den Mund. »Von wann kam ihr Brief, Dad?«

Er ging zu seinem Schreibtisch, zog ihn aus der Schublade und öffnete ihn Sorgfältig. »Datiert kurz nach dem Casting und deinem Sturz.«

»Wieso? War alles, was du bei unserem ersten Zusammentreffen sagtest, gelogen? Du hättest dich eher melden können, aber das wolltest du nicht. Ich frage mich, wieso du es auf einmal doch getan hast?«

Jetzt stand sie da, zwei gegen einen, und Tränen traten in ihre Augen. Doch ihr Ausdruck passte nicht zu dieser Emotion. Es war nicht *ehrlich*. Dad gab ihr keine Chance, auf meine Frage zu antworten, wobei ich sicher sowieso keine bekommen hätte. »Lily, ich glaube, es ist besser, wenn du jetzt gehst.«

»Du kannst mich nicht rauswerfen. Sie ist unsere Tochter. Unsere Familie.«

»Nein, Mom.« Ich zwang mich, ruhig zu bleiben. Die Stimme nicht zu erhöhen. Schließlich saßen unten auch noch all meine Freunde. »Wir sind schon lange keine Familie mehr und das hast du dir ausgesucht, als du gegangen bist. Und wenn es dir wichtig ist, dass wir ein Verhältnis miteinander aufbauen, solltest du es jetzt respektieren und vor allem akzeptieren, dass du gehen solltest. Ich brauche Zeit. Zeit, um das alles zu verarbeiten. Du kannst mich nicht zwingen.«

»Das werdet ihr beide schon noch sehen«, sagte sie und machte auf dem Absatz kehrt.

Die Tür fiel mit einem lauten Knall ins Schloss. Dad und ich wechselten kein Wort, sahen uns einfach nur an.

»Ich liebe dich, Lizi«, sagte er schließlich und drückte mich an sich.

»Ich liebe dich auch, Dad.« Ich löste mich von ihm. Sah ihn einfach nur an. »Ich brauche trotzdem ein bisschen Zeit, ja? Ich verzeihe dir, nur brauche ich etwas Abstand, um zu verstehen. Ich weiß jetzt, wieso du es getan hast, aber mein Kopf muss es auch verstehen.«

Tränen bildeten sich in seinen Augen. Eine Hand legte ich an seine Wange und mit der anderen drückte ich seine Finger.

»Hey, beste Freunde streiten mal. Aber sie vertragen sich auch wieder.« Mit der Schulter stieß ich ihn an und ein klitzekleines Schmunzeln stahl sich auf seine Lippen.

»Ich weiß. Nimm dir alle Zeit, die du brauchst. Ich bin immer für dich da. Egal, was war und was jemals sein wird.«

Ich lächelte und das war sein Zeichen, zu gehen. Er ließ mich allein in seinem Büro stehen, jetzt, wo es hier keine Geheimnisse mehr gab. Auf seinem Bürostuhl ließ ich mich nieder und schloss die Augen, träumte mich davon, bis ich hörte, wie sich die Tür leise öffnete. Ich nahm schnell die Füße vom Schreibtisch und setzte mich aufrecht hin.

»Logan«, flüsterte ich und lächelte.

»Hey, du.« Er kam zu mir, zog mich hoch und ließ sich auf den Stuhl fallen. Ließ mich auf seinem Schoß Platz nehmen.

»Geht es dir gut?«, fragte er und ich nickte zufrieden.

»Manchmal braucht man einen Moment der Stille, um wieder das Wesentliche hören zu können. Einen Moment mit geschlossenen Augen, um wieder klar zu sehen.«

Er schloss seine Augen und ich tat es ihm gleich, sprach leise und langsam weiter. »Einen Moment auf das Herz hören, um das Leben zu spüren, und am wichtigsten …« Ich schlug die Augen auf, legte die Hände an seine Wangen und hauchte ihm einen Kuss auf den Mund.

»Einen Moment des Rückzugs, um wieder stark zu werden.«

Kapitel 23

Logan

Ihre Worte brachten mich zum Nachdenken.

Ein Moment mit geschlossenen Augen, um wieder klar sehen zu können.

Ich dachte darüber nach. Sie hatte recht. Ich wusste, was zu tun war. Ich würde mein Vorhaben bald in die Tat umsetzen. Vielleicht verlor ich dadurch meine Freunde oder sogar Liz, aber früher oder später würden sie es verstehen. Oder?

»Geht es dir gut?«

Sie riss mich aus meinen Gedanken.

»Ja, alles gut«, stammelte ich und versuchte, mir ein Lächeln durchzuringen. Räuspernd hob ich sie sanft von mir runter. »Ich muss noch was erledigen. Wir sehen uns später?«

Sie nickte. »Okay, machen wir so. 19 Uhr bei *Jenny's*?«

»Klingt perfekt.« Flüchtig küsste ich sie und verschwand durch die Tür.

Wieso musste sie all das sagen? Wieso jetzt und wieso lag sie mit allem so verdammt richtig? Ich wehrte mich gegen die Gedanken. Wehrte mich gegen das Chaos in meinem Kopf und schnappte mir meine Jacke. Ich verabschiedete mich von Grace und Becca und machte mich auf den Weg nach unten. Als die Warme Sommerluft in meine Lungen strömte, atmete ich erleichtert auf.

Es war Donnerstagabend. Nur noch morgen und dann war endlich Wochenende. Ich holte mein Handy raus und wählte Noahs Nummer, als ich hinter mir ein Räuspern vernahm.

»Und? Hast du bereits eine Entscheidung getroffen?«

An der Straßenecke stand Lily, sah mich schmunzelnd an.

»War das Ihr Plan? Mir zu sagen, wo sie ist, damit ich sie suchen gehe?«

Sie zuckte mit den Schultern.

»Aber wieso?«, hauchte ich und meine Augen brannten.

Sie kam zu mir, berührte meinen Arm und lächelte wieder. Wie ein Psycho, nur noch gruseliger.

»Ist eine Familienzusammenführung nicht immer schön?«

Ich schnaubte laut. »Das kann man von Ihnen nicht gerade behaupten oder was denken sie darüber?«

Lily trat, ohne ein weiteres Wort, an mir vorbei und verschwand hinter der Straßenecke. Ließ mich wieder allein.

Ich fühlte mich taub. Und gleichzeitig schien ich von innen heraus zu brennen. Ich bereute mein kindisches Verhalten. Wollte fluchen und schreien zugleich. Wollte mein schwaches Ich verprügeln. Kurz und klein schlagen.

Es gab nur einen Ort, an dem ich der Wut Luft machen konnte.

Die Flure der *Juilliard* waren leer. Wie ausgestorben. Angesichts der Uhrzeit war das glücklicherweise nicht überraschend.

Ich war froh, dass die Türen für uns Studenten so gut wie immer zum Trainieren offen standen. Kurz überlegte ich, ob ich einfach ins Wohnheim gehen und nochmal in mich hineinhorchen sollte, aber das Karussell in meinem Kopf machte keine Pause, sodass Denken unmöglich war.

Ich betrat den Saal, machte das Licht an und ein erleichtertes Gefühl breitete sich in meinem ganzen Körper aus. Ich fühlte mich schwerelos, als wäre all der Ballast, den ich mit mir rumtrug, auf einmal verblasst. Ich suchte einen Song, der zu meinem Inneren passte.

Ein Lied, bei dem ich mich treibenlassen konnte und das erniedrigende Gefühl, verloren zu haben, loslassen konnte.

Ich spürte das Adrenalin durch meine Venen jagen und als ich den perfekten Song gefunden und angemacht hatte, begann sich der Raum um mich herum zu drehen.

Ich sprang hoch, winkelte dabei blitzartig meine Knie an und landete wieder. Ich nahm meine Hände an den Kopf, kreiste ihn und wollte so meine Gedanken sortieren oder sogar loswerden, sie abschütteln. Ich begann zu tanzen, meine Arme warf ich zur Zimmerdecke und drehte mich um die eigene Achse, stieß einen verzweifelten Schrei aus und ließ mich auf die Knie fallen.

Ich tat so, als ob ich etwas greifen wollte, schnappte nach Luft und als ich in den Spiegel sah, sah ich Grace an der Tür stehen. Ich strich mir die ins Gesicht gefallenen Haare hoch und stand auf, klopfte mir die Hände ab.

»Was ist denn mit dir passiert? Wieso bist du vorhin einfach abgehauen?« Sie musterte mich.

»Ich hab den Kopf voll«, sagte ich knapp.

»Brauchst du Hilfe?«

Langsam nickte ich, auch wenn ich mir nicht sicher war, ob ich das wirklich wollte, aber vielleicht tat eine Freundin bei sich zu haben, in diesem Moment gut.

»Okay. Dann lass uns anfangen, indem du mir sagst, was mit dir los ist.« Mit zusammengekniffenen Augen sah sie mich an.

Skeptisch, aber mit Sorge. Ich seufzte.

»Ich will nicht darüber reden, Grace.«

»Aber dann wirst du nicht frei sein können fürs Tanzen.«

»Ich glaube, ich muss gehen.« Ein Schmerz fuhr durch

meine Gliedmaßen.

»Ja, ins Wohnheim«, sagte sie und lachte. Sie klopfte mir auf die Schulter. »Sehr lustig, Logan. Ein richtiger Witzbold bist du.«

Ich schüttelte den Kopf. »Nein, Grace. Ich werde New York verlassen müssen.«

»Ja, ja.« Sie ließ sich auf den Boden fallen, zog ihre Schuhe aus und stülpte sich die Socken halb von den Füßen.

Als sie damit fertig war, riss sie ihre Augen weit auf, schien jetzt zu begreifen, was ich gesagt hatte.

»Warte mal … Wie, du wirst … Was?«

»Ich muss Freya suchen. Sie hat die Wahrheit gesagt, Grace. Sie …« Meine Stimme brach und ich sah kopfschüttelnd zu Boden.

»Aber wieso rufst du sie nicht einfach an und sagst, dass es dir leidtut?« Ihre Hände stemmte sie dann in die Hüften.

»Ich habe ihre Nummer weggeschmissen. Ich war ein Idiot. Ich weiß, aber ich habe das Gefühl, ich bin es ihr und vor allem mir selbst schuldig.«

Es war nicht mehr als ein Flüstern.

»Du. Bist. So. Ein. Dummkopf, Logan Godrick.« Bestürzt stand sie vor mir. Und dann kam der Schlag, mit dem ich viel früher gerechnet hatte. Sie holte aus und boxte so kräftig gegen meine Schulter, dass es wirklich weh tat.

»Was soll das?«, fauchte ich sie an und rieb mir die Stelle, die sie getroffen hatte.

»Wann?« Das Blau ihrer Iris verschwamm.

Die Emotionen in ihrem Blick waren für mich nicht deutbar. Wut. Traurigkeit. Enttäuschung. Ich meinte, alles davon in ihr sehen zu können, bis sie sich von mir abwandte.

Mit einem Mal riss der Boden unter mir auf und meine Füße wurden weggeschlagen.

Ich bin ein Dummkopf.

Ich legte meine Hände auf ihre Schultern, zog sie von hinten in eine Umarmung und spürte, wie ihre Muskeln sich unter mir anspannten.

»Grace … Bitte … Ich weiß doch selbst noch nicht …«

Mit einer Halbkreisbewegung ihrer Arme schlug sie meine von sich, drehte sich zu mir um.

»Was, Logan?«, fauchte sie und bohrte mir ihren Zeigefinger in die Brust. »Was weißt du selbst noch nicht? Ob du gehst? Ob du bleibst? Du hast hier doch verdammt nochmal alles und nur weil hier eine Frau auftaucht –«

Ein Schluchzen überkam sie und ihr Körper bebte. Meine Schultern erschlafften und ich verzog das Gesicht schmerzerfüllt.

Meine Kehle war wie zugeschnürt, alles, was ich sagen wollte, blieb mir im Hals stecken, drohte, mich zu ersticken.

»Und jetzt stehst du nur da und hast nicht mal die Eier in der Hose, um etwas zu sagen? Was bist du für ein Feigling geworden?« Ihre Stimme schoss in die Höhe und wieder blitzte in ihren Augen etwas Dunkles auf.

»Weiß Liz es?«

Erschrocken und zugleich entschuldigend sah ich sie an. Schüttelte den Kopf und presste ein »Nein« hervor. »Und das soll auch vorerst so bleiben, verstanden?«

»Wie kannst du so was von mir verlangen?«

Mit geballten Fäusten schlug sie wieder auf mich ein und ich gab mich als Boxsack her. Ich hatte es nicht anders verdient.

»Bist du jetzt fertig?«, fragte ich und hielt ihre Handgelenke fest.

Ich sah ihr die Erschöpfung an. Sie taumelte etwas zurück und nickte traurig.

»Ich will ihr und mir die Chance geben, Grace. Das musst du doch verstehen. Sie ist die einzig richtige Familie, die ich habe. Ich will nicht schuld daran sein, eine Schwester zu haben, die ich nie kannte. Verstehst du?«

In ihren Augen kämpfte das Herz gegen den Verstand. Sie

ließ den Kopf hängen und ich legte ihr meinen Zeigefinger unters Kinn, hob es an und endlich sah sie mich länger an als nur ein paar Sekunden.

Du bist ein Dummkopf, Logan Godrick.

Ich verschwieg ihr mit Absicht das Zusammentreffen und die Gespräche mit Liz' Mutter. Ich wollte nicht noch mehr Öl ins Feuer gießen. Ich wollte nicht zulassen, dass mein dummer Fehler weder Grace' noch Liz' Glück verdarb. Ich wollte nicht, dass sich der Regentropfen mit dem Ozean vermischte.

Grace wischte sich die Tränen von den Wangen und sah sich um. »Bist du dann jetzt bereit, dir auch deine Seele frei zu tanzen?«

»Das werden wir gleich sehen.« Ich hatte es ganz vergessen, aber die Unterhaltung half, weshalb ich jetzt bereit war, den letzten Rest Pessimismus rauszulassen. »Darf ich?«

Ich verbeugte mich vor ihr und reichte ihr die Hand. Sie kicherte, legte ihre in meine und machte einen Knicks.

»Sehr gern, der Herr.«

Es war, als wäre jegliche Anspannung von gerade in Luft aufgelöst. Jetzt war nur noch der Moment wichtig.

Ich zog sie zu mir, ihre linke Hand platzierte sie auf meiner Schulter, während die andere sich in meine linke legte, damit ich sie umschließen konnte.

Wir tanzten gemeinsam, wie wir noch nie zusammen getanzt hatten. Es war sorgenlos. Ein Gefühl von Freiheit durchströmte uns und wir lachten. Wir lachten so sehr, dass wir Bauchschmerzen bekamen und uns auf den Boden fallen ließen.

»Das hat Spaß gemacht«, sagte sie und drehte sich zu mir.

Sie lag auf der Seite und ich schaute an die Decke.

»Danke, Gracy.«

»So hast du mich ewig nicht mehr genannt.« Ein Lächeln umspielte ihre Lippen. Ich nahm ihre Hand, drückte sie und gab ihr einen Kuss auf den Handrücken.

»Ich liebe dich sehr, weißt du das?«

»Und ich dich, Logan.«

Ich zog eine Braue hoch. »Also als ein Freund versteht sich natürlich.«

Wieder lachte sie. »Ja, ja. Ich habe das sehr wohl verstanden.«

Sie drehte sich auch auf den Rücken und wir starrten beide in die Leere, während wir uns fest an den Händen hielten. Sie gab mir Halt. Sie war meine älteste Freundin und ich war froh, mit ihr gesprochen zu haben.

»Aber, Logan?«

»Ja?«

»Versprichst du mir eins?«, fragte sie voller Wehmut.

Ich nickte und drehte meinen Kopf zu dir. »Alles.«

»Wenn du gehen solltest«, sie schluckte schwer, »dann gehst du nicht, ohne dich zu verabschieden.«

Leicht schmunzelte ich.

Wenn sie wüsste, was ich mir schon alles ausgemalt hatte. Aber den Gefallen konnte ich ihr nicht abschlagen.

»Wie könnte ich.«

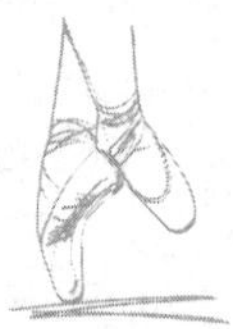

Als ich die Tür zu meinem Zimmer aufschloss und das Licht anknipste, erschrak ich. Liz lag auf meinem Bett. Ihre Füße ragten in die Luft, der Kopf hing an der Bettkante runter.

»Hey«, sagte sie kichernd und richtete sich auf.

»Hey. Was machst du denn hier?« Ich legte die Jacke auf dem Stuhl ab und trat zu ihr heran, um ihr einen Kuss auf die Nasenspitze zu geben.

Sie zuckte mit den Schultern. »Du bist vorhin so überstürzt weg und ich habe dich vermisst. Deswegen dachte ich, ich überrasche dich. Wo warst du?«

Ich setzte mich neben sie aufs Bett. »Ich war noch mit Grace im Saal, wir haben ein bisschen getanzt und uns über alte Zeiten unterhalten.«

»Achso.« Sie nickte verständnisvoll, während sie die Beine aus dem Bett schwang. »Hast du Lust, morgen Abend was zu unternehmen?«

»Was schwebt dir denn vor?«, fragte ich und zog sie auf meinen Schoß.

»Mhm. Ich weiß nicht so recht. Was hältst du von Kino?«

»Könnte man machen. Oder …« Ich überlegte kurz und vergrub mein Gesicht an ihrer Schulter. »Was hältst du davon, wenn ich etwas plane und du dich überraschen lässt?«

Ihre Augen leuchteten auf. »Okay, aber nur, wenn du mir einen Tipp gibst!«

Jetzt lachte ich. »Das geht nicht. Ich muss mir noch was überlegen. Du gehst jetzt nach Hause und ich hole dich morgen Abend ab? Zieh dir den Zwiebellook an, dann kann dir nicht zu kalt und auch nicht zu warm werden.«

Ich gab ihr einen kleinen Schubs, damit sie aufstand.

»Na gut, wenn du das sagst.«

»Genau, das tue ich.« Ich gab ihr einen flüchtigen Kuss.

»Ich gehe zu Amelia. Ich brauche ein bisschen Abstand von meinem Zuhause.«

»Ich freue mich, den Abend mit Ihnen zu verbringen, Miss Wilson«, erwiderte ich und lächelte schelmisch.

An der Tür drehte sie sich nochmal um, winkte mir zu und warf mir einen Handkuss rüber. Ich tat es ihr gleich, nur mit dem Unterschied, dass ich ihren Kuss auffing. Die Tür hinter ihr fiel ins Schloss, und ich ließ mich rücklings aufs Bett fallen.

Auf einmal überkam mich das Bedürfnis, mich mit einem Brief bereits emotional von Liz zu verabschieden. Deshalb rappelte ich mich auf, setzte mich an den Schreibtisch und kramte Stift und Papier hervor. Ich wollte alles niederschreiben, was ich fühlte.

Lizi,

ich hoffe, dass wir uns eines Tages wieder treffen werden und wir die Chance bekommen, unsere Geschichte zu Ende zu schreiben, denn sie war nicht dazu bestimmt so zu enden. Ich musste eine Entscheidung treffen und diese Entscheidung zerfrisst mich, aber du bist stark und irgendwann wirst du es verstehen. Ich weiß, dass wir jetzt gerade keine Zukunft miteinander haben werden. Wir haben uns zu sehr auseinander gelebt. Es fällt mir schwer, dir zu verzeihen, dass du einfach gegangen bist. Ich kann das nicht, weshalb ich das hier jetzt tun muss. Ich muss mich auf mich fokussieren und muss das für mich tun, was ich, um dir zu helfen, aufgeschoben habe. Und ich hoffe trotzdem so sehr, dass du dich auf dich konzentrieren wirst. Vielleicht laufen wir uns irgendwann wieder über den Weg und dann beginnt unsere Zeit. Ich hoffe, dass ich dir bis dahin verzeihen kann.

Es war nie so geplant. Ich wollte dich nicht verletzen. Ich liebe dich, Elizabeth Wilson. Und genau aus diesem Grund muss ich gehen. Denn sonst verliere ich mich selbst. Sonst wird es mit uns nicht für die Zukunft halten, denn ich bin noch nicht der Mann, den du brauchst. Wäre ich das, dann wäre ich bei dir geblieben. Dann hätte ich dich nicht allein gelassen, nur weil du mit deinem damaligen Verschwinden mein Ego gekränkt hast.

Ich bin noch nicht der Mann, mit dem du deine restliche Zukunft verbringen willst. Ich bin ein Dummkopf. Ein Angsthase und viel mehr bin ich ein Idiot. Ich muss Freya suchen. Sie ist der letzte Rest von meiner Familie, den ich noch habe. Ich will ihr eine Chance geben. Uns eine geben. Ich verspreche dir, dass ich mein Bestes geben werde, um der Mann zu werden, den du verdient hast und der nicht den Schwanz einzieht, wenn es ernst wird. Und dann hoffe ich, werden wir uns wieder begegnen.

Meine Hand zitterte und ich ließ den Stift fallen. Ich konnte es nicht. Ich konnte diesen Brief nicht zu Ende schreiben, denn noch war es nicht vorbei. Man sagte doch, dass zum Schluss immer alles gut werden würde. Ich war ein Vollidiot, dass ich es nicht mit einer Fernbeziehung versuchte, aber das wollte ich nicht. Ich wollte nicht, dass sie sich an etwas klammerte, was möglicherweise nicht mehr da sein würde. Vielleicht ergab sich eine andere Möglichkeit, wenn ich nur lang genug darüber nachdachte. Vielleicht würde Lily Wilson mir doch irgendwie helfen, wenn ich sie nur freundlich danach fragte.

Ich schüttelte den Kopf, versuchte, die Gedanken abzuschütteln und füllte meinen Kopf mit Ideen für das Date morgen Abend.

Ich wählte die Nummer eines alten Kumpels und versuchte ihr das beste Date ihres Lebens zu organisieren.

Einen Marmeladenglasmoment für sie zu erschaffen, den sie niemals vergessen könnte.

Ich plante alles genau durch. Bat Noah, Liz morgen zum vereinbarten Treffpunkt zu bringen und schob alles andere beiseite. Nachdem ich den Abend geplant hatte, sprang ich noch schnell unter die Dusche und verstaute den angefangenen Brief an Liz in einer meiner Schubladen.

Ich wusste, dass Liz mich wahrscheinlich morgen umbringen würde. Ihre Höhenangst machte mir auf einmal mehr Gedanken als zuvor, aber zusammen würden wir sie sicher überwinden. Wie auf dem Rockefeller Center damals.

Kapitel 24

Elizabeth

Als ich am Morgen wach wurde, freute ich mich schon auf den Abend. Ich musste nur noch ein bisschen Contemporary und Hip Hop hinter mich bringen und das jeweils zwei Stunden lang.

Freitags war immer Tanztag und als ich die Beine aus dem Bett schwang, sah ich aus dem Fenster. Lächelte und streckte mich. Es wurde endlich Sommer. Endlich könnten wir uns im Park treffen, auf den Wiesen Kaffee trinken und einfach abschalten. Ich warf einen Blick durch den Raum. Das Zimmer bei Amelia gab mir ein Gefühl von Zuhause.

Ich konnte hier nicht ewig bleiben, aber zumindest so lange, bis ich etwas Abstand gewinnen konnte und wieder zu Dad wollte. Wir schrieben seit dem Vorfall jeden Tag und noch immer entschuldigte er sich mit jeder Nachricht.

Ich ging zum Schrank, wo ich mir für ein paar Tage Kleidung reingehängt hatte und zog mich direkt um.

Nachdem ich meine Tasche gepackt hatte, sie über meine Schulter stülpte und die Tür öffnete, kroch mir der Geruch von verbrannten Pancakes in die Nase.

Ich schlenderte die Treppe hinunter, und als ich unten angekommen war, sah ich Amelia tanzend in der Küche. Vor dem Herd mit einem Pfannenwender in der Hand.

»Willst du uns etwa umbringen?«

Ruckartig drehte sie sich mit der Pfanne in der Hand um und sah mich an. »Wieso bist du schon auf?«

Mein Blick auf die Uhr verriet ihr, wie spät es schon war.

»O nein. Shit!« Sie nahm sich die Schürze von den Hüften und drückte sie mir in die Hand. »Ich muss leider los. Ich bin schon zu spät. Ähm …« Wild wuselte sie mit ihren Händen herum. »Da ist noch Teig. Sie schmecken besser, als sie aussehen. Versprochen. Probiere sie zumindest. Bis später!«

Sie eilte davon und ließ mich mit Schürze und Pfannenwender allein. Skeptisch sah ich mir die dunkelbraunen, fast schwarzen Pancakes an und schüttelte angewidert den Kopf.

Lass es. Probier sie nicht. Lass es sein, Liz.

Obwohl meine innere Stimme mich warnte, konnte ich nicht anders. Ich riss mir ein kleines Stück ab und hob es zur Nase.

Bah.

Nicht. Es riecht schon schrecklich. Mach es nicht!

Ich hörte nicht, legte den Kopf in den Nacken und warf das angekohlte Stück hoch und versuchte, es mit dem Mund zu fangen. Vergebens. Es landete zwischen Nase und Oberlippe. Ich startete direkt einen neuen Versuch. Sollte es wieder runterfallen, war es egal. Aber es landete in meinem Mund und allein von dem kurzen Geschmack auf der Zunge verzog ich angewidert das Gesicht. Unmöglich war es, das zu essen. Ich zog den Mülleimer auf und spuckte es in einem hohen Bogen hinein, spülte Wasser meine Kehle hinunter und entschied mich für weniger aufwendiges Frühstück. Müsli.

Ich scrollte durch meine Instagram-Beiträge und lächelte bei jedem einzelnen. Es war unfassbar, wie viel Zeit schon vergangen war, seitdem ich hier war.

Ich lugte auf die Uhr, kippte die restliche Milch in mich hinein und machte mich auf den Weg zur Uni.

Der Unterricht verging wie im Flug. Ich hatte Schwierigkeiten, mich zu konzentrieren, da ich mit meinen Gedanken die ganze Zeit bei dem Date war. Ich hoffte auf etwas Romantisches. Auf etwas, was ich in mein Marmeladenglas einschließen und als Erinnerung immer bei mir tragen konnte.

Als unser Dozent die Stunde beendete, machte ich mich direkt auf den Weg zu Amelia.

»Ich habe nichts anzuziehen!« Alles, was ich bei Amelia zu Hause im Schrank hatte, schmiss ich kreuz und quer durchs Zimmer.

»Arrrrrgh!«

»Was hast du denn?«

Ich erschreckte mich, als ich Amelia im Türrahmen wahrnahm.

»Ich habe ein Date mit Logan und ich habe nichts mit, was ich schön genug finde, um es anzuziehen.« Ich sah sie an.

»Wieso bist du eigentlich da?«

Sie verschränkte die Arme vor der Brust. »Ich habe erst heute Nachmittag wieder Unterricht. Wollte etwas Ruhe.« Sie kam auf mich zu, setzte sich aufs Bett und sah mich mit schiefgelegtem Kopf an. »Aber vielleicht kann ich dir helfen.«

»Wie?«

»Warte hier. Ich bin gleich zurück«, sagte sie und stand auf, ging aus dem Zimmer und kam keine fünf Minuten später mit einem Kleidersack in der Hand zurück.

»Hier.« Sie hielt mir den Sack hin.

»Was ist das?«

Sie rollte mit den Augen. »Mach's auf, dann siehst du es. Oder hast du einen Röntgenblick?«

»Ha ha. Sehr witzig«, sagte ich und zog langsam den Reißverschluss auf. Als ich das Kleid sah und den Blick zwischen ihr und dem Inhalt wandern ließ, tanzten Sterne in ihren Augen.

»Das habe ich damals bei meiner Abschlussfeier getragen.

Es ist elegant, aber nicht zu sehr. Es ist sexy, aber trotzdem auch geheimnisvoll. Vielleicht ist es das perfekte Outfit für dich heute Abend.«

Langsam nickte ich, zog den Reißverschluss weiter auf und legte den Kleidersack aufs Bett.

Ein schwarzes Kleid. Vorn unscheinbar. Hochgeschlossen, mit feiner Spitze besetzt. Und einem weiten Schlitz bis zum Oberschenkel.

Es ist perfekt.

Ich strich über den Stoff und traute mich nicht, es anzuziehen. Zumindest nicht allein. »Könntest du mir helfen?«

Ich schlüpfte aus meiner Kleidung und zog mir eine Strumpfhose an, dann stieg ich in das Kleid.

»Du siehst wunderschön aus, Lizi«, sagte sie und hielt sich die Hand vor den Mund.

Ich drehte mich mit dem Rücken zum Spiegel, blickte über meine Schulter und riss die Augen weit auf. Das Kleid hatte einen weit ausgeschnitten Rücken. Die Seiten waren ebenfalls mit leichter Spitze bestickt. Wieder strich ich über den Stoff, lächelte Amelia über meine Schulter leicht an, drehte mich dann zu ihr und fiel ihr in die Arme.

»Danke. Danke, danke, danke! Es ist wunderschön und habe ich schon *Danke* gesagt?«

Amelia lachte und strich mir über die Schulter. »Du siehst aus wie deine Mom und ich weiß, das ist wahrscheinlich das Letzte, was du gerade hören willst, aber ich kann nicht anders. Ich …«

Ich unterbrach sie und drückte ihre Hände. »Es ist okay. Bist du sicher, dass ich das anziehen darf?«

»Natürlich«, sagte sie und begutachtete mich. »Aber was machen wir mit deinen Haaren?«

»Können wir die nicht so lassen?«, stellte ich ihr die Gegenfrage, worauf sie schnell mit dem Kopf schüttelte.

»Nein, das geht nicht. Komm mal mit. Wir zaubern was

Schönes.«

Sie zog mich mit ins Bad und platzierte mich mit dem Rücken zum Spiegel.

»Was wird das?«, fragte ich und lachte auf. »Darf ich jetzt nicht mal sehen, was wir mit meinen Haaren machen?«

»Richtig erraten, Sherlock«, erwiderte sie und stöpselte den Lockenstab in die Steckdose ein.

Sie fuchtelte an meinen Haaren rum, zog daran und steckte ständig Strähnen weg. Öffnete sie wieder und steckte sie wieder weg.

»Was tust du denn da?«

Sie winkte ab, handwerkelte weiter und nach einer gefühlten Ewigkeit und hunderttausend verlorenen Haaren später, war sie endlich so weit, dass sie den letzten Handgriff tätigte.

»Fertig«, sagte sie und forderte mich auf, mich umzudrehen.

Skeptisch sah sie mich an. »Okay, Moment noch.« Sie zupfte vorn an den Seiten ein bisschen herum und ich spürte die Haare in mein Gesicht fallen. »So. Jetzt sind wir fertig.« Sie grinste mich breit und zufrieden an. »Bist du so weit, zu sehen, was wir gezaubert haben?«

Ich schluckte schwer, nickte dann aber und strich meine schwitzigen Hände an der Strumpfhose ab.

Ich stand auf und mit geschlossenen Augen drehte ich mich zum Spiegel.

Was, wenn es richtig schrecklich aussieht? Könnte ich ihr das sagen?

Ich spürte ihre Hände auf meinen Schultern und dann öffnete ich mit einem Wimpernschlag die Augen und erstarrte.

Amelia hatte mir die Haare lockig gemacht und sie waren halb hochgesteckt. Nur, dass es so viel schöner aussah, als es sich angefühlt hatte.

Sie hielt einen Spiegel hoch, sodass ich die Frisur auch von hinten sehen konnte, und mir klappte die Kinnlade bis in die nicht vorhandene Tiefgarage hinunter. Sie hatte mir eine hellblaue Zpange ins Haar gesteckt und es sah wunderschön aus. Ich presste meine Lippen zu einer schmalen Linie zusammen und biss mir von innen drauf, damit ich nicht das Make-Up versaute, indem ich zu weinen anfing.

Ich schüttelte das übermannende Gefühl von Dankbarkeit von mir ab.

Nicht weinen, Wilson. Du darfst nicht heulen!

»Jetzt bist du bereit für dein Date«, sagte sie und lächelte zufrieden in den Spiegel. »Du siehst wunderschön aus.«

Schnell schminkte ich mich noch kurz nach, bevor ich mit Amelia in der Küche darauch wartete, dass Logan mich, wie mit ihm vereinbart, abholte.

»Hat er mich wohl vergessen?«, fragte ich geknickt und schielte immer wieder auf die Uhr.

»Nein. Bestimmt ist ihm nur was dazwischengekommen. Mach dir keine Sorgen, er ist sicher schon unterwegs.«

Mein Handy leuchtete auf und eine Nachricht von meinem Dad sprang mir ins Auge, ebenso wie ein verpasster Anruf einer Nummer, die ich nicht eingespeichert hatte.

Ich öffnete Dads Nachricht und lächelte.

Dad: Ich wünsche dir ganz viel Spaß bei deinem Date. Amelia hat es mir erzählt und ein Foto geschickt. Du siehst wunderschön aus. Ich habe dich sehr lieb. Genieß die Zeit, verstanden?

Ich tippte schnell eine Antwort ein und drückte auf Senden.

Dann wählte ich die Wiederwahl der unbekannten Nummer und wartete gespannt das Freizeichen ab.

»Wilson«, sagte ich, als nach dem dritten Klingeln jemand abnahm.

»Elizabeth?« Eine Frauenstimme ertönte und meine Muskeln spannten sich an.

»Mom, woher hast du meine Nummer?«

Amelia atmete scharf ein und ich verdrehte die Augen, ließ die Schultern sinken und schüttelte verständnislos den Kopf.

»Vergiss es. Ist schon okay. Was kann ich für dich tun?«, fragte ich stattdessen und blickte immer wieder zur Uhr.

Es war bereits eine halbe Stunde nach der vereinbarten Uhrzeit und meine Laune sank von Minute zu Minute.

»Ich wollte fragen, ob wir zwei morgen was zusammen unternehmen wollen.«

»Ich habe ab mittags Unterricht. Ich denke, das schaffe ich nicht, aber ich melde mich, wenn ich zwischendurch mal Zeit habe. Wir hören uns«, sagte ich und legte einfach auf. Genervt stand ich auf. »Er wird nicht mehr kommen.«

Ich wollte mich aus dem Kleid schälen und einfach nur ins Bett legen. Eigentlich wollte ich mich in Selbstmitleid suhlen.

Gerade, als ich vom Hocker aufstand und hochgehen wollte, klingelte es und mein Herz rutschte in die Hose. Gefolgt von einem Anflug des schlechten Gewissens, da ich wirklich kurz geglaubt hatte, er hätte mich vergessen.

»Ich mache schon auf. Geh du nochmal deine Nase pudern«, sagte Amelia.

Ich machte mich ins Badezimmer auf und lehnte die Tür nur leicht an. Ich lauschte den Stimmen und Enttäuschung tränkte meinen Körper, als ich Noahs Stimme hörte.

Er hat mich also doch vergessen.

Ich ließ das Puder, das ich im Gehen schon aus der Tasche geholt hatte, wieder sinken und wusch mir nur die Hände, sah mich im Spiegel an und streifte mir das Kleid zurecht.

Mit gestrafften Schultern ging ich zur Tür.

»Hey, Noah. Was machst du denn hier?« Ich lächelte und als er mich ansah, wurden seine Augen groß.

»Ich … Ich …«, stammelte er und riss den Blick von mir los.

»Ich sollte dich abholen. Ich bin etwas zu spät, tut mir leid. Hab die Uhrzeit etwas vercheckt. Du siehst wahnsinnig toll aus.«

Hitze stieg in mir auf und ich ließ den Kopf sinken. Starrte zu Boden und spürte, wie ich errötete.

Amelia schubste mich leicht in Noahs Richtung und ich drehte mich zu ihr, funkelte sie böse an und erntete einen ebenfalls bösen Blick von ihr.

»Hab Spaß. Wir sehen uns heute Nacht oder morgen Früh.«

Zum Abschied drückte sie mir einen Kuss auf den Haaransatz und schob mich liebevoll zur Tür und damit in Noahs Arme.

»Wollen wir?« Er sah mich an, während ich mir die Jacke überzog. Dann hielt er mir seinen Arm hin und ich nahm die Einladung an.

»Wo ist Logan?«, fragte ich und er schielte zu mir rüber.

»Ich bringe dich zu ihm. Er hat was Tolles vorbereitet und ich muss schon sagen, ich bin etwas neidisch darauf.« Er lachte.

Meine Hände vergrub ich in den Jackentaschen, um sie zu wärmen und gemeinsam setzten wir uns in Bewegung. Ich versuchte alles, aber er hielt dicht. War verschlossen wie ein Grab. »Gibst du mir bitte einen Tipp?« Ich stieß meinen Ellenbogen in seine Seite, als er wild mit dem Kopf schüttelte.

»Nope. Das werde ich nicht tun und das darf ich auch nicht. Und wenn ich doch was sagen würde, wäre das hier wahrscheinlich das letzte Mal, dass wir zwei uns sehen.«

Wir gingen durch den *Central Park* hindurch, an *China Town* und dem *Financial District* vorbei, bis ich abrupt stehen blieb.

»Was ist los?«, fragte mein bester Freund. Ich zeigte zum Heliport, der nun deutlich zu erkennen war. Kopfschüttelnd wich ich zurück. »Bitte sag mir, dass es nicht dorthin geht.«

»Schau es dir erst einmal an. Du bist zu nichts verpflichtet. Und außerdem kennst du doch Logan.« Seine Stimme war sanft. Er versuchte mich zu beruhigen und hielt mir seine Hand hin. »Lass uns erst einmal hingehen, okay?«

Mehr als ein Nicken brachte ich nicht hervor, weshalb ich

dankend unsere Finger ineinander verschränkte.

Als wir am Heliport zum Stehen kamen, sah ich nichts. Es war nur ein leerer Flugplatz. »Was machen wir jetzt hier?«

»Warte ab«, sagte er, rieb seine Hände aneinander, hauchte hinein. Seine Wangen waren gerötet und sein Kinn versteckte er in dem Bund seiner Jacke.

»Es passiert nichts …«

Erst, als Noah seinen Kopf in den Nacken legte und mit dem Finger in den Himmel zeigte, folgte ich seinem Blick und erstarrte. Ein Helikopter flog über unseren Köpfen und pure Angst jagte durch jede Faser meines Körpers.

Ach. Du. Scheiße.

Es wurde laut, die Menschen, die noch im Park waren, geierten nach Sensation und beobachteten alles genau. Das Monstrum landete einige Meter von uns entfernt auf der freien Fläche und Logan sprang aus der offenen Tür.

Mit selbstsicheren Schritten, einem breiten Grinsen auf den Lippen und sich keinerlei Schuld bewusst, kam er auf uns zu, stieß seine gegen Noahs Faust und gab mir einen Kuss auf die Stirn.

Ich konnte mich nicht bewegen. Meine Füße waren wie in Blei gegossen. Mit weit aufgerissenen Augen starrte ich von den beiden Männern zum Helikopter und wieder zurück.

Guter Witz.

Meine Knie wurden weich und alles in mir schmolz wie Butter dahin. Mein Fluchtinstinkt setzte ein, ich wollte rennen. Ich wollte nichts mehr als das, aber es war mir einfach unmöglich.

Niemals. Niemals. Nie.

Kapitel 25

Elizabeth

Noah verabschiedete sich von uns, während ich verstummt und nervös vor Logan stehen blieb.

»Ähm«, stolperte es aus meinem Mund. Doch Logan legte seine Hand auf meine. Hielt mich einfach fest. Er hob seinen Finger vor meine Lippen. »Du musst nichts sagen. Ich habe deine Höhenangst nicht vergessen.«

Ich zeigte auf den Helikopter. »Aber, wie … was. Woher hast du das Geld für sowas?«

»Alexis war mir noch ein Gefallen schuldig«, erwiderte er grinsend.

»Alexis?«

Der Mann im Cockpit nickte und ließ Musik spielen.

»Wir müssen nichts machen, was du nicht möchtest. Wir tanzen und wenn du dann rein möchtest, bin ich sofort dabei und wenn nicht, ist es auch okay. Aber ich bitte dich, es zu versuchen. Mit mir gemeinsam. Du weißt doch, dass ich dich immer fangen werde.«

Ich schlug die Hände über dem Kopf zusammen. »Logan, das ist total verrückt!«, rief ich und lachte panisch.

»Ich weiß!«

Er reichte mir seine Hand, wartete darauf, dass ich sie

ergriff, aber alles in meinem Körper sträubte sich dagegen. Ich wusste, wenn ich mit ihm tanzte, dann war ich ein Schritt näher daran, in dieses Todesgerät zu steigen.

Mein Herz raste, mein Mund wurde staubtrocken und jegliches Blut wich aus meinem Gesicht. Mein Herz fühlte sich an, als wollte es jeden Moment aus meiner Brust springen, und trotz all der Angst, ergriff ich seine Hand.

Ich dachte an die Situation auf dem Rockefeller Center vor einem Jahr. Er hatte recht. Tanzen half mir, mich zu beruhigen. Mich zu erden und mir die Angst zu nehmen.

Er hob seine Hand und ich drehte mich darunter, ließ mich von ihm führen. Und die Welt um mich herum gelang zum Stillstand. Ein Stillstand, der schon lange nötig gewesen war. Der mich von all der Negativität befreite und mir einen Moment des Friedens gab. Mit geschlossenen Augen hob ich nacheinander meine Hände über den Kopf und schwungvoll zog ich sie an meinem Körper entlang wieder runter.

Logan drehte mich vor sich, legte seinen Kopf auf meine Schulter und hob meine Hände hoch. Er fuhr mit seinen Fingerspitzen über meine Seiten, von der Achsel bis zu meinen Hüften, und ich zuckte zusammen.

»Das kitzelt«, hauchte ich, während ich dabei kicherte wie ein Teenager. Die Menschen, die von der Musik angezogen wurden, blieben stehen. Sie sahen uns zu. Lächelten und wurden von uns in einen Bann gezogen.

»Mhmm.« Er küsste mich und ich konnte spüren, wie er grinste. Ich ergriff seine Hand, löste mich von dem Kuss und hob unsere Arme anmutig in die Luft, drehte mich zu ihm und er legte seine Stirn an meine.

Meine flache Hand ruhte auf seiner Brust und mit einem kurzen, ruckartigen Impuls drückte ich mich von ihm ab. Ich konzentrierte mich, damit ich auf dem feuchten Grund genug Anlauf nehmen konnte. Es musste sich stabil anfühlen, denn ich wollte einen kleinen Spagatsprung tanzen. Als ich abspringen wollte, rutschte ich mit dem Sprungbein weg. Gerade noch so konnte ich mich fangen, damit ich nicht lang auf den Asphalt fiel. Die Stimmen im Kopf schrien auf. Logan trat an meine Seite, musterte mich fürsorglich. »Hast du dich verletzt?«

Kopfschüttelnd sah ich ihn an und fing lauthals an, zu lachen. Verdutzt sah Logan mich an. »Ähm, ist wirklich alles gut?«

»Ja, Logan. Ich versuche es direkt nochmal«, sagte ich und fühlte mich, als könnte ich Bäume ausreißen. Ich nahm Anlauf und hörte Logan schreien.

»Liz, der Boden ist viel zu …«

Er verstummte, als ich den Sprung dieses Mal schaffte und elegant landete. Ich drehte mich mit weit ausgebreiteten Armen zu ihm und wollte am liebsten die ganze Welt umarmen.

Logan kam auf mich zu gerannt, hob mich an den Beckenknochen hoch. Wirbelte mich durch die Luft. Ich schwebte, während ich meine Arme anmutig hochriss. Es war, als würde ich in einer Achterbahn sitzen. Meine Hände ließ ich im Takt der Musik pulsieren. Ich stieß einen Freudenschrei aus. Einzig für diesen Augenblick, diesen einen Moment, in dem er mich die Welt um uns herum vergessen ließ und nichts anderes als Freiheit verspürte, war ich ihm dankbar. Mein Schrei verunsicherte ihn, denn vorsichtig setzte er mich ab. Er strich mir eine Strähne aus dem Gesicht und ich hielt inne. Etwas in seinen smaragdgrünen Augen hatte sich verändert. Ein schwerer Knoten bildete sich in meiner Magengegend. »Was ist los?«

»Nichts.« Er gab mir einen flüchtigen Kuss, bevor er mich wieder in die Tanzhaltung zwang.

Drängend bewegte er seinen Fuß zwischen meine und die Spannung auf meinem Schulterblatt wurde stärker, sodass er mich führen konnte. Ich warf den Kopf in den Nacken, schaute in den Himmel und setzte zum Schritt an. Die Lichter am Himmel erstreckten sich wie ein fliegender Teppich und ich wusste, ich konnte das. Ich lächelte unwillkürlich. Je länger ich in den Himmel schaute und je mehr ich diesen Moment zuließ, desto mehr löste sich meine Anspannung, in diesen Heli zu steigen.

Ich vertraute Logan, weshalb ich mit ihm zusammen dieses Date zu einem unserer besten machen wollte.

»Ich wäre so weit«, flüstere ich ihm ins Ohr.

»Na dann. Miss Wilson. Darf ich bitten?«

Ich lachte auf, als er mir seinen Unterarm hinhielt, damit ich ihn ergriff. Ich spielte sein Spiel mit. »Aber natürlich, Mister Godrick. Lassen Sie uns starten.«

Im Gleichschritt machten wir uns auf den Weg zu Alexis, der bereits vor dem Helikopter auf uns wartete.

Auf den Sitzen des Helis lagen Westen, Gurte und Kopfhörer. Es war alles vorbereitet. Logan stützte sich ab und war mit einem Sprung im Inneren. Er reichte mir seine Hand, um mir reinzuhelfen, aber mein Körper rebellierte.

Alles in mir wehrte sich dagegen, seine Hand zu nehmen und einzusteigen. Logan kletterte wieder hinaus, stellte sich neben mich und legte mir eine Hand um die Hüften.

»Ich werde dich zu nichts zwingen und ich bin die ganze Zeit an deiner Seite. Egal, ob wir da jetzt einsteigen oder ob wir einfach was anderes machen. Ich möchte, dass du versuchst, über deinen Schatten zu springen.«

Er sah mich an, aber meine Kehle war trocken, was mir das Schlucken erschwerte.

»So wie letztes Jahr. Auf dem Rockefeller Center. Wir zwei zusammen.«

Stumm nickte ich.

Reiß dich jetzt mal zusammen, Elizabeth.

Ich traute mich nicht, etwas zu sagen, denn ich war mir sicher, dass meine Stimme versagen würde. Deshalb drückte ich seine Hand und gab ihm das Signal, dass ich so weit war.

Diesmal half er mir zuerst hinein. Er stützte mich und Alexis reichte mir ebenfalls seine Hand, was besser klappte als zuvor.

Meine Knie waren noch immer weich, aber da ich mich direkt hinsetzen konnte, ging es.

Alexis half mir, mit den Gurten zurechtzukommen, während sich Logan neben mir allein anschnallte. Das war offenbar nicht sein erster Helikopterflug.

Logan

In Liz' Augen lag Panik, gepaart mit purer Verzweiflung. Alexis setzte ihr zu guter Letzt die Kopfhörer auf. Sie sah zu mir rüber und ich hielt ihr meine Hand hin.

»Du brauchst keine Angst zu haben, Lizi«, sagte ich durch das Mikrofon und sie versuchte, sich zu einem Lächeln durchzuringen. Es gelang ihr eher weniger, aber es war okay.

»Ich liebe dich.«

»Ich weiß nicht so recht, ob ich dich hiernach noch lieben kann oder dich umbringen werde«, sagte sie und fing dann an, zu lachen.

»Das werde ich wohl in Kauf nehmen müssen.« Ich gab Alexis das Go, den Motor zu starten und abzuheben.

»Ahhhhh!« Liz' Hände fuhren zu den Kopfhörern. Sie drückte die Muscheln noch fester an ihre Ohren und kniff die Augen zusammen. »Ich will wieder runter, Logan. Ich will wieder runter! Bitte, lass mich wieder runter!«

»Hey, sieh mich an.« Ich legte zwei Finger unter ihr Kinn und drehte ihren Kopf zu mir. Noch immer kniff sie die Augen fest zusammen. Ihr Gesicht war gerötet. Ihre Wangen waren leicht aufgedunsen.

»Öffne die Augen.« Es war nur ein Hauchen, aber durch die Kopfhörer klar verständlich.

Mit geschlossenen Augen senkte sie ihren Kopf, doch ich steuerte dagegen und hob ihn mit den Fingern wieder an.

»Babe, öffne deine Augen.«

»Ich kann nicht. Ich kann nicht«, sagte sie und schüttelte wild ihren Kopf von links nach rechts.

»Doch, kannst du. Vertrau mir.«

Ihre zusammengekniffenen Lider entspannten sich, bevor sie sich langsam herantastete und erst das eine und ein paar Sekunden später das andere Auge öffnete. Ihre Pupillen verschwammen in Flüssigkeit und ihr Atem beschleunigte sich zunehmend.

»Fokussier dich. Konzentrier dich auf einen Punkt. Leg deine Hand auf deinen Bauch. Atme tief in ihn hinein und schließ die Augen wieder.«

Sie nickte und folgte meinen Anweisungen. »Ich zähle jetzt bis zehn und dann öffnest du deine Augen.«

»Okay«, hauchte sie.

»Eins. Zwei. Drei.«

Und dann passierte etwas, womit ich nicht gerechnet hatte. Sie ließ den Blick umherschweifen und als wir über Manhattan flogen, grinste sie breit. Von Ohr zu Ohr. Jegliche Angst war verschwunden und es erfüllte mich mit Glück. Als die Sonne ihre letzten Strahlen warf, sah sie mich an. Schob das Mikrofon vor ihrem Mund weg und beugte sich zu mir vor. Ich tat es ihr gleich und ließ damit zu, dass wir uns küssten.

»Wow. Das ist wirklich …«. Sie unterbrach sich selbst. Staunte.

»Magisch«, sagten wir gleichzeitig und sie lehnte sich an meine Schulter.

Die Reflexion der Lichter tanzte über ihr Gesicht und eine wohltuende Wärme breitete sich in mir aus.

»Du bist so stark, Lizi.«

»Nur durch dich kann ich stark sein. Du gibst mir die Stärke, die ich brauche. Du bist mein Anker. Bitte verlass mich niemals.«

Autsch. Was ich ihr geschrieben habe, wird sie zerreißen und alles nur, weil ich zu feige bin. Ein Idiot.

Mein Brustkorb schmerzte, als hätte mir jemand ein Messer von hinten in den Rücken gerammt. *Fuck. Fuck. Fuck.*

Ich schluckte schwer und die Bilder vom angefangenen Brief blitzen vor meinem inneren Auge auf. Eine eiskalte Klaue schloss sich um mein wild pochendes Herz und sie wartete auf eine Antwort. Ich rang mir ein Lächeln, nahm ihre Hand und ließ den Blick zu denwenigen Sternen schweifen, die sich bereits über den Himmel erstreckten.

Damit hatte ich mir mein eigenes Grab geschaufelt, in das ich mich selbst hinein schubste.

Du bist ein Arschloch, Logan Godrick, und zwar ein großes.

Kapitel 26

Elizabeth

Ein dunkler Schatten hüpfte über Logans Gesicht und ich wurde das Gefühl nicht los, dass ihn etwas bedrückte. Jedoch wollte ich nicht nerven. Und aufdringlich sein wollte ich schon gar nicht. Er würde sicher mit mir reden. Wenn er so weit war.

Gerade zählte nur das hier. *Wir.* Der Rundflug und die atemberaubende Aussicht.

Meine Augen wanderten über die hell erleuchtete Stadt. Ich war aber immer darauf bedacht, den Blick nicht zu weit aus dem Heli zu richten. Respekt hatte ich trotz allem.

»Logan, bitte kommen. Bitte kommen, Logan.«

»Mhm?« Mit einem leeren Blick fuhr sein Kopf zu mir herum.

»Worüber denkst du nach?« Leicht lächelte ich und legte die Hand auf seinen Oberschenkel.

»Ich genieße.« Auch auf seine Lippen legte sich ein Lächeln.

Ich glaubte ihm nicht, biss mir aber auf die Zunge und hakte nicht weiter nach.

»Verrätst du mir, was wir gleich noch machen, oder ist das eine weitere Überraschung?«

»Das wirst du dann sehen. Wir werden wo anders landen. Ich hoffe, es gefällt dir.«

Er drückte meine Hand und als Alexis' Stimme über die Kopfhörer in meine Ohren dröhnte, erschreckte ich mich kurz.

»Wir werden gleich landen, haltet euch ein bisschen fest.«

Panisch krallte ich meine Hände in Logans Oberschenkel.

»Du wirst es kaum merken«, sagte er und ein mulmiges Gefühl machte sich in meiner Brust breit.

»Okay«, stotterte ich und bevor ich mich versah, stellte Alexis den Motor ab. Logan nahm die Kopfhörer ab und öffnete seinen Gurt.

»Wie, das war's schon?« Ich musste über mich selbst lachen und es war mir wirklich peinlich, ein paar Sekunden vorher noch so eine Panik geschoben zu haben.

Peinlich, Liz. Du bist peinlich.

Logan öffnete meinen Gurt und nahm mir, wohlbedacht, meine Haare nicht zu zerzausen, die Kopfhörer ab.

»Danke.«

Als wir ausstiegen, erkannte ich, wo wir waren, holte tief Luft und genoss den Ausblick. Wir waren am *Brooklyn Bridge Park* und mitten zwischen den rot verklinkerten Häuserfassaden stand ein einziger Tisch, mit Blick auf die Skyline.

»Dahinten,« sagte er und zeigte auf den Tisch. »Da ist nur für uns reserviert.« Ein Grinsen zerrte an seinen Mundwinkeln und ich konnte nicht anders, als es zu erwidern.

Logan legte seine Hand auf meine Hüfte und sein Griff wurde fester. Er zog mich näher zu sich und noch immer ließen seine Berührungen mein Herz höherschlagen und Hitze in mir aufsteigen. Unauffällig lehnte ich mich an seinen Arm, atmete seinen unverwechselbaren Duft ein, während meine Hand wie von selbst über seinen Rücken glitt.

Ein kleiner Pavillon war nun, je näher wir kamen, erkennbar, ebenso wie ein Heizpilz.

Super! Dann kann ich das Kleid doch noch mal zeigen.

Bei dem Gedanken musste ich lachen. Als wir am Tisch ankamen, öffnete ich meine Jacke und Logan nahm sie mir ab.

Er blinzelte ein paar Mal und sah mich verblüfft an.

»Du siehst wahnsinnig schön aus, Liz. Atemberaubend. Wunderschön.«

Verlegen schaute ich zu Boden. Bei seinen Worten bekam ich eine Gänsehaut. Es fühlte sich an, als ob Hunderttausende Ameisen über meinen Körper krabbelten.

Mein Gesicht lief rot an und ich wollte mich verstecken. So viele Komplimente auf einmal vertrug ich nicht.

»Danke«, sagte ich und nahm Logan endlich genauer unter die Lupe.

Er trug ein schwarzes Seidenhemd und eine Anzugshose mit weißen Turnschuhen.

Typisch.

Nichtsdestotrotz sah er unglaublich hinreißend aus und ich war froh, als er den Stuhl zurückzog und mich damit aufforderte, mich zu setzen.

Ich machte einen Knicks, kicherte und ließ mich auf den Stuhl sinken.

»Danke«, sagte ich und grinste breit, als ich den Stuhl näher an den Tisch zog.

»Gern geschehen.«

Mehrere Minuten lang redeten wir kein Wort miteinander. Es war unheimlich und grauenhaft erdrückend.

Was ist mit ihm? Habe ich was Falsches gesagt?

Als mein Körper sich leicht verkrampfte, wollte ich etwas sagen, brachte aber keinen Ton heraus. Ich sah ihn nur an, versuchte auf den Grund seiner Seele zu schauen und herauszufinden, was seit unserem Gespräch im Helikopter passiert war.

Kapitel 27

Logan

Sie merkt es. Sie merkt es. Sie merkt es, Logan!
Meine Gedanken schrien mich an und immer, wenn ich versuchte, sie zu unterdrücken, wurden sie lauter und lauter.

Fuck!

Ich saß Liz gegenüber und zwang mir ein Grinsen auf.

Sag's ihr doch einfach, ertönte eine Stimme in meinem Kopf und augenblicklich schüttelte ich ihn.

»Alles gut bei dir?«, fragte sie mich und sah mich mit zusammengezogenen Augenbrauen an.

»Ja, ich habe nur Hunger«, erwiderte ich und hielt ihr meine Hand hin. Skeptisch ergriff sie sie und musterte mich weiter.

Dankend sah ich Noah aus der Ferne mit einem Teller und einer silbernen Speiseglocke obendrauf, dicht gefolgt von Grace mit dem zweiten Gericht.

Danke, lieber Gott!

Liz drehte sich um und als sie unsere Freunde sah, strahlte sie über beide Ohren. Noah sah ihr nicht ins Gesicht, was mich wunderte, aber vielleicht hatte auch er einfach keinen guten Tag. Oder sie hatten sich bereits auf dem Weg zum Heliport alles erzählt.

»Grace!«, rief Liz und stand auf, wartete darauf, dass sie den

Teller abstellte, und dann fielen sie sich in die Arme.

»Wie geht es dir?

»Sehr gut und dir?«

»Auch. Logan hat etwas Atemberaubendes auf die Beine gestellt. Ich bin hin und weg.« Sie warf mir einen Luftkuss zu.

»Ja, das ist er eben. Unser Logan«, feixte Grace in meine Richtung. »Wir sind heute eure Bediensteten. Also wenn ihr was braucht, die Getränke ausgehen oder, oder, oder – dann ruft uns einfach.«

»Danke, ihr zwei«, sagte ich und nickte ihnen zu, gab ihnen zu verstehen, dass sie nun gehen konnten.

»Ja, danke.« Auch Liz lächelte sie an und senkte dann ihren Blick. Wieso redeten sie jetzt gerade nicht miteinander? Es ließ mich ein bisschen skeptisch zurück, aber ich wollte mir dabei nichts anderes denken.

Es lag mir auf der Zunge, ich wartete jedoch, bis die beiden außer Hörweite waren.

»Was ist denn mit Noah? Hattet ihr zwei auf dem Weg zum Heli Streit?« Ich wollte die Frage so beiläufig wie möglich stellen, weshalb ich nebenbei anfing, mein Fleisch zu schneiden und mir dann die Gabel mit einem Stück in den Mund schob.

Als auch Liz etwas aß, schüttelte sie den Kopf und hielt sich die Hand vor den Mund. »Nein, aber wir haben uns doch vorhin erst noch gesehen. Wie hast du die beiden eigentlich dazu gebracht, das zu machen? Das hat dich doch sicher wahnsinnig viel Überzeugungskraft gekostet, oder nicht?« Sie lachte auf und verschluckte sich.

»Das verrate ich dir besser nicht. Ich will nicht, dass du mir meine Kellner das nächste Mal stiehlst.«

Jetzt lachte ich auch herzlich und echt.

Das wurde mal Zeit, Kumpel.

Wir genossen den Abend, aßen und tranken ordentlich Wein.

Als Grace die zweite Flasche abräumte, brachte sie keine

neue. Es war gleich so weit. Die letzte Überraschung des Abends näherte sich. Ich war mir sicher, dass es etwas Unvergessliches für Liz sein würde. Ich wollte, dass sie mich in guter Erinnerung hielt, wenn ich ging. *Falls* ich gehen sollte. Hassen sollte sie mich nicht.

Ich stand auf, ging zu ihr herum und zog sie hoch. Ich umarmte sie kurz, bevor ich sie mit dem Rücken vor mich drehte. Meine Arme umschlossen sie, während ein kleines Feuerwerk in die Lüfte stieg.

Das war ein großer Aufwand gewesen. Papiere über Papiere, die ich ausfüllen musste, damit das hier so stattfinden konnte. Aber zum Glück hatte alles geklappt.

Sie erschreckte sich beim Knall und löste sich von mir, blickte in den von Farben explodierenden Himmel.

»Warst du das?« Ihre braunen Augen glitzerten vor Freude und in meinem Bauch kribbelte es. Es war ein perfektes Date, alles passte und so glücklich hatte ich sie lange nicht mehr gesehen.

»Ja«, hauchte ich und voller Leidenschaft küsste sie mich.

Ihr Kuss war drängend, flehend. Aber auch dankend und voller Liebe.

»Du bist die stärkste Frau, die ich kenne«, sagte ich und Röte stieg ihr in die Wangen.

»Hör auf, das ständig zu sagen, Logan.«

Sie legte eine Hand an meine Wange. Ich küsste ihre Nasenspitze und in dem Moment fragte ich mich, ob ich je aufhören würde, sie so zu lieben. Ob es je aufhören würde, weh zu tun, wenn ich nicht mehr an ihrer Seite war. Und dann dachte ich daran, wie es wohl wäre, sie nicht mehr zu lieben, sie nicht zu vermissen. Mir wurde bewusst, wie viel schlimmer das sein würde. Also genoss ich den Schmerz.

Denn das bedeutete zumindest, dass ich jeden Moment, den ich noch mit ihr hatte, bis zum Letzten auskosten würde.

Die Spannung zwischen uns wurde stärker und als das letzte

Feuerwerk in der Luft zerschellte wie kleine Glassplitter, die durch die Luft flogen, entspannte sich mein Körper und konzentrierte sich nur noch auf Liz.

Sie strich mir sanft übers Haar und umarmte mich, hielt mich fest und einige Atemzüge lang standen wir reglos da.

»Danke, für diesen wunderschönen Abend.« Um mich ansehen zu können, legte sie ihren Kopf in den Nacken. »Ich danke dir so sehr. Noch nie hat jemand so etwas für mich getan.«

Ich nickte langsam. Und Schmerz durchzog meinen Körper. Das Einzige, das ich noch wahrnahm, war die Wärme zwischen uns.

Die Wärme, die mir ihre Umarmung schenkte und mich davor bewahrte, in hunderttausend Teile zu brechen.

Plötzlich brannten meine Augen und ich atmete tief ein.

Ich versuchte, die Träne wegzublinzeln, die sich in diesem Moment aus meinem Auge geschlichen hatte, doch es gelang mir nicht.

Du bist noch ein viel größeres Arschloch, als du denkst.

»Was ist denn los, Logan?«, fragte sie mich und erst jetzt bemerkte ich, dass sie mich die ganze Zeit angesehen hatte.

»Ich bin selbst überwältigt von dem Tag.«

Langsam stimmte sie mir mit einem Nicken zu. »Okay.« Ihr Kopf schmiegte sich an meine Brust. »Ich bin sehr froh, dass du damals in mich hineingerannt bist. Mit dir kann ich durchs Feuer gehen. Es würde uns nie etwas anhaben können. Zusammen sind wir unschlagbar. Egal, was kommt. Egal, was passieren mag, das werden wir immer sein, oder?«

Ich sah zu ihr runter, drückte sie an mich und als ihre warmen Lippen meinen zitternden Mund fanden, konnte ich an nichts anderes mehr denken, als ihre nackte Haut auf mir zu spüren.

»Lass uns nach Hause gehen«, raunte ich zwischen unseren Küssen und sie stimmte zu.

Ich legte einen Arm um ihre Schultern, während sie ihre freie Hand in meine hintere Hosentasche steckte. Entspannt und fertig vom Tag schlenderten wir zur Uni zurück.

Im Wohnheim angekommen hielt ich die Distanz zwischen uns nicht länger aus. Sie streifte sich die Jacke von den Schultern und als ich einen Blick auf ihren Rücken erhaschte, klappte mir die Kinnlade hinunter.

»Wieso ist mir das vorhin nicht aufgefallen?«, hauchte ich und trat näher an sie heran, strich ihr über die stofffreien Stellen an ihrem Rücken und sie erschauderte.

»Das kann ich dir nicht sagen.« Sie streifte sich die Träger von den Schultern und sah mich herausfordernd an.

Zitternd fuhr ich mit meiner Hand zu dem Reißverschluss und zog ihn quälend langsam auf. Sie drehte sich zu mir um und das Kleid fiel auf den Boden. Meine Daumen strichen zärtlich über ihr Gesicht, dann zog sie mich zu sich und küsste mich. Eine Sekunde lang erstarrte ich, doch in der nächsten schaltete ich alle Gedanken ab und wurde eins mit ihr. Sachte sog sie an meiner Unterlippe, durch meinen Körper toste eine unerträgliche Hitze und ich stöhnte auf.

Ich öffnete meine Lippen für sie und als unsere Zungen sich berührten, spürte ich, wie Liz' Körper sich anspannte.

Sie keuchte und der Kuss änderte sich. Er wurde drängender. Flehender. Er schmeckte nach Verzweiflung. Ich hob sie hoch und lief zum Bett. Nach Luft schnappend riss ich mich los, sah ihr in die Augen. Ihr Gesicht glühte und ihre Brust hob und senkte sich viel zu schnell.

»Ist alles gut bei dir?«, stieß ich mit zusammengebissenen Zähnen hervor und als sie nickte, ließ ich sie sanft aufs Bett sinken. Ich legte mich hinter sie und umschloss sie mit meinen Armen, damit wir einfach nur kuscheln konnten.

Kapitel 28

Elizabeth

Als ich die Augen aufschlug, stand sie vor mir. Barfuß, ohne Kleidung. Völlig nackt.

»Mom?«, nuschelte ich und blinzelte ein paar Mal verwirrt. »Was zur …?«

Ich setzte mich auf, sah sie mir an, aber in ihren Augen war nur Leere zu erkennen. Kein Funken Hoffnung, nur Leere und Kälte. Wortlos zeigte sie auf die Tür, bat mich, ihr zu folgen, weshalb ich mich aus dem Bett quälte, und ihr hinterher ging. Ich lief die Treppe hinunter. Um mich herum waren Bilder von Menschen, von denen ich wusste, dass ich sie liebte - nur hatten sie mir fremde Partner.

Mich am Geländer festhaltend trat ich einen Schritt vor den anderen und flog fast schwerelos über die Treppenstufen, bis ich zum Halten kam. Ein Bild zeigte Logan. Mit einer anderen Frau, in einer anderen Stadt, Arm in Arm. Und auf dem Bild daneben war Dad zu sehen. In seinem Arm hielt er ein Kind, das nicht ich war und an seiner Seite war eine Frau. Eine Frau, die mir noch nie über den Weg gelaufen war, aber ich war nirgends zu sehen. Nicht auf einem Bild war ich abgebildet. Mom drehte sich zu mir um, zeigte mit dem Finger auf mich und begann, laut zu lachen.

»Wieso lachst du?«

Panik kroch meinen Körper hoch und verzweifelt versuchte ich, weiter hinunterzulaufen. Es ging nicht. Es war, als wäre eine unsichtbare Wand vor mir, die es mir unmöglich machte, vorwärtszugehen. Ich steckte fest, kam nicht vorwärts und auch nicht mehr rückwärts. Meine Handflächen pressten sich an meine Ohrmuscheln, so fest, dass ich ihr Lachen nicht mehr hören konnte, und während ich meine Augen schloss, veränderte sich das Bild. Erneut wachte ich in meinem Bett auf und wieder stand Mom mit dem gleichen gruseligen Blick vor mir. Diesmal beobachtete sie mich.

»Geh weg!«, schrie ich und zog mir die Decke über den Kopf, starrte in die Dunkelheit und bat zu Gott, dass er mich von diesem Albtraum befreite. Es wurde verdammt kalt und meinen Körper durchfuhr eine Gänsehaut. Ich konnte meinen Atem sehen. Die Kälte kroch Zentimeter für Zentimeter weiter in mir hoch und ich schlang die Arme um mich, legte meinen Kopf zitternd auf die Knie. Wartete darauf, dass es vorbei war. Ein Windstoß riss die Decke von meinem Kopf und behutsam hob ich den Kopf. Ich saß auf einem Feld. Um mich herum standen die Bilder aus dem Apartment und als ich an mir runter sah, verstand ich, wieso ich fror. Ich war nackt. Die Menschen auf den Bildern lachten mich aus und ich hörte ihre Stimmen. Ich drehte mich im Kreis, kniff die Augen fest zusammen und schrie. Schrie so laut ich konnte um Hilfe. Es kam keine. Stattdessen verstummten die Stimmen und das Gelächter. Ich blinzelte. Ich war wieder in meinem Zimmer und auf meiner Schulter spürte ich eine kalte Klaue.

»Du wirst allein sein«, flüstere eine weibliche Stimme in mein Ohr und auf einmal war alles um mich herum leise. Still.

Mit einem lauten Schrei schreckte ich schweißgebadet hoch. Reflexartig schnellte meine Hand zum Lichtschalter und der Raum erhellte sich.

Logan neben mir stöhnte auf. »Bist du noch ganz dicht? Mach das Licht aus, Liz!«

Es war mir egal. Ich brauchte Licht. Brauchte Hoffnung. Meine Haare klebten an meinem Gesicht, mein Atem war unregelmäßig, viel zu schnell, und mein Herz drohte, aus meiner Brust zu springen.

Logan legte eine Hand auf meine Schulter. Ich schlug sie vorschnell weg.

»Pack mich nicht an!«, schrie ich, zog meine Knie zum Körper und begann, zu wippen.

»Hey. Hey, Lizi, Babe. Was ist los?« Mit großen Augen sah er mich besorgt an.

Ich starrte vor mich hin, unfähig, etwas zu sagen.

»Elizabeth«, sagte er forsch und als sein Blick meinen traf, erwärmte sich mein Körper. Alles in mir begann, zu kribbeln, aufzutauen und sich mit Wärme zu füllen.

»Ich …« Ich stolperte über meine eigenen Worte, unfähig zu reden.

»Du?«, fragte er.

Ich schüttelte den Kopf. »Ich muss los«, sagte ich und sprang fluchtartig auf, griff meine Kleidung, zog sie schnell über und rannte zur Tür.

»Aber es ist mitten in der Nacht. Du kannst doch nicht … Liz!«

Den Rest hörte ich nicht, die Tür fiel hinter mir ins Schloss und das Adrenalin verließ langsam meinen Körper. Ich wählte Amelias Nummer und hoffte, dass sie ranging.

»Hallo?«

»Amelia, kannst du mich bitte abholen? Ich bin im Wohnheim. Bitte …« Meine Stimme war flehend. Beinahe ängstlich.

Verschlafen stimmte sie zu. »Ich bin in zehn Minuten da.

Warte auf mich. Geh nicht allein los. Ich komme zum Eingang der Uni.«

»Danke«, sagte ich leise, steckte das Handy ein und zog den Reißverschluss der Jacke bis zum Kinn zu.

Autsch. Dieser blöde Reißverschluss.

Mein Handy vibrierte wieder und als ich auf das aufleuchtende Display sah, erschien Logans Bild. Ich drückte ihn weg und schrieb eine Nachricht.

Ich: Ich melde mich später. Mir geht's gut. Amelia holt mich ab.

Ich las sie nochmal und drückte nach kurzer Überlegung auf Senden. Er würde es verstehen. Ganz sicher. Ich brauchte gerade Abstand. Dieser Traum war so real gewesen. Ich brauchte kurz meine Zeit. Es war nur ein Traum … Oder?

Amelia war im Schlafanzug ins Auto gestiegen und ich hatte leichte Gewissensbisse, da ich sie aus dem Schlaf geholt hatte.

»Tut mir leid«, murmelte ich, als ich mich auf dem Beifahrersitz niederließ.

»Möchtest du erzählen, was los war?«

Ich öffnete den Mund, doch dann war sie wieder da. Wieder durchfuhr mich die Kälte, die ich in meinem Albtraum gespürt hatte. Rieb mit den Handflächen über meine Oberarme und sah Amelia von der Seite an.

»Ich muss erst zu dir nach Hause. Muss etwas nachgucken. Vielleicht danach, okay?«

Sie nickte, wenn auch nicht ganz verständnisvoll. Als wir an ihrem Apartment ankamen, riss ich die Tür auf und sprang hinaus. Zum Glück hatte ich einen Schlüssel, schloss, so schnell es ging, auf und rannte hoch in Amelias Büro.

»Irgendwas passt nicht zusammen. Ich bin in deinem Büro«, rief ich und sah mir die Ordner in den Schränken an.

»Was suchst du?«, fragte Amelia. Sie lehnte im Türrahmen und sah zu, wie ich die Ordner durchblätterte. Einzelne Dokumente auf den Boden schmiss, bis ich fand, wonach ich suchte.

»Wonach suchst du?«, wiederholte sie ihre Frage und kam auf mich zu. Sie griff nach meinen Handgelenken. Zwang mich, sie anzuschauen.

»Weiß ich noch nicht.«

»Aber du kannst doch nicht einfach alles hier auseinandernehmen«, klagte sie.

Ich wedelte mit meiner freien Hand. »Sagtest du nicht die Tage, dass du eh die Regale putzen wolltest? Perfekt, jetzt ist eins schon mal leer.«

»Aber …«

»Ach. Bitte, gern geschehen. Nicht der Rede wert.«

Langsam drehte ich meinen Kopf zu ihr und hörte für einen Moment auf, zu suchen. Kopfschüttelnd stand sie da, sah mich an und gleichzeitig fingen wir an, zu lachen.

Sie setzte sich im Schneidersitz zu mir auf den Boden und sah mich an.

»Chapeau, Frechdachs. Aber jetzt im Ernst. Weshalb nimmst du meine Schränke auseinander?«

»Ich weiß es ehrlich gesagt nicht. Deshalb sieht es auch so«, ich zeigte um mich herum, »aus.«

Die Fragezeichen in ihren Augen wurden nicht weniger, also begann ich, von meinem Traum zu erzählen. Gespannt hörte sie zu, nickte zwischendurch immer wieder.

»Okay, noch mal von vorn. Die erste Szene war im Treppenhaus mit den Bildern, ja?«

»Exakt«, stimmte ich zu und sie zog einen weiteren Ordner aus einem Schrank, blätterte darin rum.

»Und die zweite war auf einem Feld?« Sie legte ihre Finger

an die Schläfen und massierte sie. »Was hat sie noch zu dir gesagt?«

Ich versuchte, die gruselige, brüchige Stimme aus meinem Traum zu imitieren. »Du wirst allein sein.«

»Das ergibt alles keinen Sinn. Bist du sicher, dass es nicht einfach nur ein Traum war?«

»Es war viel mehr als das, Amelia. Es hat sich so echt angefühlt. Angsteinflößend, als würde ich wirklich jeden um mich herum verlieren.«

Meine Stimme brach bei den letzten Worten und ein Beben jagte durch mich hindurch. Eiskalt lief es mir den Rücken runter.

»Oder werde ich verrückt?«, hauchte ich leise.

Amelia legte mir eine Hand auf den Oberschenkel. »Nein. Wenn du eines nicht wirst, dann verrückt. Okay? Wir finden schon heraus, was dein Traum zu bedeuten hatte.«

Ich stimmte zu und wir machten uns wieder über die Unterlagen her. Sie hatte – im Gegensatz zu Dad – alles aufbewahrt, was es über den Unfall zu wissen gab. Und das hatte sicher einen Grund. Ich wusste nicht, wie lange wir effektiv hier saßen, aber als die Sonne auf die ersten Unterlagen schien, wurde ich müde und gähnte.

»Ich glaube, wir finden so nichts«, sagte ich und sah meine Patentane an. Dunkle, blaue Augenringe hatten sich auf ihrer Haut gebildet. »Amelia, lass uns wann anders weiterschauen. Wir müssen nachher beide in die Uni.«

Sie hob den Finger. »Moment.« Er wanderte über das Blatt und blieb tippend liegen. »Ich glaube, ich habe was gefunden.« Sie sah mich an und was sie dann sagte, war nur ein Flüstern. »Es waren keine äußerlichen Einwirkungen zu erkennen. Wieso das Opfer fiel, ist ungeklärt. Nach mehrfachen Zeugenbefragungen war das Seil, an dem die Person hing, vor der Aufführung noch in einem einwandfreien Zustand. Es besteht der Verdacht auf Selbsteingriff und wird aus diesen Gründen nicht weiter untersucht. Bei neuen Erkenntnissen kann der Fall wieder aufgerollt werden.«

Sie hielt mir den Bericht hin und aufmerksam las ich ihn mehrfach durch.

»Das Seil war bis vor der Aufführung in Ordnung. Es wurde nicht durch äußerliche Einwirkung beschädigt«, wiederholte ich die Sätze und Wut stieg in mir auf.

»Also war es von Anfang an so von ihr gewollt, dass sie gehen wird. Aber wieso das Risiko eingehen, sich wirklich ernsthaft zu verletzen und vielleicht sogar dabei umzukommen?«

Und wieso war ich erst jetzt nach diesem Albtraum darauf gekommen, mir die Unterlagen anzusehen? Es war zu gruselig. Vielleicht wollte ich genau das bis vor ein paar Stunden nicht wissen. Aber jetzt, jetzt hatte ich Angst. Angst, mich selbst zu verlieren, wenn ich mich nicht daran erinnerte, was wirklich passiert war. Wir versuchten, uns einen Reim aus dem zu machen, was wir nun schwarz auf weiß hatten, und grübelten noch so lange weiter, bis Amelia im Sitzen einschlief und ich sie wecken musste, damit wir ins Bett gingen, nur um drei Stunden später wieder aufstehen zu können.

Mein penetranter Klingelton riss mich aus meinem Schlaf.

»Hallo?«, knurrte ich und rieb mir mit den Fingern über meine Lider.

»Wo bist du?«, flüsterte eine Stimme.

»Wer ist da?«, stellte ich die Gegenfrage.

»Ähm. Hier ist Grace. Hast du meine Nummer gelöscht?«

Mit klarerem Verstand schielte ich auf die Uhr.

Verdammt. Ich habe verschlafen. Was auch sonst.

»Noah und Logan fragen nach dir. Aber ganz besonders Mr. Lee will wissen, ob du ihn heute noch mit deiner Anwesenheit beehrst.«

»Scheiße. Ja, ich bin gleich da. Ich beeile mich!« Hektisch sprang ich auf und musste mich am Gestell des Betts festhalten, denn kleine schwarze Punkte tanzten vor meinen Augen.

Ich stürmte zu Amelia ins Zimmer und warf ein Kissen nach ihr.

»Wir haben verschlafen«, brüllte ich und auch sie schreckte hoch.

»Was?« Ihre Augen wurden groß, richteten sich auf die Uhr und stöhnend ließ sie sich rückwärts wieder fallen.

»Was machst du da? Los, hoch mit dir. Ich bin schon zu spät dran. Mr. Lee bringt mich um.«

Damit hatte ich sie. Im Handumdrehen sprang sie aus dem Bett und schmiss ihre Kleidung in die Tasche.

»Hast du alles eingepackt?«

Ich nickte.

»Gut, dann mal los. Zähneputzen und Frühstücken fällt heute dann wohl mal aus.«

»Zahnbürste habe ich eingesteckt«, neckte ich sie und wir machten uns prompt auf den Weg.

Für eine Strecke, für die wir sonst mindestens dreißig Minuten brauchten, machte Amelia die Hälfte draus und ließ mich vor der Tür aussteigen. Ich rannte durch die Flure und wurde von der Hornbrillen-Dame am Empfang in freundlichster Weise daran erinnert, dass Rennen nicht erlaubt war.

Ja, ja.

Als ich am Saal ankam, ging ich geradewegs zu Mr. Lee.

Ich entschuldigte mich für mein Zuspätsein und versprach, dass es nicht nochmal vorkommen würde.

»Versprechen Sie nichts, was Sie nicht halten können, Miss Wilson«, sagte er und widmete sich der Klasse.

Logan sah mich an und entschuldigend zog ich die Brauen hoch. Er war sauer.

Kapitel 29

Logan

»Kannst du mir jetzt bitte erklären, was los war?«, fragte ich sie, während wir den Anweisungen unseres Dozenten folgten.

»Später, okay?«, hauchte sie.

Ich verstand nicht, wieso sie nicht einfach mit mir reden konnte, und rammte ihr als Antwort auf ihre Frage meine Hände fester in die Hüften. Ich war sauer, dass sie einfach verschwunden war. Ohne etwas zu sagen. Ich verstand es einfach nicht.

»Autsch!« Sie funkelte mich böse über die Schulter an.

Entschuldigend zuckte ich mit den Achseln, aber innerlich machte mich das Ungewisse rasend vor Wut.

»Miss Wilson«, sagte unser Dozent und blieb vor uns stehen. »Wenn Sie schon zu spät kommen, tun Sie mir den Gefallen und stören Sie nicht auch noch den Unterricht. Sollte es Ihnen zu langweilig oder sollten Sie vielleicht doch überfordert sein, so verlassen Sie bitte den Saal. Wir haben uns hier auch noch auf Abschlussprüfungen vorzubereiten.«

Shit. Das wollte ich nicht.

»Verstanden, Sir.« Sie nickte und Mr. Lee musterte uns.

»Haben Sie sich entschieden?«

Sie nickte langsam und mit zarter, verunsicherter Stimme

antwortete sie. »Ich bleibe und bin still.«

»Tut mir leid.« Es war nur ein zartes Flüstern meinerseits, doch ich wurde von ihr ignoriert.

Wir machten unsere Übungen, redeten die weitere Stunde kein Wort miteinander. In der Pause ging Liz zu Noah und Grace und aus irgendeinem Grund machte es mich unfassbar sauer.

Ich ging selbstsicher auf sie zu und tippte ihr auf die Schulter. Erst, als sie sich zu mir umdrehte, hatte ich ihre Aufmerksamkeit.

»Habe ich dir was getan?«

Sie verengte die Augen und presste ihre Lippen zu einer schmalen Linie zusammen.

»Na ja … Wegen dir habe ich gerade Ärger bekommen und das nur, weil du nicht warten konntest! Wie wäre es, wenn du mal akzeptierst, wann ich dir was erzähle und wann nicht? Ich meine, du weißt doch, dass ich dich nicht im Dunkeln lasse. Wieso machst du da so ein Drama draus?«

Mir klappte die Kinnlade hinunter. »Ich wusste nicht, dass dich meine Fragen so nerven.«

»Tun sie ja an sich gar nicht. Aber wieso fragst du so was, wenn du doch mitbekommen hast, dass ich eh schon zu spät war und ich auf Mr. Lees Abschussliste stehe?«

Ich senkte den Blick. Sie hatte recht, so schwer es mir auch fiel, das einzugestehen. Dennoch wollte ich nicht noch mehr Streit provozieren. »Es tut mir leid. Ich habe nicht darüber nachgedacht und mir einfach Sorgen gemacht. Kommt nicht wieder vor, okay?«

Ihr Mund formte ein Okay, bevor es mit dem Unterricht weiterging.

»Miss Wilson, ich möchte, dass Sie den Rest der Stunde mit Mr. Clark tanzen.«

Verblüfft sah sie mich an, während ich achselzuckend zu Noah und Grace schaute.

»Klar. Kein Problem.« Liz ließ meine Hand los und tauschte mit Grace die Plätze.

Sie sahen sich an, beide unwissend, wieso dieser Tausch gerade stattfand.

»Ich möchte sehen, wie Sie mit Partnern agieren, mit denen Sie aktuell nicht aufeinander abgestimmt sind. Partner, bei denen Sie einfach Vertrauen haben müssen, ohne, dass dieses bereits besteht. Auch wenn Sie untereinander befreundet sind, müssen Sie sich beim Tanzen anders vertrauen. Wenn Sie das können, dann ist es auch mit völlig fremden Partnern möglich und das ist wichtig für Ihre Zukunft.«

»Aber wieso?«

Mein Dozent hielt meinen Blick fest. »Sie fragen, wieso, Mr. Godrick? Das beantworte ich Ihnen gern.« Er machte eine Pause, stemmte die Hände in die Hüften und lief an mir vorbei. »Wenn Sie beispielsweise in einem Stück mitwirken, in dem die Erstbesetzung krank wird, dann springt, wie Sie sicherlich alle wissen, die Zweitbesetzung ein. Es ist nicht üblich, dass man oft mit der Zweitbesetzung übt, aber dann ist es von Nöten, dass Sie Ihnen vertrauen kann und andersherum auch. Sowas geht nur, wenn man es übt. Ist Ihre Frage damit beantwortet?«

»Ja, Sir«, entgegnete ich ihm und griff an Grace‘ Hüften.

»Bist du so weit?«

Grace nickte, ich zählte bis Drei und hob sie hoch. In der Luft winkelte sie ihr rechtes Bein an, stellte den Fuß an ihr Knie. Ich hielt sie für wenige Sekunden, bevor ich sie runterließ. Ich stand falsch, ihr Gewicht lag auf meinen Armen, was sie zum Zittern brachte.

»Habe ich etwa gesagt, dass Sie aufhören sollen?«

O Mann. Ich habe so genug von ihm.

»Nein, das habe Sie nicht. Aber es ist eine Umstellung. Meine Arme haben gezittert. Das Gewicht lag nicht auf den Oberschenkeln, ich muss mich erst einmal kurz damit arrangieren. Oder ist das auch nicht erlaubt?«

»Mr. Godrick, ich verbitte mir einen solchen Ton in meinem Unterricht«, sagte er und sah mich an.

Schulterzuckend entgegnete ich ihm: »Natürlich doch.«

»Wollen Sie das überhaupt bestehen? Jetzt gerade machen Sie den Anschein, dass es Ihnen völlig egal sei. Sie waren doch sonst nicht so …« Er suchte nach dem richtigen Wort.

»Herrisch? Schlecht gelaunt?«, beendete Grace vor ihm den Satz.

Ich stach ihr mit dem Finger in die Rippen.

Was mischt sie sich denn auch noch ein?

»Miss Johnson, ich danke Ihnen, jedoch habe ich Sie nicht gefragt.«

Schnell nickte sie entschuldigend.

»Wir werden jetzt noch einmal alles wiederholen, bevor wir die Stunde beenden.« Mr. Lee war sichtlich genervt und nicht weiter bereit, heute mit uns etwas Neues zu üben, was ich erstaunlicherweise verstehen konnte, auch wenn ich der Hauptgrund für seine jetzige Laune war.

Ich packte meine Tasche und stürmte fluchtartig durch die Tür. Ich hatte keine Lust mehr. Keine Lust mehr auf Unterricht und keine Lust mehr hier zu sein. Ich wusste, dass ich niemals *nur* Tänzer sein wollte und je öfter ich im Saal stand, desto deutlicher wurde mir das bewusst.

»Logan?«

Ich blieb abrupt stehen und Liz rannte in mich hinein.

»Wieso hältst du einfach an, ohne dich umzudrehen?«

»Erneut. Tut mir leid«, entfuhr es mir genervt.

Sie stemmte ihre Hände in die Hüften. »Was ist los mit dir? Habe ich dir was getan, außer dass ich gestern Nacht fluchtartig abgehauen bin?«

»Nein«, sagte ich und beließ es dabei.

»Was ist dann zur Hölle los mit dir? Du tust ja so, als wäre dir alles egal.«

»Vielleicht ist es das auch, Liz. Vielleicht ist es mir alles egal geworden, weil …« Ich biss mir auf die Zunge, sprach nicht weiter und Liz zog ihre Brauen hoch.

»Weil?«, fragte sie und ich winkte ab.

»Schon gut, lass uns zu Jenny‘s gehen.«

Ich machte mich bereit, zu gehen, als sie meine Hand festhielt und mich zu ihr drehte. »Es tut mir leid«, sagte sie.

Ich strich ihr über den Arm. Zog sie in eine Umarmung und gab ihr einen Kuss auf den Haaransatz. »Es ist alles gut.«

Sie sah nicht überzeugt aus, weshalb ich ein »Versprochen« hinzufügte, was sie zu beruhigen schien.

»Okay«, sagte sie seufzend. »Lass uns zu Jenny‘s gehen und etwas essen. Ich wollte mich später noch mit Lily treffen, wenn das geht und du nichts geplant hast.«

Bei ihrem Namen kam mir Galle hoch und ich wollte mich übergeben. Ich hasste diese Frau. Abgrundtief.

»Klingt gut«, log ich und quälte mir ein Lächeln auf die Lippen. »Wir können uns dann ja heute Abend sehen.«

»Perfekt.«

»Ich gehe mich schnell umziehen. Treffen wir uns im Café?«, fragte ich und als sie nickte, verschwand ich in Richtung Wohnheim.

Auf dem Weg zum Zimmer zückte ich mein Handy und suchte bei Google nach dem Namen *Freya Morrison.*

PANTAGES THEATRE – Auszeichnung für Jung Choreographin Freya Morrison

Wieso war ich nicht schon eher auf diese Idee gekommen?

Meine Augen weiteten sich und ich fuhr mit dem Finger über das Display, blieb wie angewurzelt stehen.

Choreographin. Sie ist Choreographin.

Das Handy fest umklammert zwang ich mich, weiterzulaufen. Zwang mich, weiter zu atmen. Jetzt wusste ich, wo sie arbeitete. Als ich die Drehtür passierte, stand Lily draußen. Die

Hände in den Hosentaschen vergraben und zu Boden schauend. Anstatt direkt in Richtung *Residence Hall* zu gehen, machte ich langsame Schritte auf sie zu, räusperte mich und hatte damit ihre volle Aufmerksamkeit.

Mit einem breiten Grinsen sah sie mich an. »Hallo, Logan. Wie geht es dir?«

Ich schnaubte. »Als würde Sie das wirklich interessieren.«

»Ich interessiere mich für den Partner meiner Tochter. Wenn du das noch bist.«

»Pantages Theater?« Mehr als die beiden Worte brachte ich nicht hervor und ihr Grinsen wurde schelmischer.

»Du hast dich also informiert.« Sie tippte mit dem Fuß auf den Boden, was mich rasend vor Wut machte. Am liebsten wäre ich ihr an die Gurgel gegangen.

»Hast du das genauso eingefädelt?«, platzte es aus mir heraus und ich trat einen Schritt näher an sie heran.

Wieder grinste sie nur und es ähnelte einer Psychopathin, die aus einem Horrorfilm entsprungen war. »Du kennst die Antwort darauf doch schon, also wieso fragst du mich das noch?«

»Ich frage, weil ich es wissen will.«

»Ach, Logan. Manchmal gibt es Dinge, die wir niemals verstehen werden, und dann gibt es Dinge, die wir erst verstehen, wenn wir bereit dafür sind, sie zuzulassen. Und ich glaube nicht, dass du überhaupt ansatzweise so weit wärst, diese Dinge zu verstehen.«

Mein Mund wurde trocken, ich versuchte, ruhig und gleichmäßig zu atmen, nicht sauer zu werden und meine Muskeln zu entspannen.

»Wieso?«

Sie drehte ihren Kopf von links nach rechts, als würde sie Ausschau halten, dann sprach sie langsam und leise. »Sie wird mich niemals akzeptieren, wenn du in ihrer Nähe bist. Sie wird immer erst dich fragen, was du davon hältst. Deine Meinung ist ihr zu wichtig. Wegen dir kann sie keine Entscheidungen alleine treffen. Außerdem dachte ich, dass du es verdient hast, deine Schwester kennenzulernen. Zumindest wollte ich dir etwas Gutes tun, um für mich Gutes zu erreichen. Das ist doch eigentlich nett, oder nicht?«

»Du … Du bist …« Ich schüttelte den Kopf, konnte nicht fassen, was sie sagte, und ging auf Abstand. Versuchte, so viel Distanz zwischen uns zu bekommen, wie es nur möglich war.

»Ich bin?«, fragte sie provozierend und der Speichel in meinem Mund verdoppelte sich, sammelte sich und mein erster Instinkt war, ihr für ihre Aussage über Liz ins Gesicht zu spucken. Ich hasste sie. Sie war die Mutter meiner Freundin. Die Mutter, die ihr Kind im Stich gelassen hatte. Und mit einem Mal fiel der Groschen.

»Das willst du also. Du willst, dass ich sie im Stich lasse. So, wie du es getan hast … Du willst, dass ich einfach gehe.«

Langsam nickte sie. »Ich will es nicht nur, du wirst es auch machen. Denn wenn nicht, dann…«

»Dann was?«, fiel ich ihr fauchend ins Wort.

»Dann werde ich ein paar Beziehungen spielen lassen und deiner Schwester den Job wegnehmen lassen und dafür sorgen, dass sie nirgends anderswo mehr einen bekommt.«

»Das kannst du nicht –«

Als ich Liz‘ Stimme hinter mir hörte, verstummte ich.

»Hallo, Schatz«, sagte Lily und ging an mir vorbei.

»Nenn mich bitte nicht so.« Liz verzog das Gesicht und sah mich skeptisch an. »Wolltest du dich nicht fertig machen?«

Räuspernd nickte ich. Suchte meine Stimme und schluckte den Frosch im Hals hinunter. »Ja, ich war auf dem Weg und dann habe ich deine Mutter getroffen. Wir haben uns nett unterhalten«, log ich und lächelte Lily an.

Angewidert.

Liz sah mich an. »Okay, dann sehen wir uns später.«

Ich nickte und sie gab mir einen Kuss. Er schmerzte und tat

mir in jeder Faser meines Körpers weh. Ich würde sie im Stich lassen müssen, oder?

Würde Freya die Chance haben, irgendwo neu anzufangen? Sie war meine Schwester. Und auch wenn ich sie kaum kannte, wollte ich ihr nicht schaden. Ich musste dringend den Kopf frei bekommen.

Als ich auf mein Zimmer ging, kreisten meine Gedanken umher und schrien mich an. Die Stimmen in meinem Kopf wurden immer lauter und bevor ich den Fahrstuhl betreten konnte, kam ich davor zum Stehen. Meine Beine waren wie Beton und mir war klar, dass ich eine Entscheidung fällen musste. Aber ich wollte noch meine Optionen abwägen, weshalb ich wieder umkehrte, und zur Uni lief, um mit meinem Dozenten zu sprechen.

Als ich mich bei der Anmeldung ankündigte und nach Mr. Lee fragte, schlug mir das Herz bis zum Hals. Ich versuchte, einen kühlen Kopf zu bewahren, und legte mir die Worte in meinem Mund bereits zurecht.

»Logan. Was kann ich für Sie tun?«, ertönte eine Stimme hinter mir und ich fuhr herum.

»Mr. Lee, könnten wir ungestört irgendwo reden?«

Er und sah mich mit besorgter Miene an, nickte dann jedoch. »Natürlich. In meinem Büro.«

Stumm folgte ich ihm und als ich hinter mir die Tür ins Schloss fallen ließ, atmete ich laut aus.

»Wie kann ich Ihnen helfen?«

»Ich möchte gern wissen, ob die Möglichkeit besteht, meine Ausbildung woanders zu beenden.«

Seine Stirn legte sich in Falten und seine Augen wurden groß. »Wie meinen Sie das?«

Ich zog den Stuhl zurück, ließ mich fallen und massierte mir mit dem Mittelfinger und dem Daumen die Schläfen. »Ich habe eine Schwester, von der ich lange nichts wusste, und sie lebt in Los Angeles. Ich will sie suchen und möchte keine Zeit mehr verschwenden. Das habe ich die letzten Jahre lang genug gemacht. Bitte fragen Sie nicht weiter, sondern sagen Sie mir nur, ob die Möglichkeit bestehen würde, dass …«

»Haben Sie Probleme, Logan?« Ich schüttelte den Kopf und Mr. Lee legte seine Unterarme auf den Schreibtisch. Sah mich eindringlich an. »Wenn es um die Situation in der Stunde ging, dann kann ich Ihnen sagen, dass Sie sich keine Gedanken machen müssen.«

Wieder schüttelte ich den Kopf. »Darum geht es nicht. Mr. Lee, ich möchte einfach die verlorene Zeit mit ihr aufholen. Sie kennenlernen und wenn ich das nur dort kann, muss ich das Risiko eingehen. Können Sie mir hier helfen?«

Ich zog meine Stirn kraus und rieb meine Hände aneinander.

Er seufzte. »Sind Sie sich sicher, dass Sie die verlorene Zeit wieder aufholen können? Beziehungsweise ob es das wirklich wert ist?«

»Selbst wenn ich die Zeit nicht nachholen kann, kann ich dafür sorgen, dass nicht noch mehr vergeht. Ich habe immer nach Familie gesucht, also nach leiblicher Familie, und jetzt ist sie zum Greifen nah.«

Meine Hände lagen in meinen Schoß und ich blickte auf sie hinab, knetete sie und zählte im Kopf immer wieder bis Drei, damit ich mich zusammenriss.

»Wenn das so ist«, sagte er und stand auf. Er ging um den Tisch herum, blieb neben mir stehen und setzte sich auf die Kante. »Ich werde schauen, ob ich etwas für Sie in die Wege leiten kann, damit Sie die Prüfung an einer Partnerschule in L.A. absolvieren können. Dann haben Sie nicht die letzten drei Jahre umsonst studiert. Sie können immer noch schauen, was

Sie daraus machen. Aber ich muss Ihnen sagen, ich finde es sehr schade, dass Sie uns frühzeitig verlassen wollen. Sie sind ein Rohdiamant, andere Schulen würden sich die Lippen nach Ihnen lecken. Sie werden Ihren Weg finden, da bin ich mir sicher.«

Er reichte mir seine Hand. Meine Nervosität verschwand und in meiner Brust breitete sich Wärme aus. Er verstand es und wollte etwas arrangieren. Für mich.

Das hatte noch nie ein Dozent für mich getan.

»Vielen Dank, Mr. Lee. Für Ihre Hilfe und ebenfalls für Ihr Verständnis.« Ich erwiderte seinen Handschlag und stand auf.

»Eine Sache habe ich noch«, sagte ich, bevor ich mich zum Gehen wandte.

»Und die wäre?«

»Ich bitte Sie, dieses Gespräch vertraulich zu behandeln. Ich möchte nicht, dass meine Kommilitonen davon erfahren, bevor ich mit ihnen gesprochen habe.«

Kapitel 30

Elizabeth

Nachdem ich nach einem Spaziergang mit meiner Mom bei *Jenny's* ankam, saß ich wie bestellt und nicht abgeholt hier und wartete auf Logan. Immer, wenn die Tür aufging, schielte ich hoffnungsvoll hoch, aber immer war es jemand anders.

Ich bestellte mir bereits das zweite Wasser und einen zusätzlichen Kaffee. In meiner Tasche suchte ich mein Handy, um ihm eine Nachricht zu schicken.

Ich: Hast du mich vergessen?

Ich drückte auf Senden, bereute es aber sofort. Er hielt mich sicher für völlig durchgeknallt. Ich wollte ihm von meinen Erkenntnissen erzählen. Enttäuschung machte sich in mir breit. Irgendwie lebten wir gerade immer mehr aneinander vorbei. Beinahe so, wie als ich wiedergekommen war. Vielleicht war unsere Zeit abgelaufen.

Genervt legte ich Jenny das Geld für die Getränke auf den Tisch, griff erneut zu meinem Handy, wählte die Nummer meiner Mutter und wartete.

Als sie nach dem vierten Klingeln nicht abnahm, legte ich auf und steckte das Handy zurück in meine Tasche. Ich trank den letzten Schluck des kalten Kaffees auf und spülte mit Wasser hinterher.

Bah.

Ich schüttelte den Nachgeschmack ab. Dann ging ich zu Jenny und hinterließ ihr eine Nachricht für Logan, falls er doch noch auftauchen sollte.

»Er kommt sicher gleich. Möchtest du nicht noch was trinken? Geht aufs Haus«, sagte Jenny und sah mich traurig an.

»Nein, danke. Ich habe keine Lust mehr, zu warten.«

»Ich verstehe das und richte es ihm aus. Wir sehen uns.«

Ich stieß mich vom Tresen ab, ging zur Tür und ließ die Sonne meine Haut küssen. Meine Muskeln entspannten sich augenblicklich, aber als mein Handy klingelte, fuhr ich schreckhaft zusammen.

Anonym.

Kurz überlegte ich, den Anruf nicht anzunehmen, aber meine Finger waren schneller. »Hallo, wer ist da?«

Ich hörte ein Husten am anderen Ende und atmete erleichtert auf, als ich eine bekannte Stimme hörte. »Hier ist Mom. Tut mir leid, ich hatte vorhin eine Besprechung und konnte nicht rangehen.«

Meine Stirn legte sich in Falten. »Wieso rufst du denn unterdrückt an?«

Ich wollte nicht, dass sie wusste, was ich wusste. Ich würde die Bombe platzen lassen, wenn die Zeit dafür reif war.

»Ach«, sagte sie und lachte auf. »Das ist so eine Angewohnheit von mir. Zu viele Menschen hatten eine Zeit lang meine Nummer und seitdem ich die neue habe, mache ich das nur noch«, erwiderte sie schlagfertig. »Aber du weißt doch, wer ich bin.«

Ich glaubte ihr nicht. Sie log und das erkannte ein Blinder mit Krückstock meilenweit im Voraus.

»Ist nicht so wichtig«, fügte ich schnell hinzu und klemmte mir das Handy zwischen Ohr und Schulter fest. »Ich wollte eigentlich fragen, ob wir uns gleich nochmal treffen? Vielleicht könnten wir etwas essen gehen?«

»Wie spät denn? Ich treffe mich noch mit deinem Vater, um einige Dinge zu klären. Was hältst du davon, wenn wir drei gemeinsam zu Abend essen? Also natürlich nur, wenn du noch nichts anderes vorhast.«

Klasse. Genau das fehlt mir noch. Jetzt soll ich noch heile Familie spielen?

Ich räusperte mich, strich mir über die Stirn und suchte in meinem Kopf nach etwas, was mich vor dieser Situation rettete. Ich wollte mich mit *ihr* treffen. *Allein*. Aber letztendlich hatte ich keine Wahl.

»Also eigentlich dachte ich nur an uns zwei … Aber … Ja, vielleicht können wir das auch so machen.«

»Dann bespreche ich alles mit deinem Vater und du bist nachher einfach da. Ich freue mich. Bis später, Betty«, sagte sie und legte auf.

Hat sie mich gerade *Betty* genannt?

Als ich die Flure der *Juilliard* betrat, lief ich prompt Logan in die Arme. Mit weitaufgerissenen Augen sah er mich an.

»Was tust du denn hier?«, fragte er und hielt meinen Arm fest.

»Ich weiß noch nicht. Vielleicht gehe ich trainieren, denn ich saß ja gerade über eine Stunde doof bei Jenny rum und habe auf meinen Freund gewartet.«

Er lugte auf die Uhr. »Scheiße. Ich habe die Zeit nicht im Blick gehabt … Tut mir leid, Lizi.«

»Was genau?« Sarkasmus lag in meiner Stimme.

Er legte seinen Kopf schief. »Liz, bitte.«

Stumm sah ich ihn an. Musterte ihn und versuchte, ihn wie

ein Buch zu lesen. Herauszufinden, was hier vor sich ging.

»Hast du zumindest eine gute Ausrede? Oder hast du mich schlichtweg einfach vergessen?«

Mein Herz schmerzte, als die Worte meinen Mund verließen.

»Sag mal, denkst du das wirklich?« Seine Stimme bebte. Er war sauer über meine Aussage. »Ich hatte einen Termin mit Mr. Lee bezüglich meiner Zukunft nach dem Studium. Ich finde schon, dass es etwas Wichtiges und Relevantes ist. Wieso wirst du immer so schnell unfair?«

»Unfair?« Die Worte klangen schriller, als sie sein sollten, dennoch spürte ich das Messer, das er mir in den Rücken rammte. »Ich bin unfair? Du hättest dich melden können …« Wild gestikulierte ich mit den Händen, senkte meine Stimme und imitierte ihn. *»Hey, Liz, ich habe ganz vergessen, dass ich einen Termin mit Mr. Lee habe. Können wir uns später oder sogar morgen treffen?«*

Wut blitzte in seinen Augen auf. Scheinbar war meine Imitation nicht sonderlich gut und ich musste mich zusammenreißen, nicht loszulachen, weil ich mich selbst damit aufs Korn nahm. Ich konnte so was nicht. Es war grausam schlecht nachgemacht.

»Das findest du wohl sehr lustig, oder?«, stieß er hervor und kniff die Augen zusammen. Sie glühten und verlegen schaute ich weg. Ich konnte seinem Blick nicht standhalten. »Weißt du, Liz, vergiss es einfach.«

Ich hielt ihn am Arm fest, als er sich wegdrehte. »Logan, das war doch nur …«, begann ich und wurde unterbrochen, als er wieder zu mir herumfuhr.

»Spaß?«

Ich nickte langsam. »Ja, Spaß.«

»Spaß«, wiederholte er und meine Zündschnur wurde immer kürzer.

»Was ist dein Scheiß-Problem?«

»Ich habe keins«, schrie er und andere Studenten, die durch die Hallen liefen, wurden Zeugen eines öffentlich ausgetragenen Beziehungsstreits.

Klasse.

»Logan, nicht hier.« Ich bat ihn, mir zu folgen, doch er bewegte sich kein Stück.

Blieb einfach stehen und starrte mich beinahe hasserfüllt an.

Was habe ich ihm getan?

»Logan«, sagte ich erneut und lief wieder auf ihn zu, streckte meine Hand nach ihm, bevor ich ihn berührte. Er schlug meine Hand weg. Erbost sah ich ihn an. »Spinnst du?«

»Lass mich in Ruhe«, fauchte er.

Er wirkte so, als hätte ich ihn für irgendwas verurteilt, und bevor ich seine Gesichtszüge weiter deuten konnte, machte er auf dem Absatz kehrt. Er schlug mir die imaginäre Tür, die gerade zwischen uns stand, voll in die Fresse.

»Was hab ich denn gemacht?«, rief ich ihm hinterher.

Ich fuhr mir mit der Hand durch die Haare und spürte, wie sich einzelne Strähnen aus meinem Dutt lösten. Die Verzweiflung schien mir aufs Gesicht gedruckt zu sein, denn die Blicke der anderen waren eindringlich. Kopfschüttelnd zwang ich mich, weiterzugehen, und ich wusste, dass jetzt nur eins half.

Tanzen.

Kapitel 31

Logan

Ich wählte Lilys Nummer und verfluchte mein Verhalten gegenüber Liz. Sie konnte nichts für das Schlamassel, in dem ich wegen ihrer Mutter steckte. Sie wusste nicht mal davon.

»Hier spricht die Mailbox von …«

Erbost zog ich das Handy von meinem Ohr und legte auf. Gleichzeitig schwirrten mir tausend Gedanken durch den Kopf, die einen Grund suchten, das Verhalten gegenüber Liz zu rechtfertigen.

Wieso streitest du dich jetzt auch noch mit ihr? Du bist so ein Dummkopf, Godrick. Machst dir alles Gute kaputt, du Idiot.

Als ich durch die große Tür nach draußen glitt, drückte ich meine Hände gegen die Schläfen und schrie. Ich schrie so laut ich konnte und es war mir egal, dass ich schief angeschaut wurde.

»Fuck«, nuschelte ich und sackte zusammen. Ließ mich auf die Knie fallen. Ich spürte heiße Tränen über meine Wangen strömen und hasste es. Ich hasste diesen Moment und ich hasste mein Leben. Immer wieder machte es mir einen Strich durch die Rechnung. Mit einem Seufzen zog ich mein Handy aus der Hosentasche und scrollte durch die Fotogalerie.

Vor meinem Auge zogen verschwommene Bilder von meinen Freunden und von Liz vorbei. Ihr strahlendes Lachen versetzte mir einen Stich und eine unsichtbare Hand schloss sich augenblicklich um mein Herz und zerdrückte es.

Ich wusste, was zu tun war, weshalb ich mich aufrichtete und den Blick schweifen ließ. Ich sah mir die Uni an, die Menschen um mich herum und fasste einen Entschluss. Ich schrieb Noah und Grace eine Nachricht, dass ich mich später mit ihnen treffen wollte. Sie wussten über den Status Quo Bescheid. Sie waren die einzigen beiden, mit denen ich über all das geredet hatte.

Nachdem ich die Nachricht abgeschickt hatte, machte ich mich auf den Weg zu meinem Zimmer. Langsam drehte ich den Schlüssel und als die Tür mit einem Klicken aufging, trat ich hinein und sah verblüfft zu meinem Bett. Grace wartete auf mich und Noah trat aus dem Badezimmer hinaus. Beide sahen mich mit traurigen Augen an.

»Bitte nicht, Logan. Bitte.« Ihre Stimme brach.

Noah kam auf mich zu, drückte mich fest und gab mir zwei Schläge auf den Rücken. »Gibt es denn wirklich keine andere Möglichkeit?«

Langsam schüttelte ich den Kopf. Im Schneidersitz ließ ich mich vor ihnen auf den Boden sinken. Die Ellbogen stützte ich auf meine Oberschenkel und starrte ins Leere.

»Ich weiß nicht, was ich sonst machen soll«, flüsterte ich.

Ein Kloß bildete sich in meinem Hals, weshalb ich mich räusperte und den Blick hob. Ich verlor mich in Grace' strahlend blauen Augen und in ihren Tränen.

»Gracy …« Ich streckte meine Hand nach ihr aus. »Bitte sei nicht … Reiß dich zusammen. Auch wenn es jetzt egoistisch klingt, mir geht es so schon nicht gut damit. Ich brauche euch.«

»Aber du kannst doch nicht einfach …«

Ich schüttelte den Kopf und schnitt ihr das Wort ab. »Ich muss und ich habe eine Bitte an euch«, sagte ich und wartete darauf, dass mir beide zuhörten.

»Die wäre?«, fragte Noah.

»Ich habe etwas geschrieben. Für Liz. Ich bitte einen von euch, ihr diesen Brief zu geben und es ihr zu erklären.«

Gleichzeitig schüttelten beide ihren Kopf.

»Vergiss es. Das kannst du schön allein machen.« Noah bohrte mir seinen Zeigefinger in die Brust. »Das wirst du tun. Hab die Eier in der Hose, nicht deine Freunde vorzuschicken. Vergiss es.«

Er drehte sich um, noch immer mit dem Kopf schüttelnd.

Flehend sah ich zu Grace rüber.

Ihre Brust hob und senkte sich verflucht schnell.

»Noah, er hat irgendwie recht«, sagte sie schließlich und hob langsam, aber dennoch selbstsicher den Kopf, um uns anzusehen. »Wenn Logan es selbst macht, würde Liz ihn niemals gehen lassen und dann haben wir den Salat. Wenn einer von uns es tut, dann wird sie uns vielleicht hassen.« Ihre Stimme versagte.

»Aber Hass vergeht. Eine kaputte Karriere nicht«, sagte Noah.

Ich versuchte, mich aus ihrer Diskussion rauszuhalten, wollte nur beobachten und hoffen, dass sie sich für mich entschieden.

»Ich mache es.« Grace sah mich an. Die Angst in ihrer zitternden Stimme war nicht zu überhören und es brach mir mein verdammtes Herz.

»Danke«, flüsterte ich und übergab Grace den Brief für Liz.

»Was ist mit deiner Prüfung?« Noah verschränkte die Arme vor der Brust.

»Mr. Lee wollte versuchen, dass ich die Ausbildung an einer Partneruni beenden oder zumindest die Prüfung dort ablegen kann. Wir sprechen nochmal. Ich denke, dass ich an Liz' Zwischenprüfung nicht mehr hier sein werde.«

»Aber … Aber das ist bereits in ein paar Wochen, Logan!«

»Ich weiß.«

Grace sah mich vorwurfsvoll an. »Du weißt das? Du weißt das? Das ist alles, was du zu sagen hast?« Empört stand sie auf und stapfte zur Tür.

Schwungvoll riss sie diese auf, drehte sich nochmal zu mir um und kam auf mich zu. Grace riss mir den Brief aus der Hand und mit Tränen in den Augen spazierte sie aus meinem Zimmer, dicht gefolgt von Noah, der mich kopfschüttelnd und voller Enttäuschung ansah.

Das war's. Ich verletzte alle, die mir was bedeuteten, und ich war selbst schuld. Ich ließ mich aufs Bett fallen, legte meine Hände auf die Augen und ließ die letzten Tage Revue passieren.

Was tue ich hier nur?

Kapitel 32

Elizabeth

Nach dem Training hatte ich den Kopf freier. Konnte wieder atmen und das Engegefühl in meiner Brust war wie weggeblasen.

Zumindest für den Moment, denn wenn ich daran dachte, dass ich heute Abend mit meinen *Eltern* zu Abend essen würde, bekam ich eine Gänsehaut. Meine Finger kribbelten, während ich meine Tasche schulterte und mich auf den Weg nach Hause machte. Nach Hause – zu Dad. Seit unserem klärenden Gespräch war ich nicht mehr dort gewesen und ich hörte mein Herz im Kopf hämmern. Die Tage bei Amelia waren klasse, vergingen wie im Flug und ließen mich genügend Abstand zu allem gewinnen.

Ich konnte mich ablenken, den Kopf frei bekommen, aber jetzt musste ich herausfinden, wieso meine Mom sich zu erkennen gegeben hatte. Wieso sie auf einmal wieder hier war und vor allem musste ich mich daran erinnern, was damals passiert war. Dafür brauchte ich nur zwei Menschen. Zwei Menschen, die mir näher standen als irgendwer anders.

Auf dem Weg zückte ich mein Handy, um Logan schnell eine Nachricht zu schreiben.

Ich: Es tut mir leid. Ich will mich nicht streiten.

Mehr schrieb ich nicht. Uns blieb bis zu seinem Abschluss nicht mehr viel Zeit und ich wollte jeden Augenblick mit ihm genießen. Meine Zwischenprüfung rückte immer näher und auch ich konnte zusätzlichen Stress nicht gebrauchen. Ich drückte auf Senden und ließ das Handy in meine Jogginghose verschwinden.

Als ich in die Straße unseres Apartments bog, blieb ich stehen. In meinem Magen kribbelte die Nervosität und bahnte sich ihren Weg bis in meine Fingerspitzen. Ich atmete tief durch, als ich vor der Haustür stand und mit zittrigen Fingern den Schlüssel aus meiner Tasche kramte.

Mit einem Klicken öffnete sich die Tür und das Parfum meines Dad verteilte sich im Treppenhaus. Ich betrat den Fahrstuhl und mit einem Mal wurde mir kotzübel. Ich schlug die eine Hand vor den Mund und mit der anderen schaffte ich es noch, die Fahrstuhltür offen zu halten, raus zu rennen, und übergab mich ins Blumenbeet der Nachbarn.

Mein Atem ging schwer, ich verharrte noch einige Minuten hockend vor dem Beet und legte eine Hand auf meine Brust. Es schmerzte so sehr, dass ich mir sehnlichst wünschte, jemand würde ihn mir nehmen. Aber das ging nicht, das wusste ich.

Für jede Erfahrung, die wir machten, gab es einen Grund und für jeden Grund gab es auch eine Lektion, die wir dadurch lernten. Nur war mir noch nicht ganz ersichtlich, was für eine Lektion ich lernen sollte.

Ich rappelte mich auf, wischte mir mit dem Handrücken den Mund ab und straffte die Schultern. Ich war bereit. Nein, ich *musste* bereit sein. Musste mich dem stellen, was oben auf mich wartete, weshalb ich den erneuten Anlauf startete und mich in den Fahrstuhl begab.

Ping.

Die Fahrstuhltür öffnete sich und der Duft von Lasagne legte sich in meine Nase. Es roch köstlich, aber als ich das Wohnzimmer betrat, war es still. Meines Empfindens nach zu still.

Ich legte meine Jacke ab und ließ meine Tasche sinken. »Dad?«, rief ich und wartete auf eine Antwort.

Als keine kam, machte mich auf den Weg in mein Zimmer. Zu meiner Überraschung saß Dad auf meinem Bett und starrte ins Leere.

»Hey, Dad.« Ich lächelte und freute mich, ihn zu sehen.

Ich setzte mich neben ihn. Als er nicht reagierte, lehte ich meine Hand auf seinen Oberschenkel.

»Ist alles gut bei dir?«, fragte ich und legte den Kopf schief.

Er sah mich an. Seine Augen waren rot unterlaufen, als wären Äderchen darin geplatzt.

»Alles gut.« Er legte einen Arm um mich, drückte mich an sich.

»Ich habe dich vermisst«, sagte ich.

»Ich dich auch, Kleine.«

Ich löste mich aus seinem Griff und nahm seine Hände in meine. Ich drückte sie fest und sah in seine schmerzerfüllten Augen.

»Was ist los, Dad?« Es war nicht mehr als ein Flüstern, aber dennoch laut genug, dass er mich hören konnte.

»Nicht jetzt«, hauchte er zurück und zeigte erst mit seinem Finger zur Tür, dann zum Ohr und danach zum Mund.

Ich verstand und nickte.

»Lass uns runtergehen.« Er zog mich mit sich auf die Beine.

Ich lächelte und als ich mich gerade bei ihm einhakte, vibrierte mein Handy.

Ich sah Logans Name auf dem Display. Ich löste meinen Griff und gab Dad zu verstehen, dass er schon mal vorgehen sollte.

Er zog die Tür hinter sich zu und ich ließ mich wieder aufs

Bett fallen, als ich den Anruf annahm.

Logan atmete hörbar aus. »Es tut mir leid, dass ich heute Nachmittag so war. Und es tut mir leid, dass ich dich wieder mal vergessen habe.«

Ich räusperte mich. Seine Worte brannten sich in meine Brust. Vielleicht, weil ich wusste, dass etwas nicht stimmte. Und weil er nicht mit mir drüber sprach. Wie ich es drehte und wendete, spielte keine Rolle. Mein Ego war gekränkt und mein Herz verletzt. Vielleicht musste ich einfach mal gepackt und kräftig geschüttelt werden.

Ich drehte eine ins Gesicht gefallene Strähne um meinen Finger. Suchte nach den richtigen Worten.

»Logan, ich …«, begann ich und geriet ins Stocken, als ich jemandem meinen Namen rufen hörte.

»Wo bist du?«

»Ich bin zu Hause, bei Dad …« Ich hielt den Atem an, bevor ich weiter sprach: »Mit Mom. Essen.« Erst als ich die drei Worte aussprach, wurde es realer.

»Oh.« Mehr sagte er nicht.

Kurz machte es den Anschein, als hätte er aufgelegt, aber dann hörte ich ihn husten.

»Sehen wir uns heute Abend noch?«, fragte ich entschlossen und schwang mich auf die Beine. »Wir können dann nochmal in Ruhe über alles reden, was hältst du davon?«

»Können wir so machen.«

»Dann komme ich nach dem Essen zu dir.«

»Das klingt perfekt. Bis später.«

Ich legte auf und schüttelte die Beine und Arme aus. Versuchte, den Gedanken loszuwerden, und in dem Moment ertönte die schrille Stimme meiner Mom erneut.

»Elizabeth, kommst du jetzt endlich runter?«

Genervt verdrehte ich die Augen. Zum Glück konnte sie es nicht sehen.

»Ja!«, blaffte ich und machte mich ganz gemütlich auf den

Weg ins Esszimmer.

»Da bist du ja endlich.«

Es sah köstlich aus und roch auch so, aber der Anblick meiner Mutter war … Er war seltsam. Ihre Haare waren zu einem Dutt hochgesteckt und sie trug eine purpurfarbene Schürze. Ich schielte zu Dad rüber, aber er zuckte mit den Schultern und hob entschuldigend seine Hände.

»Setz dich«, sagte Mom und zog einen der Stühle zurück.

Ich setzte mich, schielte rüber zu Dad und als Mom sich mir gegenübersetzte, senkte ich den Blick auf den leeren Teller.

»Wer möchte zuerst etwas?«

Keiner von uns reagierte und die Wut in ihren Augen loderte auf.

Die Kelle rutschte ihr aus der Hand, direkt in die Auflaufform mit der Lasagne und die Tomatensauce verteilte sich überall. Nur nicht auf unseren Tellern. Ihr entfuhr ein genervter Schrei, während Dad und ich scharf die Luft einsogen. Ich musste ein Lachen unterdrücken.

»Hilf ihr«, sagte Dad, weshalb ich den Stuhl nach hinten rückte und aufstand. Ich griff nach der Kelle und wollte gerade die Auflaufform anheben, da erhob sich Lily ebenfalls. Sie hob ihre Hand, eine normale Geste, doch sie brachte mich zum Zusammenzucken. Sie sah mich an. Wir lieferten uns einen Schlagabtausch, nur mit Blicken.

»Dachtest du etwa, ich würde dich schlagen wollen oder wieso bist du so zusammengeschreckt?«, fragte sie gehässig und sah meinen Vater an.

»Du bist noch immer genauso wie damals. Immer wieder die Suppe aufkochen, anstatt eine neue zu machen. Geschehenes kannst du nicht einfach ruhen lassen, oder?«

»Einige Dinge gehören nicht in eine Schublade gesteckt und vergraben. Ich bin nicht die, die handgreiflich geworden ist. Sicher würde sie nicht so reagieren, wenn es nicht passiert wäre.«

Aus dem Augenwinkel sah ich, wie Dad seine flache Hand auf den Tisch schmetterte.

»Es reicht jetzt.« Die Ader auf seiner Stirn drohte, zu platzen.

Ich wollte dazwischen gehen. Nein, alles in mir befahl mir, dazwischen zu gehen.

»Hört auf. Beide«, sagte ich entschlossen und breitete die Arme zwischen ihnen aus. Ich drehte mich zu Dad. »Du bist besser als sie. Und Menschen machen Fehler. Nicht, dass ich das gut reden will. Das ist und war es nicht. Aber beruhig dich, Dad. Das bist du nicht. Du bist erst so, seitdem sie wieder da ist.« Und dann drehte ich mich zu Mom. »Und für wen hältst du dich, dass du so mit uns redest? Du kommst hierher und tust so, als wären keine *Jahre* vergangen. Glaubst, dass du alles mit einem Essen und ein paar netten Worten wieder gerade biegen kannst. Aber weißt du, *Mom*, das kannst du nicht. Das wirst du nie können.«

Dad warf mir ein Zwinkern zu. Er war stolz auf mich, das wusste ich, denn das war er immer.

Das Gegenteil sah ich in Moms Augen. In ihnen lag pures Entsetzen. Mit einem kräftigen Ruck riss sie sich die Schürze vom Hals.

»Du undankbares Kind«, fauchte sie und kam auf mich zu. Sie drückte mir ihren Zeigefinger auf die Brust.

Ich spürte, wie sich ihre künstlichen Fingernägel in meine Haut rammten, und als ich einen Blick auf ihre Handinnenflächen erhaschte, durchströmte meinen Körper dieses schreckliche Gefühl. Ich sah die Narben.

Als sie meinen starren Blick sah, ließ sie von mir ab, entfernte sich von mir und steckte ihre Hände in die Hosentaschen.

»Lily, überleg dir, was du sagst«, sagte Dad neben mir, doch ich schüttelte den Kopf, hielt ihn zurück und tätschelte ihm den Arm. Ein Zeichen dafür, dass es okay war.

»Ich habe es auch getan. Oder mache es immer noch, wenn ich Stress habe.« Ich hielt ihr meine Hände hin, damit sie es sah. Wir unterschieden uns in vielen Dingen, aber das schien ich von ihr zu haben, weshalb ich mich ruhig an sie wandte. »Mom, du tust mir leid«, sagte ich und sah, wie sie etwas erwidern wollte, aber ich schüttelte den Kopf. »Nein. Ich bin noch nicht fertig. Ich weiß, dass das Seil nicht von einem Fremden manipuliert wurde. Ich habe den Bericht gelesen. Ich frage mich nur, wieso hast du es selbst getan? Aber die Antwort werde ich nicht bekommen oder zumindest nicht die Wahrheit. Weißt du, Mom, jetzt, wo du so vor mir stehst und ich sehe, dass wir uns ähnlicher sind, als es möglich ist, möchte ich das nicht. Ich möchte nicht so sein wie du. Möchte nicht die gleichen Narben haben und deswegen will ich dir sagen, dass es mir leidtut. Die Liebe, die ich erfahren habe, scheinst du als Kind nie bekommen zu haben, sonst wüsstest du, wie es sich anfühlt. Wie es sich anfühlt, so von einer Mutter behandelt zu werden, wie du mich gerade behandelst. Was du mit deinen Worten anrichtest.«

»Jetzt hör mir mal zu«, begann sie, doch ich redete ohne Punkt und Komma weiter, ignorierte, dass sie etwas sagte.

»Nein.« Ich schüttelte den Kopf und spürte, wie meine Augen anfingen, zu brennen. »Nein, ich bin noch nicht fertig. Die Liz, die ich letztes Jahr war, die hätten deine Worte verletzt. Hätten sie niedergeschmettert und klein gemacht. Aber jetzt …« Ich sah zu Dad und nahm seine Hand. »Jetzt passiert das nicht mehr, denn ich habe Menschen, die mich lieben und die ich liebe und dieses Gefühl kannst du mir mit deinen Worten nicht nehmen. Du tust mir leid, Mom.«

Dad zog mich zu sich, umarmte mich und gab mir einen flüchtigen Kuss. Sie beobachtete uns und ihre Miene veränderte sich. Wurde weicher und ihre Augen glitzerten. Meine Wut über ihr Verhalten verebbte ein wenig und ich schaffte es sogar, ein leichtes Schmunzeln an die Oberfläche zu bringen.

Sehe ich gerade Mitgefühl in ihren Augen? Nein, das kann nicht sein. Habe ich es wirklich geschafft, ihre Fassade zu brechen?

Meine Gedanken machten Luftsprünge, doch sie waren nur von kurzer Dauer.

»Das ist doch lächerlich«, sagte sie und sah empört von Dad zu mir und umgekehrt.

»Nein, Lily. Das ist es überhaupt nicht.«

Ich wollte auf gar keinen Fall zulassen, dass dieses Gift sich in mein Glück mischte und es verdarb wie ein Tropfen Öl das frische Wasser, deshalb straffte ich die Schultern und fixierte sie.

»Danke für das Essen, aber ich glaube, es ist besser, wenn du jetzt gehst. Ich weiß es sehr zu schätzen, was du heute Abend hier versucht hast, aber das macht all die vergangene Zeit nicht wieder gut und vor allem holt es sie nicht zurück.«

»Du wirst noch sehen, was du davon hast«, nuschelte sie.

Es machte den Anschein, dass sie hoffte, ich würde es nicht hören – vergebens. Auf dem Absatz machte sie kehrt, drückte einige Male auf den Knopf für den Fahrstuhl und als sich die Tür öffnete, verließ sie beinahe fluchtartig unser Apartment.

Dad und ich sahen uns an. Wir lächelten und fielen uns in die Arme.

»Ich hab dich so unendlich doll lieb, Dad.«

»Ich bin unfassbar stolz auf dich, Kleines. Ich bin unfassbar stolz auf dich«, wiederholte er seinen Satz und drückte mich fest an sich.

Kapitel 33

Elizabeth

Nach den Ereignissen hatte ich nur noch sporadisch Kontakt mit Mom. Ab und zu fragte sie, wie es mir ging und wie es mit Dad und Amelia war.

Ich antwortete immer nur knapp, denn bis dato hatte ich noch keine Erklärung bekommen, nicht mal eine Entschuldigung für den Abend und wie sie sich verhalten hatte.

Die Tage vergingen wie im Flug, ich war täglich für meine Zwischenprüfung am Trainieren und es blieb wenig Zeit, sich ausgiebig mit Freunden zu verabreden. Manchmal schaffte ich es, mich mit den anderen bei Jenny‘s für einen schnellen Kaffee zu treffen, aber das war‘s dann auch wieder.

Es war nur noch ein Katzensprung. Und je näher die Prüfung rückte, desto bewusster wurde mir, dass auch die Zeit mit Logan, Noah und Grace ein Ablaufdatum hatte. Wenn sie erst mal fertig waren mit dem Studium, dann würde ich sie sicher nicht mehr täglich sehen können.

Ich starrte an die Zimmerdecke von Logans Zimmer.

Er war, wie die letzten Tage, immer früh aufgestanden, nahm Termine wahr und ließ sich nur blicken, wenn er genügend Zeit hatte. Jeden Morgen, bevor er aus der Tür ging, drückte er mir einen flüchtigen Kuss auf den Mund. Und jedes

Mal lächelte ich, auch wenn ich merkte, dass etwas nicht stimmte.

Ich schwang die Füße aus dem Bett und musste mich kurz sammeln. Kleine, schwarze Sterne tanzten vor meinen Augen, weil ich zu schnell aufgestanden war. Ich drückte sie zu und atmete bewusst in den Bauch. Mit einem Stöhnen stemmte ich mich hoch, ging direkt ins Bad und stellte die Dusche an. Ich schälte mich aus Logans T-Shirt und legte es ordentlich gefaltet auf den Toilettendeckel. Meine Wäsche streifte ich mir mit einer Hand vom Körper und griff mit der anderen nach dem Handtuch auf der Heizung.

Schön vorgewärmt. Ich liebe Logan für diese kleinen Dinge.

Bevor ich unter die Dusche hüpfte, öffnete ich noch das kleine Fenster und hörte die Vögel fröhlich zwitschern.

Es ging auf den Sommer zu und das war herrlich. Die Luft, die ich am Fenster einatmete, roch nach Blättern und frischem Gras. Ich lächelte, nahm noch einen tiefen Atemzug und stieg dann endlich unter die dampfende Dusche.

Mit dem Rücken lehnte ich mich gegen die Wand, schloss die Augen und gab einen tiefen Seufzer von mir. Die Gedanken um Logan und um den Rest meiner Freunde kreisten in meinem Kopf.

Der Wecker meines Handys dröhnte in meinen Ohren und meine Nervenbahnen zuckten aus ihrem kurzen Tiefschlaf. Mit der Zungenspitze leckte ich mir das warme Wasser von der Oberlippe und streifte mir dann mit den Händen durchs Gesicht und über meine Haare. Meine Beine schmerzten. Jetzt, wo mein Körper unter der Dusche entspannte, trat der Muskelkater ein. Ich war nur noch Brei.

Ich stellte das Wasser ab und öffnete schnell die Schiebetür, zog mein Handtuch von der Toilette. Ein kalter Luftzug streifte meinen nassen Körper und bedeckt diesen mit einer Gänsehaut. Schnell trocknete ich mich ab und ging hinaus.

Gerade, als ich meine Unterwäsche angezogen hatte, zuckte

ich schreckhaft bei dem Klang von Logans Stimme zusammen.

»Lizi?«, rief er und öffnete vorsichtig die Badezimmertür.

»Ja.« Ich lächelte, als er seinen Kopf durch den Spalt drückte. »Du bist ja schon wieder da.« Ich ging zu ihm und legte meine Arme um ihn.

»Aber leider nur kurz. Ich muss noch etwas holen für einen Termin, den ich gleich mit Mr. Lee habe. Hast du gut geschlafen?«

Ich nickte, spitzte meine Lippen und stellte mich auf Zehenspitzen, um ihm einen Kuss zu geben, aber er drehte sich weg.

Autsch.

Ich legte eine Hand an seine Wange und drehte seinen Kopf zu mir, sodass er mich ansehen musste.

»Ist alles gut bei dir Logan? Du wirkst in letzter Zeit so abwesend. Habe ich was falsch gemacht?«

Die letzte Frage war nur noch ein Flüstern, aus Angst, dass ich wirklich etwas falsch gemacht haben könnte.

»Ich habe einfach viel um die Ohren gerade, mehr nicht.«

Ich sah ihn mit hochgezogener Augenbraue an und er lächelte leicht. »Glaube mir, wenn ich sage, dass alles gut ist. Wirklich.«

Ich stieß einen Seufzer aus. »Naaaaaa gut.«

Jetzt bekam ich meinen gewünschten Kuss und spürte, wie meine Mitte anfing, zu pulsieren, und auch bei ihm spürte ich die Begierde, aber bevor ich die Chance hatte, löste er sich von mir und trat einen Schritt zurück.

»Ich muss leider wieder los. Aber heute Abend habe ich ganz viel Zeit für dich«, sagte er und als er mir den Rücken zuwandte, brannten Tränen in meinen Augen.

»Ich habe bis neun Training und danach wollte ich mich mal wieder zu Hause blicken lassen«, presste ich so gefasst wie möglich hervor, damit er meine zittrige Stimme nicht bemerkte.

»Dann sehen wir uns morgen.«

Ich hatte das Gefühl, als wollte er mich abschütteln. Als wollte er, dass ich die Reißleine zog, weil er sich mir gegenüber komisch benahm. Als hätte er Angst.

Wie in Trance zog ich mir meinen Body und die Leggings an, schnappte mir meine Sporttasche vom Boden, warf sie aufs Bett und begann meine Sachen zu packen. Meine Spitzenschuhe hatten die letzten Wochen ziemlich gelitten, aber jetzt waren sie wieder so bequem, dass ich keine Lust hatte, mir neue zu kaufen, auch wenn ich wusste, dass das vor der Prüfung dringend notwendig war.

Ich sah mich noch mal im Zimmer um und als ich mir sicher war, alles eingepackt zu haben, zog ich Straßenschuhe und eine dünne Jacke an, schulterte die Tasche und machte mich auf den Weg zum Unterricht.

Und täglich grüßt das Murmeltier.

Logan

Mr. Lee saß an seinem Schreibtisch, als ich wie vereinbart zum Termin mit ihm erschien.

»Ah, Mr.Godrick. Da sind Sie ja schon«, sagte er und gestikulierte, dass ich mich setzen solle, was ich dankend annahm.

Meine Hände legte ich in meinen Schoß und beobachtete ihn, wie er in seinen Unterlagen las. Seine Ignoranz verunsicherte mich, weshalb ich mich räusperte und er mich erwartungsvoll ansah.

»Sie könnten auch einfach etwas sagen, um meine Aufmerksamkeit zu haben.« Mit hochgezogener Augenbraue und einem leichten Lächeln auf den Lippen musterte er mich.

»Haben Sie etwas erreichen können?«

Er legte die Hände ineinander und stützte sich auf dem Tisch ab.

Ich schluckte schwer und ein Stein schmetterte voll gegen mein Herz. Es hämmerte so fest gegen meine Brust, dass ich es rausreißen wollte. Nur, um den Schmerz verblassen zu lassen.

»Ja, das konnte ich«, sagte er gefasst und ließ sich in seinen Stuhl sinken. »Aber Mr.Godrick, möchten Sie nicht doch noch mal über Ihre Entscheidung nachdenken?«

Ich will nicht weg. Aber ich muss.

»Meine Entscheidung steht fest, Sir. Ich …« Ich biss mir auf die Zunge. Wollte, aber konnte den Satz nicht beenden. Es würde nichts bringen.

»Ja?«, fragte er und sah mich eindringlich an.

»Ich bin mir sicher, Sir.«

Er seufzte. »Also gut. Sie können an der *Los Angeles Ballet Academy* Ihr letztes halbes Jahr sowie die Prüfung ablegen. Ich habe dort einen guten Freund und er schuldet mir einen

Gefallen, weshalb Sie nahtlos umsteigen können.«

»Und ab wann?«

»Das hängt ganz von Ihnen ab. Sobald Sie sagen, es geht los, ist der Platz Ihrer.«

»Danke«, entgegnete ich und rückte den Stuhl zurück.

»Logan, wenn ich irgendwas für Sie tun kann, dann sagen Sie bitte Bescheid. Ich finde es schade, Sie so früh schon gehen zu sehen, und ich denke, Ihre Freunde sehen dies ähnlich, oder?«

Ich schluckte schwer und nickte langsam.

»Sie wissen es also gar nicht«, sagte er leise und ich wusste nicht, was ich tun sollte.

Ich fühlte mich ertappt, auch wenn das nicht ganz wahr war.

»Noah und Grace wissen es, aber …« Ich hielt inne.

»Elizabeth weiß es nicht.« Seine Worte trafen mich wie ein Hammer auf ein Klavier. Ich wollte der Situation entkommen und hielt ihm stumm meine Hand hin, wartete, dass er zugriff.

»Logan, Sie …«

Ich trat von ihm weg. »Mr. Lee, ich bedanke mich herzlich bei Ihnen. Wirklich. Aber der Rest ist nicht mehr Ihre Angelegenheit. Und ich bitte Sie, Verschwiegenheit zu bewahren.«

Jetzt reichte er mir seine Hand, seine Lippen umspielte ein trauriges Lächeln. »Ich wünsche Ihnen alles Glück der Welt, Logan. Passen Sie gut auf sich auf und wehe, Sie verschwinden, ohne ein Wort zu sagen.«

»Das mache ich nicht, versprochen«, sagte ich und lockerte den Handschlag.

Auch ich rang mich zu einem Lächeln durch und bevor ich auf dem Absatz kehrtmachte, drückte er mir die Unterlagen für die *Ballet Academy* in die Hand.

»Danke.« Ich drehte mich um und spürte beim Rausgehen noch immer seinen Blick im Rücken.

Als die Tür ins Schloss fiel, drehte ich mich um, in der Hoffnung, meine Meinung könnte sich doch ändern, wenn ich auf die massive Holztür schaute. Wie dämlich der Gedanke war.

Ich schüttelte mich, stopfte die Papiere in meine Tasche.

Wie besprochen machte ich mich auf den Weg zu *Jenny's*. Die kühle Frühsommerluft wehte mir ins Gesicht. Aus einem mir nicht erklärbaren Grund sah ich New York heute mit anderen Augen.

Die Menschen um mich herum bewegten sich fast wie in Zeitlupe, waren nicht so *busy* wie sonst. Die Luft war reiner und die Sonnenstrahlen brachen sich schimmernd zwischen den Hochhäusern. Ich blieb stehen, schaute hoch und schloss die Augen. Keiner rempelte mich an und drückte mir einen Spruch rein, es war irgendwie alles anders als sonst. Als wüsste New York, dass ich die Stadt verlassen musste, und das schmerzte.

Ich hatte New York immer nur als verdreckte Großstadt gesehen. Klar, auch als mein Zuhause, aber vorwiegend als dreckige und stinkende Großstadt. All das änderte sich gerade.

Als ich bei *Jenny's* ankam, blickte ich durch die Fensterfront und traute meinen Augen nicht. Ich drückte meine Nase an die Scheibe und meine Augen weiteten sich schlagartig. Lily saß mit Amelia am Tisch und genüsslich tranken sie einen Kaffee, unterhielten sich ausgiebig. Es sah fast so aus, als hätten sie wirklich Spaß.

Was zum Teufel ...?

Ruckartig riss ich die Tür auf, trat herein und die Wärme, die vom Innenraum ausging, peitschte mir ins Gesicht. Meine Finger kribbelten und am liebsten hätte ich hier alles kurz und klein geschlagen. Zielstrebig ging ich zu dem Tisch der beiden und blieb abrupt hinter ihnen stehen. Ich räusperte mich und Lily drehte sich in meine Richtung, lächelte mich mit ihren strahlend weißen Zähnen an.

Mein Lid zuckte und unbehaglich fuhr ich mir mit der Hand durch die Haare.

»Ach, Logan. Wie geht es dir?« Provozierend lächelte sie

mich an und mein Kopf drehte sich zu Amelia.

»Was machst du hier?«, fragte ich sie.

»Wir haben uns unterhalten.« Amelia sah mich mit verengten Augen an. »Und ich denke nicht, dass ich mich vor dir rechtfertigen muss.«

Ich fixierte Amelia. »Könntest du uns bitte einen Moment allein lassen? Ich möchte mit Lily reden.«

Skeptisch sah Amelia mich an.

»Ich plane eine Überraschung für Liz und ich glaube, dass es nicht einfach wird für dich, das für dich zu behalten«, sagte ich lachend. In der Hoffnung, dass sie es mir abkaufte.

»Sie hasst Überraschungen.«

»Meine nicht«, gab ich zurück und wartete darauf, dass sie mich mit Lily allein ließ.

»Wenn du das sagst.« Amelia stand auf und ging zu Jenny zum Tresen.

Zum Glück weit genug außer Hörweite und ich drehte mich zu Liz' Mutter um.

»Du bist ein wirklich schlechter Lügner, Logan. Aber ich gehe davon aus, dass du eine Entscheidung gefällt hast?«

Ich stimmte zu. »Aber ich habe zuerst noch eine Bedingung.«

»Ich wüsste nicht, dass das unsere Absprache war«, presste sie hervor und in ihren Augen loderte ein Feuer.

»Das wird dann jetzt die Absprache sein. Und wenn du darauf nicht eingehst, werde ich ihr alles erzählen.« Ich machte eine Pause. »Und Amelia ebenfalls. Jetzt kannst du es dir aussuchen. Wem werden sie wohl mehr glauben?«

Lily schnaufte und funkelte mich durch ihren dichten Wimpernkranz an. »Was willst du?«

»Ich will, dass du mir ihre Adresse gibst. Dass du mir alles erzählst, was du über sie weißt, und so viele Infos wie möglich locker machst.«

Wieder schnaufte sie. »Das ist doch nicht dein Ernst.«

»O doch und ich gebe dir jetzt dreißig Sekunden, um darüber nachzudenken. Sollte ich bis dahin kein Ja oder Nein gehört haben, werde ich gleich darüber gehen«, ich zeigte zu Amelia, »und ihr alles erzählen.«

Sie verdrehte die Augen.

»Also?«

»Na gut. Ich lasse dir heute Abend eine Mail mit allen Infos zukommen, die ich kenne, und jetzt sieh zu, dass du gehst.«

»Wenn ich bis neun keine Mail erhalten habe …«

»Drohst du mir etwa?«, fragte sie mit hochgezogenen Brauen.

Ich legte ihr eine Hand auf die Schulter. »Nein, Lily. Ich drohe dir nicht. Das ist ein Versprechen.«

Mit den Worten drehte ich mich weg und winkte Amelia am Tresen zu.

Leere. Alles in mir war leer und ich fühlte mich eingeschlossen, obwohl ich nach draußen trat. Erdrückt unter Trümmern, die ich selbst über mich gelegt hatte.

Ich habe keine Wahl. Ich habe keine Wahl.

Immer wieder sprach ich diese vier Wörter aus. Als müsste ich mich selbst dazu bringen, das zu glauben.

So schnell wie möglich musste ich nun weg. Ich wollte weg, weil ich nur so einen glatten Bruch verursachte. Einen, der weniger lange brauchte, um wieder zu verheilen.

Ganz am Ende – wenn es ein Ende gab – würde sich alles fügen, weshalb ich mich wieder auf den Weg zum Wohnheim machte, um ein Ticket zu buchen und zu packen.

Es wurde Zeit und auch wenn ich Freya nicht wirklich kannte, musste ich den Sprung ins kalte Wasser wagen. Selbst wenn sie nichts mehr von mir wissen wollte, musste ich es zumindest versuchen, damit sie nicht unter meinen Entscheidungen litt und Lily ihr alles verbaute.

Kapitel 34

Logan

Nachdem ich mir ein Flugticket gebucht und mir eine Liste mit Dingen, die ich brauchen würde und hierlassen könnte, gemacht hatte, legte ich mich aufs Bett. Ich starrte an die Decke, den Kopf auf mehrere Kissen gebettet. Den Fernseher eingeschaltet, aber ich sah nicht richtig hin. Ich hatte nebenbei Kopfhörer auf und hörte Musik, während ich an einem Bier nippte. Deprimierendes Zeug dröhnte mir in die Ohren. Zeug, das mich zum Nachdenken brachte, was nicht gut war. Dass ich viel grübelte, war gerade keine Seltenheit und fast brachte es mich um den Verstand.

Ich zog den Rest des Biers in einem Zug weg und ging zum Kühlschrank, um mir das nächste zu holen. Ich war ein Wrack. Wieder setzte ich das Bier an, schloss die Augen und ballte meine Faust zusammen. Mit hoher Geschwindigkeit flog die halbvolle Flasche durchs Zimmer und landete an der Wand.

Fuck.

Ich raufte mir die Haare und taumelte zurück, blieb an der Bettkante hängen und fiel längs auf die Matratze. Ich zückte mein Handy und schrieb Noah eine SMS.

Ich: Kannst du herkommen?

Sekunden später klingelte mein Telefon und ich nahm Noahs Anruf an.

»Alter, was ist los mit dir?«, fragte er.

Ich verdrehte die Augen. »Ich habe mir ein Flugticket gebucht. Ich werde am vierten Juli nicht mehr da sein.«

»Sag mal, hast du getrunken? Mitten am Tag?«

Ich lachte auf. »Vielleicht ein bisschen. Aber alles noch im Rahmen, Bro. Kommst du jetzt her oder nicht?«

»Ich warne dich. Solltest du noch ein Bier trinken, bevor ich da bin, dann prügle ich dich windelweich, verstanden?«

»Yes, Sir«, lallte ich und legte auf.

Keine fünf Minuten später klopfte es an der Tür und Noah ließ sich selbst rein. Er sah sich um und seinem Blick nach zu urteilen, sah es schlimm aus. Zielstrebig ging er zum Fenster und öffnete es.

»Hier stinkt es widerlich.« Sein Blick blieb an der zerbrochenen Bierflasche kleben. »Klasse. Kein Wunder.«

»Sorry not sorry«, erwiderte ich mit einem Schmunzeln auf den Lippen.

»Logan, reiß dich, verdammt nochmal, zusammen. Du kannst doch nicht einen Tag vor dem vierten Juli einfach so abhauen, ohne mit ihr geredet zu haben.« Er setzte sich vors Bett und sah zu mir hoch.

Ich zuckte die Schultern. »Ich habe keine Wahl.«

Wieder ging ich zum Kühlschrank und holte ein neues Bier raus, bot Noah ebenfalls eins an, aber er winkte ab.

»Man hat immer eine.«

Meine Handballen drückte ich gegen meine Schläfen und zeigte dann ruckartig mit dem Finger auf ihn. »Das ist nicht wahr. Das sind Märchen. Märchen, die uns erzählt werden. Man hat immer eine Wahl. Bla bla.« Ich äffte ihn nach und es ging ihm eindeutig gegen den Strich.

Mit einer schnellen Bewegung drückte er sich hoch und stand nur wenige Zentimeter von mir entfernt. Er riss mir das

Bier aus der Hand. »Nein, Logan. Man hat immer eine Wahl, aber du hast dich dafür entschieden, dass du keine hast. Du wolltest nicht wählen. Sie nicht wählen. Würdest du das für Liz empfinden, was sie empfindet, dann hättest du mit ihr geredet! Bedeutet sie dir überhaupt irgendwas?«

Meine Faust schnellte in die Luft und ein Blitz explodierte in meinem Kopf. »Halt's Maul, Noah! Natürlich! Sie ist meine Welt.«

Er lachte auf. Meine Faust bewegte sich wie ferngesteuert von selbst, ich holte aus und traf mit voller Wucht Noahs Unterlippe. Erst, als ich begriff, was passiert war, taumelte ich zurück und stütze mich am Schreibtisch ab.

»Fuck. Fuck. Fuck!« Ich schüttelte mich.

Noah verschwamm vor meinen Augen. Meine Hand pochte und dass ich meinen besten Freund geschlagen hatte, bereute ich sofort.

Der unerbittliche Schmerz raubte mir kurzzeitig die Luft zum Atmen und ließ mein Herz in tausend Teile zerspringen.

Noahs Hand fuhr zu seiner Lippe. Blut. Ich hatte so fest zugeschlagen, dass es blutete. Hasserfüllt sah er mich an und dann änderte sich sein Ausdruck. Ich rechnete damit, dass er zum Gegenschlag ausholte, aber das tat er nicht. Er schüttelte nur mit dem Kopf, schloss die Augen und ging.

Er ging. Ohne ein weiteres Wort zu mir zu sagen, ließ er die Tür hinter sich ins Schloss fallen. Ich blieb allein zurück.

Fuck. Was hast du getan, Godrick!?

Zitternd fiel ich aufs Sofa und versank in einem Loch. Ich wusste nicht mehr weiter. Aufraffen, das musste ich mich. Jetzt sofort, aber ich konnte nicht. Nein, ich wollte nicht. Es gab gerade nichts, was ich lieber machen wollte, als hier zu versauern. Selbstmitleid. Ekelhaft, aber es war gerade das Einzige, was ich wollte. In Selbstmitleid versinken. Ich machte mir ein weiteres Bier auf, schaute auf die Uhr und legte noch einmal die Füße hoch. Ich würde einfach hierbleiben. Bis zu meinem

Abflug nur noch die Kurse wahrnehmen, die ich wahrnehmen musste und anfangen, mich, so gut es ging, von allen zu distanzieren, um es ihnen nicht noch schwerer zu machen.

Kapitel 35

Elizabeth

Am Wochenende war der vierte Juli – die größte Party im ganzen Land. Ich war schon ganz aufgeregt, denn Feuerwerk stand bei mir hoch im Kurs und die Menschenmenge in der Stadt schien sich zu verdoppeln, weil Tausende Besucher zu den Feierlichkeiten kamen. Es waren nur noch drei Tage bis dahin und wäre da nicht das erdrückende Gefühl gewesen, dass irgendwas nicht stimmte, wäre die Vorfreude sicher noch größer gewesen.

Logan ignorierte mich seit einem Tag. Er nahm keine Anrufe an, machte nicht auf. Verkroch sich in einem Loch und ich wusste nicht, wieso. Noah und Grace gingen mir ebenfalls aus dem Weg. Als ich ihn auf den Fluren sah, machte ich mir Sorgen. Seine Lippe war aufgeplatzt und mir ging nicht aus dem Kopf, dass es etwas mit Logan zu tun haben könnte.

Als ich in die Küche ging, war Dad gerade dabei, den Kühlschrank nach etwas Essbarem zu durchforsten, als er mich bemerkte und zusammenfuhr.

»Du hast mich erschreckt«, sagte er und legte sich die Hand ans Herz. »Das kannst du mit einem alten Mann doch nicht machen.« Jetzt lachte er herzlich und ich ging kopfschüttelnd zu ihm.

»Haben wir nichts mehr da?« Ich zeigte auf den Kühlschrank.

»Nur noch ein paar Eier und Brot, das abgelaufen ist. Ich gehe gleich einkaufen. Was hältst du davon, wenn wir Frühstücken gehen?«

Ich deutete ein Kopfschütteln an. »Nein, ich versuche, uns ein Omelett zu zaubern. Setz du dich hin und lass mich machen.«

Ich zitierte ihn auf den Barhocker an unserer Kücheninsel und mit einem Schmunzeln auf den Lippen setzte er sich.

Während ich damit kämpfte, die Eier aufzuschlagen, kontrollierte Dad Unterlagen für die Übernahme eines Unternehmens hier in New York. Er war der Meinung, den wahren Wert des Unternehmens zu erkennen. Jedoch wäre es nicht möglich, das Potenzial des Unternehmens mit der aktuellen Führungskraft zum Erfolg zu führen. Auch wenn das Geld immer im Vordergrund stand, versuchte er sein Bestmögliches, um auch den Mitarbeitern zu helfen. Das rechnete ich ihm hoch an und das liebte ich an ihm. Immer erst für die Bürger und wenn das nicht möglich war, suchte er so lange, bis er etwas fand, was es möglich machen konnte. Er seufzte und ich drehte mich zu ihm um.

»Findest du keine Lösung?«

Er legte Daumen und Mittelfinger an die Schläfen und schloss die Augen. »Ich kann mich gerade einfach nicht konzentrieren, weil du mir hier gleich sehr wahrscheinlich die Bude abfackelst.«

Er nahm mir den Pfannenwender aus der Hand und gab mir einen leichten Schubs, so dass ich mich vom Herd entfernte.

»Was soll das denn? Willst du mir damit sagen, dass ich nicht kochen kann?« Gespielte Empörung lag in meiner Stimme und ich fing an, zu schmollen, verschränkte die Arme und als Dad mich ansah, konnte ich mir mein Lachen nur schwer verkneifen.

»Ich beschütze uns nur vorm Sterben.«

Jetzt platzte ich und konnte nicht mehr anders, als laut loszulachen. Ich hielt mir den Bauch und vor Lachen liefen mir Tränen übers Gesicht.

»Manchmal bist du ein Arsch, Dad«, sagte ich spielerisch und boxte ihm gegen die Schulter.

Er zog eine Braue hoch. »Aber ein Arsch, den du liebhast, oder?«

Ich griff nach seinem Arm und legte ihn auf meinen Rücken. Forderte eine Umarmung ein, welche er erwiderte. Mit einem Kuss auf meinen Haaransatz löste er sich und machte sich wieder an das Omelett.

»Gehst du eigentlich Samstag mit uns das Feuerwerk in *Lower Manhatten* anschauen?«

Während ich den Tisch deckte, dachte ich kurz darüber nach, ob wir mit der Clique bereits was ausgemacht hatten, aber ich war so im Training versunken gewesen, dass ich es nicht mehr wusste.

»Ich glaube, Grace und Becca hatten was erwähnt, aber ich bin mir nicht mehr sicher. Hab sie in letzter Zeit nicht so oft gesehen. Ich kläre es aber mal ab. Sollten wir nicht gehen, würde ich gern mit euch hin.«

»Okay, dann plane ich dich erstmal nicht mit ein. Wir wollten vorher Essen gehen, das Feuerwerk beginnt ja erst um kurz nach neun.«

»Ist gut«, sagte ich, als Dad mit der Pfanne zum Tisch kam und auf jeden Teller ein Omelett legte.

Ich setzte mich, aber als ich mir eine Gabel in den Mund schaufelte, klingelte mein Handy. Genervt legte ich das Besteck weg und ging zur Kücheninsel.

Grace.

»Was ist los?«

»Ich würde gern mit dir reden.«

Stille. Sie sagte nichts mehr und mein Herz schlug mir bis

zum Hals.

»Öhm … Okay … Jetzt?«

»Wenn dir das passt …«, sagte sie kleinlaut und ich deutete Dad an, dass ich mich kurz verzog. Er nickte und schob sich das Ei in den Mund.

»Okay, ich bin allein. Was ist los?«, fragte ich und wartete. Wartete und wartete.

»Ich würde lieber vorbeikommen und ich weiß, dass ich einen Heidenärger bekommen werde, aber ich muss das loswerden. Es war nicht fair und ich muss ganz, ganz dringend mit dir darüber reden.«

»Grace … Du machst mir Angst. Was ist denn los?«

»Ich könnte so in ein paar Minuten bei dir sein. Passt das?«

Ich nickte. Und als ich bemerkte, dass sie es gar nicht sehen konnte, sagte ich: »Das passt. Bis gleich.«

Meine Hände waren feucht. Ich ging zurück in die Küche und ließ mich neben meinem Vater nieder.

»Ist alles okay?«

Ich schluckte schwer. »Ich weiß es nicht. Grace kommt gleich.«

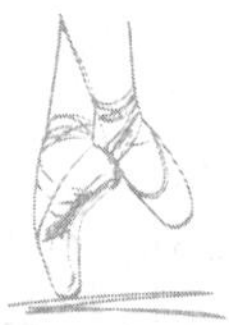

Nachdem ich Dad geholfen hatte, die Küche aufzuräumen, verzog ich mich in mein Zimmer und lief auf und ab. Lauschte immer wieder nach der Klingel und wartete ungeduldig auf Grace.

So ungeduldig, dass ich nicht mitbekam, wie sie in der Tür stand und mich dabei beobachtete, wie ich wie ein Nervenbündel auf und ab lief. »O mein Gott. Da bist du ja endlich!« Ich fiel ihr in die Arme und sah sie eindringlich an. »Ist jemand gestorben?«

Sie schüttelte den Kopf, sagte jedoch nichts, ging an mir

vorbei und setzte sich aufs Bett.

»Grace, was ist los?«, fragte ich entschlossen.

Sie kramte ein gefaltetes Blatt heraus und umklammerte es. »Ich habe versprochen, nichts zu sagen, bis es so weit ist, aber ich kann nicht mehr. Ich kann es nicht mehr für mich behalten.«

»Was denn zum Teufel?«

»Versprich mir, dass du mich nicht hassen wirst«, hauchte sie und überreichte mir das Papier.

Mit zittrigen Händen nahm ich es entgegen. »Was ist das?«

»Ich bleibe hier. Wenn du es willst. Aber ich kann auch gehen, damit du es in Ruhe lesen kannst. Oder wenn du dich nicht danach fühlst, dann lass es erst, aber es erklärt Einiges …«

»Du kannst bleiben«, sagte ich und als ich den Brief öffnete, erkannte ich Logans Handschrift und begann zu lesen.

Liebe Lizi,
es tut mir leid. Es tut mir so leid, dass du gerade diesen Brief liest und noch mehr tut es mir leid, dass ich nicht den Mut hatte, ihn dir selbst zu übergeben. Sei nicht sauer auf sie. Ich habe sie gebeten, nichts zu sagen. Sie lieben dich. So, wie ich dich liebe, auch wenn du mir das in diesem Moment wahrscheinlich nicht glaubst. Aber das tue ich. Ich liebe dich und genau aus diesem Grund hoffe ich so sehr, dass wir uns eines Tages wieder treffen werden und wir die Chance bekommen, unsere Geschichte zu Ende zu schreiben. Denn sie war nicht dazu bestimmt, so zu enden. Aber ich muss mich auf mich selbst fokussieren. Ich muss Freya suchen. Sie ist die einzige Familie, die ich noch habe.

Lizi, ich hoffe so sehr, dass du mir verzeihst.

Dass du dich jetzt auf dich konzentrieren wirst, bis wir uns wieder über den Weg laufen. Ich brauche einen Neustart. Ich brauche Zeit für mich. Ich weiß nicht, ob das mit uns überhaupt noch funktionieren kann. Wir streiten nur. Wir kommen nicht mehr auf einen gemeinsamen Nenner.

Es war nie so geplant und ich wollte dich nie verletzen. Und wahrscheinlich ist es nicht fair, das zu schreiben, aber ich liebe dich, Elizabeth Wilson. Und genau aus diesem Grund muss ich gehen. Wenn ich bleibe, werden wir keine Zukunft haben. Ich bin noch nicht bereit dafür. Ich muss erst einmal selbst zu mir finden und ich denke, dass ich das kann, wenn ich Freya gefunden habe. Offene Fragen endlich schließen und schauen kann, wo mich die Wellen hintreiben. Ich werde mein Bestes geben in dieser Zeit.

Ich wünsche dir nichts mehr, als dass du die beste Version von dir selbst wirst. Dass all deine Träume in Erfüllung gehen und dass du herausfindest, wer du bist und vor allem, wer du sein willst. Dass du meine Musik bist, zu der ich tanze. Nur geht leider auch das schönste Lied einmal zu Ende und bevor es nochmal gespielt werden kann, benötigt es Zeit. Und diese Zeit brauche ich. Und ich glaube, dass auch du diese Zeit nach diesen Zeilen, die du liest, brauchen wirst.

Ich werde dich nicht vergessen. Niemals, das verspreche ich dir. Wenn ich mit dir Zeit verbracht habe, hast du das Beste aus mir herausgeholt. Aber genau darum geht es. Ich muss das Beste aus mir selbst herausholen können. Und auch lernen, mit dem Schlechtesten von mir zu leben. Du hast mir alles gegeben, was ich brauchte, aber ich konnte dir das nicht zurück geben.

Ich werde dich nicht bitten, auf mich zu warten. Das wäre egoistisch. Ich will, dass du dein Leben lebst. Tanz, was das Zeug hält, und verschließe dich nicht. Bitte, sei nicht traurig. Sei wütend auf mich. Vielleicht macht es dir den Schmerz leichter.

Ich hoffe einfach so sehr, dass wir eines Tages irgendwo durch Zufall wieder aufeinandertreffen. Und solange, wie es dauert, möchte ich, dass du eines weißt: Ich liebe dich und du wirst immer einen besonderen Platz in meinem Herzen haben. Keine Worte dieser Welt können das wieder gut machen, was ich tat, aber ich hoffe, dass du mir eines Tages verzeihen wirst.

In Liebe
Logan

Mit zittrigen Händen starrte ich erst auf die Buchstaben und dann zu Grace. Es waren nur noch Umrisse, die ich wahrnahm, also kniff ich die Augen zusammen.

»Raus«, nuschelte ich, als ich die Augen wieder aufschlug und sie ansah.

»Lizi, ich …« Ihre Augen wurden glasig.

»Raus.« Ich wiederholte das Wort und wartete darauf, dass sie endlich abhaute.

Sie rührte sich nicht.

»Hau, verdammt nochmal, aus meinem Zuhause ab!«

»Lizi … Bitte … Ich …«

Ich zeigte stumm auf die Tür, damit sie verschwand, was sie widerwillig nach weiteren Minuten des Schweigens endlich tat.

»Es tut mir leid«, murmelte sie in meine Richtung und als sie weg war, ließ ich mich aufs Bett fallen.

Meine Augen fest aufeinandergedrückt, versuchte ich, mich zum Aufwachen zu zwingen.

Ein schlechter Traum. Das war alles nicht mehr als ein schlechter Traum. Doch als ich meine Augen wieder öffnete, sah ich immer noch nichts. Es hatte sich nichts verändert. Ich starrte auf den Brief. Der Raum fühlte sich mit einem Mal unheimlich leer und kalt an.

Wie von selbst griff ich zu meinem Handy und drückte auf die Kurzwahl für Logan. Es klingelte und auf einmal war besetzt. Ich versuchte es erneut. Es klingelte. Und klingelte, bis wieder besetzt war.

Das Handy in meiner Hand vibrierte. Die vorgefertigte Textnachricht leuchtete auf dem Display auf.

Logan: Ich kann gerade nicht sprechen, kann ich zurückrufen?

Die Synapsen in meinem Kopf bekamen einen Kurzschluss und ich schmiss das Handy wutentbrannt durchs Zimmer.

»Ist alles okay, Lizi?«

Nur dumpf hörte ich die Worte meines Dads zu mir durchdringen.

Mein Herz schlug schmerzhaft gegen meine Rippen. Ich legte die Hand auf die Brust, versuchte, ruhig zu atmen. Doch jegliche Luft wurde aus meinen Lungen gedrückt. Ich klammerte mich an dem Metallgestell meines Bettes fest, während ich mit verschwommener Miene zu meinem Dad blickte. Meine Welt brach zusammen wie ein Kartenhaus, bei dem jemand die unterste Karte einfach wegschnipste, und es war nicht möglich, es wieder genauso aufzubauen. Nicht möglich, es zu reparieren. Meine Welt zersprang in Hunderte Teile, unter denen ich gerade vergraben wurde. Ich sank auf die Knie, meine Handballen an die Schläfen gelegt und schrie.

Sekunden später spürte ich eine Hand auf meinem Rücken, streichelnd in einem gleichmäßigen Rhythmus.

»Was ist passiert?«

Ein tiefes Schluchzen entfuhr meiner Kehle. Ich wollte es erzählen, ich wollte es ihm sagen, aber irgendetwas hinderte mich daran. Ich konnte nicht. Ich konnte es einfach nicht, so sehr ich es auch wollte.

Meine Schultern verkrampften. Die Tränen strömten unaufhaltsam über meine Wangen und erschütterten meinen Körper.

»Ich … Ich … Allein … Bitte, Dad.«

Das war alles, was ich rausbekam. Ich sah ihn unter dem Schleier meiner Tränen an. Flehend. Bittend. Stumm nickte er und ließ von mir ab. Die Sorge stand in sein Gesicht geschrieben, aber ich konnte gerade nicht reden. Erst, als er aus dem Raum war, fiel die Anspannung von mir ab und ich nahm den Brief wieder zur Hand.

Ich liebe dich und du wirst immer einen besonderen Platz in meinem Herzen haben. Keine Worte dieser Welt können das wiedergutmachen, was ich getan habe, aber ich hoffe, dass du mir eines Tages verzeihen wirst.

Den letzten Absatz las ich immer und immer wieder, bis der Klingelton meines Handys die Stille zerschnitt und ich hochschreckte. Meine Augen brannten, mein Herz galoppierte in meinem Brustkorb und meine Hände schwitzten. Kurz war es wieder still, bis der Klingelton erneut ertönte und ich mich versuchte, aufzuraffen und das Handy zu holen.

Wie ein Zombie agierte ich. Schleppend und wie ferngesteuert. Ich erkannte schon von Weitem, dass das Display gesprungen war, und kurz durchfuhr mich Wut auf mich selbst. Blut strömte heiß durch meine Adern und als ich Noahs Namen auf dem Hintergrund mit mir und Logan sah, atmete ich erleichtert auf. Vielleicht tat das gut. Vielleicht konnte ich mit ihm reden.

»Hallo?« Meine Stimme zitterte, drohte zu brechen. Ich versuchte, mich zusammenzureißen, damit er mich verstand.

»Lizi … Gott sei Dank, gehst du ans Telefon.«

»Noah … Logan … Er ist …« Eine nächste Welle der Tränen überkam mich und ich ließ mich an der Wand hinunter sinken, zog meine Knie an meine Brust und überstreckte den Kopf in den Nacken.

»Ich weiß«, flüsterte er.

»Hat Grace es dir also schon erzählt?«

Stille. Er sagte kein Wort mehr und ich riss die Augen auf.

»Sie brauchte es dir nicht erzählen. D-Du …« Ich öffnete den Mund, sog einen tiefen Atemzug in mich ein und meine Hand fuhr zu meinem Herzen. »Du wusstest es auch schon.«

»Lizi. Leg nicht auf. Bitte. Ich…«, flehte er.

Meine Hände wurden schwitziger und das Handy rutschte mir aus der Hand, fiel erneut auf den Boden und ich hörte Noahs nächste Worte nur dumpf. Ich legte meine Hände auf meine Ohren und schrie. Irgendwie musste ich versuchen, mein Herz zusammen zu halten, damit es nicht noch mehr auseinander sprang, doch es gelang mir nicht. Selbst die letzten heilen Teile zerschellten.

Kapitel 36

Elizabeth

Logan hatte sich nicht einmal mehr bei mir gemeldet und ich verbrachte die meiste Zeit im Bett. Es war, als hätte er nie existiert. An einem Tag versuchte ich so stark wie möglich zu sein und ging mit Becca zum Wohnheim. Ich musste mich vergewissern, dass es wahr war, und das ging für mich nur, indem ich es wirklich sah. Und als ich sah, dass der Raum wie leergefegt war, brach ich in den Armen meiner einzigen Freundin zusammen.

Ich hatte mich von Noah und Grace, soweit es ging, distanziert. Sie hatten mich belogen und ich wusste nicht, wie ich damit jemals umgehen sollte. Interesse an einem Gespräch hatte ich nicht. Selbst Becca war von ihrem Bruder so enttäuscht, dass sie ein paar Tage lang bei mir übernachtete und ihren Bruder nur in der Uni oder bei *Jenny's* sah.

»Liz, ich glaube, du solltest wieder in die Uni …«

Ich sah sie an. Wir lagen auf meinem Bett und ich hatte an die Decke gestarrt, gedankenleer und unfassbar traurig. Am Wochenende war der vierte Juli und selbst da wollte ich nicht mehr hin. Ich wollte in Selbstmitleid ertrinken. Wollte nicht mehr, als zu verstehen, wieso er mir nichts gesagt hatte. Wieso er einfach gegangen war und mir nur diesen dämlichen Brief hinterlassen hatte, den er mir nicht einmal selbst gegeben, geschweige denn, eine Erklärung für mich gehabt hatte.

»Ich will nicht«, flüsterte ich und drehte mich von ihr weg.

»Du darfst nicht länger fehlen. Sonst wirst du nicht mehr für die Prüfung zugelassen.«

»Ich will einfach nicht, Becca.«

»Lass uns erst mal etwas essen. Dann schauen wir nochmal, ob du deine Meinung vielleicht doch geändert hast. Okay?«

Ich schüttelte den Kopf. »Ich habe keinen Hunger.«

Sie berührte meine Schulter und zog mich zu sich. »Du musst essen.«

Ich zog die Brauen zusammen. »Ich. Habe. Keinen. Hunger. Becca. Was verstehst du daran nicht?«

»Du musst nicht so mit mir reden. Ich kann genau so wenig dafür wie du. Ich will nur, dass du dich aufraffst. Du musst essen. Ich will nicht, dass du vom Fleisch fällst, und außerdem brauchst du die Kraft für die Zwischenprüfung oder ist dir die egal?«

»Egal.« Ich drehte mich wieder weg und spürte, wie sie aufstand.

Sie trampelte durchs Zimmer hinaus auf den Flur, sodass das Licht hereinfiel.

»Tür zu!«, rief ich und mit einem lauten Knall wurde sie zugezogen. »Danke«, nuschelte ich ins Kissen.

Ich legte mich auf den Rücken, rieb meine Hände aneinander, übte leichten Druck auf meine Augäpfel aus und atmete für fünf Sekunden tief in den Bauch ein und fünf Sekunden lang wieder aus. Das wiederholte ich die nächsten fünf Minuten und schlagartig entspannte ich mich, was dazu führte, dass ich wieder in Tränen ausbrach.

Wann habe ich verpasst, dass er diese Beziehung nicht mehr möchte? Ich habe es nicht gesehen. Wieso nicht?

Weil du zu sehr auf dich fokussiert warst.

Nein, das kann nicht sein.

Wieder öffnete sich die Tür und genervt drehte ich mich um. »Was willst du, Becca?«

»Ich will nach dir schauen«, ertönte Amelias Stimme. Sie schloss die Tür hinter sich und mein Zimmer versank wieder in Dunkelheit, aber ich merkte, wie sie sich auf dem Bett niederließ und darauf wartete, dass ich mich zu ihr wandte.

»Lizi … Rede mit mir.«

»Ich will nicht reden. Ich will schlafen. Schlafen und weinen, Amelia. Ich verstehe es einfach nicht. Ich verstehe es nicht.«

»Ich weiß, Kleine. Ich kann mir vorstellen, wie du dich fühlst, aber du musst dich aufraffen. Das war nicht das, was er wollte, und das weißt du. Das hat er geschrieben.«

Ruckartig drehte ich den Kopf zu ihr. »Es ist mir egal, was er geschrieben hat. Wieso versteht ihr das alle nicht? Ihr wisst gar nichts!« Meine Stimme schnellte in die Höhe und die Tränen brannten heiß in meinen Augen.

»Du bist nicht allein auf der Welt mit einer solchen Situation.«

»Doch.« Ich setzte mich auf. Das erste Mal heute. Ihre Worte machten etwas mit mir. Sie trieben mich zur Weißglut und ich wünschte, Amelia würde verschwinden. »Lass mich bitte allein.«

»Nein.« Sie knipste das Licht auf dem Nachttisch an.

Ich musste mehr als einmal blinzeln, um mich an die Helligkeit zu gewöhnen und als ich mehr als nur ihre Umrisse sah, funkelte ich sie böse an, während über ihr Gesicht ein Schatten hüpfte.

»Hau ab«, fauchte ich.

»Nein.« Ihr Blick hielt meinen gefangen. »Ich werde erst gehen, wenn du mit mir redest. Wenn du endlich anfängst, darüber zu reden, und aufhörst, es in dich hineinzufressen.«

In meinem Hals kroch Hitze hinauf und ohne nachzudenken, kamen die Worte aus meinem Mund. »Amelia. Ich will nichts sagen, was ich bereue, also hau ab und lass mich, verdammt nochmal, in Ruhe!«

»Ich werde nicht gehen«, erwiderte sie achselzuckend und ungläubig schüttelte ich den Kopf. Sie setzte sich mir gegenüber und ergriff meine Hände. Als ich versuchte, sie ihr zu entziehen, drückte sie fester zu. »Es gibt so viele Menschen auf dieser Welt, die Ähnliches durchmachen oder gar Gleiches. Du bist nicht allein.«

»Doch, bin ich Amelia. Das bin ich.«

Sie schüttelte den Kopf, strich mit den Daumen über meine Handrücken.

»Das denkst du, weil du traurig bist. Wütend und enttäuscht. Aber das bist du nicht. Denkst du wirklich, ich habe so was noch nie erlebt? Dass ich noch nie einfach so verlassen wurde? Du musst darüber sprechen.«

»Aber wieso? Ich mache das mit mir selbst aus. Schau«, sagte ich, bevor ich mir ein aufgesetztes Lächeln auf die Lippen zwang. »Mir geht's schon viel besser.«

Amelia legte ihren Kopf schief. »Lizi, wenn du nicht über den Kummer sprichst, dann nagt er leise an deinem Herzen. Und das so lange, bis es endgültig bricht. Außerdem können diejenigen, die ein großes Herz besitzen, auch große Trauer überstehen.«

»Amelia«, sagte ich und wollte weinen, aber ich konnte nicht mehr. »Er sucht seine Schwester. Er wird vielleicht wiederkommen. Aber das schien nur ein vorgeschobener Grund zu sein, denn eigentlich war er nur zu feige, um zu sagen, dass er diese Beziehung gar nicht mehr will.« Durch meinen Wimpernkranz sah ich sie an. »Es wäre einfacher gewesen, wenn er einfach Schluss gemacht hätte.«

»Wäre es das wirklich?«

»Ich weiß nicht, wie ich das überstehen soll, Amelia.«

»Du wirst es aber schaffen. Früher oder später. Dafür musst du aber verzeihen. Auch deinen Freunden. Sie wollten dir kein Leid zufügen. Sie können nichts dafür. Aber du wirst es überstehen. Vielleicht war es nicht die Liebe, die für dich bestimmt war. Manche Menschen sind nur dafür bestimmt, eine kurze Zeit in unserem Leben zu sein. Sie zeigen uns Lektionen, die wir vorher noch nicht kannten. Sie machen uns erwachsen. Geben uns Lebenserfahrung.«

»Und wenn ich das nicht will? Wenn ich diesen Schmerz nicht will?«

Mir war heiß. Amelias Worte berührten mich tief und auch, wenn ich es gerade nicht zugab, sie hatte irgendwie recht.

Amelia zuckte mit den Schultern. »Es geht nicht darum, was wir wollen. Das ist der Lauf des Lebens. Nicht immer geht alles rund. Nicht immer haben wir in der Hand, wie es weitergeht, manchmal müssen wir darauf vertrauen, dass alles gut wird am Ende.«

»Aber wie?« Ich starrte sie an.

»Das wirst du nur erfahren, wenn du nicht aufgibst. Das tust, worum er dich gebeten hat. Dich auf dich konzentrierst. Das Leben ist nicht nur schwarz und weiß. Das Leben besteht aus vielen bunten, leuchtenden Farben, die es lebenswert machen. Du denkst jetzt gerade, dass es nur zwei Farben gibt, aber wenn du dich aufrappelst, dann wirst du sehen, dass ich recht habe. Und du könnest damit anfangen, indem du aufhörst, Noah und Grace von dir wegzustoßen.«

Doch meine Wut auf die beiden war unfassbar groß. »Das mache ich, weil sie mir nichts gesagt haben. Sie haben mich angelogen. Ich habe gefragt, was los sei. Sie haben nichts gesagt.«

Amelia zog eine Augenbraue hoch. »Haben sie das wirklich? Oder haben sie einem Freund einen Gefallen getan, weil sie wussten, dass du ihn aufhalten würdest?«

Ich holte tief Luft, öffnete den Mund, um zum Gegenargument anzustzen, doch schloss ihn umgehend wieder, was Amelia ein triumphierendes Lächeln ins Gesicht zauberte.

»Ich lasse dich jetzt allein. Ich habe alles gesagt, was ich sagen wollte. Ich denke, dass es für heute reicht, oder?«

Ich nickte.

»In einer Stunde ist das Essen fertig. Wenn du nicht runterkommst, dann werde ich dich tragen.« Amelia zog eine Braue hoch und wartete auf eine Antwort. »Okay?«

»Okay«, sagte ich etwas zu laut und warf mir die Hand vor den Mund. »Tut mir leid. Ja, ich hab's verstanden.«

Sie stand auf, strich mir sanft übers Haar, verließ das Zimmer und ich war endlich wieder allein.

Ich starrte wieder an die Decke und dachte über ihre Worte nach. Ich horchte. Hörte den Regen prasseln und schwang mich das erste Mal seit Tagen aus dem Bett, ging zum Fenster und zog die Vorhänge auf.

Es wurde schon dunkel und ich wusste nicht mehr, wie spät es war. Die Zeit um mich herum stand still. Genauso wie meine kleine Welt.

Ich spiegelte mich im Fenster und sah in ein verquollenes Gesicht. Als ich den Regentropfen dabei zusah, wie sie fielen, spürte ich endlich wieder Tränen. Während des Gesprächs mit Amelia hatte ich nicht weinen können und jetzt, wo ich hier stand, dem Regen zusah und begriff, dass sie recht hatte, überflutete mich die Welle wie ein Tsunami den Strand.

Ich musste es akzeptieren, denn nur so konnte ich es klarsehen – auch, wenn ich all das nicht wollte, wenn ich ihn nicht verlieren wollte. Aber ich musste. Ich musste weitermachen, irgendwie. Und vor allem musste ich ihnen vergeben. Noah und Grace. Aber auch das ging für mich weniger leicht.

Ich ließ die Gedanken schweifen. Dachte über alles nach und als ich irgendwann leer geweint war, starrte ich in die Ferne. Starrte auf die Skyscraper von New York und versuchte, mir auszumalen, für was ich dankbar war. Was mich stark machte und wofür es sich lohnte, weiterzumachen.

Ich griff zum Handy und wählte die Nummer meiner Mutter. Ich hatte das Bedrüfnis, mit ihr zu sprechen. Nach dem zweiten Klingeln nahm sie ab und ihre warme Stimme beruhigte mich aus einem mir nicht erklärbaren Grund.

»Hey, Mom«, sagte ich und versuchte, nicht verheult zu klingeln.

»Wie geht's dir? Amelia hat es erzählt. Es tut mir so leid.«

»Nicht so gut, wenn ich ehrlich bin«, flüsterte ich ins Mikrofon und unterdrückte ein Schluchzen.

»Liz, du wirst vielleicht gerade das Gefühl haben, dass du auseinanderfällst, dass alles um dich herum auseinanderfällt, aber versuche ruhig zu bleiben. Dein Leben sortiert sich gerade einfach neu.«

»Aber ich will nicht, dass es sich neu sortiert.«

»Ich weiß. Hey, ich bin immer da, wenn du mal jemanden zum Reden haben willst. Ich bin jetzt nur noch einen Anruf entfernt.« Sie machte eine Pause. »Hat er etwas gesagt? Wieso er sie auf einmal suchen will?«

Ich zog die Brauen zusammen. Scheinbar musste Amelia ihr wirklich alles erzählt haben.

»Nein. Ich habe nur einen Brief bekommen und …« Ich atmete ein und erzählte ihr alles, was im Brief stand. Schüttete ihr meine Seele aus und machte meinem Frust ein bisschen Luft. Sie hörte nur zu, sagte nichts und als ich fertig war, seufzte sie.

»Oder vielleicht wollte er auch einfach nicht mehr mit mir zusammen sein und hat das als Chance gesehen, mich zu verlassen, ohne eine Erklärung abgeben zu müssen.«

»Lizi! Essen ist fertig!« Amelia rief die Treppe hoch und ich fuhr zusammen.

»Mom, ich muss runter, sonst holt Amelia mich aus dem Zimmer.«

»Kein Problem. Wenn was ist, ruf gern immer an, ja?«

Lächelnd nickte ich. »Versprochen. Ich … Ich … Hab … Wir hören uns, Mom.«

»Wir hören uns, Lizi«, sagte sie und legte auf.

Ich schlenderte die Treppe hinunter. Nahm jede Treppenstufe wahr und irgendwie schmerzten meine Beine. Ich sollte mehr laufen, mich mehr bewegen.

Als ich die Küche betrat, saßen Dad und Amelia bereits am Tisch. Spielten heile Familie und sahen mich beide mit dem gleichen, besorgten Gesichtsausdruck an.

»Hast du telefoniert?«, fragte Dad und sah mich an.

»Ja. Mit Mom.« Ich zog den Stuhl zurück und setzte mich. Bei dem Geruch von Pommes und Burgern drehte sich mein Magen um. »Ich gehe wieder hoch, ich habe keinen Hunger.«

»Du bleibst sitzen und versuchst, etwas zu essen«, erwiderte Amelia und zeigte mit dem Finger auf das Essen. »Zumindest ein bisschen.«

»Und wenn ich das nicht mache? Erzählst du Mom dann auch wieder direkt davon?«

Sie riss ihre Augen mit einem Wimpernschlag auf und sah mich schockiert an.

»Ja, ich weiß, dass du ihr erzählt hast, dass Logan gegangen ist, weil er seine Schwester suchen wollte«, sagte ich pampig und vorwurfsvoll.

Amelia legte den Kopf schief. »Das habe ich ihr nicht erzählt. Ich habe nur gesagt, dass Logan gegangen ist.« Sie sah meinen Vater an. »Hast du mit Lily gesprochen?«

Er schüttelte den Kopf und ich versuchte, der Situation zu folgen. Verstand aber nur die Hälfte.

»Ja, ist klar. Wieso könnt ihr nicht einmal ehrlich sein?« Meine Stimme überschlug sich vor Wut.

Ich rückte den Stuhl zurück und rannte aus dem Esszimmer die Treppe hinauf. »Ihr Lügner!«

Die Tür hinter mir ließ ich im Zorn zuknallen und das Blut in meinen Ohren rauschte. Ich schloss ab, knipste das Nachttischlicht an und sah in den Spiegel. Ich benahm mich wie ein Teenie. Jedoch wusste ich nicht, wohin mit all meinen Emotionen. Ich konnte mir gerade nicht anders helfen.

Auf meiner Stirn schwoll eine Ader an und ich war kurz davor, die Selbstbeherrschung zu verlieren, als ich sah, wie sich meine Klinke bewegte und danach ein leises, zaghaftes Klopfen ertönte.

»Lizi, ich habe ihr wirklich nicht mehr erzählt. Wieso sollte ich auch? Es geht sie doch nichts an. So viel Kontakt hattet ihr doch gar nicht und ich eben so wenig. Ich habe mich nur einmal mit ihr bei *Jenny's* getroffen und da kam Logan und wollte mit ihr über irgendwas reden. Angeblich eine Überraschungsparty für dich. Bitte, öffne doch die Tür. Lass uns darüber sprechen.«

Ich erstarrte und konnte keinen klaren Gedanken mehr fassen. Was passierte hier gerade?

Kapitel 37

Elizabeth

Ich schaute von links nach rechts. Sah erst in Amelias Augen und dann in Dads. Sie sagte die Wahrheit.

»Hast du vielleicht doch irgendwas erwähnt?«, fragte mich mein Dad und sah mich mit zusammengezogen Brauen an.

»Nein, ich wollte einfach nur einen Ratschlag.«

Amelia legte ihre Unterarme auf den Esstisch, runzelte die Stirn und schien zu überlegen. Als ihr Blick meinen traf, wurde sie hibbelig. Ich konnte es mir nicht anders erklären, als dass sie etwas gesagt haben musste.

»Bist du sicher, dass es um irgendeine Überraschung ging? Ich meine, dass er geht, war ja sicher nicht von heute auf morgen geplant. Glaubst du es, könnte auch etwas anderes gewesen sein?« Ich ließ sie nicht zu Wort kommen und feuerte die Fragen nach und nach raus. »Hast du denn gar nichts mitbekommen, Amelia?«

Sie kniff die Augen zusammen. »Lizi, das ist das, was Lily mir gesagt hat. Ich stand am Tresen bei Jenny, ich habe nichts mitbekommen.«

Ich sah aus dem Augenwinkel, wie Dad den Kopf schüttelte, und drehte mich zu ihm. »Was denkst du?«

»Ich glaube Lily nicht. Ich glaube, sie hat nicht nachgedacht, als sie dir das gesagt hat und ich könnte mir vorstellen, dass sie in irgendeiner Art und Weise ihre Finger mit im Spiel hat.«

Ich riss meine Augen auf. »Meinst du, sie hat ihn vertrieben?«

»Nein, das glaube ich nicht. Es war sicher seine Entscheidung, aber wer sagt denn nicht, dass sie irgendwas wusste und na ja …«, er verstummte und sah zu Amelia.

»Denkst du, dass sie das machen würde?«

»Ich weiß es nicht. Ich habe zwar ihren Tod vorgetäuscht, aber sie ist gegangen. Sie hatte es schon immer faustdick hinter den Ohren und war gut darin, Dinge zu vertuschen. Wieso taucht sie sonst hier auf einmal auf und möchte, dass wir eine heile Familie sind?«

»Vielleicht war ihr Logan ein Dorn im Auge?«, erwiderte Amelia.

Ich hielt mich zurück. Beobachtete die beiden. Analysierte sie. Versuchte, ihnen zu folgen, doch ich konnte ihnen nicht glauben. Wollte ihnen irgendwie nicht glauben, schließlich war es noch immer meine Mom und so sehr sie sich auch falsch verhalten hatte … Sie war doch wieder hier, um es gut zu machen. Um den Kontakt mit mir zu halten, oder?

Ich griff nach der Schüssel mit den Pommes, die noch immer auf dem Tisch stand, und mümmelte daran, während ich ihrer Konversation versuchte, zu folgen. Ich fühlte mich wie in einem Kinofilm, nur dass die Pommes mein Popcorn waren. Amelia und Dad redeten sich die Köpfe heiß. Diskutierten über mögliche Wenns und Abers. Diskutierten, als wäre ich nicht mehr anwesend, und erst, als mein Name fiel, als wäre ich wirklich nicht da, riss mir die Zündschnur.

»Wie wäre es, wenn wir sie einfach fragen?« Ich zückte mein Handy und hielt es hoch.

»Und dann? Wird sie sicher wieder das Gleiche behaupten oder denkst du, sie sagt was anderes?« Amelia verkrampfte sich sichtlich und Dad sah von mir zu ihr.

Ich zuckte mit den Schultern. »Dann lassen wir es drauf ankommen.«

Ich wählte ihre Nummer und wartete darauf, dass sie abnahm.

»Was tust du da?«, zischte mein Dad neben mir und stach mir mit dem Ellenbogen in die Seite. Ich legte meinen Zeigefinger vor den Mund und brachte ihn so zum Schweigen.

Nach dem vierten Klingeln nahm sie ab. »Hallo, Elizabeth.«

»Du, ich habe kurz eine Frage … Hast du eine Minute Zeit?«

Ich wechselte den Blick zwischen Amelia und Dad, sie schüttelten den Kopf und senkten ihn dann. Ich stellte auf Lautsprecher, damit auch die beiden hörten, was sie zu sagen hatte, und legte das Handy behutsam auf dem Tisch ab.

»Klar, was ist los?«

»Ich habe mich mit Amelia gestritten, weil sie dir gesagt hat, was los ist und ich glaube, sie sagt mir nicht die ganze Wahrheit … Kannst du bitte ehrlich zu mir sein?«

Wir hörten, wie sie ausatmete und dann einen tiefen Atemzug nahm. »Liz, du musst nicht mit Amelia streiten. Sie hat mir lediglich gesagt, dass Logan gegangen ist.«

Mir klappte die Kinnlade hinunter und Amelia warf ihren Arm triumphierend nach oben und stumm sagte sie: »Ich habe es euch doch gesagt.«

»Bist du noch da?«

Ich räusperte mich. »Ja, tut mir leid. Ich bin noch da. Ich habe nur gerade darüber nachgedacht.«

»Klärt das miteinander. Und wenn was ist, bin ich immer für dich da. Egal, wann. Egal, wie spät. Ich werde dich nicht nochmal allein lassen.«

Ein Kloß bildete sich in meinem Hals und ich versuchte, diesen mit genug Speichel hinunterzuschlucken, aber er blieb stecken.

»Hallo? Bist du noch da?«

»Ja, Mom. Aber ich muss auch leider gleich los. Ich wollte heute wieder in den Unterricht.«

»Das klingt nach einem guten Plan. Vielleicht können wir danach Essen gehen? Was hältst du davon?«

Ich konnte ihr Lächeln förmlich hören.

»Ich melde ich. Ich muss einiges aufholen und ich weiß noch nicht, wie lange ich in der Uni sein werde.«

»Das klingt gut. Dann bis später. Ich hab dich lieb.«

»Vielleicht bis später, Mom«, sagte ich und drückte auf den Hörer, um aufzulegen.

Amelia sah mich an.

»Sie hat vorhin was anderes gesagt, wirklich.« Ich versuchte, die Worte meiner Mutter im Kopf zu ordnen.

»Bist du dir ganz sicher?« Dad legte mir eine Hand auf die Schulter und sah mich fürsorglich an. »Oder hast du das nur gedacht?«

Entsetzt riss ich die Augen auf. »Wieso sollte ich mir das ausdenken? Ihr … Ihr habt doch gerade noch wild diskutiert.«

»Das hat dein Dad nicht gesagt. Er hat lediglich gefragt. Wir wollen doch auch nur verstehen, was hier passiert.«

Ungläubig schüttelte ich den Kopf. »Ihr glaubt mir nicht.«

Hitze kroch meinen Hals hinauf. »Ihr glaubt mir nicht«, wiederholte ich meine Worte und starrte in überlegende Gesichter.

»Wir glauben dir.«

»Bullshit. Das tut ihr nicht. Ich bin doch nicht verrückt.«

»Lizi«, sagte Amelia und legte ihre Hand auf meine. »Vielleicht hast du es falsch verstanden?«

Heißes Blut strömte durch meine Adern und ich spürte, wie die Hitze mir zu Kopf stieg. Ich hielt die Luft an. Versuchte, mich zu beruhigen, aber alles, was sich angestaut hatte, gepaart mit Logans Abgang, platzte aus mir heraus.

»Wenn nicht mal ihr mir glaubt, dann weiß ich auch nicht mehr, wem ich überhaupt noch glauben kann. Tut mir einen

Gefallen und lasst mich in Ruhe.«

Ich rückte den Stuhl nach hinten, stand auf und sprintete ohne ein weiteres Wort in mein Zimmer. Wutentbrannt schaltete ich das Licht an und schämte mich für das Chaos, das ich die letzten Tage hinterlassen hatte. Meine Tasche kramte ich aus dem Schrank, warf meine Kleidung hinein und schaute ein letztes Mal in den Spiegel. Mein Äußerliches war weit entfernt von perfekt, aber wenn mich Logan eins gelehrt hatte, war es, dass perfekt ebenso unperfekt war und dass es um viel mehr ging.

Ich ließ mein Handy liegen, wollte nicht in Versuchung geraten. Nicht einmal die Stärke hatte ich, um mein Hintergrundbild auszutauschen. Er hatte mich verlassen und ich wollte es nicht glauben. Nicht wahrhaben. Wünschte, einfach so weitermachen zu können wie zuvor – oder gar nicht. Die letzten Tage zehrten an meinen Nerven und ich hoffte, dass ich durchs Tanzen den Kopf frei bekam und klarer denken und sehen konnte. Das benötigte ich dringend, weshalb ich meine Tasche schulterte und mich wieder auf den Weg nach unten machte, mich kurz und knapp verabschiedete und mich auf den Weg zur Uni machte.

Kapitel 38

Elizabeth

Es war schwieriger, als vorgestellt, sich auf das zu konzentrieren, was unser Dozent uns versuchte beizubringen, und meine Gedanken schweiften immer wieder ab.

Noah und Grace ging ich noch immer aus dem Weg, ich brauchte etwas Zeit. Wollte, dass Gras über die Sache wuchs und dann, wenn es hoch genug war, war ich vielleicht bereit.

Als Mr. Brown uns entließ, schlenderte ich ohne Umwege zum nächsten Kurs und lief Noah in die Arme.

»Kannst du nicht aufpassen?«

»Tut mir leid, das wollte ich nicht.« Er bückte sich nach meinen Büchern und reichte sie mir, ließ aber nicht los, sondern starrte mich undurchdringlich an. »Lizi, ich vermisse dich. Bitte, lass –«

Ich versuchte, ihm die Bücher aus den Händen zu ziehen, aber er hielt sie so fest, dass ich keine Chance hatte, deshalb erwiderte ich seinen Blick und kniff die Augen zusammen.

»Kannst du mich bitte vorbeilassen?«

»Der Schmerz, den du durchmachst, besteht eigentlich nur aus Gedanken. Hast du schonmal überlegt, dass du dir das selbst antust?«

Meine Brauen schossen in die Höhe. »Und das willst du mir

gerade wirklich erklären? Du trägst eine Teilschuld an dem Ganzen, also versuch nicht, mir zu erklären, wie das mit dem Schmerz funktioniert.« Ruckartig riss ich an meinen Büchern, konnte damit seinen Griff lösen und streifte seine Schulter, als ich an ihm vorbeiging.

»Liz, das ist nicht der richtige Weg. Du weißt, dass es nicht meine oder Grace' Schuld ist!«

Ich unterdrückte den Zwang, mich umdrehen zu wollen und ihn anzuschreien, nur um mir Luft zu machen.

Als ich am Saal ankam, blieb ich zögerlich stehen. Alles in mir wehrte sich gegen die letzten Schritte. Meine Füße waren wie in Beton gegossen und bewegten sich kein Stück vorwärts.

Ich war noch nicht so weit, auch wenn es mir sicher guttun könnte, diesen Saal zu betreten, weshalb ich auf dem Absatz kehrt machte und die Stunde ausfallen ließ. Auf dem Weg nach draußen schnappte ich immer wieder kurzatmig nach Luft. Ich wollte weg. Weg von allem hier. Weg von den Erinnerungen an Logan.

Als ich die Tür aufstieß und die Luft in meine Lunge strömen ließ, ging es mir direkt ein bisschen besser. Ich sah zum Eingang der *Residence Hall* und wünschte mir nichts mehr, als noch dort zu wohnen. Dann hätte ich jetzt meine Ruhe und es würde nicht ständig jemand von meiner Familie fragen können, wie es mir ging. Und aus genau diesem Grund wollte ich auch auf gar keinen Fall nach Hause.

Ich stand vor der Uni und die Menschen um mich herum liefen in Zeitlupe an mir vorbei. Meine Welt drehte sich. Sie drehte sich und kam nicht zum Stillstand, das Pochen in meinem Kopf wurde immer lauter. Meine innere Stimme schrie mich an, etwas zu unternehmen. Den Schmerz loszulassen, weiterzumachen. Ich schloss die Augen und überlegte. Ließ die Welt um mich herum auseinanderbrechen. Stück für Stück bröckelte die Fassade. Verblassten die Farben. Definitiv war ich noch nicht so weit, wieder herzukommen.

Plötzlich schlug ich die Augen wieder auf und meine Füße trugen mich davon.

Erst als ich vor der NYU stand, fühlte ich mich befreiter und ich hatte große Hoffnung, dass ich Nik gleich über den Weg laufen würde. Ich sah hoch und erblickte die blau-weiße Flagge mit der Aufschrift NYU. Als ich gerade weitergehen wollte, kam ich abrupt zum Stehen.

»Was machst du denn hier?«

»Nik«, sagte ich, lächelte und fiel ihm in die Arme. »Ich hatte es im Gefühl. Ich wusste, dass ich dich hier treffen würde.«

»Bist du jetzt zur Hexe mutiert? « Er nahm mein Kinn in die Hand und drehte meinen Kopf von links nach rechts. Suchte nach Anzeichen für eine Veränderung.

»Ha ha. Nein, ich hatte es einfach im Gefühl. Ich musste von der *Juilliard* weg und du bist der Einzige neben Becca, den ich gerade irgendwie noch habe.«

Seine Augenbrauen zogen sich zusammen. »Wollen wir spazieren gehen?«

Ich nickte. »Gern.«

Er reichte mir seine Hand, die ich dankend ergriff, und wir schlenderten in Richtung *Central Park*.

An der *Bow Bridge* angekommen, war keine Menschenseele hier. Sonst war es immer voll, aber heute war es anders, als ob sie wussten, dass ich nach dem Alleinsein schrie.

Nik lehnte die Arme übers Geländer und drehte seinen Kopf zur Sonne. Ein Seufzen entfuhr mir, als ich den Kopf zur Sonne wandte und die Wärme auf meine Haut strömte.

»Wie geht es dir?«, fragte er und ich öffnete die Augen.

Sah ihn an und zuckte mit den Schultern. »Wie es jemandem eben geht, der irgendwie niemanden mehr hat.

»Wie meinst du das?«

Ich legte meine Stirn in Falten. »Na ja … Irgendwie haben sich gefühlt alle gegen mich gewandt und so richtig habe ich niemanden mehr. Außer dich und Becca.«

»Wie kommst du darauf? Du hast auch noch deine Familie und Noah und Grace.«

Ich drehte langsam und behutsam meinen Kopf von links nach rechts. »Nein, Noah und Grace haben sich für eine Seite entschieden. Sie wollten Logan gegenüber loyal sein und haben mir nichts gesagt. Haben mich hintergangen.«

Er stützte sich mit den Händen an der Brücke ab und drückte sich hoch, als wollte er Liegestützen im Stehen machen, bevor er sich zu mir drehte und mich mit seinem Blick fixierte.

»Wieso denkst du, dass sie ihm gegenüber loyaler sind als dir?«

Ich drehte mich um, lehnte ich mit dem Rücken an und sah zu ihm nach links. »Sie haben sich dafür entschieden, nichts zu sagen, obwohl beide von ihnen es wussten.«

Verständnisvoll nickte er. »Okay, nochmal. Wieso denkst du das?«

»Weil es so ist«, sagte ich und fuhr mit den Fingerspitzen durch meine Haare, bis zu meinen trockenen Spitzen.

»Ich versteh das nicht«, erwiderte er und legte den Kopf schief, damit er mich ansehen konnte und gleichzeitig die Sonne auf sein Gesicht fiel.

»Vergiss es.« Ich verdrehte die Augen. Ich hatte keine Lust, mit ihm zu streiten.

»Nein, ich vergesse es nicht und es ist auch nicht egal. Ich möchte verstehen, Lizi … Wir zwei hatten, seit ich hier bin, auch kaum Kontakt und haben uns immer nur sporadisch gesehen. Ich könnte doch auch sagen, du warst gegenüber den anderen loyaler, obwohl wir uns schon viel länger kennen, aber ich habe dir immer die Möglichkeit gegeben, es zu erklären.

Hast du dir mal überlegt, dass es für die beiden eine genauso beschissene Situation war?«

»Du bist nicht der Erste, der mir das sagt. Und ja, ihr habt damit alle recht. Und ich werde das auch klären, aber ich muss erst einmal mit mir selbst klarkommen.« Die Worte platzen nur so aus mir heraus und es war – so wie er lächelte – genau das, was er hören wollte. »Sie hätten mit mir reden können«, nuschelte ich.

»Hast du mit ihnen geredet? Hast du ihnen eine Chance gegeben, dir zu erklären, wieso sie nichts gesagt haben? Mensch, Lizi, so bist du doch gar nicht. Was ist mit dir passiert?«

Ich prustete los. »Was ist mit dir passiert?«

Verwirrt sah er mich an. »Wie meinst du das?«

»Seit wann bist *du* so?«, fragte ich.

»Wie?«

»So, dass ich weiß, dass du recht hast. Es aber am liebsten nicht zugeben würde. Diese Worte sind normalerweise Dinge, die mein Vater zu mir sagen würde.«

Achselzuckend legte sich ein Lächeln auf seine Lippen. »Ich glaube, das macht Becca mit mir. Oder vielleicht auch die Zufriedenheit. Ich dachte immer, Perth wäre alles für mich und wenn du nicht den Schritt gewagt hättest und gegangen wärst, dann wäre ich vielleicht immer noch dort. Unglücklich, oder eher unwissend, was mich eigentlich erfüllt und glücklich macht.«

Ich traute meinen Ohren nicht, gab ihm einen Stups mit dem Ellenbogen in die Seite. »Kannst du das noch einmal wiederholen?«

»Vergiss es, Wilson«, entgegnete er und nahm meinen Kopf in den Schwitzkasten. Fuhr mir mit der Faust über die Haare und lachte aus tiefster Seele.

Als ich wieder zu Atem kam und er mich losließ, berührte ich seine Wange. »Ich habe dich vermisst und es tut mir leid, dass ich mich so wenig gemeldet habe. Und …« Ich holte tief Luft. »Du hast recht. Ich habe weder Noah noch Grace eine Chance gegeben, es zu erklären … Das sollte ich vielleicht einmal machen.«

»Nicht nur vielleicht«, sagte er und drehte sich wieder um, sodass er aufs Wasser und den *Central Park* schauen konnte. Ich tat es ihm gleich und legte meinen Kopf auf seiner Schulter ab. Genoss den Ausblick und die Nähe. Die Geborgenheit, die er mir gerade gab, und das Vertrauen.

»Was möchtest du jetzt noch machen?«

Ich sah in die Ferne. »Mir den Bauch mit Zuckerwatte vollschlagen.«

Mein Magen hatte das Verlangen nach Essen. Seit Tagen endlich mal wieder.

»Zuckerwatte? Wollen wir nicht lieber zu *Olive's Garden* oder zu *Charles' Pan-Fried Chicken*?«

Ich zog einen Schmollmund, aber er hatte mal wieder recht. Vielleicht wäre etwas Richtiges besser.

»Na gut«, sagte ich und schob meine Lippe noch weiter vor. »Aber danach bekomme ich meine Zuckerwatte?« Ich klimperte mit den Wimpern. »Bitte?«

Er verdrehte die Augen. »Wenn es sein muss. Du weißt, wie sehr ich dieses chemische Zeug hasse.«

»Aber ich habe Liebeskummer …«

»Hör auf damit. Damit bekommst du mich nicht und das weißt du genau so gut wie ich.«

Spielerisch stampfte ich mit dem Fuß auf den Boden und verschränkte die Arme vor der Brust. »Einen Versuch war es aber wert oder findest du nicht?« Beschwichtigend hob ich meine Hand, ballte sie zu einer Faust und boxte ihm gegen die Schulter.

»Autsch.«

»Tu nicht so, als ob das weh tat«, sagte ich und lachte auf. »Lass uns jetzt was Essen gehen, bevor ich ungemütlich werde.«

Ergeben warf er die Arme in die Luft. »Na gut, ich suche aus und sage …«

Mit hochgezogener Augenbrauche wartete ich auf eine Antwort.

»Wir gehen zu …«

Genervt entfuhr mir die Luft aus der Lunge. »Nik. Komm zum Punkt. Entscheide dich einfach in … Drei … Zwei … Eins … Wir gehen zu …«

Ich zeigte mit dem Finger auf ihn, gab ihm das Signal, sich zu entscheiden, und als er tief Luft holte, wusste ich, dass ich gleich endlich essen konnte.

»*Olive's Garden*.«

Als wir am *Times Square* ankamen, war dieser wie immer von einer Menschenmasse überfüllt. Hier war es nie ruhig. New York war und blieb immer die Stadt, die niemals schlief, zumindest an bestimmten Hotspots.

»Ich habe noch nie verstanden, was die Menschen hier so faszinierend und toll finden«, sagte Nik und sah mich abwartend an.

»Ich kann es dir nicht sagen. Vielleicht ist es einfach, weil wir es schon gewohnt sind. Oder eher, weil es für uns einfach so alltäglich ist. Wir können kommen und gehen, wann immer wir wollen. Viele sind bestimmt das erste Mal hier oder auf der Durchreise. Roadtrips und so.« Ich zwinkerte.

Früher hatten wir zwei immer geplant, einen Roadtrip durch die Staaten zu machen. Von New York bis rüber nach L.A. und das nur mit einem Rucksack. Heute konnte ich mir das nicht einmal mehr vorstellen. Ich dachte darüber nach, wie es wäre, Chloe in L.A. einmal zu besuchen, aber auch zu ihr hatte ich nicht mehr den Kontakt wie zu Anfang. Oder eher wie vor meiner Ankunft hier.

Vielleicht sollte ich sie einfach mal anrufen.

»Hast du eigentlich noch Kontakt zu Chloe?«, fragte ich mit

einem leeren Blick und in Erinnerungen schwelgend, als wir die Treppen zu *Olive's Garden* emporstiegen.

»Ganz selten mal, aber eher weniger. Sie ist auch ziemlich eingespannt mit ihrem Studium. Und du?«

Ich fixierte die Stufen, konzentrierte mich, immer zwei zu nehmen und eher oben anzukommen als er. »Nein. Ich weiß auch nicht, wann sich das so verlaufen hat, aber ich werde ihr mal schreiben. Sie vielleicht sie besuchen. Ich schaue mal.«

Als ich zuerst am Treppenabsatz stand, lächelte ich ihn breit an.

»Wolltest du einen Wettbewerb daraus machen? Wer zuerst oben angekommen ist oder wieso hast du dich so beeilt?«

»Nein. Ich sagte doch bereits, dass ich einen Bärenhunger habe und wenn du nicht so schleichen würdest, dann würden wir sicher schon an einem Tisch sitzen und in die Karte gucken können.«

Meine Lippen spitzen sich und ich streckte ihm die Zunge entgegen, während er kopfschüttelnd lachte.

»Du bist mir eine, Elizabeth Wilson. Du bist wirklich die Ungeduld in Person.«

»Kann gut sein. Kannst du jetzt weiterlaufen? Oder ich muss eben ohne dich anfangen und mich allein irgendwo hinsetzen, dann wäre aber an dem Tisch kein Platz mehr für dich. Also überleg's dir gut, Faultier.«

Er setzte sich wieder in Bewegung und als er neben mir zum Stehen kam, ergriff ich seinen Arm.

Ein Kellner führte uns zu einem freien Tisch und wir bestellten ein Wasser sowie eine Sprite und mit hungrigen Augen suchte ich mir etwas raus, wovon ich wusste, dass ich es verschlingen und lieben würde.

»Hast du dich schon entschieden?«, fragte er und schaute über den Rand der Speisekarte zu mir.

»Einmal alles, bitte.«

»Du willst mich armen Studenten noch ärmer machen. Ich

merk das schon.«

»Ich? Niemals!«

»Das hätte ich jetzt auch gesagt.«

Wieder verdrehte ich die Augen und gab ihm einen leichten Tritt gegen sein Schienbein.

Böse funkelte er mich an. »Wieso tust du mir den ganzen Tag andauernd weh?«

Und erst als er es aussprach, wurde mir bewusst, dass ich heute etwas aggressiver war als sonst. »Tut mir leid. Ich habe es jetzt erst gemerkt. Ich glaube, ich bin einfach unausgelastet. Seit Logan weg ist, habe ich weder einen Saal betreten noch getanzt.«

Er riss seine Augen auf. »Jetzt wirklich nicht?«

Beschämt schüttelte ich den Kopf. »Wirklich nicht. Ich habe das Gefühl, ich kann es nicht mehr, weil irgendwie ein Teil von mir fehlt. Er ist weg. Die Inspiration lässt zu wünschen übrig und ich habe Angst, dass, wenn ich mich fallen lasse, das Kartenhaus über mir einstürzt und mich darunter begräbt.«

»Du bist ganz schön melancholisch und dramatisch, oder findest du nicht?«

Ich zuckte mit den Schultern, klappte die Karte zu und legte sie beiseite. »Vielleicht. Aber ohne ihn fühlt sich das Tanzen nur halb so gut an. Er war doch schließlich der, der mir gezeigt hat, dass es um so viel mehr als das geht.«

»Und um was?«

»Na ja … Er hat mir gezeigt, dass es nicht nur um Erfolg oder Fleiß geht.«

»Du hast dich abhängig gemacht und nun denkst du, dass du nicht ohne ihn kannst … Aber das ist nicht so.« Nik legte seine Hand auf meine und lächelte leicht. »Du bist so viel mehr als die Schnittmenge von euch beiden. Du bist so viel mehr als das, Lizi. Du hast so viel überlebt. Du hast herausgefunden, dass deine Mom am Leben ist, hast du dich gegen jeden Widerstand gestellt, hast dich zurück an die Uni gekämpft, hast dich durchgebissen bis aufs Blut. Du hast neue Freunde gefunden. Du hast das alles geschafft. Du bist so viel stärker, als du gerade denkst.«

Ich führte einen Kampf zwischen Herz und Verstand, nur um nicht losheulen zu müssen. Seine Worte berührten nicht nur mein Herz, sondern auch meine Seele und Stück für Stück setzte sich meine kleine, zusammengebrochene Welt wieder zusammen. Stück für Stück stärkte ich das Kartenhaus, das zu zerfallen drohte.

»Haben Sie sich entschieden?«

Der Kellner riss mich aus meiner Starre und ich nickte Nik zu, räusperte mich und öffnete erneut die Karte.

»Ich würde gerne einmal die Shrimp-Scampi nehmen«, sagte ich und versuchte, mich zu einem leichten Lächeln durchzuringen, was mir nach Niks Worten schwerfiel.

»Für mich bitte die Cheese Ravioli. Vielen Dank.«

»Darf ich Ihnen sonst noch etwas Gutes tun?« Er sah von links nach rechts und als wir beide mit dem Kopf schüttelten, machte er auf dem Absatz kehrt.

Ich schluckte schwer und nippte an meinem Wasser.

»Du weißt, was ich dir damit sagen wollte, oder Lizi?«

»Ja … Ich verstehe das auch, nur …« Meine Stimme brach und ein Kloß bildete sich in meinem Hals.

»Es gibt kein *Nur* und auch kein *Aber*. Du bist das, was du aus dir machst. Du kannst tanzen und du kannst auch einen Saal betreten. Du musst aufhören, so viel nachzudenken, sonst brichst du dir immer weiter selbst das Herz. Deine Zukunft hängt von deiner Gegenwart ab und sie bittet dich gerade um etwas, auch wenn du es nicht siehst oder nicht sehen willst.«

»Was ist das?«, hauchte ich leise und blinzelte die Tränen weg.

»Sie bittet dich darum, loszulassen, was du nicht mehr ändern kannst.«

Elizabeth

Die ganze restliche Zeit, die wir bei *Olive's Garden* waren, schwiegen wir uns mehr oder weniger an. Ich dachte viel an seine Worte und sie spukten mir unheimlich im Kopf herum. Ich wollte nicht daran denken, aber sobald ich mich ablenken wollte, schrie mich mein Inneres an.

»Wollen wir gleich bezahlen?«, fragte ich und versuchte, meine innere Stimme zu übertönen.

»Ich zahle. Das hier geht heute auf mich.«

»Das muss aber doch nicht …«

Er schnitt mir mit dem Finger das Wort ab und lächelte. »Ich mache das gern und habe das schon immer gern gemacht, also sag einfach Danke und nimm es hin.«

Bei seinem letzten Wort zog er fragend die Braue hoch und ich nickte stumm, ließ die Stimme in meinem Kopf wieder die Oberhand gewinnen. Während Nik zum Bezahlen nach vorn ging, damit ich vermutlich nicht mitbekam, dass ich ihn gerade arm machte, zückte ich mein Handy und schrieb Noah und Grace die gleiche Nachricht.

Ich: Können wir uns in zwei Stunden im Central Park am Brunnen der Bethesda Terrace treffen?

»Was tust du da?«, fragte Nik, als er sich wieder mir gegenüber niederließ. Er lächelte.

»Ich habe Noah und Grace geschrieben«, flüsterte ich und senkte den Blick.

Hitze stieg in mir auf. Eigentlich wollte ich nicht, dass er es so direkt mitbekam, aber er hatte das mit mir gemacht, also sollte er sich freuen.

»Hör auf, so zu lächeln. Das hat nichts mit dir zu tun«, feixte ich.

»Vielleicht nicht mit mir, aber definitiv mit meinen Worten, oder?« Er zwinkerte mir zu und ich tat so, als ob ich mich übergeben musste.

»Übertreib mal nicht. Ich freue mich, wenn ich einer Freundin …«, er räusperte sich. »Meiner besten Freundin helfen konnte.«

Der Kloß, der sich die ganze Zeit über nicht richtig lösen wollte, löste sich endlich und ich lächelte. Ehrlich und weil ich in diesem Moment wirklich glücklich war.

»Ich habe dir einiges zu verdanken heute. Du hast mir irgendwie die Augen geöffnet, auch wenn ich noch nicht ganz weiß, wie du das getan hast und wo du diese Worte hergenommen hast. Es kommt mir fast so vor, als ob du …«

Ich riss meine Augen auf und auf einmal platzte ein Knoten in meinem Kopf. Entschuldigend sah er mich an.

»Du hast mit Dad geredet, oder?« Ich schüttelte den Kopf und am liebsten wäre ich sauer gewesen, aber alles in mir wehrte sich gegen das Gefühl und anstelle dessen lächelte ich bis über beide Ohren.

»Ich glaube, er wusste einfach, dass du einen Freund brauchen wirst und dass du aktuell keinen Draht zu Noah und Grace hast. Wir haben gestern telefoniert und ehrlich gesagt, habe ich mir wirklich viele Stichpunkte gemacht. Es war schwer, das so wiederzugeben. Woran hast du es jetzt doch gemerkt?«

»War nur ein Instinkt. Hättest du es jetzt nicht bestätigt, dann hätte ich den Gedanken einfach wieder verworfen.«

»Ich kann einfach nicht lügen und wäre sowieso noch auf dich zugekommen. Das war einfach nur ein toller Zufall«, sagte er und rückte den Stuhl zurück. »Wollen wir gehen?«

»Gern«, sagte ich mit einem Lächeln auf den Lippen und tat es ihm gleich. Als ich neben ihm stand, reichte er mir seine Hand. Ich verschränkte unsere Finger ineinander und gemeinsam verließen wir das Restaurant. Wir beschlossen, uns noch auf die berühmten roten Treppen zu setzen und dem *Time Square* dabei zuzuschauen, wie er sich minütlich veränderte, und meine Welt entschleunigte sich.

Ich beobachtete die Menschen um uns herum und fühlte mich, als wäre dank Nik und meinem Dad ein hundert Kilo schwerer Zementsack von meinen Schultern gefallen.

Vielleicht konnte ich doch weitermachen, glücklich sein und mich auf mich konzentrieren. Ich brauchte dafür nur meine Freunde und mich selbst.

Ich umgriff Niks Oberarm, lehnte mich an seiner Schulter an, schloss die Augen und öffnete mein Marmeladenglas. Zog jede schöne Erinnerung mit Logan hinaus, sog sie tief in mir auf und ließ sie frei. Ich konnte immer an sie denken, wenn es mir schlecht ging und mir wurde bewusst, wieso er alles so getan hatte. Durch das Gespräch war ich mir ebenso sicher, dass meine Mom etwas damit zu tun hatte, und sicher würde ich das Warum noch herausfinden. Wenn nicht morgen, dann eben wann anders, aber ich würde alles daransetzen, zu verstehen, was passiert war. Irgendwie. Und vor allem irgendwann.

Ich war stark genug dafür und als ich die Augen öffnete, standen Noah und Grace vor uns. Leicht stupste ich Nik an.

»Das warst doch du, oder?«

»Schuldig im Sinne der Anklage.«

»Danke«, hauchte ich und stand auf. Ich ging auf sie zu und

nahm sie ohne ein Wort in den Arm, drückte sie so fest, es ging, an mich und würde sie nie wieder loslassen.

»Es tut mir so leid. Es tut mir so unendlich leid. Ich war so grausam zu euch. Bitte verzeiht mir.«

Noah tätschelte meinen Kopf. »Wir müssen uns bei dir entschuldigen. Keiner von uns hatte den Mut, etwas zu sagen, weil wir Angst hatten.«

»Noah hat recht«, sagte Grace und löste sich aus meiner Umarmung. Sie hatte Tränen in den Augen und es brach mir mein Herz. »Wir hätten dir direkt etwas sagen sollen. Wir wussten nur nicht, wie.«

»Lasst uns nicht weiter darüber reden. Ein weiser Mann sagte mal«, ich sah zu Nik und lächelte ihn breit an, »wir müssen aufhören, ständig Ausreden für unser Nicht-Handeln zu suchen. Ich hätte euch ebenso die Chance geben müssen.«

»Also?« Grace sah von Noah zu mir. »Ist zwischen uns alles wieder gut?«

Ich zuckte mit den Achseln. »Ja, es tut mir leid. Ich war wieder mal egoistisch. Ich glaube manchmal, dass ich noch viel lernen muss.«

»Wir doch genauso, Liz. Keiner von uns ist perfekt. Wir hätten dich zumindest abholen können, indem wir mit dir gesprochen hätten, aber dazu hatte auch keiner von uns den Mut. Es wird nicht nochmal vorkommen.« Grace zog mich wieder in eine Umarmung und als ich zu Noah sah, formte er mit seinen Lippen das Wort »Versprochen«.

Sämtliche Anspannung fiel von mir ab. Es war das erste Mal seit Tagen, dass ich mich komplett leer fühlte, an nichts mehr dachte und einfach den Moment genießen wollte. Ich hatte meine Freunde um mich herum und das war alles, was zählte.

Kapitel 40

Elizabeth

Die Woche war schnell vergangen und am Wochenende war bereits der vierte Juli – die größte Party im ganzen Land. Einerseits sträubte ich mich dagegen, hinzugehen, nach allem, was passiert war, aber andererseits war ich ganz schön aufgeregt. Es waren nur noch zwei Tage bis dahin und wäre da nicht das Gefühl gewesen, dass etwas fehlte, wäre die Vorfreude darauf sicher größer. Abseits davon stand auch einen Tag später mein Geburtstag an und ich wollte nicht noch extra eine Party veranstalten. Es ging kein Weg daran vorbei. *Hü oder Hot*, wie mein Dad nun sagen würde.

Ich hatte es mir dennoch bis dahin zur Aufgabe gemacht, herauszufinden, was meine Mom mit alldem zu tun hatte. Mit Logans Abgang. Vielleicht würde ich heute nach dem Unterricht endlich mehr wissen, denn wir trafen uns zum Shoppen und da ich hoffte, es würde etwas Ungezwungenes werden, würde ich es vielleicht irgendwie schaffen, ihre Zunge zu lockern und mit der Sprache rauszurücken. Wenn es wahr sein sollte.

Nach dem Gespräch mit Nik betrat ich wieder einen Saal und gab mein Bestes, die Tage aufzuholen, die ich auf Grund meines Mental Breakdowns wegen Logan verloren hatte. Ich versuchte, mich bestmöglich auf die Zwischenprüfung vorzubereiten, die in weniger als sechs Wochen stattfinden sollte. Bis dahin hatte ich noch so einiges zu tun.

»Fühlst du dich vorbereitet oder wollen wir zwei nochmal zusammen trainieren?« Grace gab mir einen leichten Stupser mit der Schulter, damit sie meine Aufmerksamkeit hatte.

»Redest du mit mir?«, fragte ich und sah mich verwirrt um.

»Erde an Liz. Eigentlich rede ich mit der Frau an der Tür. Alles gut, vergiss es also.« Ihre Augen strahlten und das Lachen auf ihren Lippen bohrte sich tief in mein Herz.

»Okay, dann widme ich mich wieder meinen Gedanken«, scherzte ich und zwinkerte ihr zu.

»Ich habe dich gefragt, ob wir zwei nochmal zusammen trainieren sollen, oder ob du gut vorbereitet bist.«

Kurz dachte ich nach, berührte mein Kinn und ließ den Blick durchs Café schweifen. »Vielleicht ist ein bisschen Extra-Training mit dir gar nicht so schlecht. Ich habe mehr verpasst, als ich dachte und irgendwie habe ich das Gefühl, dass die Dozenten ebenfalls nicht gut auf mich zu sprechen sind.«

Sie winkte ab. »Das bildest du dir nur ein. Aber wir können gern noch was machen. Heute bist du mit deiner Mom verabredet, oder?«

Ich nickte, und sah in meine leere Kaffeetasse. »Ja, genau. Ich will ihr auf den Zahn fühlen und herausfinden, ob sie was mit Logans Weggehen zu tun hatte.«

Als ich den Kopf wieder hob, sah ich in erschrockene Augen. Grace hatte sie weit aufgerissen und ihr Mund stand leicht offen.

Ich musterte sie und sah sie eindringlich an. »Wieso schaust du so, als hättest du einen Geist gesehen?«

Sie sagte kein Wort. Sah mich einfach nur an und wartete auf irgendwas. Als ich das Puzzle in meinem Kopf langsam zusammensetzte, wusste ich es.

»Du weißt etwas.«

Sie nickte, blieb aber stumm.

»Wir haben uns was versprochen, Grace. Spuck es schon aus.«

»Ich weiß es nicht genau, also … Noah … Er hat mit Noah mehr darüber gesprochen und so, wie ich verstanden habe …« Ihre Stimme bebte und sie schluckte schwer. Dann räusperte sie sich. »Bist du dir sicher, dass er freiwillig gegangen ist?«

Ungläubig schüttelte ich den Kopf und langsam sprach ich die Worte aus. »Mehr muss ich nicht wissen. Danke, Grace.«

Ich sprang auf, kramte aus meiner Hosentasche das Geld für unsere Getränke und ließ es auf dem Tisch liegen.

»Ich melde mich später. Danke!« Ich drückte ihr einen Kuss auf die Wange und machte mich auf den Weg nach *Midtown Manhattan*, um mich mit meiner Mutter zu treffen. An der *Manhattan Mall* angekommen wartete ich vor der Tür und lugte immer wieder verstohlen aufs Handy. Ich war viel zu früh, aber ich wollte eher hier sein. Mir die Worte genau durch den Kopf gehen lassen und schauen, wie ich sie dazu bekam, mir etwas zu erzählen.

Die Mall war ein Indoor-Einkaufszentrum an der *33rd Street*. Sie erstreckte sich über vier Etagen und hatte alles, was das Herz begehrte, solange man das Geld hatte. Es gab nicht viele Shops, aber darunter war auch *Victoria's Secret*, *JCPenney* und *Foot Locker*. Für mich und mein Portemonnaie absolut ausreichend.

Ich lief vor der Mall auf und ab, wartete darauf, dass die Zeit verging. Nach einer Stunde hatte ich mir sicher schon Blasen an den Füßen zugezogen und war bereit, mich auf den Heimweg zu machen. Doch dann sah ich Mom die Straße entlanglaufen und blieb abwartend stehen. Sie lächelte breit und winkte mir zu. »Bin ich zu spät?«

Ich runzelte die Stirn. »Nein, ich war einfach nur zu früh. War vorher noch einen Kaffee trinken und ich wollte laufen, deshalb war ich schon hier. Aber wollen wir rein?«

Ich zeigte auf die Eingangstür und sie nickte, hakte sich bei mir ein und gemeinsam betraten wir die Mall. Ich hatte ein unwohles Gefühl dabei, so zu tun, als wäre alles okay, aber irgendwo musste ich ja anfangen und wenn es so sein sollte, dann war das eben der beste Plan.

»Wollen wir erst zu *Victoria's*?«, fragte ich und sah sie von der Seite an.

Auch wenn ich wusste, dass das hier aus einem wichtigen Grund war, fühlte es sich dennoch vertraut an. Es war schön, mit meiner Mutter einkaufen zu gehen, das war mir sonst nie möglich gewesen.

»Ja, dann decken wir dich mit neuer Unterwäsche ein.« Sie zwinkerte mir zu und mir lief es eiskalt den Rücken runter. »Du siehst besser aus. Geht es dir besser?«

»Du hast mich doch kaum gesehen«, erwiderte ich schmunzelnd.

»Ich bin einfach davon ausgegangen, dass du nicht so gut aussahst, als wir telefoniert haben.«

»Ach so, das meinst du. Ja, mir geht's auf jeden Fall besser. Ich hatte ein richtig gutes Gespräch mit Nik und es tat mir unfassbar gut, mit einem alten Freund zu sprechen.«

Sie klatschte in die Hände. »Ach, wie schön. Aber findest du nicht, dass es etwas schnell geht mit einem neuen Mann, wenn es dir vor ein paar Tagen noch so schlecht ging?«

Ein Hauch ihres Parfums drang zu mir durch und ich legte mir den Unterarm vor die Nase. Es roch unfassbar streng und absolut nicht gut. Fast hölzern.

Als der Geruch sich verzog, lachte ich auf. »Nein. Nik und ich sind nur Freunde. Wir waren jahrelang ein Paar und als ich herkam, haben wir uns getrennt. Aber jetzt haben wir wieder zueinandergefunden. Als Freunde halt.«

Erleichtert nickte sie. »Ach so. Dann war es ja doch die richtige Entscheidung.«

Ich spürte, wie sich meine Stirn in Falten legte. Meine Braue zuckte und mein Kinn sich nach vorn bewegte. »Wie meinst du das? Welche richtige Entscheidung?«

»Ich, ähm … Lizi, Schatz, also …«

Ich entzog ihr meinen Arm. Auch wenn ich es mir gedacht hatte, war ein kleiner Funken Hoffnung dagewesen, dass es anders war.

»Was?« Meine Lippen zogen sich zu einer schmalen Linie und meine Zähne presste ich so fest aufeinander, dass mein Kiefer schmerzte.

Sie blieb stehen und sah mich an. »Lass uns nicht hier darüber reden.«

Ich riss meine Augen auf. »O doch. Ich denke, *jetzt* ist genau der richtige Zeitpunkt dafür, dass du mir sofort sagst, was hier los ist.«

Sie nahm eine abwehrende Haltung ein. Stemmte die Hände in die Hüften und setzte einen kühlen Blick auf. »Er hat dich gebremst«, sagte sie trocken.

Mir entfuhr ein Lachen, doch als ich verstand, dass sie es ernst meinte, verstummte ich umgehend und starrte sie an.

»Er hat mich gebremst?« Ich wiederholte ihre Aussage, konnte nicht glauben, was sie von sich gab.

»Ja, ich wollte nicht, dass du die gleiche Entscheidung treffen musst, wie ich es musste.«

Ihre kühle Art trieb mich zu Weißglut. »Und das gibt dir das Recht, für mich eine Entscheidung zu treffen?«

Meine Stimme schnellte in die Höhe und das Blut stieg mir zu Kopf. Meine Schultern spannten sich an und mein Körper bebte. »Was hast du gemacht?«

Sie gab ein ersticktes Lachen von sich. »Ich musste nicht viel machen. Seine Schwester hat die meiste Arbeit gemacht. Ich habe ihm lediglich mit auf den Weg gegeben, dass Familie alles ist und immer vor die Karriere gestellt werden sollte.«

Ich platzte und gab ein Grunzen von mir. »Und das aus deinem Mund. Du hast ihn erpresst. Das ist das, was du tust.«

»Elizabeth, jetzt reiß dich zusammen. Die Leute schauen uns schon an.«

»Das ist mir sowas von egal!« Finster starrte ich sie an, ballte die Fäuste so fest, dass meine Knöchel schmerzten und weiß hervortraten. Jetzt fehlte nur noch ein Funken, und ich würde explodieren. Ein Schlachtfeld hinterlassen, aber ob das richtig war, war dahingestellt.

»Jeder macht mal Fehler. Und ja, vielleicht habe ich davon viele gemacht, aber wir sind alle nur Menschen. Ich bin deine Mutter. Bin da und höre dir zu«, presste sie hervor und fixierte mich.

Ich wollte meinen Ohren nicht trauen.

Mein Mund stand offen, während meine Augenbrauen so weit nach oben schossen, dass sie beinahe meinen Haaransatz erreichen konnten. Ich musste mich sammeln. Zusammenreißen und hoffen, dass sie nichts mehr sagte, was das Fass endgültig zum Überlaufen brachte. Ich atmete tief durch, in den Bauch hinein und versuchte das Blut aus meinem Kopf zurückzulenken.

»Nein, du bist keine Mutter. Du hast nie gelernt, dich wie eine Mutter zu verhalten, und ich kann dir sagen, dass eine Mutter so was –« Ich machte eine Pause, weil ich Angst hatte, dass meine Stimme brach. Räuspernd versuchte ich den Kloß in meinem Hals verschwinden zu lassen. »So was, wie du getan hast, würde ich nicht machen. Ich habe schon mal gesagt, dass du mir leidtust, weil du nie erfahren durftest, was wahre Liebe ist und das zeigt sich jetzt genauso wie schon an dem Tag bei uns zu Hause. Du kannst nicht alles damit rechtfertigen, dass wir Fehler machen. Ja, wir dürfen welche machen. Aber sie sind auch da, um aus ihnen zu lernen. Und das hast du nicht.«

»Du kannst mich nicht verleugnen.« Sie schnappte nach Luft, in ihren Augen sammelten sich Tränen und ihre starke Fassade begann zu bröckeln.

»Nein. Das tut ich nicht. Denn ich habe gelernt, zu verzeihen. Ich habe gelernt, für Dinge und Entscheidungen gerade zu stehen. Aber eins ist mir wichtig, Lily. Du bist nicht meine Mutter. Meine Mutter ist vor fünfzehn Jahren in dieser Aufführung gestorben. Du hast es nicht verdient, die meine Mutter nennen zu dürfen. Nicht nach dem, was du mir gerade erzählt hast.«

»Ich wollte nur dein Bestes!«

»Du hättest mich einfach fragen können, was für mich das Beste ist. Wäre es dir wichtig gewesen, mich kennenzulernen, dann hättest du mit mir darüber geredet und nicht einfach meinen Freund erpresst, damit er geht. Was war deine Intention? Nur, damit ich mich nicht irgendwann entscheiden muss? Damit ich mich auf meine Karriere konzentrieren kann?«

Sie öffnete den Mund, setzte zur Antwort an, doch ich schnitt ihr das Wort ab.

»Nein. Nein, ich will es nicht hören. Ich bin nicht du und weiß, dass ich bessere Entscheidungen treffe. Und weißt du was? Ich würde meinem Kind so was nie antun. Ich wäre nicht so selbstsüchtig und egoistisch wie du.«

»Das sagst du jetzt. Dabei bist du genau wie ich. Ob du es willst oder nicht. Ich habe dich zur Welt gebracht und ein kleines Bisschen von mir steckt auch in dir.«

»Vielleicht … Aber ich werde alles dafür tun, um niemals so zu werden wie du. Du hast mir nicht nur einen Freund genommen und von mir weggetrieben, sondern auch meine Liebe.«

Ich setzte ihr den Zeigefinger auf die Brust und die Menschen um uns herum verschwanden für mich.

»Er hat mir gezeigt, dass es um so viel mehr als den blöden Erfolg geht! Es geht um Leidenschaft. Und wenn für dich die Karriere Leidenschaft ist, dann ist das eben so, aber für mich ist Leidenschaft so viel mehr.«

»Du weißt nichts, Elizabeth«, sagte sie und stieß meinen Zeigefinger von der Brust.

Ich entfernte mich ein Stück von ihr und atmete tief durch.

»Doch, Lily. Denn große Leidenschaften sind wie Naturkräfte. Ob sie nutzen oder schaden, hängt nur von der Richtung ab, die wir nehmen, und du hast dich eindeutig für die falsche entschieden.« Traurig lächelte ich sie an, versuchte meine Tränen wegzublinzeln. »Wenn du in meinem Leben bleiben willst, dann kannst du das, aber nicht als Mutter. Und wenn du als Freundin bleiben willst, dann musst du erstmal beweisen, dass es dir was bedeutet, und du musst Fehler eingestehen. Aber das würdest du nie tun, oder?«

Sie schnaufte, senkte den Kopf und schwieg.

»Dachte ich mir«, murmelte ich und sah sie durch meinen Wimpernkranz an, hoffte, dass sie noch etwas sagen würde … Doch als nichts mehr kam, nickte ich mir selbst bestärkend zu, drehte mich um und ließ sie stehen.

»Du drehst mir nicht den Rücken zu, Elizabeth Wilson!«, rief sie mir hinterher.

Aber ich drehte mich nicht zu ihr zurück.

Meine Liebe zu verlieren war schlimm, aber auf den Verrat meiner Mutter hereinzufallen, war noch viel schlimmer.

Kapitel 41

Elizabeth

Ohne Zwischenstopp machte ich mich auf den Weg nach Hause zu Dad und Amelia.

Als ich die Tür aufschloss, hörte ich die beiden laut diskutieren und es tat mir leid, dass ich das mit ihnen gemacht hatte. Noch immer redeten sie über die Ereignisse der letzten Tage. Über den Keil zwischen ihnen, weil ich keinem von beiden geglaubt hatte, aber das würde ich wieder richtigstellen, genau jetzt.

Ich wartete. Sah gespannt zu, wie sie wild gestikulierten.

»Hey«, sagte ich und räusperte mich.

Beide sahen mich an, kamen auf mich zu und nahmen mich in den Arm. Sie waren immer für mich da und würden es immer sein, wofür ich mehr als dankbar war.

»Wie war es mit Lily?«, fragte mich Amelia, als sie sich von mir löste. Auch Dad sah mich abwartend an und ließ mich los.

Ich seufzte, ging zur Kücheninsel, setzte mich auf den Barhocker und legte die Unterarme auf die Marmorplatte.

Mein Kinn legte ich in meine Hände.

»Was ist los?«, fragte Dad und setzte sich neben mich.

»Sie hat was mit Logans Weggehen zu tun gehabt. Sie wollte mir einen *Gefallen* tun.«

Als ich zu Amelia sah, war ihr jegliche Farbe aus dem Gesicht gewichen. Sie klammerte sich regelrecht an der Kühlschranktür fest und starrte mich an. »Wie bitte?«

Dads Kopf schnellte zu ihr herum. Er zuckte mit den Schultern und Amelia drehte verständnislos den Kopf von links nach rechts.

»Ich wünschte, ich könnte dir sagen, dass ich mir anderes gedacht habe.« Dad tätschelte meine Schulter und drückte einmal zu. Das tat er immer, um mir zu signalisieren, dass er für mich da war.

»Ja, das wünschte ich mir auch«, hauchte ich und schielte zu Amelia.

Ihr Blick hielt meinen gefangen, so intensiv, dass mein Herz stolpernd aus dem Takt geriet. Sie kam zu mir herum. »Wie geht es dir damit?«

Ihre Frage brachte mein Herz zum Rasen und die Stärke, die ich vorhin bewiesen hatte, schwand klammheimlich und langsam. Ließ meine Fassade bröckeln und riss alle Gefühle mit sich.

»Ich denke, dass ich selbst schuld bin. Ich habe zu viel verlangt. Zu viel erwartet und zu wening zurückgegeben. Vielleicht bin ich einfach selbst schuld und noch nicht so weit.« Es zuzugeben war schwer – doch nach dem Gespräch mit Lily konnte ich mehr nachvollziehen, wieso er nicht mit mir geredet hatte. Wieso denn auch? Schließlich war ich ätzend gewesen. Nervtötend. Er hatte es einige Male versucht, doch ich hatte einfach nie zugehört. Ich unterdrückte ein Schluchzen, als ich gegen die Tränen ankämpfte. »Es hat sich das ganze Jahr bei allen irgendwie nur um mich gedreht und deshalb fühlte ich mich schrecklich. Und dass ich mir dennoch wünsche, er hätte mit mir darüber gesprochen, ist egoistisch.«

Krampfhaft versuchte ich, meine Lunge mit Sauerstoff zu füllen, als ich an die Worte meiner Mutter zurückdachte. Sie hatten mein Herz zerrissen. Einen sehr langen, sehr tiefen Riss hinterlassen.

»Du warst wirklich sehr anstrengend. Aber ich denke, dass er es dir nicht erzählt hat, weil er wollte, dass ihr eine Chance auf eine Annährung habt. So wie bei ihm und seiner Schwester.« Dads Stimme beruhigte mich. Seine Worte konnten Wahrheit beinhalten, aber ich sperrte mich gegen sie.

Ich entzog mich seinem Griff, stand auf und ging zum Fenster im angrenzenden Wohnzimmer. Blieb davor stehen und starrte nach draußen. Verlor meinen Blick in den Hochhäusern und den leuchtenden Gebäuden, konzentrierte mich nur auch meinen Atem und meinen Herzschlag. Ich konzentrierte mich darauf, nichts zu denken. Und dann spürte ich eine einzelne Träne meine Wange hinab kullern. Ich kramte noch einmal die Erinnerungen an die Momente mit Logan aus meinem Glas, sog sie in mich auf und als ich sie wieder einschloss, wischte ich mir mit dem Handrücken die Tränen aus dem Gesicht.

»Können wir irgendwas für dich tun?«

Ich hörte Amelia hinter mir näher kommen und drehte mich kopfschüttelnd um. »Ich denke, ich muss das erstmal sacken lassen.«

Ihre Augen wurden trüb und ich konnte die Sorge darin sehen. Auch Dad runzelte die Stirn.

»Ich werde mich nicht wieder verkriechen. Ich muss einfach nur eine Nacht über all das schlafen. Ich habe die letzten Wochen einiges zu verarbeiten gehabt, aber jetzt verstehe ich es irgendwie.«

»Was verstehst du?« Dad trat neben mich und gemeinsam blickten wir hinab auf die Stadt.

»Das, was du zu Nik alles gesagt hast. Ich verstehe, dass wir aufhören müssen, alles zu zerdenken. Es tut uns nicht gut und macht uns kaputter, als wir eigentlich sind. Außerdem habe ich heute, als ich Lily irgendwie zurechtgewiesen habe, etwas gelernt, was mir vorher noch nicht bewusst war.«

»Und das wäre?« Amelia verschränkte ihre Finger mit

meinen und ich lehnte meinen Kopf an ihre Schulter.

»Wir müssen stark genug sein, um zu vergeben, ohne eine Entschuldigung zu erwarten. Ich wollte keine von ihr hören. Ich habe ihr gesagt, dass ich nicht so wie sie bin.«

Ich hob den Kopf und drehte mich zu Dad. Stolz lag in seinen Augen und wenn mich nicht alles täuschte, glitzerten sie leicht.

»Das sind sehr weise Worte, Lizi. Ich bin sehr stolz auf dich«, sagte Amelia und legte ihren Arm um meine Schulter.

»Und ich bin noch viel stolzer auf dich, Kleine. Ich werde dafür sorgen, dass sie uns fernbleibt, das verspreche ich.«

»Das musst du nicht«, erwiderte ich.

Entgeistert musterte er mich.

»Ich denke, dass sie das von ganz allein machen wird. Ich glaube nicht, dass ich ihr wirklich wichtig bin. Wenn sie mich lieben würde und sich nur deswegen zu erkennen gegeben hat, hätte sie nicht diese Entscheidung getroffen und dann hätte sie mich auch nicht schon vor fünfzehn Jahren aufgegeben.«

»So würde ich das nicht sehen. Vielleicht ist sie vor fünfzehn Jahren gegangen. Aber das bedeutet nicht, dass sie dich jetzt nicht lieben kann. Vielleicht müssen wir ihr die Chance geben, die jeder von uns verdient hätte. Die sehr wahrscheinlich jeder von uns bekommen hätte«, beendete Amelia meine Rede und schenkte mir ein starkes Lächeln.

Am Samstagmorgen klingelte mein Wecker bei Sonnenaufgang.

Genervt drehte ich mich auf die Seite und drückte auf Snooze. Ich zog mir das Kissen über den Kopf.

»Das kann doch nicht wahr sein«, nuschelte ich ins Kissen und kniff die Augen krampfhaft zusammen, um wieder einschlafen zu können. Es gelang mir nicht, weshalb ich mich auf den Rücken legte, die Hände auf der Brust verschränkte und über die letzten Tage nachdachte.

Erst, als sich mein Wecker wieder meldete, schwang ich wutentbrannt die Beine aus dem Bett und musste mich festhalten, da Punkte vor meinem Auge tanzten und als sie verschwanden, ging ich zu meiner Sporttasche, kramte die Kleidung hinaus und tapste ins Bad, um mich umzuziehen.

Joggen. Das würde helfen. Ganz sicher.

Ich kämmte meine Haare, machte mir einen hohen Zopf, spritzte mir Wasser ins Gesicht und putzte in Windeseile meine Zähne. Den Haustürschlüssel verstaute ich gut in meiner Tasche vom Sport-BH und versuchte mich so leise wie möglich im Haus zu bewegen. Es war gerade mal sechs Uhr und ich wollte auf keinen Fall Amelia oder Dad wecken.

Letzte Nacht hatte ich mich endlich dazu überwunden, mein Hintergrundbild zu ändern und wenn ich jetzt drauf sah, waren Becca, Grace und ich darauf zu erkennen, was mich einerseits glücklich machte und andererseits noch trauriger werden ließ. Es fühlte sich an, als hätte ich Logan aus meinem Leben ausradiert, was ich natürlich aber nicht wollte. Er würde es sicher verstehen, wenn er noch hier wäre.

Konzentriere dich auf dich. Fokussiere dich.

Fahrstuhlfahren bis nach unten war keine Option, denn ich wollte, dass die Gedanken still wurden. Um mich direkt etwas warm zu laufen, nahm ich die Treppen. Kurzerhand beschloss ich, nicht nur in der Nachbarschaft joggen zu gehen, sondern die Strecke bis zum *Central Park* auszuweiten. Es trieb mich an meine körperlichen Grenzen.

Ich bereute, dass ich mich für den *Bridle Path* entschieden hatte und somit vier Meilen laufen musste. Startpunkt war *Pinebank Arch*. Die landesweit bedeutendste gusseiserne Bogenbrücke im *Central Park*. Seitdem ich hier war, hatte ich die Brücke nur einmal überquert und war in einer Sackgasse gelandet. Natürlich hatte man auch hier einen einzigartigen

Blick auf den Park.

Dennoch verfluchte ich die Idee, diese Route angefangen zu haben, denn mein Magen rebellierte, und ich wollte einfach nur noch aufgeben, aber meine Füße trugen mich weiter, ohne Rücksicht auf meinen restlichen Köper zu nehmen.

Auf der nächsten Rasenfläche ließ ich mich rückwärts ins Gras fallen, legte meine Handrücken auf die Augen und versuchte, das Seitenstechen wegzuatmen.

Die Skyline von New York war von einem Nebelschleier belegt, als wüsste die Stadt, dass ich mich so fühlte. Benebelt. Als meine Uhr an meinem Handgelenk vibrierte, warf ich einen Blick drauf und mein Herz drohte, zu explodieren.

Da stand *sein* Name auf dem Display.

Mit zittrigen Händen griff ich nach meinem Handy, das in meiner Hosentasche versteckt war und öffnete die Nachricht.

Logan: Dies ist meine letzte Nachricht an dich. Ich weiß, dass du nun die Wahrheit kennst. Bitte verurteile sie nicht. Bitte verurteile mich nicht.Mir geht es gut und ich denke ständig an dich. Vermisse dich. Aber bitte ruf mich nicht mehr an, schreib mir nicht mehr. Ich muss hier neu anfangen. Zeit aufholen und das kann ich nicht, wenn ich ständig an dich denken muss. Verzeihe den Menschen, denen du am Herzen liegst. All die Dinge, die sie vorher richtig gemacht haben, überwiegen die Fehlen. Mach weiter, werde die beste Version von dir selbst. Versprich es mir und vor allem dir. – L.

Reglos starrte ich auf die SMS. Auf die getippten Worte. Und ein Beben durchzuckte meinen Körper. Es zerriss mein Herz und dennoch war ich dankbar für das Lebenszeichen, auch wenn es nicht das war, was ich hören wollte.

Ich war dankbar. Dankbar, dass er mich nicht in so kurzer Zeit vergessen hatte und dankbar, dass ich gerade allein war. Es war okay, dass es weh tat. Es war okay, dass ich ihn vermisste und traurig war.

Aber ich war im Jetzt und das gab mir die Kraft, mich aufzuraffen. Ich drückte mich aus dem Gras hoch, steckte das Handy zurück in die Öffnung meiner Hose und startete die Stoppuhr, machte mich auf den Rückweg. Als ich zu Hause ankam, war ich die beste Zeit gelaufen, die ich jemals geschafft hatte.

Ich war erleichtert. War frei von dem Gedanken, ob es ihm wohl gut ging. Ich wusste es nun und jetzt musste ich mich zwingen, es dabei zu belassen und weiterzumachen.

Nachdem ich diesmal den Fahrstuhl benutzte, der direkt in unserem Apartment halt machte, stieg ich schweißgebadet aus und spürte die Blicke auf mir.

»Warst du etwa joggen?« Amelia begrüßte mich mit einer erhobenen Tasse Kaffee in der Hand und lächelte breit, bevor sie daran nippte.

Ich nickte, zog den Barhocker nach hinten und ließ mich nieder. Stütze meine Ellenbogen auf den Tisch und versuchte, meinen Atem abzuflachen. Dad stellte eine Tasse vor mir ab mit frischem, heißem Kaffee und als der Geruch in meine Nase drang, bekam ich direkt bessere Laune.

»Hättest du was gesagt, dann wäre ich mit dir mitgekommen. Ich möchte auch wieder etwas machen. Vielleicht könnte das ja unser neues Tochter-Vater-Ding werden.«

Skeptisch sah ich ihn an, zog eine Braue hoch und prustete los. Auch Amelias Mundwinkel zuckten.

»Was habt ihr denn?«, fragte er.

»Ich denke nicht, dass du mit deiner Tochter mithalten könntest.« Amelia ging zu Dad herum und drückte ihm einen Kuss auf die Wange. Es erwärmte mein Herz. Er hatte jemanden gefunden und es war unverkennbar, dass sie wirklich glücklich waren und seitdem ich wusste, wer Amelia war, war sie die Mutter für mich, die ich nie gehabt hatte.

Ich konnte mit ihr alles besprechen. Wir waren viel mehr als nur Familie. Wir waren Freunde auf einer anderen Ebene.

»Das werden wir ja noch sehen«, sagte Dad und erhob beschwichtigend die Hände.

»Seid ihr heute Abend auch beim Feuerwerk?«

»Ich denke, wir schauen es uns von hier aus an, oder?« Dad sah Amelia abwartend an.

»Das ist eine richtig gute Idee, Marcus. Was ist denn mit dir, Liz?«

»Ich werde mit den anderen hingehen. Ich glaube, sie hatten sich auch schon einen Plan gemacht, aber das muss ich nochmal genau nachfragen und sonst bleib ich einfach mit euch hier.«

Die Augen der beiden wurden groß. Ich dachte mir, dass sie andere Pläne hatten, wollte sie aber ein bisschen auf den Arm nehmen und lachte auf, als ich ihre Gesichter sah. »Das war ein Witz. Ich werde nicht vor zwei Uhr zu Hause sein.«

Beide nickten und als ich mit meiner Tasse aufstand, hielt Dad mich am Arm fest. »Ich würde Sonntag ein Geburtstagsfrühstück machen, wäre das für dich okay? Ich weiß, du magst es nicht, zu feiern, aber ein bisschen könnten wir doch. Einundzwanzig wird man ja schließlich nur einmal und außerdem haben wir zwei was Tolles für dich.«

Ich zuckte die Schultern. »Klar, wieso nicht. Dann schaue ich jetzt mal, was die anderen geplant haben, damit ihr zwei«, ich wedelte mit dem Zeigefinger in ihre Richtung, »heute Abend Zweisamkeit genießen könnt.«

Amelia warf mir einen Luftkuss zu und mein Dad zwinkerte, bevor ich auf dem Absatz kehrtmachte und mich in mein Zimmer flüchtete.

Kapitel 42

Elizabeth

Ich schloss mich mit Grace kurz und sie gab mir für heute Abend alle Infos, die ich benötigte. Treffpunkt, Uhrzeit und Dresscode.

»Wieso denn ein Dresscode?«, jammerte ich ins Telefon, wobei Grace laut auflachte.

»Weil es eben so ist. Ich schicke dich nach Hause, wenn du nicht in *Wunderschön* hier auftauchst. Nicht, dass es viel benötigt, aber ein bisschen kannst du dich doch wohl herausputzen.«

Ich seufzte.

»Für mich«, fügte sie schnell hinzu und ich konnte ihr Lachen bis über beide Ohren förmlich hören.

Ich verdrehte die Augen und stöhnte genervt. »Wenn's sein muss.«

»Ich hole dich dann nachher ab, bis später.«

Als ich gerade etwas erwidern wollte, hatte sie bereits aufgelegt, als wüsste sie, dass ich noch etwas beanstanden wollte.

Rücklings ließ ich mich aufs Bett fallen, stöpselte mir die Kopfhörer, die neben mir lagen, in die Ohren und machte meinen Gedanken Platz. In meinen Ohren hallte ganz sanfte, wunderschöne Musik. Für einen kurzen Moment vergaß ich alles um mich herum und mein Kopf war völlig leer. Die sanfte Klaviermusik wurde immer schneller. Ließ den Rhythmus in meinen Körper fließen und als er immer dramatischer und verzweifelter wurde, sah ich eine Choreografie vor meinem inneren Auge. Der Wunsch zu tanzen, übermannte mich und es machte mich glücklich, dass mich die Musik wieder leitete. Die Choreographie nahm immer mehr Gestalt an, bei jedem Ton. Bei jedem Beat. Sie wollte raus. Sie wollte, dass ich mit ihr eine Geschichte erzählte.

Auf einmal sprang ich auf, griff meine Tasche und machte mich ungeduscht auf den Weg zur Uni.

Die Musik noch immer in den Ohren, zwang sie mich, meine Schritte zu beschleunigen und schneller zu machen.

Als ich ankam und mich gegen die massive Eingangstür lehnte, schwang sie auf und ich ging schnurstraks zu den Fluren, auf denen die Säle waren, doch sie waren verschlossen.

Das kann doch nicht wahr sein.

Ich ließ meine Sporttasche von der Schulter fallen und ließ das Lied in Dauerschleife laufen.

Dann eben im Flur.

Als ich das Lied erneut startete, versuchte ich, mich leiten zu lassen, aber die Choreografie, die ich gerade noch so klar vor mir gesehen hatte, war verschwunden. Ich zwang mich, mich an die Schritte zu erinnern. Versuchte sie irgendwie zu rekonstruieren, aber meine Arme und Beine waren wie Wackelpudding, wollten einfach nicht das machen, was ich ihnen befahl.

»Miss Wilson?«

Ich schreckte zusammen und drehte mich zu der Stimme um.

»Mr. Lee«, erwiderte ich und blieb wie versteinert stehen.

Er legte seinen Kopf schief. »Was machen Sie hier?«

»Ich wollte trainieren. Ich hatte diesen Song gehört und diese Choreografie vor Augen … Aber …«

»An einem Feiertag?« Seine Braue zuckte.

Glaubt er mir etwa nicht?

Mir entfuhr ein Seufzen. »Ja. Wieso denn nicht? Sie sind doch auch hier«, sagte ich mit einem Grinsen aus den Lippen.

Er musterte mich von oben bis unten. »Ich habe etwas vergessen. Aber nun zu Ihnen. Geht es Ihnen gut, Elizabeth?«

Meine Schultern verkrampften sich und meine Hände ballten sich zu Fäusten. Ich konnte diese Frage auf den Tod nicht mehr hören. »Ja, mir geht es gut. Ich wollte einfach nur ein bisschen tanzen. Wieso fragen mich das immer alle? Selbst wenn ich ja sage, heißt es ja nicht, dass es die Wahrheit ist. Aber in meinem Fall ist sie das endlich wieder.«

Mein Dozent hob den Finger, doch ich schüttelte den Kopf.

»Bitte entschuldigen Sie mich«, sagte ich, griff nach meiner Tasche und schlängelte mich an ihm vorbei in Richtung Ausgang.

Das war's dann wohl mit der Choreografie. Ich hoffe, dass sie wiederkommt. Sie war wunderschön.

Als ich wieder zu Hause ankam, war ich allein. Amelia und Dad waren ausgeflogen und ich war erleichtert. Geradewegs ging ich zum Kühlschrank und öffnete das Gefrierfach, um mir Eis zu stibitzen. Das war das, was ich jetzt gut gebrauchen konnte. Ich holte eine Packung *Ben and Jerry's Cookie Dough* heraus und nahm mir einen Esslöffel dazu, ließ mich aufs Sofa fallen und schaltete nach Wochen mal wieder den Fernseher ein.

Ich entschied mich, die Zeit bis zum Abend mit *Suits* zu verbringen. Mike, Harvey und mein Eis brachten mich auf andere Gedanken und ich konzentriere mich auf das Anwaltsgefasel, bis mein Handy vibrierte.

Grace: Ich bin um sechs bei dir.

Genervt verdrehte ich die Augen und schrieb ihr zurück.

Ich: Mir geht es gerade nicht so gut. Ich glaube, ich habe was Falsches gegessen. Geht lieber ohne mich.

Ping.

Mit dem Löffel im Mund drehte ich mich zum Fahrstuhl um und sah Grace, wie sie ihr Handy hochhielt.

»Vergiss es. Das kannst du sowas von knicken. Wenn ich sehe, wie du dir das Eis gerade reinlöffelst, ist das keine Ausrede, um nicht mitzukommen.« Sie kam auf mich zu und ließ sich neben mich aufs Sofa fallen, riss mir das Eis aus der Hand und schob sich selbst einen Löffel in den Mund.

»Du bist zwei Stunden zu früh hier«, presste ich trocken hervor und war genervt davon, dass jemand meine Ruhe störte.

Sie zuckte mit den Schultern. »Nenn es Instinkt.«

Ich rollt mit den Augen und streckte ihr die Zunge entgegen, versuchte, ihr meinen Eisbecher wieder zu entreißen, aber als sie mich böse anfunkelte, zog ich mich zurück.

»Nein, dir geht's ja schon nicht gut, also gibt es auch für dich kein Eis mehr«, feixte sie und streckte mir ebenfalls ihre Zunge entgegen.

»Darf ich zumindest noch ein bisschen die Augen zumachen?«

Sie hob ihre Hände. »Mach, was du willst, solange du um sechs Uhr fertig bist. Also nur zu.«

»Danke«, feixte ich zurück und ließ mich von Mike und Harvey in den Schlaf reden. Als ich die Augen aufschlug, war ich schon drei Folgen weiter und hatte kaum etwas mitbekommen. Aber Grace schien es ähnlich gegangen zu sein, denn auch sie schlief friedlich neben mir. Ruhe. Ich hatte so lange Ruhe, wie sie nicht mitbekam, dass ich wach war und vor allem so lange, bis ich sie nicht aus Versehen weckte.

Vorsichtig stand ich auf und machte kurzen Prozess.

Ich werde sowieso nicht aus der Nummer herauskommen.

So leise wie möglich bewegte ich mich fort, ging die Treppe

hoch und stellte mich unter die Dusche. Als das warme Wasser auf meinen Körper prasselte, entspannten sich meine Muskeln und als ich die Augen schloss, war da wieder diese Choreografie. Wie beim ersten Mal kam sie, als ich entspannte, ruhig war und gedankenleer.

Heilungsprozesse schmerzen oft viel mehr als der Verlust oder das Zerbrechen selbst.

Ist es das? Will ich mit der Choreografie mein Zerbrechen verarbeiten und kann es nicht, weil die Heilung selbst zu sehr weh tun könnte? Will ich überhaupt heilen?

Ich stellte das Wasser ab, ohne einen weiteren Gedanken daran zu verschwenden. Ich wollte nicht darüber nachdenken, was passierte, wenn ich heilte.

Vergesse ich Logan, wenn ich die Heilung zulasse?

Ich schüttelte das Wasser ab und öffnete die Tür, trat hinaus und ließ die kalte Luft meinen Körper erschüttern.

Tapsend ging ich mit dem Handtuch in mein Zimmer, trocknete mich ab und als ich mir gerade Unterwäsche angezogen hatte, schreckte ich zusammen, als ich Grace im Spiegel sah.

»Was tust du denn hier?«

»Aufpassen, dass du dich auch wirklich fertig machst.«

»Hör auf damit«, sagte ich und schüttelte den Kopf, öffnete meine Schranktür und ließ Grace aus meinem Sichtfeld verschwinden. Nach dem passenden Outfit suchend, spitzte ich meine Lippen und schmunzelte. Ich stöhnte. »Okay, komm her. Was soll ich anziehen?«

Grace klatschte einmal freudig in die Hände, als hätte sie nur auf diese eine Frage gewartet und trat unverzüglich neben mich. Sie legte Daumen und Zeigefinger ans Kinn und warf einen skeptischen Blick über die Kleidung.

»Mhm … Was machen wir nur mit dir?« Ungeduldig tippte sie mit dem Fuß auf dem Boden herum. Sie machte mich rasend und ließ meinen Plus in die Höhe schießen.

»Grace, hör auf damit.« Ich zeigte nach unten und sofort hielt sie still, grinste. »Ich hab's.« Sie hielt mir mein dunkelrotes, tief ausgeschnittenes Kleid hin.

Kopfschüttelnd entgegnete ich ihr: »Vergiss es. Niemals.«

»O doch«, sagte sie und wartete darauf, dass ich es endlich annahm.

Da ich wusste, sie würde nicht locker lassen, griff ich laut schnaufend danach.

»Geht doch«, sagte sie fröhlich und setzte sich aufs Bett, ließ ihre Füße baumeln und scheuchte mich erneut zum Umziehen ins Badezimmer. »Bist du drin?«

»Sekunde noch. Hexen kann ich dann auch nicht«, rief ich zurück und strich mir über den Stoff des Kleides.

Er fiel wie ein Teller über meine Hüften und das Dekolletee war weit ausgeschnitten. Meinem Geschmack nach zu weit, weshalb ich es so selten trug, aber es machte einen schönen Busen.

»Jetzt komm schon raus. Oder muss ich die Tür eintreten?«

Ich öffnete die Badezimmertür. Erst, als ich mich räusperte, hob Grace den Blick und traf meinen. Ihre Kinnlade klappte leicht auf.

»Du siehst …«

»Lächerlich aus? Ja, das finde ich auch. Also dann eben das nächste Kleid«, beendete ich ihren Satz und schluckte schwer. Hoffte, dass sie mir zustimmte.

»Vergiss es. Du siehst wunderschön aus. Das ist genau das Richtige für diesen Feiertag.«

Verlegen schaute ich zu Boden. Hitze stieg mir zu Kopf und meine Wangen pulsierten. »Bist du sicher? Ich mache mich damit nicht zum Affen?«

»Nein, du siehst wirklich wunderschön aus. Da muss erst mal jemand von uns Mädels gegen ankommen.«

Als ich mich selbst im Spiegel betrachtete, waren meine Wangen von einem leichten Rosaton benommen. Grace hinter mit steckte mir die Haare zu einem lockeren Dutt zusammen und legte mir ihre Hände auf die Schulter.

»Ich bin sehr froh, dich als Freundin zu haben. Weißt du das?«

»Und ich bin froh, dich zu haben«, erwiderte ich, während ich sie in die Arme zog. Das Bild der Tänzerin in Philadelphia schoss mir in den Kopf und schnell löste ich mich. »Aber ich muss erst noch was erledigen, bevor ich zu euch stoßen kann.«

Grace schüttelte den Kopf. »Nein. Nein. Nein. Du drückst dich jetzt nicht mehr.«

Ich stimmte in ihr Kopfschütteln ein. »Nein, das habe ich nicht vor, aber ich muss da noch etwas für mich erledigen, bevor ich ruhigen Gewissens mit euch kommen kann. Ich verspreche, dass ich da sein werde. Okay?«

Mit hochgezogener Augenbraue sah ich sie skeptisch an. Fast prüfend, ob ich die Wahrheit sagte, kam dennoch zu dem Entschluss, mir Glauben zu schenken. »Sechs Uhr bei Noah und Becca und keine Minute später, versprochen?«

»Versprochen«, sagte ich und hielt ihr meinen kleinen Finger hin. »*Pinky promise.*«

Freude strahlte ihr aus allen Poren und schnell verabschiedete ich mich, schrieb Amelia eine Nachricht und wartete darauf, dass sie mich abholte, um mit mir zur Uni zu fahren. Ich brauchte dringend einen Saal und vor allem Ruhe. Ruhe und leere Gedanken. Einen leeren Kopf, damit ich diese Choreografie endlich loswerden konnte – und genau das würde ich jetzt endlich versuchen.

Ich würde versuchen, zu heilen.

Als wir an der Uni ankamen, schloss Amelia mir einen Saal auf und zog sich zurück.

Sie fragte nicht, worüber ich sehr dankbar war. Als wusste sie, was los war und sie wollte mir den Freiraum geben, das zu tun, was ich tun musste.

Ich zog meine Schuhe aus, stellte mich barfuß in die Mitte des Saals und schloss die Augen. Es gab Tausende von professionellen Tänzern auf der ganzen Welt, die nur darauf warteten, einen Erfolg zu erreichen. Nach meinem Abschluss wäre ich auch dort – endlich. Ich konnte es kaum erwarten.

Tanzen war meine Leidenschaft, mein Adrenalin und mein Fokus, der mich durch das Leben führte und trotz Hindernisse aufrechthielt, was ich nun für mich selbst und für Logan unter Beweis stellen wollte. Ich schloss meine Augen. Stelle mir ein Raum voller Menschen vor und hob elegant meinen Arm neben den Kopf. Mit meinem anderen Arm nahm ich Schwung und fing an, meine Turns im Kreis zu machen. Nach fünf oder sechs Turns kam ich zum Stehen, zog leicht das Kleid hoch und nahm Anlauf, um die Diagonale zu springen. Mein Herz schlug gegen meine Rippen. Ich ließ mich auf die Knie fallen, bevor ich die Hände nach vorn drückte und den Kopf rotieren ließ.

Die Musik wurde dramatischer und ich klopfte abwechselnd mit den Fäusten auf den Boden, stieß einen Schrei aus und stand in Sekundenschnelle wieder auf den nackten Füßen.

Wieder hob ich die Arme nacheinander zu meinem Kopf, machte einen Ausfallschritt, hob das Kleid an und warf das hintere Bein hoch, um mich mit dem Körper auf dem Boden abzurollen.

Das Kleid war mir in diesen Minuten egal, ich musste mich frei tanzen. Ich kam zum Stehen, atmete tief ein, bevor ich bouncend drei Akzente nach unten fallen ließ.

Ich öffnete die Hand, sodass meine Handfläche zu Boden zeigte, schloss sie akzentuell wieder und raffte mich auf. Ich fühlte mich schwer wie ein nasser Sack, doch als ich aufrecht stand, kickte ich nach hinten, gleichzeitig nahm ich den Ellenbogen in der Bewegung mit, bevor ich ihn lockerließ und meine Hand vor den Mund fuhr.

Ich ging in die vierte Position, aber mit geraden Beinen, ließ meine Arme nach vorn und hinten schwingen, nahm den Kopf mit in den Nacken, um an die Decke zu schauen.

Ich stellte mein linkes Bein auf Spitze, ließ es in einer kreisenden Bewegung nach hinten schwingen und schloss gleichzeitig die Ellenbogen vor meinem Gesicht, öffnete diese mit einem Ruck wieder und machte einen großen Ausfallschritt nach vorn, während ich den Blick nicht von den offenen Handinnenflächen abwendete. Ich stellte meinen Fuß auf Spitze, diagonal zum Spiegel, streckte meinen rechten Arm aus, verlagerte mein Gewicht aufs linke Bein und tanzte eine Arabesque-Drehung endend auf dem Boden und drückte mich mit einem Arm seitlich ab. Ich kam wieder hoch, tat so, als würde ich nach etwas greifen. Behutsam stellte ich mein Bein wieder auf den Ballen in ein hohes Relevé.

Mein Herzschlag beruhigte sich und als ich mich aus dem Hohlkreuz hochdrückte, spürte ich jeden einzelnen Wirbel.

Ich drehte mich erneut, rannte nach vorn, griff wieder nach etwas. Griff nach Logan, den ich vor meinem inneren Auge sah, lächelnd und zufrieden. Doch als ich zur Ruhe kam und niemanden außer Amelia an der Tür stehen sah, riss es mir den Boden unter den Füßen weg. Meine Knie gaben nach. Mein Gesicht versteckte ich in meinen Händen und mein Körper wurde von einem stummen Beben erschüttert. Das letzte Puzzlestück, was seinen Platz gefunden hatte, verschwand aus dem Gesamtbild und machte es unvollständig.

Amelia setzte sich zu mir und nahm mich in den Arm, zog mich so eng zu sich, wie es nur ging, und tätschelte meinen Rücken, während die Tränen wie ein Wasserfall meine Wangen hinunter kullerten.

»Lass uns die Trümmer gemeinsam aufsammeln«, hauchte Amelia an meinem Haaransatz und mit trockenen Augen sah ich sie an.

»Wa-wa-was meinst du?«

»Dein Herz ist gerade endgültig gebrochen und jetzt sammeln wir die Trümmer gemeinsam auf. Ein Schritt zur Heilung ist, sich einzugestehen, dass man gebrochen ist. Das hast du mit diesem Tanz gemacht.«

Mir stockte der Atem und mein Herz setzte einen Schlag aus. Ein Teil von mir sperrte sich gegen ihre Worte. Sperrte sich gegen die Hoffnung und gegen dieses schreckliche Gefühl vom Auseinanderbrechen, das gerade meinen Körper flutete.

»Komm.« Amelia stand auf, reichte mir ihre Hand und wartete darauf, dass ich zugriff. Sie zwang mich zu nichts, stand da und sah mich leicht lächelnd an. Gab mir das Gefühl von Verständnis und als ich vorsichtig und langsam meine Hand in ihre legte, setzte sich meine Welt ein kleines bisschen mehr zusammen.

Kapitel 43

Elizabeth

Wie versprochen, war ich gerade noch pünktlich bei Noah und Becca angekommen und wir machten uns direkt auf den Weg nach *Lower Manhattan*, um uns das Feuerwerk ansehen zu können.

Ich war für den Tag heute unfassbar dankbar und hätte mir keinen besseren Abschluss vorstellen können, als mit meinen Freunden zusammen das Feiertagsfeuerwerk anzuschauen.

»Wieso ist das so voll hier?«, rief ich über Beccas Kopf hinweg zu Noah, welcher nur mit den Schultern zuckte und neben mir stehen blieb.

»Vielleicht haben wir uns auch einfach den falschen Ort ausgesucht.«

Ich kicherte und Noahs Mundwinkel zuckten, bevor auch er mich breit angrinste und mir einen leichten Stups mit dem Ellenbogen gab.

Und dann wurde der endlose Moment angespannter Stille zwischen uns beiden vom Krachen der Feuerwerkskörper unterbrochen. Wir blieben still stehen und reckten unsere Köpfe in die Höhe. Der Himmel wurde zu einer Leinwand voller wirbelnder Farben. Von der Seite sah ich meinen besten Freund an. Seine Wangen leuchteten in einem sanften Blau, was sogleich erlosch, als die Funken am Himmel verglühten.

An die Stelle des Blaus traten andere Farben, bis er den Blick vom Himmel abwandte und mich ansah. Obwohl das Feuerwerk knallte, hörte ich ihn tief einatmen. Er blinzelte und wieder ertönte das Krachen über uns. Es pfiff in den Himmel und die feiernde Menge um uns herum jubelte. Buntes Licht fiel erneut auf ihre Gesichter und mein Körper bekam eine Gänsehaut.

Ich vergaß, bis auf diesen Moment, alles um mich herum. Auch die Erkenntnis, dass er nicht hier war. Nicht herkommen würde und auch morgen nicht da war, aber in diesem magischen Moment war es okay, denn ich hatte meine Freunde um mich herum. Und ich wusste, dass sie bleiben würden. Es war wie ein Schlag in die Magengrube und dennoch erleichternd zugleich. So befreiend, wie es in diesem Augenblick sein konnte.

Mein Herz pochte wie wild gegen meine Rippen und ich blickte mich zu den anderen um. Sie waren nicht mehr zu sehen, die Menschen um uns herum wurden immer mehr. Flehend, dass wir endlich aus der Herde kamen, sah ich Noah an. Er verstand und so schnell, wie er konnte, ergriff er meine Hand. Unsere Finger verschränkten sich miteinander und er bahnte sich den Weg durch die Masse. Immer wieder sah er sich um, um unsere Freunde zu finden, und als ich endlich wieder Luft bekam, standen wir direkt vor ihnen.

Grace grinste, sah uns an und ich konnte mir nur erahnen, was sie in diesem Moment dachte. Noah neben mir räusperte sich. Lächelte breit und versteckte seine Hände in der Jackentasche, als Grace' Blick seinen traf.

Ich konnte schwören, dass seine Wangen leicht rosa gefärbt waren, doch ich wollte ihn nicht weiter necken. Ich ging zu Grace, Becca und Nik, drückte sie fest an mich und war dankbar, dass sie geblieben waren. Dass sie mir verziehen hatten.

»Danke«, schrie ich, während ich bis über beide Ohren

grinste.

»Wir haben noch einen Tisch bei *Jenny's* reserviert, um mit dir zusammen in deinen Geburtstag reinzufeiern. Lass uns rübergehen«, schrie Grace in mein Ohr und ich erschauderte, als es zu laut wurde, da das Feuerwerk zum Abschluss kam.

Ich schüttelte mich, drückte meine Ohrmuscheln zu und nickte mit zusammengekniffenen Augen. »Wenn's sein muss …«

»Das muss sein«, sagte Noah neben mir und legte seinen Arm um mich. Ich ergriff seinen Unterarm und gemeinsam schlenderten wir zu *Jenny's*.

Pünktlich um Mitternacht kamen wir bei Jenny an und waren auch die einzigen Gäste. Überall hingen Luftballons und über dem Tresen prangte eine Happy Birthday-Girlande.

Meine Hand schnellte vor meinen Mund und Tränen schossen in meine Augen. Ich drehte mich zu meinen Freunden um. Ich sah in zufriedene, lächelnde Gesichter und Jenny und ihr Team sprangen hinter der Theke hervor, riefen Happy Birthday und ließen die Sektkorken knallen. Ich erschreckte mich und fuhr zusammen. Noah, Grace und Becca kamen mit Sektgläsern zu mir und gemeinsam stießen wir an. Mich umsehend füllte sich mein Körper mit Wärme. Sie waren alle hier. Und für nichts in der Welt würde ich nochmal riskieren, einen von ihnen zu verlieren. Ich hatte dazugelernt. Nacheinander schlossen mich Grace, Becca und Nik in eine Umarmung. Nur Noah fehlte.

Als er hinter den dreien auftauchte, hielt er eine kleine Schatulle in seiner Hand, die er mir freudestrahlend übergab.

»Mach schon auf«, sagte Becca und tippelte ungeduldig vom einen aufs andere Bein. Ich nickte und mit zittriger Hand öffnete ich den Deckel.

Eine Kette. Eine Kette wie die meiner Mom, die ich, seitdem ich wusste, dass sie lebte, nicht mehr trug. Silbern, oval und zum Öffnen.

Mein Finger fuhr über die Rückseite und spürte die Gravur darauf. Lächelnd drehte ich sie um, sah fünf Namen.

Logan

Noah

Grace

Becca

Nik

»Es war seine Idee.« Endlich nahm auch Noah mich in den Arm und drückte mich kurz.

»Öffne sie.« Grace' Mundwinkel zuckten und sie verschwamm vor meinen Augen. Ich öffnete die Kette und sah auf der einen Seite ein Bild von uns fünf auf dem *Empire State Building* und auf der anderen Seite war ein Foto von mir, Amelia und Dad.

Ich schluckte schwer, konnte nicht richtig atmen. Es fühlte sich an, als säße jemand auf meiner Brust, zerdrückte sie und unter einem Tränenschleier sah ich meine Freunde an.

»Komm, ich mache sie dir um.« Noah nahm mir die Kette ab, öffnete sie und legte sie mir behutsam um den Hals.

Becca und Grace sahen mich weinend an und wir fielen uns in die Arme. Ich war unfähig, etwas zu sagen, konnte nicht die richtigen Worte für diesen unfassbaren und unvergesslichen Moment finden, aber das musste ich auch gar nicht, denn auch ohne Worte wussten sie, wie dankbar ich ihnen für das Geschenk war.

»So, jetzt reicht es mit Traurigsein«, ertönte Jennys Stimme hinter uns und wir lachten

Ich wischte die Tränen mit dem Handrücken von meinen Wangen, als die Musik anging. Wir tanzten uns die Seelen aus dem Leib. Zappelten, ohne darüber nachzudenken, ob es perfekt war oder nicht. Es war unbeschwert und das war die Hauptsache.

Das Leben war nicht immer perfekt. Es konnte nicht immer alles perfekt sein, so spielte es. Menschen kamen in unser

Leben, um zu bleiben und genauso gab es Menschen, die nur für eine bestimmte Zeit bei uns waren.

Ich warf die Arme hoch, sprang auf der Stelle mit Becca und Grace wie wild herum und tanzte mir die Füße wund. Wir lachten unbeschwert, fielen uns in die Arme und sangen gemeinsam die Songs, die gerade aus den Boxen dröhnten. Als ich zu den Jungs rüber sah, schüttelte ich den Kopf, ging zu ihnen und warf zufällig einen Blick auf Noahs Uhr. Ich riss meine Augen auf.

»Es ist doch nicht wirklich schon zwei Uhr in der Früh?«

Er nickte und gähnte gleichzeitig. »O doch. Ich muss auch leider los. Ich bin müde und muss morgen noch viel für die schriftlichen Prüfungen lernen.«

Schnell wippte ich verständnisvoll mit dem Kopf. »Sieh zu, dass du hochkommst. Ich muss auch nach Hause. Morgen früh ist noch Frühstücken bei uns angesagt.«

»Ich weiß«, erwiderte er und zwinkerte.

Ich musste nicht nachfragen. Ich wusste durch seine Antwort, dass sie ebenfalls da sein würden.

»Dann bis morgen«, sagte ich und versuchte, ihm so gekonnt zuzuzwinkern wie er mir. Es gelang mir nicht und wir fielen in ein Lachen ein.

»Hau jetzt ab.«

Beschwichtigend erhob er die Hände. »Ay, ay, Captain.«

Als Nik mich nach Hause gebracht hatte, fiel ich umgehend ins Bett und schlief endlich ohne kreisende Gedanken ein und als ich am Morgen durch das Klingeln meines Weckers geweckt wurde, hatte ich vom Sekt einen dicken Kopf. Ich musste dringend etwas gegen die Kopfschmerzen nehmen und ganz viel Wasser trinken. Ich stellte mich unter die Dusche. Die meiste

Zeit stand ich einfach nur da, ließ das Wasser auf mich hinabprasseln und genoss den heißen Dampf.

Durch den Vorhang sah ich zur Uhr. Die Stimmen aus der unteren Etwage waren deutlich hörbar, als ich das Wasser abdrehte und auf die kalten Fliesen trat.

Es war Zeit, sich zurechtzumachen. Also kramte ich eine enge, dunkle Jeans und meinen weißen Blazer aus dem Schrank. Sportlich-elegant, das sollte für ein Geburtstagsfrühstück mit all den Menschen, die ich liebte und gern bei mir hatte, reichen.

Ich zog mich an, föhnte mir die Haare und drehte mir mit dem Glätteisen leichte Wellen ein. Anschließend legte ich ein leichtes Make-up auf und als ich gerade Bodyspray an mir entlang sprühte, drang der Geruch von Rührei, Bacon und Würstchen in mein Zimmer. Mit einem letzten Blick in den Spiegel checkte ich mein Make-up und mein Outfit und machte mich dann auf den Weg nach unten. Folgte dem Duft in die Küche und schon auf der Treppe sah ich meine Freunde, die mit dem Rücken zu mir standen. Sie blickten aus dem Fenster und unterhielten sich rege.

»Happy Birthday, Schatz!«, rief Dad, ließ den Pfannenwender an Ort und Stelle und kam mit schnellen Schritten auf mich zu, nahm mich in den Arm. Er hob mich hoch, taumelte ein Stück zurück und drehte sich mit mir um seine eigene Achse. Ich kicherte und als er mich wieder absetzte, funkelten seine Augen. »Ich bin so unfassbar stolz auf dich.«

»Ich hab dich so lieb, Dad. Ich wüsste nicht, was ich ohne dich machen würde, und auch wenn dieses Jahr alles irgendwie seltsam verlaufen ist und Dinge passiert sind, die unschön waren, bin ich einfach nur dankbar für alles, was ich erleben durfte.«

Er rümpfte die Nase und trat für Amelia zur Seite. Wenn ich es nicht besser gewusst hätte, dann könnte man denken, Dad sei ein Eisklotz, aber er versuchte, sich gerade zusammenzureißen, um nicht vor versammelter Mannschaft loszuheulen.

»Komm her, Große«, sagte Amelia und riss mich um.

»Hey«, sagte ich lachend und ließ mich von ihr drücken. »Alles, alles Gute zu deinem Geburtstag.«

Dad trat neben sie, griff um ihre Taille und hielt mir dann ein Paket hin. »Von uns, für dich.«

Meine Finger zitterten, als ich die blaue Schachtel mit der rosafarbenen Schleife entgegennahm. Ich trat einen Schritt von ihnen zurück und zog langsam an den Enden.

»Jetzt hör schon auf, uns so auf die Folter zu spannen«, rief Grace und streckte mir die Zunge raus.

Ich tat es ihr gleich. Um sie ein bisschen zu ärgern, zog ich noch langsamer daran. Ich lachte und verstummte, als mich ihr passiv-aggressiver Blick traf.

Als ich die Schleife geöffnet hatte und den Deckel vorsichtig abnahm, sprangen mir neue weiß-goldene Spitzenschuhe von *Grishko* ins Auge.

Schnell schloss ich den Deckel wieder, nur um ihn nochmal zu öffnen und festzustellen, dass es kein Traum war.

»Aber. Die …« Meine Stimme brach und Dad drückte Amelia zufrieden an seine Schulter. »Spinnt ihr?«, rutschte es mir heraus und beide fingen an, zu lachen. »Danke.«

Der Duft von verbranntem Bacon trat in meine Nase und Dad schien es ebenso gerochen zu haben. Ruckartig löste er sich von uns und rannte zur Pfanne.

Amelia drückte meinen Arm und ging dann ebenfalls zu meinem Dad, half ihm, für alle den Tisch zu decken, und als sie damit beschäftigt waren, rannte Grace zu mir. Sie entriss mir sanft die Schachtel und staunte, als sie einen Blick auf die Spitzenschuhe warf.

»Die sind so wunderschön und haben sicher ein halbes Vermögen gekostet.«

»Shht! Über Geld wird hier nicht gesprochen«, sagte mein Dad in Grace‘ Richtung und entschuldigend sah sie ihn an.

Innerlich lachte ich. Innerlich weinte ich. So viele Emotionen rangen miteinander und ich wusste nicht, was ich zuerst fühlen sollte. Glück? Freude? Trauer? Liebe?

Der Kampf schien zu verblassen, als Grace mich mit sich zu den anderen zog und wir unsere Blicke über die Skyline von New York schweifen ließen.

Minutenlang schwiegen wir uns an. Standen einfach da und sahen hinaus auf die Wolkenkratzer, auf das *Empire State Building*. Erst, als Grace ihre Arme auf meinen Rücken legte, und alle es ihr gleichtaten, seufzten wir.

»Ich will nicht, dass es endet.«

Ich drehte meinen Kopf nach rechts zu ihr und sah, wie eine einzelne Träne über ihre Wange kullerte.

»Und was sollen Lizi und ich sagen?«, frage Becca und ich beugte mich leicht vor, um sie sehen zu können. »Wir haben noch zwei Jahre. Und das ohne euch.«

Noah entfuhr ein tiefes Lachen. »Aber wir bleiben euch ja erhalten. Es ist ja nicht so, dass wir New York verlassen.«

Autsch. Logans Gesicht erschien vor meinem Inneren.

Ich zuckte zusammen und da er zu meiner Linken stand, bemerkte er es sofort. Entschuldigend sah er mich an, fuhr mit seiner Handfläche über meinen Rücken und ich schüttelte mich leicht. Schüttelte den Schmerz, der meinen Körper durchfuhr, ab, als würde ich mit einer Rassel in den Händen vor ihnen stehen.

»Tut mir leid«, hauchte er.

Doch ich schüttelte den Kopf.

»Nein. Es ist okay.« Ich holte tief Luft und beugte mich vor, um einmal von links nach rechts alle ansehen zu können.

»Es ist okay. Manchmal ist es Zeit, ein altes Buch zu schließen. Es bringt nichts, die Kapitel wieder und wieder zu lesen. Sie ändern sich nicht. Sie ändern nicht, was geschehen ist, sie bleiben, wie sie geschrieben worden sind. Manchmal ist es besser, ein neues Buch zu öffnen. Eine neue Geschichte zu schreiben, mit neuen Zeilen und neuer Hoffnung. Und wann könnte man das nicht besser beginnen als zu seinem einundzwanzigsten Geburtstag?«

Ich spürte Dads und Amelias Blick in meinem Rücken. Über meine Schulter schauend, sah ich kurz zu ihnen und widmete mich dann wieder der Stadt und den Wolkenkratzern. Ich drückte Noahs und Grace‘ Hände auf meinem Rücken und spürte, wie eine einzelne Träne heiß über meine Wange lief.

»Ich weiß jetzt, was es heißt, wirklich jeden Moment zu genießen und dafür brauchte ich nur zwei. Ich brauchte nur zwei, die mich genau daran erinnert haben.«

Elizabeth

Die Bühne war dunkel. Der Vorhang zu und das Flüstern der Menge ertönte, als ich leise meinen Platz einnahm, vorsichtig, um bloß keinen Lärm zu machen. Still stand ich im Dunkeln. Mein Herz schlug mir so fest gegen die Rippen, dass ich Angst hatte, es würde rausspringen. Mein Geist raste. Mein Puls beschleunigte sich und die Nervosität bahnte sich ihren Weg bis in meine Fingerspitzen.

Die nächsten zweieinhalb Minuten waren alles. Der ganze Schweiß, die ganzen Schmerzen und Tränen in den letzten zwei Jahren, waren genau hierfür. Für meine Prüfung.

Die hellen Lichter der Bühne begannen zu leuchten. Flackerten scheinbar ziellos über die Bühne. Kleine Schweißperlen bildeten sich auf meiner Haut. Ich setzte mein größtes und strahlendes Lächeln auf, als die Musik zu spielen begann und sich der Vorhang langsam öffnete. Alles ging so schnell und deshalb wusste ich, dass jetzt Showtime war.

Ich fixierte die mittleren Reihen des Theaters und traf auf die Blicke von Dad, Amelia und meiner Mom.

In unserem Garten in Perth hatte ich nie mit Bällen, Schlägern oder Puppen gespielt. Ich hatte im Gras getanzt, hatte schon als kleines Kind Shows für meinen Dad gegeben, nachdem Mom weg gewesen war.

Als ich die Arme nach oben schwang und mich bereit machte, zum passenden Augenblick einzusetzen, zogen die Momente an mir vorbei. Alle Arten von Gedanken, Emotionen, Gefühlen und Ideen bewegten sich in meinem Gehirn, aber dennoch konnte ich die geübte Choreografie perfekt wiedergeben. Ich senkte den Kopf, als würde es dazugehören. Freudig sah ich zu meinen Schuhen hinab. Wie in einer Achterbahn warf ich die Hände hoch. Sie tobten im Takt der Musik und fast schwerelos glitt ich über die Bühne.

Ich sprang eine Diagonale und landete so perfekt, dass ich direkt in die Turns gehen konnte. Zwei. Drei. Vier Pirouetten hintereinander tanzte und aus der Drehung heraus auf nur einem Fuß landete. Ich tanzte kleine, schnelle Schritte, bevor ich mein Bein über den Kopf hob und mich auf der Zehenspitze drehte.

Das Publikum klatschte und meine Dozenten vorn in den ersten Reihen sahen ebenfalls zufrieden aus.

Ich senkte den Fuß, stand nur auf einem und machte einen Ausfallschritt nach vorn, sodass mein linker hinten war, öffnete die Arme und rollte mich in einer schnellen Bewegung ab. Ich tanzte gegen alle Widerstände.

Lag auf dem Bauch, zog mich an einem unsichtbaren Seil nach vorn und kreiste meinen Kopf, bevor ich die Beine in die Luft warf und aneinander vorbeischnellen ließ. Ich schloss meine Augen. Sog die Emotion in mich auf, atmete tief aus, drückte mich wieder hoch und streckte einen Arm aus, während der andere meine Körperlinie verlängerte. Logans Lachen trat in meine Gedanken und unser erster Tanz wiederholte sich, machte mich glücklich. Alles, was ich hatte und was mir wichtig war.

Ich merkte, wie mich die Blicke meiner Dozenten ab und zu mit Skepsis trafen, weil ich nicht alles perfekt ausführte. Aber genau das war es. Es ging nicht um Perfektion, sondern darum, mit Leidenschaft zu tanzen. Alles zu geben und in diesen einen Tanz zu legen, was ich geben konnte, und genau das tat ich.

Ich drehte mich ein letztes Mal, ging ins Hohlkreuz und ließ mich in den Spagat fallen. Anmutig riss ich die Arme in die Luft. Die Menge sprang auf, klatschte und ich suchte die Blicke meiner Familie. Meine Mom klatschte wild in die Hände und ich war mir sicher in Dads Augen Tränen erkennen zu können, obwohl es viel zu weit war, aber die Vorstellung war schön. Und als ich mich nach links drehte, warteten Noah und Grace bereits auf mich, strahlend bis über beide Ohren mit einem perlweißen Lächeln.

Er warf mir einen Blumenstrauß entgegen, den ich glücklicherweise direkt fangen konnte, und die beiden kamen zu mir auf die Bühne.

Ich lächelte sie an, lächelte die Menschen im Theater an und dann verbeugten wir uns. Gemeinsam, ein letztes Mal mit ihnen zusammen.

ENDE

Danksagung

Ich möchte mich bei allen Lesern bedanken, die die Geschichte von Liz und Logan verfolgt haben. Die mitgefiebert und mitgelitten haben. Als ich die letzten Zeilen dieses Buches geschrieben habe, war ich traurig und glücklich zugleich. Dank euch hatte ich so viel Spaß am Schreiben.

Ich danke Vanessa und dem VAJONA Verlag, dass sie Liz und Logan erneut ein Zuhause gegeben und genauso an die Geschichte geglaubt haben, wie ich es habe. Ich danke euch von Herzen und kann es immer noch nicht so ganz glauben, dass ich nun zwei Bücher in den Händen halten darf. Außerdem danke ich meiner wundervollen Lektorin, Larissa. Was hätte ich nur ohne dich getan? Du hast dafür gesorgt, dass die Geschichte zu ihrer besten Version wird. Du hast aus mir die beste Version meiner selbst gemacht. Dafür möchte ich dir danken. Ich glaube, ich habe noch nie so viel geweint, gelacht und gezweifelt.

Mein ewiger Dank gilt bei diesem Buch meinen Schreibmädels. Lexi, Marit und Julia. Ohne euch hätte ich längst aufgegeben. Unsere Plot-Dates sind und waren immer einzigartig und ohne euch würde es diese Geschichte so, wie sie nun hier geschrieben ist, sicher auch nicht geben. Unsere Schreibsprints haben mir Motivation gegeben, weiterzumachen. Ich danke meiner Familie für ihre Unterstützung und ihren ständigen Beistand, und außerdem danke ich euch für den Mut, den ihr mir zugesprochen habt, nicht aufzugeben. Ich möchte außerdem noch meiner besten Freundin, Isabell, danken. Denn ohne dich, ohne dich hätte ich nie gewagt, aus meiner Komfortzone herauszutreten. Du hast mich in den letzten fünf Jahren Tag und Nacht begleitet, mich aufgefangen. Mit mir mitgefiebert, gelacht und geweint. Ohne dich wäre ich sicher schon längst zerbrochen.

Und zu guter Letzt möchte ich dir danken, Leon. Ich weiß, dass Zeit kostbar ist und dass wir, währenddessen ich diese Bücher geschrieben habe, kaum welche gemeinsam hatten. Aber dennoch haben wir die Zeit genossen, die wir zusammen hatten und ich möchte, dass du weißt, dass ich so unfassbar froh bin, dass du mir für alles den Rücken freihält, dass du mich in dem unterstützt, was ich liebe und was meine Leidenschaft geworden ist. Und mit diesen Worten schreibe ich die letzten Zeilen dieses Buchs und lasse jetzt nicht mehr die Finger über die Tastatur fliegen, denn sonst wird das hier noch viel zu lang!

Aber bevor ich mich jetzt wirklich verabschiede, nochmal an jeden einzelnen Leser: Ich danke euch! Ihr seid der Grund, wieso die Geschichte rund um Liz und Logan wahr werden konnte. Also haltet die Ohren steif!

Eure Jenny

Weitere Romane im VAJONA Verlag
Liebesromane

Ein Soldat, der auf eine Frau trifft, die sein Leben grundlegend verändert ...
von *Vanessa Schöche*

UNBROKEN Soldier

Vanessa Schöche
456 Seiten
ISBN 978-3-948985-66-0
VAJONA Verlag

»Das Leben ist nicht nur kunterbunt, Ava.«
»Es ist aber auch nicht nur schwarz-weiß, Wyatt.«

Ava und ich kommen aus verschiedenen Welten.
Alles an ihr ist rein, farbenfroh und hell. Und damit nun einmal das absolute Gegenteil von mir und meinem Dasein. Während sie jede träumerische Aussicht aus ihren noch so kleinen Venen zieht, bin ich Realist.
Sie muss verstehen, dass nicht alles im Leben kunterbunt ist. Ava will mich retten. Das spüre ich ganz deutlich. Aber sie sollte begreifen, dass ich gar nicht gerettet werden will. Und noch viel wichtiger: Dass ich nicht gerettet werden kann, selbst wenn ich wollte.

Eine Geschichte voll ewiger Liebe, prägendem Verlust und tiefer Vergebung von *Vanessa Schöche*

Meine Hoffnung im Mondschein

Vanessa Schöche
400 Seiten
ISBN 978-3-987180-79-8
VAJONA Verlag

VERÖFFENTLICHUNG: 12. Juli 2023

Josias und ich teilten in jener Nacht unsere größten Geheimnisse. Man sollte meinen, dass uns das zu etwas Besonderem gemacht hätte. Doch dann, als wir uns jetzt nach über zehn Jahren wiedersehen, erkennt er mich nicht. Weil er sich scheinbar nicht einmal die Mühe gemacht hat, außerhalb seines Bestseller-Ruhms an mich zu denken. Und wie naiv ich doch war, dass ich in dieser Zeit tagtäglich mindestens einen Gedanken an ihn verschwendete. Denn jetzt stellt sich heraus: Josias war die reinste Zeitverschwendung und all seine Geschichten, die meine Gefühlslage beim Lesen immer wieder ins Wanken brachten, ebenso ... Meine Hoffnung im Mondschein. Das Mädchen vom See. Wie könnte ich Annylou jemals vergessen. Sie ist der Grund, dass ich jeden Tag ein bisschen mehr sterbe. Weil sie aus meinem Leben verschwunden ist und unauffindbar war. Bis heute. Dabei hat mit ihr alles angefangen, was an Bedeutung gewann. Denn manchmal braucht man nur die eine Person, die an einen glaubt. Nur diese eine. Dann ist es egal, dass zig andere es nicht tun. Annylou ist dieses eine Wesen, das an mich glaubte.

Der fesselnde Auftakt einer royalen Geschichte von
Maddie Sage

Imperial – Wildest Dreams

Maddie Sage
488 Seiten
ISBN 978-3-948985-07-3
VAJONA Verlag

»Wem sollen wir in einer Welt voller Intrigen und Machtspielchen noch vertrauen? Lassen wir unsere Gefühle zu, stürzen wir alle um uns herum ins Verderben.«

Nach einer durchzechten Nacht reist Lauren gemeinsam mit ihrer feierwütigen Freundin Jane für ein Jahrespraktikum ins Schloss des Königs von Wittles Cay Island. Und das, obwohl ihr der Abschied von ihrer Familie alles andere als leichtfällt, denn diese ist ihr größter Halt, nachdem ihr Vater vor fast vier Jahren spurlos verschwunden ist.

Am Hof sieht Lauren sich jedoch mit zahlreichen Problemen konfrontiert, allen voran mit Prinz Alexander, dessen Charme sie wider Willen in den Bann zieht. Dabei ist der Königssohn bereits der englischen Prinzessin versprochen worden, die vor nichts zurückschreckt, um ihren Anspruch auf Alexander und den Thron zu sichern. Dennoch kommen sich Lauren und der Prinz immer näher, ohne zu ahnen, in welche Gefahr sie einander dadurch bringen. Bis plötzlich Laurens verschollener Vater auftaucht und sie feststellen muss, dass die Folgen seines Verschwindens weiter reichen, als sie je für möglich gehalten hätte.

Die neue Reihe von *Maddie Sage*
Liebe. Schauspiel. Leidenschaft.

EVERYTHING – We Wanted To Be 1

Maddie Sage
450 Seiten
ISBN 978-3-948985-45-5
VAJONA Verlag

»Schauspiel war für mich so viel mehr als meine Leidenschaft. Es war das Ventil, das ich brauchte, um all die Schatten meiner Vergangenheit erträglicher werden zu lassen.«

Die Welt von Blair besteht aus aufregenden Partys und glamourösen Auftritten. Als Tochter eines Hollywoodregisseurs besucht sie eine der renommiertesten Schauspielschulen in LA. Doch so sehr sie sich anstrengt – ihre Bemühungen, endlich ihre eigene Karriere voranzubringen, bleiben erfolglos, obwohl sie seit Monaten von einem Casting zum nächsten hechtet.
Am Morgen nach einer Benefizgala verspätet sie sich für das Vorsprechen einer neuen Netflixserie. Während des Castings begegnet sie dem Schauspieler und Frauenschwarm Henri Marchand, den sie von der Gala am Vorabend wiedererkennt. Ausgerechnet er ist ihr Co-Star und meint, ständig seinen französischen Charme spielen lassen zu müssen.
Die Chemie zwischen den beiden stimmt auf Anhieb, sodass Blair unerwartet eine Zusage für eine der Hauptrollen erhält. Nicht nur die beiden Charaktere kommen sich mit jedem Drehtag näher, auch Blair und Henri fühlen sich immer mehr zueinander hingezogen. Aber kann sie dem Netflixstar wirklich vollkommen vertrauen?

Der packende Auftakt der WENN-Reihe
von *Jasmin Z. Summer*

Erinnerst du mich, wenn ich vergessen will?

Jasmin Z. Summer
ca. 450 Seiten
ISBN 978-3-948985-72-1
VAJONA Verlag

»Sie will die Vergangenheit endlich ruhen lassen. Doch dann kehrt er zurück und will sie genau daran erinnern.«

Sieben lange Jahre sind vergangen, seit Holly von ihrer ersten großen Liebe verlassen wurde. Ohne jegliche Erklärung, ohne jeden Grund. Doch mit Connors Rückkehr werden nicht nur all die unbeantworteten Fragen, sondern auch die dunklen Geheimnisse wieder ans Licht gebracht. Fragen, auf die sie schon längst keine Antworten mehr will, und Geheimnisse, die alles verändern könnten. Was, wenn die Gefühle noch da sind, aber das Vertrauen bereits zerstört ist? Und was, wenn eigentlich alles ganz anders war, als es damals zu sein schien?

Die neue Reihe von *Vanessa Fuhrmann*
Ein ganz besonderes Setting

SADNESS FULL OF Stars (Native-Reihe Band 1)

Vanessa Fuhrmann
ca. 450 Seiten
ISBN 978-3-987180-23-1
VAJONA Verlag

VERÖFFENTLICHUNG: 01. März 2023

Die Sterne am Himmel zeigen uns immer den Weg. Sie lassen uns niemals im Stich. Genauso wenig wie der Adler. Er spannt die Flügel, um uns zu zeigen, wie frei jeder einzelne Mensch eigentlich sein sollte.

Freiheit und Naturverbundenheit – das ist es, was Sunwais Leben prägt. Sie gehört den Citali an, einem indigenen Volk Amerikas. Trotz der Reservate und der modernen, schnelllebigen Welt versuchen die Citali noch immer, so nah wie möglich an den früheren Wurzeln der Native Americans zu leben. Technik und Modernität sind Sunwai fremd. Doch eines Tages trifft sie Johnny, der im Zion-Nationalpark campen und wandern möchte, um seinen Traumjob und seine familiären Probleme in Los Angeles zu vergessen. Sunwai ist fasziniert von Johnny und beide wollen die Welt des jeweils anderen kennenlernen. Dabei kommen sie sich gefährlich nahe. Doch was, wenn Johnny so sehr gebrochen ist, dass er Sunwai mit sich in die Tiefe und fort von ihrer Familie ziehen könnte?

Der Auftakt der Romance-Thrill Destroy-Reihe
von *Aileen Dawe*

DESTROY – The Hidden Secrets

Aileen Dawe
400 Seiten
ISBN 978-3-9487180-40-8
VAJONA Verlag

VERÖFFENTLICHUNG: 05. April 2023

Und hier saßen wir nun. Zwei gebrochene Herzen, die sich einander hielten, im gegenseitigen Versuch, das andere zu heilen.

Unbeschwertheit ist für Collin Donovan ein Fremdwort, denn auf seinen Schultern lastet enormer Druck. Seine Basketballkarriere scheint in Stein gemeißelt, nur ist es nicht die Zukunft, die er sich wünscht. Als Malia Evans in das verschlafene Nest Rosehollow kommt, stellt sie seine Welt sofort auf den Kopf und schenkt Collin das, wonach er sich immer gesehnt hat: Freiheit. Doch mit Malias überstürzter Flucht holen sie Erinnerungen ein – und das schneller, als sie jemals rennen kann. Während sie verzweifelt versucht, die Schatten ihrer Vergangenheit zu vergessen, droht Collins Geheimnis ihn endgültig zu brechen …

Fantasyromane im VAJONA Verlag

Die griechische Mythologie in einem grandiosen, fantasyvollen Setting von *Ani K. Weise*

ORACULUM – Fall der Götter

Ani K. Weise
520 Seiten
Band 1
ISBN 978-3-948985-41-7
VAJONA Verlag

»Was wäre, wenn es wahr ist und sie kein Mythos sind? Wenn es sie wirklich gibt? Die Götter in Olympia!«

Bei Ausgrabungen in Griechenland stößt die Archäologin Kyra Delany mit ihren Kollegen auf einen unglaublichen Fund einer längst vergessenen Zeit. Einen Tempel zu Ehren Ares, dem Gott des Krieges. Aber was Kyra in den Tiefen Griechenlands entdeckt, ist mehr als nur ein Stück Geschichte. Inmitten der Mythen und Legenden kommt sie einer Wahrheit auf die Spur, ohne zu ahnen, dass sie schon immer ein Teil davon ist.

Episch. Atemberaubend. Emotionsgeladen.
Der Auftakt einer noch nie dagewesenen Fantasyreihe
von *Sandy Brandt*

DAS BRENNEN DER STILLE – Goldenes Schweigen

Sandy Brandt
ca. 450 Seiten
Band 1
ISBN Paperback 978-3-948985-52-3
ISBN Hardcover 978-3-948985-53-0
VAJONA Verlag

»Früher hätte sich die Menschheit durch ihre Lügen fast ausgerottet – die Überlebenden haben geschworen, dass es nie wieder so weit kommt. Heute erscheint jedes gesprochene Wort narbenähnlich auf der Haut. Die Elite herrscht stumm, während die sprechende Bevölkerung als Abschaum gilt.«

Olive und Kyle kommen aus zwei verschiedenen Welten.
Die achtzehnjährige Olive lebt in einer Welt, die von absoluter Stille und Reinheit geprägt ist. Selbst unter der stummen Oberschicht gilt sie als Juwel. Kyle dagegen trägt tausende Wörter auf der Haut und ein gefährliches Geheimnis im Herzen.
Als sie gemeinsam entführt werden, sind sie überzeugt, der andere sei der Feind. Sie ahnen nicht, dass dunklere Intrigen gesponnen werden. Olive will ihr Schweigen wahren, um nicht der geglaubten Sünde zu verfallen. Und Kyle weiß, dass es für ihn tödlich enden wird, wenn das stumme Mädchen hinter sein Geheimnis kommt. Beide müssen entscheiden, welchen Preis sie für ihre Freiheit zahlen wollen – und ob sie einander vertrauen können …

Magisch. Düster. Emotionsgeladen.
Die neue Fantasy-Saga von *Sandy Brandt*

THE TALE OF WYCCA – Demons (Band 1)

Sandy Brandt
450 Seiten
ISBN 978-3-987180-86-6
VAJONA Verlag

VERÖFFENTLICHUNG: 11. Oktober 2023

Die Dämmerung setzt ein und mit ihr erheben sich die blutigen Gestalten zu Ehren des Veri-Festes. Sie sammeln sich um ihren König. Denn er ist das Blut, das den Neuanfang verkündet.

Der Preis für die Stadt Avastone war Blut. Blut, das auf ewig durch den Fluss Mandalay fließt, um den Frieden zwischen Menschen und Wycca zu wahren. Als Raevan Tennyson gegen seinen Willen König wird, ist er gezwungen, das Ausmaß seiner Kräfte zu verbergen. Denn jahrhundertelange Kriege haben die Furcht der Menschen vor den Wycca genährt. Und Raevan ist der tödlichste unter ihnen. Doch die Menschen in den Straßen Avastones schmieden eine Waffe, die den König vernichten soll. Um den Thron und sein Leben zu retten, sucht Raevan nach der legendären Blutkrone. Die Spur führt ihn in die berüchtigte Sternengasse, die wegen des Schwarzmarkts für Magie kaum jemand zu betreten wagt. Doch nicht nur die Dunkelheit lockt Raevan. Obwohl er verheiratet ist, verliert er sein Herz an die Menschenfrau Azalea. Er weiß, jede Berührung kann tödlich enden. Denn auf Ehebruch mit dem König steht die Todesstrafe.

<u>**Romantasy im VAJONA Verlag**</u>

Meerjungfrauen, wie du sie noch nie gesehen hast …
Der neue Roman von *Tanja Penninger*

Das Lied der See

Tanja Penninger
Ca. 400 Seiten
ISBN: 978-3-987180-67-5
VAJONA Verlag

VERÖFFENTLICHUNG: 12. April 2023

Im Morgengrauen hatte ich ihn gefürchtet. Zur Mittagsstunde hatte ich ihn gehasst. Im Abendrot hatte ich mich verliebt.

Es ist mitten in der Nacht, als eine feindliche Armee ins Schloss eindringt und Prinzessin Angelina mit ihrer Zofe Emilia fliehen muss. Ein Fluchtschiff soll sie zu Angelinas Verlobtem, dem Kaiser der Goldenen Inseln, bringen. Kaum den Feinden entkommen, wird das Schiff jedoch von Seeräubern überfallen. Die beiden Frauen finden sich an Bord eines Piratenschiffes wieder und es sind ausgerechnet die tiefen meerblauen Augen des attraktiven Kapitäns Hektor Lewis, die Angelina mehr und mehr in ihren Bann ziehen. Eine bevorstehende Meuterei, ein wütender Sturm, zerstörte Schiffe und feindliche Piraten sind dabei ihre geringsten Probleme. Denn gerade als Angelina dabei ist, Hektor ihr Herz zu schenken, stößt sie auf ein dunkles Geheimnis.